Zuallererst einmal bin ich Mom, dann erst Autorin. Mein Dank gilt meiner ganz eigenen besonderen Mütter-Unterstützungsgruppe, die ich noch aus der Vor-Kinder-Zeit kenne und die mich mit Partys, Geburtstagsfeiern und Schulausflügen unterhalten hat, während unsere Kinder gemeinsam gespielt haben: Danielle Nelson, Patti Turner, Susan Hansen und Amanda Winters.

Und wie immer danke ich auch meiner Familie, die mein richtungsweisender Nordstern ist.

Die Autorin:

Die Romane, Novellen und E-Books von Jennifer Probst reichen von sexy Liebesgeschichten bis hin zu erotischen Erzählungen. Sie lebt im Bundesstaat New York.

Mehr Informationen über die talentierte New York Times und USA Today Bestsellerautorin unter www.jenniferprobst.com

Jennifer Probst

PLAYING WITH FIRE

Feurige Versuchung

Contemporary Romance

Aus dem Amerikanischen von Ralph Sander

ROMANCE EDITION

FEURIGE VERSUCHUNG

Jennifer Probst

Die Originalausgabe erschien 2013 unter dem Titel
THE MARRIAGE MERGER bei Gallery Books.

1. Auflage

Deutsche Erstveröffentlichung

Covergestaltung: © jdesign.at © Sturmmöwen
Titelabbildung: © RomanceNovelCovers
Korrektorat: Dietlind Koch, www.dkagentur-gt.de
Printed in Germany

ISBN-Taschenbuch: 978-3-902972-48-4

www.romance-edition.com

1. Kapitel

Jetzt war es offiziell.

Sie war eine Versagerin.

Julietta Conte starrte auf die cremefarbene Wand ihres Apartments, ohne wirklich etwas wahrzunehmen. Schon seltsam, dass sie sich nie die Zeit genommen hatte, irgendwelche Gemälde oder Fotos in ihrem Zuhause aufzuhängen. Die klaren Linien der Mauer, die nicht durch Nägel verunstaltet war, hatten auf sie normalerweise eine besänftigende Wirkung. Sie erinnerten sie an ihre ordentliche, kontrollierte Art zu leben, auf die sie so stolz war. Heute Abend jedoch fühlte sie sich beim Anblick der makellosen Wand innerlich einfach nur leer. Sie kam sich vor wie eine Hochstaplerin ... oder wie ein Geist.

Ein seltsamer Laut kam ihr über die Lippen. Sie hatte den größten Deal in den Sand gesetzt, der ihrer Familienbäckerei je angeboten worden war, aber jetzt deswegen den Verstand zu verlieren, stand definitiv nicht zur Debatte. Einen Monat hatte sie sich mit unendlich viel Papierkram befasst, sie hatte kaum geschlafen und sich bei diversen gesellschaftlichen Anlässen blicken lassen, und das Ergebnis des Ganzen war eine Absage vom angesehenen *Palazzo* Hotel. Sie war so sehr von einem Erfolg überzeugt gewesen – nun hingegen wollte ihr das Bild nicht mehr aus dem Kopf gehen, wie sie am nächsten Morgen ihrem gesamten Team ihr Versagen eingestehen würde.

Sie zog den kakaofarbenen Morgenmantel aus Seide enger um sich, ging über den weichen Teppich bis in ihre modern eingerichtete Küche und schenkte sich ein Glas Rotwein ein. Aus dem Fernseher hinter ihr drangen zwar leise Stimmen, dennoch fühlte sich die Stille in ihrem Haus wie ein ohrenbetäubender Schrei an.

Was stimmte heute Abend bloß nicht mit ihr? Sie hatte schon früher Aufträge verloren. Und normalerweise ließ sie sich von ihrem eigenen Scheitern nicht unterkriegen. Sie hatte gelernt, die Zähne zusammenzubeißen und sich auf das nächste Ziel zu stürzen, das Profit versprach. Es war schließlich nicht so, als würde *La Dolce Famiglia* in finanziellen Nöten stecken. Hier ging es nicht um Leben und Tod. Trotzdem war das Verlangen, sich als Geschäftsfrau einen Namen zu machen und ihrer Familie zu beweisen, was sie konnte, das Einzige, was sie noch zu geben hatte. Und nun war ihr nicht mal das gelungen.

Ein forderndes Summen ertönte. Sie griff nach ihrem Handy und sah auf den Absender der SMS. Ihre Schwester. Schon wieder. War das heute Abend das dritte oder bereits das vierte Mal?

Hast du's getan?

Ungeduld stieg in ihr auf. Ihre jüngste Schwester war glücklich mit dem Mann verheiratet, in den sie schon lang heimlich verliebt gewesen war, und sie beharrte darauf, dass irgendein alberner Liebeszauber sie beide zusammengebracht hatte. Schön wär's. Wie angenehm wäre das Leben, wenn man eine Liste mit all den Eigenschaften zusammenstellte, die ein Mann haben sollte, wenn man diese Liste dann in einem Feuer für Mutter Erde verbrannte, sich zurücklehnte und einfach abwartete? Natürlich hatte Julietta ihr in aller Ruhe zu erklären versucht, dass es wahrscheinlich nichts mit dem Buch, sondern mit der simplen Tatsache zu tun hatte, dass sie beide füreinander bestimmt waren. Carina weigerte sich das zu glauben.

Und dann hatte Carina ihr bei ihrem letzten Besuch dieses mit lilafarbenem Stoff bezogene Buch in die Hand gedrückt und sie bei ihrer *Schwesternschaft* schwören lassen, dass sie den Zauber ausprobieren würde. Carina glaubte fest daran, wenn Julietta diesen dummen Liebeszauber wirkte, würde Mr Right vor ihrer Haustür auftauchen und ihr ganzes Leben verändern. Nachdem sie sich eine Stunde lang Vorhaltungen hatte anhören müssen, weil sie nach Carinas Meinung unfähig war, über ihre Tabellen hinaus in die Zukunft zu schauen, hatte Julietta schließlich eingelenkt – aber nur, weil sie davon überzeugt gewesen war, ihre Schwester würde diese alberne Unterhaltung vergessen und das Thema auf sich beruhen lassen.

Zwei Wochen waren seitdem vergangen. Und zwanzig SMS.

Außerdem ein Dutzend Anrufe. Und noch immer war nicht damit zu rechnen, dass Carina die Sache endlich vergaß.

Energisch tippte sie ihre Antwort ein.

NEIN.

Der frische fruchtige Geschmack des Weins tanzte auf ihrer Zunge. Sie öffnete den Kühlschrank, nahm eine Handvoll Trauben und kehrte ins Wohnzimmer zurück, um zu grübeln. Warum wollte niemand verstehen oder akzeptieren, dass eine alleinstehende Frau glücklich sein konnte? Und sie war glücklich. Verdammt glücklich. Seit dieses idiotische Buch mit seinem lila Stoffeinband in ihr Zuhause gebracht worden war, wurde sie unablässig gequält und gefoltert. Carina schwor ihr, dass der Zauber auch geholfen hatte, die Seelenverwandten für Alexa und Maggie zu finden.

Eine Flutwelle der Hoffnungslosigkeit stürzte auf sie ein. Sie musste gegen eine plötzliche Panik ankämpfen, sie atmete angestrengt durch und machte sich daran, ihre Gefühle ruhig und sachlich zu analysieren. Zugegeben, sie war schon ein bisschen neidisch auf ihre Geschwister. Alle hatten sie ihr Eheglück gefunden und redeten ständig über Familie und darüber, sich zu treffen. Julietta war die Alleinstehende unter ihnen, die die anderen mit Geschichten von verirrter Liebe und lodernden Affären unterhalten sollte.

Der blinkende Bildschirmschoner auf ihrem Laptop, der das Logo von *La Dolce Famiglia* zeigte, machte sich über sie lustig. Stattdessen redete Julietta über Verkaufszahlen und über den nächsten Deal, der dem Namen ihrer Familie Ruhm und Geld bringen würde. Sogar Mama hatte mittlerweile angefangen, sie sorgenvoll und vielleicht mit einer Spur von Mitleid anzusehen.

Sie biss heftig auf die Traube, der herbe Saft explodierte förmlich auf ihrer Zunge. *Merda.* Wen kümmerte das? Lebten sie nicht in einem Zeitalter, in dem eine Frau keinen Mann brauchte, um glücklich zu sein? Sex war etwas völlig Überbewertetes, woran sie sowieso nicht interessiert war. Wegen ihrer Unfähigkeit, einen Orgasmus zu erleben oder eine tief greifende Verbindung mit einem Mann einzugehen, war sie jahrelang frustriert gewesen, bis sie den Entschluss fasste, diesen Teil ihres Lebens aus ihren Gedanken zu verbannen, um sich nicht länger verrückt machen zu müssen. Ihr Geist mochte sich nach körperlicher Nähe sehnen, aber ihr Körper war tiefgefroren. Nach vielen fehlgeschlagenen Versuchen, dem anderen Geschlecht irgendwelche Gefühle abzugewinnen, hatte sie das Jammern aufgegeben und zu leben begonnen. Ganz ohne Sex.

Ihr elegantes Apartment zeugte von ihrem Vermögen, ihrem Geschmack und ihrem Erfolg. Während ihre Schwestern bei der Einrichtung den warmen toskanische Stil bevorzugten, fand Julietta viel mehr Gefallen an klaren, modernen Linien, die eine unerbittliche Effizienz ausstrahlten, also genau das, was ihren Ordnungssinn ansprach. Strahlend weiße Farbe hob sich von den kantigen schwarzen Glastischen, den elfenbeinfarbenen Zweisitzersofas und den pflaumenblauen Kissen ab. Die großen Fenster reichten hinauf bis zur hohen Decke und ließen am Tag viel Sonnenschein in die Zimmer, während sie in der Nacht einen atemberaubenden Ausblick auf die Lichter von Mailand boten. Die Küche war mit Arbeitsplatten aus schwarzem Granit und mit Barhockern in rotem Leder möbliert.

Einen ausladenden Esstisch benötigte sie nicht, da sie immer allein aß. Kam eine neue technische Spielerei auf den Markt, kaufte sie sie sofort. Ihr Haus war vollgestopft mit der aktuellsten Technologie – von den diversen Computern und dem blitzschnellen Internetzugang über den Fernseher von der Größe einer Kinoleinwand bis hin zu einem Soundsystem, mit dem sich jedes Zimmer beschallen ließ.

Vielleicht besaß sie nicht das gleiche modische Gespür wie ihre Schwester Venezia, aber ihre maßgeschneiderten Anzüge waren immer Designermodelle, die ihr hervorragend standen. Sie wusste gut verarbeitete Kleidung zu schätzen und sie verwöhnte das Mädchen in ihr mit einem begehbaren Kleiderschrank voll mit Leder, Samt, Seide und Satin. Mit ihrem Gehalt hätte sie sich mühelos ein Herrenhaus leisten können, aber ihr war dieses Luxusapartment mitten in Mailand lieber. Von hier aus hatte sie es nicht weit bis zur Arbeit, sie war von Menschen und allen möglichen Aktivitäten umgeben. Die Stille in den Bergen würde sie vermutlich irgendwann durchdrehen lassen. Sie aß weiter Trauben, da vibrierte ihr Handy plötzlich wieder kurz.

Wovor hast du Angst?

Julietta nahm das Handy und machte etwas Unfassbares: Sie schaltete es komplett aus und bestrafte ihre Schwester auf die einzig mögliche Weise: indem sie sie zum Schweigen brachte.

Sie fürchtete sich vor nichts, nur vor dem Versagen. Zum Glück hatte sie gelernt, dass harte Arbeit und gnadenlose Kontrolle zum Erfolg führten. Das Einzige, was sie nicht hatte ändern können, war ihr Körper, also war sie zu dem Schluss gekommen, diesen Körper so zu akzeptieren, wie er war, und nach vorn zu schauen. Aber jetzt genügten ein paar SMS von ihrer Schwester, um sie aus der Fassung zu bringen.

Ihr Blick wanderte durch das Zimmer und fiel auf das Buch. Der Stoffeinband schien zu pulsieren, als würde das Buch nach ihr verlangen, als würde es sie anflehen, zu ihm zu kommen. Sie hatte es ins Regal gestellt, gleich neben die Biografien, die sie so gern las, aber der seltsame Lilaton wollte sich einfach nicht in die Reihe der anderen Buchrücken einfügen. Vielleicht sollte sie einmal darin blättern und Carina sagen, sie habe den Zauber gewirkt. Dann konnte sie dieses lächerliche Thema endlich abhaken und ihre Schwester würde Ruhe geben.

Sie stellte ihr Weinglas auf einen Untersetzer, ging zum Regal und zog das Buch heraus. Der kleine quadratische Band machte einen unscheinbaren Eindruck. Das Zauberbuch. *The Book of Spells*. Hmm, ein Verfasser war nicht vermerkt. Als sie die zerlesenen empfindlichen Seiten umblätterte, schlug ihr kein Hexenrauch entgegen, der Boden unter ihren Füßen begann nicht zu zittern und es wehte auch nicht von irgendwoher ein eisiger Hauch durch den Raum.

Julietta setzte sich hin und ließ sich gegen die Kissen sinken. Wie seltsam. Das ganze Buch bestand aus einem einzigen Liebeszauber: *Erstelle eine Liste mit allen Eigenschaften, die ein Seelen-*

verwandter haben muss. Das war kein Versprechen, dass eine Heirat oder auch nur ein glückliches Zusammenleben dabei herauskommen würden. *Leg eine Kopie der Liste unter deine Matratze. Verbrenn die Originalliste in einem Feuer. Sing dem Wesen der Mutter Erde etwas Albernes vor.*

Finito.

Das ist alles?

Julietta schüttelte den Kopf, murmelte einen Fluch und griff nach dem Notizblock, der immer neben ihrem Laptop lag. Die dunkle Tinte verteilte sich auf dem schneeweißen Papier, während sie eilig schrieb und sich weigerte, eine Pause einzulegen. Diesmal wollte sie nicht nachdenken oder analysieren. Einfach nur ein Abladen ihrer Gefühle, was sie nur selten zuließ; eine Liste aller Dinge, die sie sich schon von einem Partner gewünscht hatte, die aber unmöglich zu bekommen waren.

Als sie die Kopie fertiggestellt hatte, las sie die Zeilen nicht noch einmal, sondern faltete die Zettel zusammen und legte einen unter die Matratze. Mit dem anderen ging sie in die Küche, legte ihn in eine Edelstahlschüssel und holte die Streichhölzer aus der Schublade. Sie zündete das Papier an, dessen Ränder sich schwarz verfärbten und aufrollten. Mit hastigem Wedeln verteilte sie den Rauch, damit der Rauchmelder nicht anschlug. Dabei sah sie zu, wie die Liste vollständig verbrannte. Ein albernes Lied für Mutter Erde kam ihr über die Lippen, was ihr so peinlich war, dass ihre Wangen zu glühen anfingen. Sie würde ihre Schwester dafür umbringen, dass sie sich hier so zum Affen machte. Aber zumindest hatte sie sich an ihren Schwur gehalten. Nach ein paar tiefen Atemzügen war von der Liste nur noch ein wenig Asche in der Schüssel übrig.

Ein unheilvolles Gefühl überkam sie. Ihr Herz machte einen Satz. Warum hatte sie nur eine solche Liste zusammengestellt? Sie hätte sich auf die klaren kühlen Eigenschaften eines Partners beschränken sollen, anstatt das Blatt mit Worten vollzuschreiben, denen das Verlangen deutlich anzumerken war.

Aber es war auch egal. Niemand würde je davon erfahren

oder etwas vermuten. Und da Mutter Erde schweigsam war, wusste Julietta, dass niemand sie verraten würde. Sie griff nach ihrem Handy, schaltete es an und tippte ihre Nachricht ein.

Erledigt. Und jetzt lass mich in Ruhe.

Augenblicke später erhielt sie einen Smiley als Antwort.

Gott sei Dank. Jetzt konnte sie diese Episode abhaken und sich wieder ganz ihrem Leben widmen.

Julietta ignorierte die Leere, die ihren Magen fest im Griff hatte. Sie drehte den Fernseher lauter, um der Stille in ihrem Apartment ein Ende zu setzen.

2. Kapitel

Julietta zog den Knoten ihres salbeigrünen Halstuchs zurecht, strich ihren Rock glatt und öffnete die vergoldeten Flügeltüren. Sie ging zum Empfang, wo eine mütterlich wirkende Frau ihren Namen notierte und sie bat, Platz zu nehmen. Hm, erstaunlich. Sie hatte mit einem jungen Model mit mörderischen High Heels gerechnet, mit einer Frau, die in der Mittagspause für ihren Boss die Welt auf den Kopf stellte. Schande über sie, dass sie so voreingenommen gewesen war. Vielleicht würde sich Sawyer Wells doch als eine angenehme Überraschung entpuppen.

Sie zog den limettengrünen Trenchcoat aus und stellte ihre Aktentasche ab. Das Klingeln etlicher Telefone driftete durch die Luft, während sie die luxuriöse Einrichtung von *Wells Enterprises* auf sich wirken ließ. Das riesige Logo *W@E* in Schreibschrift hing an einer Wand des Empfangsbereichs mit seinen bequemen Ledersesseln und dem königsblauen Teppich. Die ausladende Rezeption war ganz in Glas gehalten und beeindruckte mit Hightechgeräten aller Art sowie einer Fülle von Schubladen und Fächern für einen organisierten Ablauf.

Zwar hatte Julietta ihre Hausaufgaben gemacht, aber viel war nicht dabei herausgekommen. Ein Anruf bei ihrem Schwager Max hatte ergeben, dass Sawyer mit ihm befreundet war, dass er ein Mann war, der zu seinem Wort stand und dass er einen rasiermesserscharfen Geschäftssinn besaß. In der Hotelbranche war er ein bekannter Name, Luxushotels umwarben ihn, damit er wenigstens für eine Weile eines ihrer Häuser führte. Sawyer kam, brachte das jeweilige Haus wieder auf die Erfolgsbahn und zog sich dann wortlos wieder zurück. Sein Hauptquartier befand sich in New York, aber seit zehn Monaten existierte auch eine Außenstelle in Mailand. Unbehagen machte sich in der Branche breit, während sich die Gerüchte überstürzten. Ganz sicher behielt man sogar im berühmten Hotel *Principe di Savoia* den Mann genau im Auge. Seine bisherigen Leistungen waren tadellos und er besaß ein Gespür dafür, wie man aus einer am Boden liegenden Ferienanlage eine Goldgrube machte.

Der rätselhafte Anruf war aus heiterem Himmel gekommen. Warum sollte sich der größte Hotelkenner ausgerechnet mit ihr um halb zehn an einem Montagmorgen treffen wollen? Sie hatte versucht, der Anruferin noch ein paar Informationen zu entlocken, doch die hatte ihr mit knappen Worten erklärt, dass Julietta nur diese eine Gelegenheit bekam, um sich mit Sawyer zu treffen. Er würde ihr dann persönlich die Gründe für dieses Treffen darlegen.

Julietta hasste Geheimniskrämerei, trotzdem hatte sie den angebotenen Termin zugesagt, allerdings auch gleich darauf damit begonnen, Nachforschungen anzustellen. Schon seltsam, dass ein so mächtiger Mann, der um die Welt reiste und Luxushotels aus der Klemme half, überhaupt keine Vergangenheit zu besitzen schien. Bis Mitte zwanzig hätte der Mann genauso gut ein Geist sein können, so wenig trat er in Erscheinung. In den letzten zehn Jahren hatte er seine Macht beständig ausgebaut, und das war auch das Einzige, was sie interessierte. Zwar gab es da noch die hämischen Berichte in den Medien, die sich mit seinem schillernden Liebesleben befassten, aber von reichen Geschäftsleuten erwartete man auch gar nichts anderes, als dass sie ständig mit anderen Frauen gesehen wurden. Julietta war egal, mit wem er wann schlief, sie wollte nur wissen, wieso er sich an ihre Firma wandte. Dummerweise hatte Max ihr nur raten können, zu diesem Treffen zu gehen, zu den Absichten seines Freundes konnte er ihr nichts sagen.

»Sie können jetzt reingehen, Ms Conte.«

Julietta lächelte und nahm ihre *Pineider* Aktentasche, dann wurde sie durch einen kurzen Flur bis zu einer mit Schnitzereien überzogenen Tür aus Kirschbaumholz geführt. Sie wollte nach der Klinke fassen, doch die Tür ging lautlos von selbst auf. Ein Schauer lief ihr über den Rücken, und sekundenlang zögerte sie. Wie eigenartig. Es kam ihr so vor, dass ihr Leben nie wieder so würde wie bislang, sobald sie diese Türschwelle überschritt. Es war fast so, als hätte der Eigentümer eines

Spukhauses eingeladen, der sich nach der Seele seiner Besucher verzehrte.

»Treten Sie ein.«

Eine raue Stimme drang an ihre Ohren. Sie machte drei Schritte nach vorn, dann schloss sich die Tür genauso geräuschlos hinter ihr.

Mit beiden Händen hielt sie verkrampft ihre Aktentasche fest. Was war nur los mit ihr? Normalerweise hatte sie bei einem Treffen von Anfang an das Sagen, aber jetzt stand sie wie angewurzelt da und starrte den Mann mit der stärksten sexuellen Ausstrahlung an, die sie jemals erlebt hatte.

Kein Wunder, dass seine Empfangsdame so ein großmütterlicher Typ war. Keine Frau konnte mit diesem Mann zusammenarbeiten, ohne ins Stammeln und Stolpern zu geraten, weil sie sich zu überschlagen versuchte, nur um ihn ja nicht zu enttäuschen. Sein Allerheiligstes war in dunklem Holz und in weinroten Farbtönen mit goldenen Akzenten gehalten. Bis zur Decke reichende Regale nahmen die gesamte Wand hinter ihm in Anspruch, dicht an dicht standen die in Leder gebundenen Bücher, hier und da unterbrochen von kleinen Statuen und Skulpturen aus den unterschiedlichsten Materialien – glatter Marmor, glänzendes Silber, verdrehtes Kupfer. Die linke Wand war rot gestrichen und bot den Hintergrund für eine Sammlung von erotisch angehauchten Kunstwerken. Zu gern hätte sie sich diese Arbeiten genauer angesehen, aber damit konnte sie sich jetzt nicht befassen. Der riesige Schreibtisch aus Kirschbaumholz war so ausladend, dass er den halben Raum zu beanspruchen schien, um jeden Besucher einzuschüchtern. Der Stuhl dahinter musste auf einer Art Podest stehen, denn kein Mann konnte so groß sein. Von seinem Thron aus rotem Leder betrachtete er sie auf eine abwägende Art, die sie aller gesellschaftlicher Barrieren beraubte und ihr das Gefühl gab, völlig entblößt und ein wenig verwundbar vor ihm zu stehen.

Sein welliges blondes Haar schimmerte in allen möglichen Schattierungen, das Licht spielte mit den Strähnen, als wollte es einen Heiligenschein zum Strahlen bringen. Dieser Heiligenschein reichte bis auf seine Schultern und konnte eine Frau in Versuchung führen, sich in seinen Haaren zu verkrallen, wenn er über sie herfiel. Sie führte eine Bestandsaufnahme seines Erscheinungsbilds durch: elegant geschwungene Brauen, hohe, klar gezeichnete Wangenknochen, ein ausgeprägtes Kinn mit dem Ansatz eines Grübchens. Ein Engel oder Gott persönlich musste ihm diese Augen gegeben haben, da sie fast wie aus purem Gold erschienen. Der strahlende Blick überwand alle Äußerlichkeiten und reichte bis tief in die Seele. Diese Augen, die so atemberaubend waren wie ein verborgener Schatz, konnten vermutlich Dinge sehen, die keine Frau über sich enthüllt wissen wollte. Julietta hätte wetten können, dass den meisten Frauen in seiner Gegenwart kaum eine andere Wahl blieb. Dieser Mann nahm sich, was er wollte und wie er es wollte, und er würde sich dafür nicht einmal entschuldigen.

Dann jagten die Engel mit einem Mal laut schreiend in den Himmel und schickten ihn in die Hölle.

Seine sinnlichen Lippen waren wie ein köstliches Festmahl, das verruchte Lächeln kündete von heißem Sex ganz ohne Spielregeln. Eine wüste Narbe prägte seine rechte Gesichtshälfte, sie erstreckte sich von der Augenbraue bis zum Kinn. Unwillkürlich stellte sie sich vor, wie eine Klinge ihm diesen sauberen Schnitt zufügte, und sie musste sich zwingen, kein Mitgefühl zu zeigen. Dieser Mann brauchte so etwas nicht.

Der brutale Kontrast zwischen Gut und Schlecht übte auf Frauen mit Sicherheit eine magische Anziehung aus. Ein eisiger Schauer bahnte sich an ihren Nervenenden entlang seinen Weg.

Gut, dass Männer bei ihr keine Reaktion auslösten, sonst wäre sie schon dahingeschmolzen, lang bevor sie über das verhandelt hätten, was auch immer Gegenstand dieses Treffens sein sollte.

Julietta straffte die Schultern und sah dem Mann in die Augen. »Guten Morgen, Mr Wells. Es ist mir ein Vergnügen, Sie kennenzulernen.«

Sie ging auf ihn zu und streckte ihm die Hand entgegen. Er stand auf und schüttelte sie. Sein Griff wirkte distanziert, zugleich aber viel zu intim. Seine Haut fühlte sich warm und rau an, die Finger umschlossen ihre Hand, als wollten sie allein zu seinen Bedingungen ihren ganzen Körper für sich beanspruchen.

Vor Schreck über diesen bizarren Gedanken zog sie ihre Hand zurück und bemerkte erst jetzt, dass sie den Atem angehalten hatte. Seine faszinierenden Lippen verzogen sich zum Ansatz eines Lächelns, aber Julietta konnte nicht sagen, ob er amüsiert oder erfreut war. Beides war für sie Grund genug, sauer zu sein. Sie merkte diesem Mann sofort an, dass er daran gewöhnt war zu gewinnen und dass er sich in seiner Haut wohlfühlte. Es war so, als wäre die Menschheit eine Truppe von Schauspielern, die für ihn ein Bühnenstück aufführten, bei dem er auf keinen Fall mitmachen wollte. Hm. Sie musste so schnell wie möglich in die Offensive gehen. In der Defensive würde sie ihn nur zu Tode langweilen, und das würde sie nicht weiterbringen.

Julietta nahm Platz, schlug die Beine übereinander und lehnte sich auf ihrem Stuhl nach hinten, um ein entspanntes, kameradschaftliches Gefühl auszustrahlen, das sie nicht empfand. »Wie ich sehe, spielen Sie gern.«

Er legte den Kopf schräg, sein überraschter Blick besänftigte ihr Temperament. »Kommt auf das Spiel an.«

Sie reagierte mit einem kühlen Lächeln. »Schach«, sagte sie und deutete auf zwei wunderschön gearbeitete Schachfiguren – einen König und eine Dame – links und rechts einer Reihe von edel wirkenden, in Leder gebundenen Büchern. Die Figuren aus Elfenbein und Ebenholz wiesen eine Fülle an Details auf und ließen Sawyer als einen Mann erscheinen, der für geistige Herausforderung zu haben war. »Die sind wirklich sehr schön.«

Er stützte die Ellbogen auf die polierte Schreibtischplatte und legte die Fingerspitzen aneinander. Julietta weigerte sich beharrlich, sich von seinem Blick unterkriegen zu lassen, der ihren schützenden Panzer zu zerstören drohte. Als er schließlich darauf antwortete, berührte seine tiefe Stimme finstere Orte in Juliettas Innerem, von deren Existenz sie bis dahin nichts gewusst hatte. »Spielen Sie?«

»Nein.«

»Wieso nicht?«

»Spiele interessieren mich nicht«, antwortete sie in abgehacktem Tonfall. »Ich bevorzuge den direkten Informationsaustausch, der für beide Seiten von Nutzen ist.«

Er zog eine blonde Braue hoch. »Und trotzdem sind Sie die Geschäftsführerin eines mächtigen Unternehmens. Sie werden doch zugeben müssen, dass es immer einen Gewinner und einen Verlierer geben muss.«

Oh ja, er liebte diese Machtspiele. Eine tiefe Zufriedenheit erfasste sie. Wie selten waren die Gelegenheiten, sich mit einem Mann zu messen, der keinerlei Angst hatte. Die meisten zuckten bei ihrem frostigen Tonfall zusammen oder spielten sich wie Idioten auf, wenn sie ihr etwas klarzumachen versuchten. Aber ihr war ein scharfsinniger Geist lieber. Als wären seine Worte ein Samuraischwert gewesen, tänzelte sie mit ihrer Antwort geschickt außer Reichweite. »Wenn man gut genug ist, merkt die Gegenseite nicht mal, dass sie verloren hat.«

»Da muss ich widersprechen. Ein würdiger Gegner wird sich immer der Tatsache bewusst sein, dass eine Seite stärker ist als die andere. Die Dame muss geschlagen werden, wenn man den Sieg davontragen will.«

Sie öffnete ihre Aktentasche, als würde sie die Richtung dieses Geplänkels bereits langweilen. Das Rascheln von Papier war das einzige Geräusch, das das Pulsieren störte. Julietta bemerkte, dass sich ihre Handflächen klamm anfühlten. Wie eigenartig. Sie war nicht nervös, es war vielmehr etwas anderes, das sie nicht näher bestimmen konnte. »Eine Dame kann man opfern. Sie besitzt zwar sehr viel Macht, aber letztlich hängt alles nur vom König ab. Hat man einen klugen Notfallplan in der Hinterhand, muss der Verlust der Dame nicht auch das Ende der Partie bedeuten.«

Seine Augen verfinsterten sich. Oh ja, es gab keine Frau, die für diesen Mann arbeiten konnte. Mit ihm könnte man eine Plakataktion starten, um Teenager davor zu warnen, schwanger zu werden. Diese Balance zwischen Hell und Dunkel, zwischen Gut und Böse genügte, um eine Frau alle Vernunft aufgeben zu lassen, auch wenn die Konsequenzen noch so schlimm sein würden. Zum Glück ließ sich Julietta immer nur von ihrer Vernunft leiten und von nichts anderem.

»Ich dachte, Sie spielen kein Schach«, wunderte er sich.

»Tue ich auch nicht.« Sie hob das Kinn ein wenig an. »Trotzdem kann es nicht schaden, wenn man sich mit den Regeln vertraut macht. Rein vorsorglich.«

Sein leises Lachen glitt durch den Raum und strich zwischen ihren Schenkeln hindurch. Sie nahm diese Reaktion ihres Körpers zur Kenntnis, auch wenn ihr Verstand zu allem auf Distanz blieb.

»Sie sind eine faszinierende Frau, Julietta Conte.« Ihr Name rollte über seine Zunge und bekam dadurch eine ganz neue Bedeutung. Normalerweise zuckte sie innerlich zusammen, wenn ihr Mädchenname im Vorstandszimmer fiel. Zu viele Männer benutzten Romantik und Intimität, um Frauen im Berufsleben zu erniedrigen. Sawyer dagegen verband Respekt mit einer gebändigten Sinnlichkeit, die sie aus dem Gleichgewicht zu bringen drohte. »Ich bin froh, dass ich meinem Instinkt gefolgt bin, um Ihnen die erste Gelegenheit zu geben, für mich zu arbeiten.«

Sie schloss ihre Aktentasche und stellte sie wieder auf den Boden, dann blätterte sie bedächtig in der Akte, um ihrerseits Macht zu demonstrieren. »Ich weiß es zwar zu schätzen, die Erste in einer Reihe zu sein, trotzdem wäre es mir lieber gewesen, vorab die Details dieses Angebots zu erfahren. Ich vergeude ungern einen ganzen Morgen mit Dingen, die meine Zeit nicht wert sind. Ich bin mir sicher, Sie können das nachvollziehen, Mr Wells.«

»Sawyer.« Er stützte das Kinn auf seine Finger auf. »Immerhin habe ich schon fast Ihre ganze Familie kennengelernt und Ihr Schwager ist ein guter Freund von mir. Wir können uns zumindest darauf einigen, dass wir uns mit Vornamen anreden.«

»Von mir aus.«

»Sagen Sie ihn.«

Sie hob den Kopf. »Wie bitte?«

Eine eigenartige Anspannung entstand zwischen ihnen, als wäre ein Spiel eingeleitet worden, bei dem sie nichts über den Einsatz wusste. »Meinen Namen«, erklärte er mit sanfter Stimme. »Sagen Sie ihn.«

Julietta stutzte. Wärme breitete sich in ihrem Körper aus, ihre Haut begann zu kribbeln. Ihr Magen verkrampfte sich kurz. Sie wollte das nicht und setzte soeben zu einer Äußerung an, um diese seltsame Unterhaltung zu überspielen, doch dann kam sie gegen ihren Willen seiner Aufforderung nach.»Sawyer.«

Sein Name kam ihr über die Lippen, und sie verfluchte sich dafür, dass sie sich nicht hatte zurückhalten können. Zufriedenheit und irgendeine tiefergehende Gefühlsregung huschten über seine Miene, aber er nickte nur zustimmend. »Vielen Dank.«

Sie räusperte sich und konzentrierte sich wieder auf die Akte in ihren Händen. »Nachdem wir uns jetzt angemessen miteinander bekannt gemacht haben, wäre ich Ihnen dankbar, wenn Sie weitermachen könnten. Mir scheint, dass Ihr Ruf Ihnen vorauseilt.«

»Hoffentlich nur im Guten«, gab er lässig zurück.

»Größtenteils ja.«

Wieder lachte er kurz auf. »Sie unterscheiden sich sehr von allen anderen in Ihrer Familie.«

Sie ignorierte die pochende Wunde und brachte ein verkrampftes Lächeln zustande. »Hoffentlich nur im Guten.«

Er zog die Brauen zusammen und lehnte sich vor. »Hat Sie meine Bemerkung gestört? Ich wollte damit nur sagen, dass Ihre Zielstrebigkeit für Michael von großem Wert war. Das Familienunternehmen wäre nichts für Ihre Schwestern gewesen, und jetzt kann jeder von Glück reden, dass man Sie hat.«

Der Stich tat nicht mehr ganz so weh. Warum war er so besorgt, dass er sie aufgeregt haben könnte? Es war fast so, als besitze er die Fähigkeiten, ihre heimlichen Unsicherheiten anzusprechen, ohne dabei das Verlangen zu verspüren, diese

Unsicherheiten offenzulegen und ihr damit wehzutun. Als wollte er es einfach nur wissen, weiter nichts.

»Natürlich hat mich das nicht gestört. Ich schätze mich glücklich, *La Dolce Famiglia* zu führen. Ich glaube, mir war nicht klar, dass Sie einen Großteil meiner Familie kennen.«

Die markanten Gesichtszüge nahmen einen sanften, liebevollen Ausdruck an. »Max und ich haben in den gleichen Kreisen verkehrt, dadurch sind wir gute Freunde geworden. Er hat mir von Venezia erzählt, und ich hatte das große Glück, Carina letztes Jahr in Vegas kennenzulernen. Ich war bei ihrer Hochzeit eingeladen.«

Die Erinnerung an die hastige Hochzeit ihrer Schwester huschte ihr durch den Kopf. Sie hatte keine Zeit gehabt, nach Las Vegas zu fliegen, was sie jetzt noch immer bedauerte. Mama war die Einzige aus der Familie gewesen, die bei der Vermählung mit dabei gewesen war, daher störte es Julietta umso mehr, dass Sawyer zu einer so intimen Zeremonie eingeladen worden war. »Interessant«, murmelte sie. »Und meine Mutter?«

Diese Frage veranlasste ihn dazu, eine völlig ausdruckslose Miene aufzusetzen. »Ich hatte vor vielen Jahren das Vergnügen, Ihre Mutter kennenzulernen. Ich habe großen Respekt vor ihr.«

Hinter seinen Worten versteckte sich irgendeine Geschichte, aber zweifellos verstand er meisterlich, seine Geheimnisse zu wahren.

Julietta deutete auf den Umschlag, der auf ihrem Schoß lag. »Wie es aussieht, sind Sie im Vorteil. Meine Recherchen konnten erst dort ansetzen, als Sie anfingen, Hotels zu übernehmen und sie wieder profitabel zu machen. Es ist nichts über Ihre Familie zu finden, über Ihren Geburtsort oder irgendetwas anderes. Man könnte fast meinen, dass es kein Leben vor Ihrem dreiundzwanzigsten Geburtstag gegeben hat.«

Das Dunkel flammte auf und verschluckte alles Licht in seinen whiskeyfarbenen Augen. Ihr stockte der Atem, als sie die Mischung aus Zorn und Schmerz bemerkte, die nur für einen winzigen Moment seine Gesichtszüge prägte und dann schon wieder verschwunden war. »Hat es auch nicht«, sagte er. »Das wird Ihnen genügen müssen.«

Julietta respektierte, dass ihn Dinge quälten, über die er nicht reden wollte. Schließlich ging es ihr genauso. Bedächtig nickte sie. »Das genügt mir.«

Er lächelte. Seine Zähne waren strahlend weiß, aber zum Teil auch ein wenig schief. Seinem guten Aussehen tat das aber keinen Abbruch. »Gut. Dann können wir ja zum geschäftlichen Teil übergehen. Ich möchte Ihnen einen Vorschlag machen. Sozusagen eine Fusion.«

Sie verschränkte die Arme vor der Brust und wartete schweigend ab. Ihre Selbstbeherrschung und Geduld schienen ihn zu faszinieren. Unwillkürlich fragte sich Julietta, mit welchem Typ Frau er in seiner Welt üblicherweise zu tun hatte. »Ich bin im Begriff, meine eigene Kette Luxushotels zu präsentieren. In den letzten Jahren habe ich Immobilien in Bestlage in Städten überall in Europa und den Vereinigten Staaten erworben. Es ist ein ehrgeiziger Plan, der mit der Eröffnung von Hotels in Mailand, Rom, Venedig und Florenz beginnt. Dann werden drei Hotels in England folgen, eines davon in London. Anschließend geht es weiter in die USA, wo ich New York, Los Angeles und Chicago ins Auge gefasst habe.«

Er wartete ab, ob sie etwas sagen wollte, aber sie schwieg weiter. »Die Hotelkette wird den Namen *Purity* tragen. Ich habe jahrelang an diesem Konzept gearbeitet – an diesem Traum, wenn man so will – und es steht ein Team bereit, um schnell loszulegen. Dass ich in Italien anfangen werde, hat mehrere Gründe. Die Statistiken zeigen, dass in diesen Regionen zahlreiche Touristen unterwegs sind, von denen viele etwas Besonderes wollen, was vor allem für Amerikaner gilt. Ich werde exklusive Spas mit erlesenen Speisen kombinieren. Dabei möchte ich mit ganz bestimmten Lieferanten zusammenarbeiten, die einen Exklusivvertrag mit meiner Hotelkette abschließen können. Meine Absicht ist es, dass die Leute, mit denen ich Geschäfte mache, für einige der gefragtesten Unternehmen auf der Welt arbeiten. Die Reisenden sich darum reißen, die Einzigartigkeit der Vorteile von *Purity* zu erleben. Die teile ich in drei Hauptkomponenten ein: Erstens alles in Handarbeit exklusiv für *Purity* hergestellt. Luxuriöse Bademäntel, Hausschuhe, Handtücher, Bettdecken und Laken. Ähnlich wie die von *Frette*, allerdings waren wir in der Lage, eine neue Produktlinie zu entwickeln, mit der *Armani* nicht prahlen kann. Egal was der Kunde in die Finger bekommt, es fühlt sich so wundervoll weich an, dass er sich einfach nur reinkuscheln will. Die zweite Komponente besteht aus den Spas und den Restaurants. Ich habe bereits Verträge abgeschlossen, damit ich meinen Gästen das beste Essen und die besten Entspannungsmethoden der Welt anbieten kann. Die beiden Köche, die ich an Land ziehen konnte, haben auf Fernsehverträge verzichtet, weil sie für mich arbeiten wollen. Die dritte Komponente sind Leckereien: Geschäfte mit Schmuck ganz nach Kundenwunsch, mit Designermode und – nicht zu vergessen – mit erlesenen Desserts.«

Julietta beugte sich ein wenig vor. Ihr Herz raste, während sie an seinen Lippen hing und auf die nächsten Worte wartete.

»Ich möchte eine Bäckereikette unter Vertrag nehmen, die exklusiv alle *Purity* Hotels beliefern soll. Es geht dabei um Catering bei allen Veranstaltungen, auch bei Hochzeiten. Ich benötige eine hochwertige Bäckerei, die alle Restaurants, den Zimmerservice und ein Ladenlokal für Spontankäufe versorgen kann.«

Sie ließ sich seine Idee durch den Kopf gehen. Es war ein waghalsiger Plan. Bei der momentanen Wirtschaftslage fast schon verrückt. Aber das Prinzip der Exklusivität und die Standorte waren genial. Wenn alle Komponenten funktionierten, konnte Sawyer es schaffen, einen der erfolgreichsten Markennamen der Welt ins Leben zu rufen.

Nachdenklich schürzte sie die Lippen. »Wissen die Chefköche, die Sie unter Vertrag genommen haben, von diesem Teil Ihrer Pläne? Die meisten von ihnen wollen die komplette Kontrolle über alle Speisen und Gerichte haben, Desserts eingeschlossen.«

»Die kennen die Spielregeln. Ich will keinen großartigen Koch, der nebenbei noch ein paar ganz gute Desserts zubereiten kann. Ich will auch keinen Konditor. Ich brauche eine wie geschmiert laufende Kette, die alles liefern kann, was meine Kunden haben wollen. Und ich will die beste Bäckerei. *La Dolce Famiglia* ist die beste.«

Eigentlich tat es sehr gut, das zu hören, doch sie ignorierte dieses Gefühl. Der Mann war ein Genie, aber sie hatte schon früh lernen müssen, dass zu einem Traumdeal auch immer das verklausulierte Kleingedruckte gehörte. »Ich bin beeindruckt. Natürlich muss ich mir Ihre Aufbaupläne, den Zeitplan und die Standorte erst in Ruhe ansehen, um ein besseres Gefühl dafür zu bekommen, ob das das Richtige für uns ist.«

»Selbstverständlich.«

»Die zu erwartende Gewinnspanne ist auch entscheidend.«

»Ganz richtig.«

»Es gibt da nur ein Wort in Ihrem Vorschlag, das mir nicht gefällt.«

»Und das wäre?«

»Exklusiv.«

Sein Blick wanderte zu ihrem Mund. Der Ausdruck des hungrigen Jägers überraschte sie. Sie war nicht der Typ Frau, die bei einem Mann lüsterne Gefühle hervorrief. Sie wurde normalerweise als Herausforderung wahrgenommen, die es zu überwinden galt. Bei einem geschäftlichen Treffen war sie immer in der Lage, sich von ihrer femininen Seite zu lösen, damit eine körperliche Anziehung nie Thema werden konnte. Jetzt erwachte zum ersten Mal tief in ihrem Inneren ein entsprechendes Verlangen, das sich den Weg in die Freiheit zu bahnen versuchte. Wie es wohl wäre, die nehmende Seite dieser aufgestauten männlichen Aufmerksamkeit zu sein?

Er rieb sich gedankenverloren das Kinn, während er sie betrachtete. Seine schlanken Finger strichen über die glatt rasierte Haut bis unter die volle Unterlippe. War er unter dem schwarzen *Gucci* Anzug überall so golden gebräunt wie im Gesicht? Waren seine Finger in der Lage, so mit dem Körper einer Frau zu spielen, dass er einen köstlichen Strom der Begierde zwischen ihren Schenkeln auslöste?

Sie verkniff sich einen Seufzer. Nur ein Wunschtraum, mehr nicht. Sobald er sie küsste und feststellte, dass sie davon keine weichen Knie bekam, wie es ihm lieber gewesen wäre, würde er jegliches Interesse an ihr verlieren. So wie jeder andere Mann auch. Und Julietta konnte es ihm nicht mal verübeln. *Dio*, was fiel ihr ein, sich diesen Mann nackt vorzustellen? War sie jetzt völlig *pazzo*?

»Haben Sie ein Problem damit, mich exklusiv zu beliefern?« Mit maskuliner Eleganz schob er seinen Bürosessel nach hinten und schlug die Beine übereinander. Die lässige Geste stand im Widerspruch zu seiner eiskalten Frage, die er wie in Watte verpackt an sie gerichtet hatte. Ihr Mund war mit einem Mal wie ausgedörrt. Wieso kam es ihr auf einmal so vor, als würde sich das Wort *exklusiv* plötzlich auf etwas ganz anderes beziehen?

Julietta zuckte beiläufig mit den Schultern. »Manchmal ja. Mehrere Geschäftspartner zu haben verringert das Risiko.«

Er reagierte mit einem anzüglichen Grinsen. »Richtig. Das Risiko eines Fehlschlags. Bindet man sich an den richtigen Partner, dann verbessert das die eigenen Erfolgschancen ganz erheblich.«

»Eine Bindung kann aber auch zum Bankrott führen.« Das Blut strömte heftig pochend durch ihre Adern, während der mentale Schlagabtausch zwischen ihnen in die zweite Runde ging. »So etwas ist schon viel zu oft vorgekommen.«

Sawyer senkte seine Stimme ein wenig. Eine Mischung aus klebrig-süßem Honig und heißem Öl, die eine Freude für ihre Ohren und für die pulsierende Region zwischen ihren Schenkeln war. »Sie haben sich zuvor falsch entschieden und wurden über den Tisch gezogen. Aber das wird Ihnen mit mir nicht passieren.«

Ihre Haut kribbelte, ihre Brüste pressten gegen den schneeweißen Stoff ihres BHs. Plötzlich verspürte sie den unbändigen Wunsch, sich die Kleider vom Leib zu reißen und sich ihm auf seinem Schreibtisch darzubieten, die Beine zu spreizen und sich seinem Willen zu unterwerfen. Entsetzen mischte sich unter ihr Erstaunen darüber, welche urtümliche Reaktion dieser Mann bei ihr hervorrief. Glücklicherweise hatte sie sich schon früh in ihrem Leben angewöhnt, ihren Atem unter Kontrolle zu halten, damit sie in Situationen wie dieser die Ruhe bewahrte. »Sie sind sehr von sich überzeugt, nicht wahr? Das ist gut. Das erwarte ich auch von einem Partner. Ich nehme an, Sie haben Ihren Vorschlag in einem Papier zusammengefasst, das ich mir in Ruhe ansehen kann.«

Er schob den schwarzen Lederordner über den Schreibtisch zu ihr. Sie nahm ihn an sich, blätterte ihn flüchtig durch und steckte ihn in ihre Tasche. »Ich melde mich im Lauf der Woche.«

»Nein, Sie melden sich morgen.«

Julietta zog die Brauen zusammen. »Unmöglich. Meine Anwälte müssen sich das ansehen, ich muss es den Vorstandsmitgliedern vorlegen und auch mit Michael reden.«

Er machte eine abweisende Geste. »Michael kümmert sich um *La Dolce Maggie*, und ich will ihm den gleichen Deal für meinen Standort New York anbieten. Wenn das hier funktionieren soll, dann muss ich wissen, dass Sie in allen Punkten meine Ansprechpartnerin sind. Sie treffen die Entscheidungen. Nichts gegen Demokratie, aber manchmal erzielt man mit einer Monarchie bessere Ergebnisse.« Ein Leuchten blitzte in seinen Augen auf, das etwas Sexuelles, Verruchtes besaß. »Das werde ich Ihnen bald beweisen müssen.«

Julietta verkniff sich ein Räuspern und weigerte sich, den Eindruck zu erwecken, er könnte sie eingeschüchtert haben. »So laufen Sie Gefahr, dass ich Ihnen eine Absage erteile.«

»Ja, aber ich brauche morgen eine Antwort. Beim Abendessen. Ich lade sie ein.«

Sie schüttelte den Kopf. »Nicht nötig, Mr Wells. Ich ...«

»Sawyer.«

Alles in ihr verkrampfte, als sie seinen Befehlston hörte. »Sawyer. Ich werde gewiss bis siebzehn Uhr benötigen.«

»Das passt perfekt. Ganz gleich, wie Sie sich entscheiden, wir werden das bei Wein und Pasta feiern. Ich hole Sie um sieben Uhr ab.«

Die Situation drohte ihr zu entgleiten, sie versuchte ihren Halt zurückzuerlangen. »Ich glaube nicht, dass das notwendig ist.«

»Ich schon. Ob geschäftlich oder nicht, ich habe bislang mit fast jedem aus Ihrer Familie Zeit verbracht und würde gern einmal mit Ihnen essen gehen. Reden wir über Max. Oder über Ihre Schwester. Ist das wirklich so viel verlangt?«

Sie kam sich wie ein Trottel vor. Wie wehrte man sich gegen eine so vernünftig vorgetragene Bitte, ohne dabei wie ein völliges Miststück rüberzukommen? Aber etwas warnte sie, nicht mit ihm allein zu sein, schon gar nicht in ihrem Apartment. Ihn zu sich nach Hause einzuladen wäre ein fataler Fehler.

Nur mit Mühe bekam sie die nächsten Worte über die Lippen. »Also gut. Sie können mich im Büro abholen, ich werde länger arbeiten.«

Er nickte auf eine Art, als wäre das Ganze ihre Idee gewesen, der er jetzt zustimmte. »Sehr gut. Ich bin schon gespannt, Ihre Entscheidung zu erfahren.«

Sie stand auf und beschloss, bei der Verabschiedung auf ein erneutes Händeschütteln zu verzichten. Dieser feige Zug ließ Sawyer flüchtig lächeln, doch er blieb an seinem Schreibtisch sitzen und sah ihr nach, wie sie zur Tür ging. Die öffnete sich wieder lautlos von selbst, als wollte sie ihr die Flucht aus seinem Büro erlauben. Hatte er eine Fernbedienung unter dem Schreibtisch versteckt, um seine Besucher zu verarschen? Das Treffen hatte sie völlig aus ihrer sonst so gewohnten Ruhe gebracht. Ohne einen Blick zurück marschierte sie aus dem Büro.

***

Er wollte sie.

Sawyer starrte auf die geschlossene Tür und versuchte, Ordnung in seine außer Kontrolle geratenen Gefühle zu bringen. Ihr Duft hing noch in der Luft. Er atmete tief ein und versuchte, ihre Essenz zu erfassen. Die Süße von Vanille. Der exotische Kick von Kokosnuss. Ein berauschender Widerspruch so wie diese Frau selbst auch.

Shit. Das würde komplizierter werden als erwartet.

Er erhob sich und ging im Zimmer auf und ab. Sollte er sein Angebot besser zurückziehen? Von der ältesten Tochter der Conte-Familie hatte er gewisse Dinge erwartet. Ein reserviertes Auftreten. Einen messerscharfen Verstand. Einen unbeirrbaren Sinn für Organisation und Führung. Eigenschaften, die er bewunderte und von einem Geschäftspartner verlangte, mit dem er langfristig zusammenarbeiten wollte. Seine Gespräche mit Max und Michael hatten ihn davon überzeugt, dass *La Dolce Famiglia* genau zu ihm passen würde und dass Julietta in der Lage sein würde, alle notwendigen Entscheidungen zu treffen.

Er hatte bloß nicht damit gerechnet, dass er sich von ihr angezogen fühlen könnte.

Sawyer wusste, er besaß ein untrügliches Geschick, was Frau anging. Zum Teil war es eine Gabe, zum Teil eine Frage der Übung. Jede Nuance wurde analysiert. Körpersprache, Wortwahl, Gestik. Vor allem die Augen, von denen er glaubte, dass sie das Fenster zur Seele waren. Nur nicht bei ihm. Der einladende goldene Glanz war ein trügerisches Lichtspiel, das jeden Gegenspieler auf eine falsche Fährte bringen sollte. Wer erst einmal in diese Augen eingetaucht war, würde schnell herausfinden, dass dahinter alles so schwarz wie die Hölle war.

Er vertrieb diese düsteren Gedanken und riss sich zusammen, um sich seinem momentanen Problem zu widmen. Schon in dem Moment, als sie in sein Büro gekommen war und ihn auf ihre kühle Art begrüßt hatte, wusste er, dass er sie haben wollte. Ihr Äußeres sagte: *Ansehen erlaubt, jedoch nicht anfassen.*

Ihre Stimme erinnerte ihn an klirrendes Eis, das in die berauschende Wärme eines italienischen Akzents überging. Sie trug ihr Haar streng nach hinten gekämmt, nur ein paar Strähnen waren ihr entwischt und strichen über ihre Wangen. Wenn sie den Kopf zur Seite neigte, erfasste das Licht den Schimmer weinroter Strähnen, die wie Rubine inmitten von konservativen

Perlen funkelten. Ihre großen dunklen Augen beherrschten ihr Gesicht, aber ein goldener Wirbel schimmerte rund um die Iris und deutete auf eine verborgene Tiefe hin, auf die gewiss nur die wenigsten Männer aufmerksam wurden. Nase, Kinn und die klar konturierten Wangenknochen bildeten den Kontrast zu so vollen Lippen, dass er nichts lieber getan hätte, als sie stundenlang zu küssen. Die Tatsache, dass sie keinen Lippenstift benutzt hatte, um sie zusätzlich zu betonen, machte sie umso verlockender.

Sie trug ihre Kleidung im Stil einer Frau, die klassisch geschnittene, teure Mode mochte und die wusste, wie sie diese zur Geltung brachte. Ihre große geschmeidige Statur betonte die cremefarbene *Vera-Wang*-Kombination. Der Bleistiftrock lag eng um ihre Hüften und reichte bis Mitte des Unterschenkels. Zielstrebig hatte sie den Raum in ihren elfenbeinfarbenen Lederpumps durchquert, als wäre ihr Körper ein ganz eigenes Wesen, das nur zufällig mitgekommen war. Es war so, als wären Geist und Körper voneinander unabhängig und als würden sie sich gegenseitig heftig bekämpfen. Die Art, wie sich ihre kleinen hohen Brüste unter dem Jackett abzeichneten und wie er einen kurzen Blick auf braune Haut hatte werfen können, als sie die Beine übereinanderschlug, hatte seinen Körper sofort in Bereitschaft wechseln lassen. Und wie. Ein Glück, dass er hinter seinem Schreibtisch gesessen hatte, denn das wäre einfach zu peinlich gewesen. Er konnte sich nicht daran erinnern, wann ihn eine Frau das letzte Mal allein dadurch erregt hatte, dass sie ein Zimmer betrat. Seit Carina war ihm so etwas nicht mehr passiert.

Die Erinnerung an Juliettas jüngere Schwester zuckte durch seinen Kopf. Er war von dem natürlichen Verlangen und der Unschuld fasziniert gewesen, die sie in Vegas ausgestrahlt hatte, aber ihm war auch sofort klar gewesen, dass sie Max liebte. Da er sich nie mit dem zweiten Platz zufriedengab, hatte er sie in Ruhe gelassen, denn sie war nicht für ihn bestimmt gewesen. Zumindest nicht langfristig. Vielleicht für eine kurze Affäre, doch sie hatte ihn nie so angesehen wie Max. Sawyer war froh darüber, dass sie jetzt glücklich verheiratet waren, denn für dieses Glück hatten sie einen weiten Weg zurücklegen müssen.

Doch seine Reaktion auf Carina war nur ein leises Summen im Vergleich zum Tosen und Toben in seinem Schwanz, als Julietta sein Büro betreten hatte.

Ihr Griff war kraftvoll, auch wenn ihre Hand ganz leicht gezittert hatte, als er sie drückte. Die Haut fühlte sich sanft und geschmeidig an. Julietta dominierte die anspruchsvolle Unterhaltung, der die meisten Männer gar nicht erst hätten folgen können, und sie behielt die ganze Zeit über die Kontrolle. Nur als er angemerkt hatte, sie sei ganz anders als der Rest der Familie, versteifte sie sich, und in ihren kakaobraunen Augen war für einen winzigen Moment Schmerz zu sehen gewesen.

Unter diesem kühlen zugeknöpften Äußeren lauerte ein wildes Dickicht aus Leidenschaft, Emotionen und Chaos. Es war ganz klar, wie er sich am besten entscheiden sollte: *Sag das Essen ab. Zieh dein Angebot zurück. Vergiss, was passiert ist, und blicke nach vorn.* Eine Frau wie Julietta besaß die Macht, seine Konzentration zu stören, ihm in seine Geschäfte zu pfuschen und sein Leben in einen Scherbenhaufen zu verwandeln.

Und doch zog ihn irgendetwas zu ihr hin und erfüllte ihn mit dem dringenden Wunsch, sie aller Äußerlichkeiten zu berauben, um sie mit der Frau zu konfrontieren, die sie wirklich war.

Ihre Reaktion auf seine Forderung, seinen Vornamen zu sagen, sprach Bände. Sie besaß eine natürliche unterwürfige Neigung, was seine dominante Seite umso mehr faszinierte. Wie sie wohl im Bett sein mochte? Ihr Verstand war so darauf ausgerichtet, ständig die Kontrolle über alles zu haben, dass sie bestimmt Probleme damit hatte, die Lust zu genießen, die ihr Körper ihr geben konnte.

Er könnte ihr das beibringen.

Das Blut jagte durch seine Adern und begann zu brodeln. Sie würde keine leichte Partie sein, sondern ihm das Leben zur Hölle machen. Hatte er jetzt Zeit für so etwas? Sein lang gehegter Traum vom eigenen Hotelimperium war zum Greifen nah. Sie in seine Geschäfte einzubinden könnte sich als riskant erweisen. Aber die Versuchung war einfach zu groß.

Sawyer erkannte, dass er sich in den letzten Jahren Frauen gegenüber immer nur oberflächlich verhalten hatte. Er spielte in einem solchen Maß mit Beziehungen, dass er eine echte Verbindung zu einer der Frauen nicht mal dann erkannt hätte, wenn es in greller Leuchtschrift an der Wand gestanden hätte. Seine Arbeit war in den vergangenen zehn Jahren die treibende Kraft gewesen, und sie blieb auch weiterhin seine einzige anspruchsvolle Geliebte. Seinen Ausflügen ins Reich der Lust setzte er von vornherein unverrückbare Grenzen. Aber viele Frauen erwiesen sich als anhänglich und konfrontierten ihn mit Gefühlen, mit denen er nicht zurechtkam und die ihn zwangen, die jeweilige Beziehung rigoros zu beenden. Julietta mochte ihm etwas mehr Tiefgang bieten, da sie in der Lage war, Arbeit und Vergnügen voneinander zu trennen. Die meisten Frauen konnten nicht mit den Grenzen umgehen, die er ihnen setzte.

Aber er wäre jede Wette eingegangen, dass Julietta Conte jeder Herausforderung gewachsen war, vor die man sie stellte.

Sawyer tippte mit der Fingerspitze gegen seine Lippen und analysierte, welche Möglichkeiten sich für ihn ergaben. Was für ein äußerst schmaler Grat zwischen Arbeit und Vergnügen. Ein falscher Schritt, und er landete auf beiden Seiten in einer Schlangengrube. Julietta musste zunächst mit Samthandschuhen angefasst werden, bevor er sie den köstlichen Schmerz der Peitsche spüren lassen konnte. Er musste herausfinden, was sie antrieb, was sie verheimlichte und wie er am besten die Mauern einreißen konnte, die sie um sich errichtet hatte. War das zu gewagt, wenn er doch gerade jetzt im Begriff war, vor aller Welt seinen Traum zu enthüllen, der für ihn so viele Jahre lang der einzige Grund zum Überleben gewesen war?

Die Antwort darauf durchströmte ihn mit einem tief innewohnenden Wissen, das er nie infrage stellte.

Und er kam zu dem Schluss, dass er sie von dem Augenblick an gewollt hatte, als sie das erste Mal in sein Büro gekommen war.

3. Kapitel

Julietta sah auf die Uhr. Es war zwei Minuten vor fünf am Nachmittag.

Die Papiere lagen vor ihr auf dem Konferenztisch ausgebreitet. Im Zimmer herrschte Stille, von draußen drang leises Gemurmel und Klingeln der diversen Telefone im Büro zu ihr. Sie hatte den Vorstand informiert und mit den Anwälten gesprochen. Sie hatte mit Michael telefoniert und die ganze Nacht auf Schlaf verzichtet, um hin und her zu rechnen. Schließlich war sie zu einer Erkenntnis gelangt.

Sie müsste verrückt sein, dieses Angebot abzulehnen.

Das hier war ihre große Gelegenheit, in globalen Dimensionen etwas für das Unternehmen zu tun. Auch wenn sie zuvor stellvertretende Geschäftsführerin gewesen war, hatte sie erst vor ein paar Jahren die vollständige Kontrolle übertragen bekommen. Es war von ihrem Bruder gut gemeint gewesen, dennoch hatte er in der Zeit immer noch die Zügel in der Hand behalten, bis er dann Maggie heiratete und einsah, dass sein Verhalten verkehrt war. Schließlich hatte sie den Sprung in die erste Reihe machen können und damit begonnen, eigene Verträge abzuschließen. Während Michael in amerikanischen Spitzenhotels Fuß fasste, brannte sie darauf, mit der Bäckereikette in Italien Neuland zu erobern. Beim Straßenverkauf war ihr das bereits gelungen, aber sie strebte danach, mit Hotels zusammenzuarbeiten. Und zwar mit den großen Namen. Dass ihr Deal mit dem *The Palazzo* geplatzt war, ärgerte sie noch immer. Sie war auf alles vorbereitet gewesen, und sie hatte sich mit Leib und Seele nach einem Vertragsabschluss verzehrt. Es war zum Kotzen, das die Geschäftsführung dieses Ladens der Meinung war, dass eine Frau ihnen nicht das geben konnte, was sie haben wollten. Oh, im Bett ganz bestimmt. Aber im Geschäftsleben?

Nein. Stattdessen ging der Vertrag an ihren Konkurrenten, der anstelle von Visionen nur einen patriarchalischen Großvater zu bieten hatte. Julietta war zu spät aufgegangen, dass das *Palazzo* sie vollständig hatte kontrollieren wollen. Als die Herren gemerkt hatten, dass das kleine Weibchen sich nichts sagen lassen wollte, war das Thema *Vertrag* augenblicklich erledigt gewesen.

Aber jetzt konnte ihr Traum wiederbelebt werden. Mit Sawyers Vertrag konnte *La Dolce Famiglia* in die Welt der Luxushotels vorstoßen.

Allerdings war das Ganze nicht ohne Risiken. Der Exklusivvertrag machte es ihr unmöglich, andere Bäckereien zu eröffnen. Sie war an *Purity* gebunden, und wenn Sawyer scheiterte, war auch sie erledigt – zumindest was diesen Deal betraf, denn es würde viel Geld investiert werden müssen. Es war ein zwiespältiges Spiel, auf das sie sich einließ, aber sie war viel zu aufgeregt, um noch einen Rückzieher zu machen. Wie lang war es her, dass die Aussicht auf einen Vertragsabschluss sie so begeistert hatte? Außerdem brauchte sie dringend eine Herausforderung, um aus dem Jammertal des Selbstmitleids herauszukommen, in dem sie Abend für Abend versank. Es gab einfach nichts Besseres als einen Vertrag, der einen Adrenalinschub auslösen konnte.

17.00 Uhr.

Die Sprechanlage summte. Sie drückte auf die Taste. »Ja?«

»Ms Conte, Sawyer Wells ist am Telefon. Soll ich durchstellen?«

Sie schüttelte den Kopf und versuchte, sich ein Lächeln zu verkneifen. »Ja, bitte.«

Die Leitung wurde kurz unterbrochen, dann drang seine Stimme wie eine Kombination aus Kieselsteinen und Seide aus dem Hörer. »Haben Sie sich entschieden?«

»Sie kommen immer direkt zur Sache, wie?«

»Immer.« Es folgte eine kurze Pause. »Wir können gern noch eine Runde spielen und uns während des Abendessens weiter unterhalten. Oder ich überzeuge Sie auf die Art, die Sie brauchen, um überzeugt zu werden. Ich kann das ziemlich gut.«

Seine Arroganz war überwältigend und verdammt sexy.

Verdammt, es würde Spaß machen, mit ihm zusammenzuarbeiten. »Nicht nötig. Es haben schon andere versucht, mich auf diese Weise zu etwas zu überreden. Und trotzdem habe ich mich nicht durch solche Taktiken in meinen Entscheidungen beeinflussen lassen.«

Sein düsteres Lachen hatte etwas von einer unterschwelligen Drohung. »Sie kennen meine Taktiken nicht.«

»Ich finde, die meisten Taktiken von Männern sind überbewertet.«

»Köstlich. Eine Herausforderung.«

Julietta stieß einen leidenden Seufzer aus. Es war wohl besser, beim Abendessen auf die Wahrheit anzusprechen. Falls Sawyer glaubte, für ihn würde das eine oder andere *Extra* abfallen, wenn sie zusammenarbeiteten, dann irrte er sich gewaltig. Sie konnte nur hoffen, dass er nicht mürrisch wie die anderen reagierte, wenn er endlich begriff, dass er bei ihr nicht landen konnte. »Glauben Sie mir, das war nur eine Tatsachenfeststellung, aber kein Versuch, Sie zu irgendetwas herauszufordern. Meine Antwort ist Ja.«

Lange Zeit herrschte Schweigen. Irgendwann fragte er: »Ja?«

»Muss ich es wiederholen? Ich werde den Vertrag unterschreiben. Sie können um sieben hierher in mein Büro kommen, dann feiern wir den Vertragsabschluss. Es war mir ein Vergnügen, mit Ihnen zu reden, Mr Wells.«

Sie legte auf und verspürte Befriedigung. Ihr minimales Aufbegehren mit Blick darauf, wie er gern angeredet werden wollte, mochte kindisch gewirkt haben, aber das war es wert gewesen. Dieser Mann war einfach viel zu sehr daran gewöhnt, nur pfeifen zu müssen, damit eine Frau zu ihm gerannt kam und sich die Kleider vom Leib riss. Es wurde Zeit für ihn einzusehen, dass er nicht jede Frau bekam, die er haben wollte, bloß weil die Natur dafür gesorgt hatte, solch ein heißer Typ zu sein.

Bedauern nagte an ihr. Wie sich das wohl anfühlen würde, wenigstens einmal eine heftige körperliche Reaktion auf einen Mann zu erleben, ohne sich darüber Gedanken machen zu müssen, zu einem Eisblock zu erstarren? Einfach nur nackt zu sein, einen Orgasmus zu erleben und sich früh am nächsten Morgen davonzustehlen.

Wie jämmerlich. Wenn das das Einzige war, woran es in ihrem Leben fehlte, konnte sie sich noch glücklich schätzen. Wenigstens lag ein reizvoller neuer Vertragsabschluss vor ihr, der viele Stunden Arbeit und ein eindringliches Gefühl der Befriedigung versprach, wenn alles erledigt war.

Erfolg.

Abschluss.

Leistung.

Das genügte.

Sie wiederholte das Mantra wieder und wieder, während sie sich weiter ihrer Arbeit widmete. Die nächsten zwei Stunden vergingen wie im Flug, in den letzten zwei Minuten nahm sich Julietta die Zeit, ihre Haare glatt nach hinten zu streichen, das Halstuch neu zu binden und die Akten wegzuräumen.

Sawyer betrat pünktlich den Konferenzraum und erstrahlte in seiner ganzen männlichen Pracht. Ihr Blick wanderte mit einem Anflug von Verärgerung über ihn. Er stand an der Tür und schwieg beharrlich. Seine wortlose Arroganz strahlte in Wellen um ihn herum aus, und Julietta musste gegen das Verlangen ankämpfen, den Kopf auf eine zu verräterische Weise nach vorn sinken zu lassen. Wie unheimlich.

Er trug einen dunkelgrauen Nadelstreifenanzug, dazu eine lila Krawatte. Der unerbittlich strenge Schnitt seines Anzugs bildete einen krassen Gegensatz zu seiner Surferfrisur, die er zu einem kurzen Pferdeschwanz nach hinten gebunden hatte. Die Frisur betonte seine markanten Wangenknochen und die rötliche Narbe. Die Kombination aus Macht und purem Sex, getarnt durch maskuline Anmut, ließ Julietta einen Moment erstarren. Sie musste sich einen Ruck geben.

Aufhören zu sabbern, Abwehr einschalten, das Spiel kann beginnen.

»Es gefällt Ihnen, das Sagen zu haben, nicht wahr, Julietta?« Seine Betonung ihres Namens war pure Absicht und verfehlte ihre Wirkung nicht.

Sie rang sich zu einem gefälligen Lächeln durch. »Gefällt das nicht jeder Frau?«

»Sie lassen mich nicht Ihr Apartment sehen, nicht mal Ihr Büro. Stattdessen muss ich Sie zum Abendessen in Ihrem Konferenzraum abholen.«

Julietta griff nach ihrer roten *Fendi*-Tasche und ging zur Tür. Je näher sie kam, umso deutlicher spürte sie die Hitze, die er ausstrahlte. Sie musste den Kopf leicht in den Nacken legen, um ihm in die Augen sehen zu können. Gott, was duftete er wunderbar. Nach Kaffee und Gewürzen, intensiv und sehr männlich. Normalerweise verschaffte ihre Größe ihr einen Vorteil, da sie mit ihren fast eins achtzig die meisten Männer ein Stück überragte. Doch Sawyer war noch einige Zentimeter größer als sie. Erst jetzt wurde ihr bewusst, dass seine breiten, muskulösen Schultern einen weiteren Widerspruch zu seinem maßgeschneiderten Jackett bildeten. Er war ein Wilder, den man in die Zivilisation verbannt hatte. Der schöne Schein machte ihr am meisten Angst, doch sie würde nicht zulassen, dass sie mit ihm in eine so intime Position geriet. Sie musste sofort Grenzen setzen, bevor er sie mit Haut und Haar verschlingen konnte. »Ich bin zwar mit dem Vertrag einverstanden, aber ich lade nie jemanden in meine Privatwohnung ein.«

Sawyer wich nicht zurück. »Nie?«, fragte er leise.

»Nur weil wir zusammenarbeiten, garantiert das nicht eine Freundschaft zwischen uns, Sawyer. Sie haben zwar meine Familie kennengelernt und ich gehe jetzt mit Ihnen essen, aber für mehr als das, kenne ich Sie nicht gut genug.«

Er schien sich ihre Worte durch den Kopf gehen zu lassen. Dann nickte er. »Kann ich verstehen. Ich habe mir überlegt, dass wir zur *Piazza Repubblica* spazieren.«

»Perfekt.«

Er führte sie aus dem Büro, als hätte er das Sagen. Seine Hand legte er um ihren Ellbogen, seine kraftvollen Finger lagen sanft auf ihrer Haut, während er sie auf dem Weg zum Restaurant über das unebene Kopfsteinpflaster dirigierte. Die vertrauten Bilder und Düfte von Mailand zogen an ihr vorbei. Sie atmete die vom Nebel schwere Luft, die diese Stadt zu etwas

Besonderem machte, und sie verfiel in behagliches Schweigen. Das Gewimmel der Autos auf den Fahrbahnen und der Fußgänger auf den Gehwegen sorgte für eine Atmosphäre, die besänftigend auf Juliettas Seele einwirkte. Motorräder fuhren lärmend vorüber, schöne Frauen in Designerkleidung und High Heels bahnten sich mit eleganter Anmut ihren Weg durch die Menge. Von den Tischen der Straßencafés verbreitete sich das Aroma von Espresso und Gebäck.

Sie hatte Videos von New York City gesehen und fand, dass Mailand so etwas wie ein Cousin zweiten Grades dieser Metropole sein musste, wenn man von dem gräulichen Nebel absah, der diese Stadt immer wieder verhüllte und sie für einen Betrachter fast schon morastig erscheinen ließ.

Dann endlich hatten sie den eleganten Torbogen des *Repubblica* erreicht. Das Lokal war bereits gut besucht, aber sie wurden sofort zu einem in Rot gehaltenen Ecktisch geführt. Sawyer bestellte eine Flasche Champagner. Die schlichten, klaren Linien des Restaurants gefielen ihr – dazu die schneeweißen Tischdecken, der auf Hochglanz polierte Boden, die hohen Decken, die Kerzen, die überall im schummrigen Lokal verteilt standen. Sie unterhielt sich mit dem Kellner, bestellte Antipasti und begann sich zu entspannen.

»Keine Aktentasche?«, fragte er, nahm das zerbrechlich wirkende Champagnerglas und trank einen Schluck. Der Abdruck seiner Unterlippe auf dem Glas ließ einen sonderbaren Schauder über ihren Rücken laufen. Warme Luft strömte aus der Klimaanlage, um die winterliche Abendluft aus dem Lokal zu halten.

Julietta knöpfte ihre Jacke auf und hängte sie über die Stuhllehne. »Nicht nötig. Die meisten Zahlen kenne ich bereits auswendig.«

Sawyer grinste. »Das glaube ich Ihnen aufs Wort. Und? Haben Sie die Zustimmung des Vorstands?«

»Ich habe genug Rückhalt, um die Sache weiter zu verfolgen. Es ist ein Risiko, aber es ist kalkulierbar. Sie haben sich einen ehrgeizigen Plan für die Eröffnung vorgenommen. Werden Sie in sechs Monaten mit allem fertig sein?«

»Ja.«

Sie legte den Kopf schräg und griff nach einem kleinen Stück Brot. Die Kruste um den warmen Teig brach auf, Julietta träufelte fruchtiges Olivenöl auf die Ränder. »Tausend Dinge können bei so etwas schiefgehen.«

Er musterte sie auf eine eindringliche Art, die sie nicht gewöhnt war. Nur wenige Männer schenkten ihr so viel Aufmerksamkeit, und sie fragte sich, ob das Teil einer Taktik war, mit der er Frauen verführte. »Ich habe für alle Eventualitäten vorgesorgt«, antwortete er schließlich. »Es wird keine Probleme geben.«

Seine Worte waren vielsagend. Er brauchte diesen Erfolg genauso dringend wie sie. Diese Erkenntnis beruhigte sie ein wenig, und sie griff nach ihrem Glas. Vielleicht waren sie sich beide ja ähnlicher, als sie es bislang gedacht hatte. Sawyer wollte nicht riskieren, dass er sein Ziel aus den Augen verlor, wenn er sich auf die alberne Herausforderung einließ, sie in sein Bett zu bekommen. Frauen hatten für ihn eindeutig nicht oberste Priorität.

Sie lächelte erleichtert. »Gut, dann haben wir ja beide etwas zu beweisen.«

»Ja, danach sieht es aus.« Seine goldenen Augen glänzten. »Die Frage ist nur, warum?«

Ihre Finger schlossen sich um das letzte Stück Brot. Sie hoffte, dass er ihr Zittern nicht bemerkte. »Will nicht jeder Unternehmer ein Vermögen machen? Die Welt beherrschen? Das liegt doch in der Natur des Menschen.«

Sawyer weigerte sich, auf ihre Worte anzuspringen. »Ist es das, was Sie wollen, Julietta? Sie wollen etwas beweisen?« Er sah sie eindringlich an. »Sagen Sie, wieso ist der Deal mit *The Palace* geplatzt?«

Sie wich weiter seinem Blick aus und konzentrierte sich ganz auf ihr Brot. »Mich wundert, dass Sie die Einzelheiten nicht längst kennen. Vor allem wenn Sie doch *La Dolce Famiglia* schon seit einer ganzen Weile beobachten.«

»Die Einzelheiten sind mir natürlich bekannt. Ich würde nur gern Ihre Version der Ereignisse hören.«

Ihr Temperament geriet in Wallung, aber sie antwortete in ruhigem Ton. »Man kam zu dem Schluss, dass ich nicht die Frau war, für die man mich ursprünglich gehalten hatte. Mit anderen Worten: Ich sollte bei meiner eigenen Firma kein Mitspracherecht haben.«

»Aber Sie hätten an Prestige gewonnen. Mehr Gewinn. Wachstum.« Ein leichtes Runzeln zeichnete sich auf seiner Stirn ab, und Julietta bekam das ungute Gefühl, dass er auf irgendetwas hinauswollte, das ihr nicht klar war. »Ist das nicht Lohn genug? Ist das nicht ein solches Opfer wert?«

»Nein. Ich habe es nicht so weit gebracht, nur um dann einen Schritt nach hinten zu machen und anderen meine Arbeit zu überlassen.« Sie nippte am Champagner, um ihre Nerven zu beruhigen. »Ich erkläre mich mit einem Exklusivvertrag einverstanden, aber ich werde nicht anderen die Kontrolle überlassen. Niemals.«

Ein seltsames lustvolles Flackern ließ seine Augen aufleuchten, doch es war so schnell wieder verschwunden, dass es vermutlich nur das Lichtspiel der Kerzen gewesen war. Sie war keine von den Frauen, die bei einem Mann Hingabe wecken konnte, erst recht nicht bei einer Urgewalt von Mann, wie Sawyer es war.

»Ich habe nicht die Absicht, mich mit jemandem zusammenzutun, der keine eigene Meinung und kein Rückgrat besitzt, Julietta. Wie ich schon sagte, brauche ich eine Führungskraft, die in allen Dingen mein Ansprechpartner ist. Ich werde von Ihnen jeden Funken Intellekt und Talent fordern, den Sie besitzen. Indem ich ein solches Team zusammenstelle, werde ich in der Lage sein, uns gemeinsam zu führen. Aber lassen Sie sich eines gesagt sein: Die letzte Entscheidung treffe immer ich.«

Ihr Herz pochte wild, und sie musste unwillkürlich die Beine zusammenpressen, weil sie von einer blitzartigen Erregung heimgesucht wurde. *Heilige Scheiße.*

Was waren das nur für verrückte Reaktionen auf seine

Macho-Forderungen? Sie hasste Männer, die von sich glaubten, nur weil sie einen Penis besaßen, konnten sie anderen Vorschriften machen.

Sie ignorierte ihren Körper und redete weiter. »Verstehe. Vorausgesetzt, es findet immer ein Gespräch statt, wenn irgendetwas *La Dolce Famiglia* betrifft.«

»Ja, natürlich. Gut. Wenn wir also dem *Palace* gezeigt haben, wie dumm es von ihnen war, Sie nicht zu nehmen – was dann? Wird Ihnen unser Deal letztlich genug sein?«

Ihre Kehle schnürte sich zu. Wie konnte er es wagen, solche Dinge zu fragen? Er hatte kein Recht, jeden ihrer Gedanken zu erfahren! Als sie schließlich fortfahren konnte, hatte ihre Stimme einen frostigen Tonfall angenommen. »Wollen Sie immer noch in meine Privatsphäre vordringen? Meine Motive sind meine Sache, aber nicht Ihre. Wie wäre es, wenn Sie mir Ihre Motive erzählen? Wird *Purity* für Sie genug sein, wenn das Konzept ein Erfolg wird?«

Die Leere in seinen Augen sprach Bände. Julietta musste sich zurückhalten, um nicht über den Tisch hinweg nach seiner Hand zu greifen, als ob der Kontakt diese klaffende Wunde heilen könnte, über die sie gar nichts wusste. Welche Dämonen aus seiner Vergangenheit verfolgten ihn? Aber vielleicht war es besser, darüber nichts weiter zu wissen.

»Das will ich bei Gott hoffen«, erwiderte er. »Aber wissen werde ich das erst, wenn ich diesen Punkt erreicht habe.«

Der Kellner unterbrach sie, da er gleich mit mehreren Tellern an ihren Tisch kam. Frittierter Tintenfisch mit Büffelmozzarella, dazu gesalzene Anchovis und Kapern, happengroße Rinderravioli in einer cremigen Soße mit Butter und Thymian, gegrillte und mit Öl beträufelte Artischocken und Zucchini mit einer Auswahl an Salzen. Ein seltsam intimes Gefühl umgab sie beide, als würden sie sich dadurch näherkommen, dass sie in einem italienischen Restaurant saßen und Geheimnisse austauschten.

Was war hier los? Sie hatte in ihrem Leben schon Dutzende von Geschäftsessen absolviert, um über Verträge zu reden. Sie war vielen attraktiven und dynamischen Männern begegnet, die auf den ersten Blick ihr Interesse geweckt hatten. Das Resultat hatte sie immer zurückschrecken lassen, doch Sawyer forderte sie in jeder Hinsicht heraus und schien sich nach mehr zu verzehren als die anderen. So als wollte er ihr nicht nur die Kleider vom Leib reißen, um ihren nackten Körper zu betrachten. Sondern fast so, als wollte er in ihre Seele eintauchen.

Lächerlich.

Sie wehrte ein Schaudern ab und biss ein Stück von ihrer Artischocke. Die gegrillte Außenhaut schmeckte intensiv nach Knoblauch und Tomatensoße, was ihr ein klein wenig Befriedigung verschuf. »Warum haben Sie sich ausgerechnet Mailand ausgesucht, um das erste Ihrer Hotels zu präsentieren? Würden Sie sich zu Hause nicht viel behaglicher fühlen?«

Er ließ sich Zeit mit seiner Antwort und genoss erst einmal sein Essen, was ihm Bonuspunkte einbrachte. Die meisten Amerikaner bevorzugten große Portionen mit zu viel Beilagen und Kleinkram. Julietta dagegen waren die einfacheren, aromatischeren Zutaten lieber, die einen tiefer sitzenden Hunger stillten.

»Ich habe kein Zuhause.«

Sein beiläufiges Geständnis kam so unerwartet, dass ihre Hand, die die Gabel hielt, mitten in der Bewegung erstarrte. »Wie meinen Sie das? Max sprach davon, dass Sie eine Weile in Vegas und New York gelebt haben.«

Er zuckte mit der Schulter. »Ich lebe in dem Hotel, in dem ich gerade arbeite. Das verschafft mir Freiheit, es erlaubt mir einen luxuriösen Lebensstil und ich eigne mir viele Kenntnisse an.« Ein Schatten huschte über sein Gesicht. »Als ich jung war und noch viel über diese Branche zu lernen hatte, lebte ich eine Weile hier in Mailand. Ich verbrachte auch ein paar Jahre im *Carlton*, daher fühle ich mich in New York ganz wohl. Ich fand, es hat etwas Poetisches, wenn meine Hotelkette hier ihren Anfang nimmt. Normalerweise bleibe ich immer ungefähr ein Jahr an einem Ort. Wenn es länger dauert, möchte ich nichts lieber als weiterziehen.«

Ihr ging ein Stich durchs Herz, als sie das hörte. Familie und Heimat lagen ihr so sehr im Blut, dass sie sich gar nicht vorstellen konnte, wie sie ohne diese Dinge existieren sollte. Zugegeben, ihr Bruder und ihre Schwester hatten die Flucht nach New York angetreten, aber sie selbst schöpfte den größten Teil ihrer Kraft aus dem holprigen Pflaster unter ihren Füßen und dem weiten Himmel der Toskana über ihr. Sie verspürte nicht das mindeste Verlangen, irgendwo anders hinzuziehen. Sawyers beiläufige Andeutung, dass er nirgends richtig sesshaft werden konnte, bestärkte nur ihren Eindruck von einer tiefer sitzenden Einsamkeit, die ihn nicht zu kümmern schien.

Es gab also auch keinen Grund, warum es sie kümmern sollte. Der Mann brauchte keine Frau an seiner Seite. Er würde nur jede Schwäche zu seinem Vorteil ausnutzen, auch die Möglichkeit, dass sie sich zu ihm hingezogen fühlte. Sie musste sich ein Lächeln verkneifen. Wenn er nur gewusst hätte, dass ihn das bei ihr nie ans Ziel führen würde.

»Haben Sie nie mehr gewollt?«, fragte sie. »Keinen Ort, den Sie als Ihr Zuhause bezeichnen können?«

Augenblicklich bereute sie ihre spontane Äußerung. Hitze loderte hoch und knisterte in bernsteinfarbenen Flammen, heißer als der älteste Tropfen Whiskey, den Papa immer dann ins Haus geschmuggelt hatte, wenn er dachte, Mama würde nicht hinsehen.

Sawyer verzog den Mund zu einem spöttischen, aber sinnlichen Grinsen. »Völlig überbewertet. Ich habe gelernt, die Gegenwart in jeder Hinsicht zu schätzen. Ihr Geschmack, ihre Strukturen, die Bilder, die Gerüche. Ich genieße alles, was mir gegeben wird, weil es keine Garantie dafür gibt, dass es morgen auch noch da sein wird. Mein Zuhause ist mein derzeitiger Standort, nicht mehr und nicht weniger.« Unverfälschte Leidenschaft zuckte über den Tisch hinweg und verbrannte sie wie kochend heiße Wassertropfen. »Außer *Purity*. Das ist das Einzige, von dem ich sagen will, dass es eine Konstante ist. Alles andere verkümmert nach einer Weile.«

»Sogar die Liebe?«

Die Worte rutschten ihr so unerwartet raus, dass sie fast vor Entsetzen nach Luft geschnappt hätte. Ihre Wangen glühten. *Dio mio!* Was hatte sie nur getan? Sie musste unter einer Art Midlife-Crisis leiden. Ihr Temperament und ihre Selbstbeherrschung gerieten in der Nähe dieses Mannes so aus den Fugen, dass sie Angst bekam. Sie rechnete mit einem Wutausbruch angesichts einer so persönlichen Frage, aber so wie sie kurz zuvor hielt er auch jetzt mitten in der Bewegung inne, als wäre er mindestens genauso schockiert wie sie. »Was haben Sie gesagt?«

Julietta zwang sich zu einem Lacher. »Tut mir leid. Bitte vergessen Sie einfach die Frage. Ich weiß nicht, was da mit mir durchgegangen ist.«

»Ich glaube, ich weiß das.« Sein Blick schien sie zu durchbohren und an ihr zu zerren und zu reißen. »Ich weiß eine Frau zu schätzen, die das sagt, was sie denkt. Ehrlichkeit ist stärker als noch so schöne Worte, die aber nicht mal an der Oberfläche der Wirklichkeit kratzen.«

»Sie müssen nicht ...«

»Ich werde es aber. Nein, Julietta, ich glaube nicht an die Liebe. Das war noch nie anders. Ich glaube an Leidenschaft und Lust, an Ehrlichkeit und Loyalität. Ich glaube an harte Arbeit und Aufopferung. Ich glaube daran, mich an den Dingen zu erfreuen, die diese Welt mir schenkt. Aber an die Liebe glaube ich nicht.«

Ihre Finger zitterten. Sie griff nach dem Glas und trank es aus, während sie darum bemüht war, ihn nicht merken zu lassen, wie sie auf seine Worte reagierte. War sie überhaupt schon mal einem Mann begegnet, der eine solch mächtige Präsenz besaß? Einem Mann, für den kein Thema tabu war? Der voll stürmischer Lust jeden verborgenen dunklen Winkel ihres Körpers und ihrer Seele erforschen wollte? Und dennoch enthüllte er ihr eines von seinen Geheimnissen, als würde er ihr damit ein Geschenk machen.

Er glaubte nicht an die Liebe.

Julietta wartete, dass unendliche Erleichterung sie überkam, doch sie nahm nur ein sonderbares Unbehagen wahr. Wieso störte sie sich so an seinem Geständnis? Unerwartet regten sich Traurigkeit und Mitleid mit einem Mann, der beteuerte, keine sanften, liebevollen Gefühle zu erfahren. Sie wollte mehr wissen, aber ein solcher Wunsch konnte kein gutes Ende nehmen. Er beobachtete sie mit starrem Blick, und sie gelangte zu einer Erkenntnis.

Ihre Beziehung musste ganz auf das Geschäftliche beschränkt bleiben.

Nur geschäftlich, sonst nichts.

Es wurde Zeit, die Spielregeln festzulegen.

Sie schob den Teller weg und kehrte aus ihren Gedanken ins Hier und Jetzt zurück. »Danke, dass Sie mir das gesagt haben, aber meine Frage war unangemessen, und ich kann mich nur entschuldigen. Ich denke, unsere Unterhaltung sollte sich ab sofort nur noch um die Arbeit drehen.«

Er verzog den Mund, gleich darauf zeigte er sich wieder von seiner distanzierten, leicht belustigten Seite. Zum Teufel mit ihm, dass er sie so in Verwirrung gestürzt hatte. »Wie höflich von Ihnen. Ich möchte wetten, es war Ihnen unbehaglich, über Dinge zu reden, die ... zu intim sind.«

Es gelang ihr, äußerlich ruhig zu bleiben, auch wenn ihr Temperament hochkochte. »Wir haben einen langen gemeinsamen Weg vor uns, und wir müssen eng zusammenarbeiten. Es wäre nicht wünschenswert, wenn ausgerechnet jetzt einer von uns den anderen ablenken würde.«

»Sie meinen durch Sex?«

Diesmal zuckte sie so zusammen, dass ihr Glas ins Wanken geriet und sie es gerade noch festhalten konnte. Blanker Humor betonte seine Gesichtszüge. »Gefällt es Ihnen, Frauen zu schockieren, Sawyer?«, zog sie ihn auf. »Da werden Sie bei mir Schwierigkeiten haben. Mich hat man belästigt und beleidigt und mir Heiratsanträge gemacht. Ich habe in vielen Schattierungen Wutanfälle von Männern erlebt, ich kenne das alles und ich komme damit zurecht. Es wäre mir lieber, wenn unsere Beziehung gegenseitig von Vorteil wäre. Aber wenn Sie auf die harte Tour spielen wollen, können Sie das gern haben. *Capisce?*«

***

Sawyer musterte die Frau, die ihm gegenübersaß. Ihre hinreißenden braunen Augen funkelten vor verhaltener Wut und Sinnlichkeit, die sie gnadenlos unter Kontrolle hielt. Jetzt war es offiziell.

Er war verrückt nach ihr.

Allein schon ihr Verstand trug ihn in ekstatische Höhen, die ihm gefehlt hatten. Das Attackieren und Parieren ihrer Unterhaltung spornte seinen Intellekt an, während sich sein Körper an der Lust erfreute, die durch Juliettas Gegenwart ausgelöst wurde. Sie war in jeder Hinsicht sein weibliches Pendant, nur dass sie sich weigerte zuzugeben, wie sehr sie ihn wollte.

Aber sie wollte ihn.

Jedes Nach-Luft-Schnappen, das sie zu überspielen versuchte, klang in seinen Ohren wie eine Komposition von Mozart. Sie hatte sich rigoros unter Kontrolle, aber er konnte in ihrem Panzer Risse an Stellen ausmachen, an denen sie sie nicht erwartete. Das plötzlich erwachende Interesse in ihren Augen, als er das Wort *Sex* aussprach. Das leichte Zittern ihrer Finger, als sie nach der Gabel griff. War ihr nicht bewusst, dass ein schneeweißer BH unter einer weißen Seidenbluse der heimliche Traum aller Männer war? Eine schwache Andeutung ihrer Nippel drückte sich gegen den BH-Stoff und flehte darum, befreit zu werden. Sie hatte die herrliche Angewohnheit, mit der Zunge über ihre Unterlippe zu streichen, was ihn rätseln ließ, wie sie wohl schmecken mochte. Und dann dieses verdammte rote Halstuch! Das konnte man viel sinnvoller einsetzen, als es nur aus modischen Gründen um den Hals gelegt zu tragen. Insbesondere ließ sich damit sicherstellen, dass sie sich nicht rühren konnte, während er ihr Bluse und BH auszog und ihre Brüste verwöhnte. Ganz gemächlich. Zu seinen Bedingungen.

Das Faszinierendste überhaupt war ihre Weigerung, sich irgendetwas davon einzugestehen.

Ihr Körper war eingesperrt. Was für eine schöne Vorstellung, sie aus diesem Gefängnis zu befreien und derjenige zu sein, der den Nutzen daraus ziehen konnte. Er fragte sich, welches Arschloch sie davon überzeugt hatte, ihre körperlichen Bedürfnisse zu ignorieren. Welchen Grund sollte es sonst geben, dass eine vor Leben strotzende, gebildete Frau sich komplett hinter ihrer Arbeit versteckte?

Er hatte sie während des Essens bedrängt, weil er sie vollständig hatte analysieren müssen. Dennoch lag sie mit ihrer Einschätzung ganz richtig. Er würde wirklich niemals den Vertrag aufs Spiel setzen, nur um mal eben seiner Lust nachzugeben. Außerdem hätte er darauf gewettet, dass sie mit vielen Männern zu tun hatte, von denen sie wie Dreck behandelt wurde. Vielleicht wurde es Zeit, ihr ein wenig mehr von der Wahrheit zu enthüllen, damit sie verstand, was ihn motivierte. Für den Augenblick verdiente sie es, eine Antwort zu bekommen.

»Ich wollte Sie nicht beleidigen, Julietta.« Ihr Name schmolz auf seiner Zunge dahin wie ein Schokoladentrüffel von *Godiva*. Süß, dunkel und intensiv. »Lassen Sie mich etwas klarstellen. Ich muss eine Frau weder bedrohen noch drangsalieren, damit sie mit mir ins Bett geht. Sex macht mir Spaß und es gefällt mir, einer Frau Lust zu bereiten. Ich finde Sie faszinierend, sehr komplex und verflucht scharf. Außerdem glaube ich, dass Sie die erste Frau seit vielen Jahren sind, die bei mir den Wunsch weckt, mit ein paar von meinen Regeln zu brechen, nur um an Sie ranzukommen. Aber wenn Sie mir dafür Nötigung und sexuelle Belästigung unterstellen wollen, werde ich mich höflich zurückziehen und Sie in Ruhe lassen. *Capisce*? Und jetzt atmen Sie endlich weiter.«

Auf seinen Befehl hin atmete sie abrupt aus. Sie saß wie erstarrt auf ihrem Platz, die Augen weit aufgerissen, in ihrem Blick eine Mischung aus Schock, Verwirrung und Angst. Angst mit einem Schuss reinen Verlangens. Oh ja, sie wollte ihn auch. Interessant. Warum kam sie dann diesem Verlangen nicht nach? Und wieso geriet sie so in Panik, wenn sich ein Mann für sie interessierte?

Der Kellner kam vorbei, nahm die benutzten Teller an sich und fragte, ob sie noch Dessert wünschten.

»Nein«, antwortete Julietta nachdrücklich.

»Zweimal Tiramisu bitte«, konterte er »Und zwei Espresso mit *Sambuca*.«

Sie warf ihm einen finsteren Blick zu, aber sein Instinkt wollte ihn einzig dazu verleiten, ihr diese düstere Miene wegzuküssen. Wie konnte eine Frau, die auf Lippenstift verzichtete, dennoch einen solch blassrosa Schmollmund haben? »Ich hoffe, das war kein Vorgeschmack darauf, wie Sie Ihre Geschäfte führen«, gab sie zurück. »Ich weiß zwar Ihre Offenheit zu schätzen, was die Tatsache angeht, dass Sie sich augenblicklich zu mir hingezogen fühlen, aber ich kann Ihnen versichern, dass diese Anziehung nachlassen wird. Ich habe keine Zeit für Affären.«

Ihr gezierter Tonfall sorgte bei ihm dafür, dass seine Lust zusätzlich angefacht wurde. Er rutschte auf seinem Platz hin und her und zog die Serviette gerade. »Wieso glauben Sie, dass sie nachlassen wird?«

Sie wich seinem Blick aus und drückte die Schultern nach hinten, doch ihm entging nicht die Anspannung in jeder Faser ihres Körpers. »Weil es immer so abläuft.«

»Wollen Sie mich?«

Diesmal schnappte sie so plötzlich nach Luft, dass sie es nicht überspielen konnte. »Wir kennen uns erst seit gestern. Ich gehe nicht mit fremden Männern ins Bett und ich treffe auch nicht nach einem Abendessen Entscheidungen, wie anziehend ich jemanden finde.«

»Manchmal ist das der beste Moment, um sich ganz auf seine Instinkte zu verlassen. In dem Augenblick, in dem wir versuchen, den Grund für eine Anziehung zu analysieren, laufen wir Gefahr, diese Anziehung für immer zu verlieren.«

Seine Worte schienen bei ihr ins Schwarze zu treffen. Plötzliches Bedauern ließ das Leuchten in ihren Augen matter werden. Er verspürte den dringenden Wunsch, sie zu beschützen, sie in seine Arme zu nehmen, sie sanft zu halten und diese Traurigkeit zu stillen, die sich unter dem kühlen Äußeren versteckte. Aber sie gehörte nicht zu ihm, er hatte nicht das Recht dazu.

Noch nicht.

Der Nachtisch wurde gebracht, und Julietta beschloss weiter zu schweigen. Sie aßen ihr Tiramisu und genossen den Geschmack nach Creme, nach in Alkohol getränkten Biskuits und nach Zimt. Der Likör im schwarzen Espresso entfaltete in Sawyers Magen seine ganze Wirkung und ließ Wärme durch seine Adern fließen. Er beobachtete Julietta, wie sie ihre Gedanken zu ordnen versuchte, was er ihrem leichten Stirnrunzeln und dem völlig konzentrierten Gesichtsausdruck ansah. Die Rechnung wurde gebracht, er bezahlte und warf ihr einen flüchtigen warnenden Blick zu, als sie zum Protest ansetzen wollte.

Als der Dessertteller nahezu sauber gekratzt war und sie ausgetrunken hatten, tupfte Julietta mit einer Serviette ihre Lippen ab und sah ihm in die Augen. »Ich glaube, wir werden ein tolles Team abgeben«, sagte sie bedächtig. »Aber ich habe kein Interesse daran, diese Geschäftsbeziehung auf das Schlafzimmer auszuweiten. Ich habe meine Gründe und ich weiß auch Ihre Offenheit zu schätzen. Sie sind ein attraktiver Mann und unter anderen Umständen würde ich jede Gelegenheit nutzen, um mit Ihnen eine stürmische Affäre anzufangen. Aber respektieren Sie bitte meine Entscheidung und bedrängen Sie mich nicht weiter. Lassen Sie es einfach bleiben.«

Bei den letzten Worten versagte ein wenig ihre Stimme. Sein Herz wurde von einem Verlangen bestürmt, das ihm fremd war. Doch er kannte die Spielregeln. Er hatte sie selbst aufgestellt. Beide Seiten mussten es wollen, nur dann konnte er weitermachen. Vertrauen spielte eine zentrale Rolle, damit die Flammen in einer Beziehung loderten ohne dabei auszubrennen. Das Alphatier in ihm heulte vor Lust und Verlangen danach, sie zum Umdenken zu bringen und sie dafür betteln zu lassen, dass sie ihn so quälte. Sawyer wartete, bis dieser Tumult aus Gefühlen sich ausgetobt hatte, dann erlangte er die Kontrolle über sich zurück und verbannte diese Gedanken aus seinem Kopf.

Ein Lächeln umspielte seine Lippen. »Wie Sie wünschen«, murmelte er.

Ihr Körper entspannte sich, wieder fuhr sie mit der Zunge über ihre Unterlippe, dann lächelte sie. »*Grazie.*«

Er nickte, sie stand auf und zog ihre Jacke an. Nahm die Handtasche an sich. Sawyer führte sie mit einer Hand an ihrem Ellbogen aus dem Restaurant, während er den Adrenalinstoß zu bändigen versuchte, der seine Muskeln anspannen ließ und ihm den Atem raubte. Dabei ging ihm sein letzter Gedanke wie ein Mantra immer wieder durch den Kopf.

Die Herausforderung hat begonnen.

4. Kapitel

Julietta hob den Kopf und streckte sich, um die Verspannungen im Nacken zu lösen. Den Stapel Akten auf ihrem Tisch hatte sie erst zur Hälfte durchgearbeitet und der Cappuccino in der Tasse war schon vor langer Zeit kalt geworden. Ein dumpfes Pochen hinter den Augen warnte sie, dass die Zeit bald um war.

Mio Dio, wie lang arbeitete sie jetzt schon? Ein Blick auf die Armbanduhr zeigte ihr, dass sie seit vier Stunden keine Pause mehr eingelegt hatte. Ein leiser Seufzer kam ihr über die Lippen und ließ sie stutzig werden. Normalerweise genoss sie es, den Samstagmorgen in ihrem Apartment zu verbringen und all die Dinge zu erledigen, die während der Woche aus Zeitmangel liegen geblieben waren. Kaffee, die Papiere, ihr Laptop, leise Musik, und dann war sie zufrieden. Aber heute ...

Sie sah aus dem Fenster. Sonnenschein, im düsteren Februar nur selten zu beobachten, bahnte sich mit einer trotzigen Leck-mich-Geste durch die dichten Wolken hindurch seinen Weg. Julietta stand aus dem Schneidersitz auf und ging zum Fenster, um nach unten zu schauen. Das Brüllen der Motorräder und Mopeds hallte von allen Seiten wider, während deren Fahrer versuchten, den schönen Tag so lang auszukosten, wie es nur ging.

Sie legte ihre Hand an die kalte Scheibe und ließ sich den Gedanken durch den Kopf gehen. Seit ihrer letzten Begegnung mit Sawyer nagte eine seltsame Wildheit an ihrer sonst so zuverlässigen Logik und forderte sie heraus, mit ihrer Routine zu brechen und es dem Sonnenschein an diesem Tag gleichzutun.

Scheiß drauf. Die Arbeit konnte warten.

Sie hatte sich entschieden und würde es sich nicht anders überlegen. Den Rest des Nachmittags würde sie auf ihrem Motorrad verbringen. Es kribbelte ihr in den Fingern, Gas zu geben, loszufahren und für eine Weile nicht zu denken. Als notorischer Workaholic und mit einer leichten Neigung zu OCD hatte sie sich schon viel zu oft bis an den Rand der totalen Erschöpfung herangearbeitet. Wenigstens hatte sie einen akzeptablen Ausgleich gefunden, ohne sich in Therapie begeben zu müssen.

Ihr Motorrad.

Am Kamin blieb sie kurz stehen, um drei gerahmte Fotos auf dem Sims gerade zu rücken, dann ging sie weiter ins Schlafzimmer, wo sie sich in Rekordzeit umzog. Eine eng anliegende *Prada*-Hose, Stiefel und dazu einen schlichten Cashmere-Sweater. Sie zog die Lederjacke an, holte den Sturzhelm vom Schrank, steckte das Handy in ihre *Hobo*-Tasche und verließ das Apartment.

Sie ging ein paar Blocks weit, bis sie die kleine Lagerhalle erreicht hatte, in der ihr Motorrad untergestellt war. Der Wind war frisch, aber sie hatte genug Lagen Kleidung übereinander angezogen, damit ihr während der Fahrt nicht kalt werden konnte. Sie überlegte kurz, wie viele Kilometer sie fahren wollte, und entschied sich für eine leichte Strecke ins Navigli-Viertel.

Julietta stellte sich vor ihre geheime Leidenschaft, ein Kribbeln lief über ihre Haut, als würde sie einen Liebhaber ansehen.

Perfektion.

Blankes gebogenes Metall und schnittiges Schwarz bildeten gemeinsam die Maschine, die eine Klasse für sich war. Ihre brandneue *Moto Morini Corsaro* besaß all die Eigenschaften, die sie an einem Motorrad bewunderte und für sich voraussetzte. Schnelligkeit. Geringes Gewicht. Lebendigkeit. Und dazu genügend ungebändigte, sexy brüllende PS.

Ihr Magen zog sich zusammen, sie streifte ihre Lederhandschuhe über. Diese heimliche Faszination für schnelle Motorräder hatte sie mit ihrem Bruder Michael gemeinsam, ihre Schwestern konnten das einfach nicht begreifen. Vor allem deshalb nicht, weil sie immer als die Prüde in der Familie galt. Wie oft hatte sie sich mit Michael über dessen Rennwagen unterhalten und versucht, ihm eines seiner Motorräder zu klauen, damit sie wenigstens eine Runde damit drehen konnte? Es war immer ihr Traum gewesen, ihre ganz eigene Maschine zu besitzen, und den hatte sie sich endlich erfüllt.

Eben wollte sie sich auf ihr Motorrad setzen, da klingelte ihr Handy. *Porca vacca.* Beinah hätte sie es ignoriert, doch die jahrelange Gewohnheit war zu übermächtig. Sie wusste, sie musste wenigstens nachsehen, wer sie anrief. Als sie den Namen des Anrufers sah, zögerte sie nur eine Sekunde lang, dann nahm sie das Gespräch an.

»Ja?«

»*Ciao bella.* Warum klingen Sie nicht fröhlicher, wenn Sie meine Stimme hören?«

Sie hielt ihre Ungeduld im Zaum und sagte sich, dass es hier um den Deal des Jahrhunderts ging. Höflichkeit war dabei das A und O. »Tut mir leid, Sawyer, ich bin gerade auf dem Weg raus. Was kann ich für Sie tun?«

»Ah, gut. Ich muss mit Ihnen über eine Sache im Vertrag reden. Wie wär's, wenn Sie kurz bei mir vorbeikommen? Dann können wir das ganz schnell klären.«

Julietta sah mit finsterer Miene auf ihr Handy. »Im Moment passt das nicht so gut. Wie sieht es mit morgen aus?«

Schweigen schlug ihr entgegen. Gereiztes männliches Schweigen. »Ich mische mich nicht in das Privatleben meiner Geschäftspartner ein, aber das Ganze ist für *Purity* ein gewaltiges Unterfangen. Ich muss wissen, dass Sie in dieser kritischen Zeit hinter mir stehen und zwar hundertprozentig.«

»Ich habe den ganzen Samstag am Computer gesessen und gearbeitet«, konterte sie. »Ich stehe hinter Ihnen und zwar hundertprozentig. Können wir das am Telefon klären?«

»Nein. Wohin sind Sie unterwegs? Kann ich mich irgendwo mit Ihnen treffen?«

Sie starrte ihr Motorrad mit einem lüsternen Verlangen an, das sie bis ins Mark traf. »Ich werde ein paar Stunden durch die Gegend fahren. Was halten Sie davon, wenn ich anschließend bei Ihnen vorbeikomme und wir reden dann über den Vertrag?«

»Sie fahren durch die Gegend? Mit dem Fahrrad?«

Reflexartig schnaubte sie verächtlich. »Nein, mit dem Motorrad.«

Für einen Augenblick hielt er inne. »Das ist perfekt. In einer Viertelstunde können wir uns am Duomo treffen.«

Julietta stockte der Atem. »Was? Nein ... nein, Sie können nicht mitfahren. Ich bin auf meinem Motorrad unterwegs.«

»Ja, das habe ich verstanden. Ich verspreche Ihnen auch, ich werde Sie nicht mit meiner Maschine bedrängen. Bis gleich.«

Die Leitung wurde unterbrochen.

Sie blinzelte ein paar Mal und musste sich zwingen, nicht durchzudrehen. Das durfte doch nicht wahr sein! Ihr Motorradausflug, der ihr den Stress nehmen sollte, hatte sich von einer Sekunde zur anderen in eine Geschäftsreise mit dem Mann verwandelt, um den sie unbedingt einen Bogen machen musste. Sie überlegte, ob sie einfach nicht an dem von ihm vorgeschlagenen Treffpunkt erscheinen oder ihn anrufen und absagen sollte, doch ihr Gefühl sagte ihr, dass dieser dominante Mann nicht ans Telefon gehen würde. Und wenn sie ihn versetzte und sich wie geplant auf ihre Tour begab, dann bestand die Gefahr, dass er den Vertrag nicht zustande kommen lassen würde.

Sie atmete ungehalten aus und setzte sich auf die Maschine. Der Motor erwachte mit tiefem Grollen zum Leben, sie fuhr in Richtung Stadtmitte los. Geschickt schlängelte sie sich zwischen den Autos hindurch und gab erst richtig Gas, als eine freie Strecke vor ihr lag.

Eines musste sie ihm lassen – pünktlich konnte Sawyer sein. Die Viertelstunde war soeben um, da sah sie ihn vorfahren. Es kostete sie Mühe, sich beim Anblick seiner Maschine ihr Erstaunen nicht anmerken zu lassen. Sie hatte eine protzige *Harley* erwartet, aber dieser verdammte Kerl schaffte es, immer noch eins draufzulegen, und er musste sich nicht mal anstrengen.

Sie klappte das Visier hoch und warf ihm einen lässigen Blick zu. »Nettes Maschinchen. Wo ist denn Ihre *Harley*?«

Es war schon kriminell, einen so scharfen Mann auf einer

MV Agusta F4CC sitzen zu sehen. Mit der ausgebleichten, eng anliegenden Jeans, der Bomberjacke und den alten Motorradstiefeln war er die perfekte Kombination aus bösem Biker und bravem Surfer, bei der ihr Herz fast das Schlagen vergessen hätte. Aber nur fast.

Langsam löste er den Verschluss, dann nahm er den Helm ab und legte ihn in die Armbeuge. Er schüttelte sein zotteliges blondes Haar und grinste sie an, sodass sie diesen einen schiefen Schneidezahn bei ihm sehen konnte. »Sie wollten sich mit Ihrer Frage doch wohl über das amerikanische Phänomen *Harley* lustig machen oder sehe ich das falsch, Darling? In den USA könnte man für so was erschossen werden.«

Sie zuckte flüchtig mit den Schultern. Er musste ja nicht unbedingt etwas von ihrer heimlichen Liebe zu diesem amerikanischen Klassiker erfahren. »Gut, dass ich jetzt nicht in den USA bin. Wie haben Sie davon eine ergattern können? Von dem Modell wurden nur hundert Exemplare gebaut.«

»Ich kenne Leute, die mir Gefallen schulden«, sagte er in einem dreckig klingenden Flüsterton.

Ein erwartungsvolles Kribbeln lief ihr über den Rücken. Sein gieriger Blick, den er über ihren Körper wandern ließ, traf sie unvorbereitet, dennoch bekam sie sich kurz darauf wieder in den Griff. »Worüber müssen wir reden?«

Er lachte leise. »Im Moment über gar nichts. Wohin fahren wir?«

Mürrisch zog sie die Brauen zusammen und versuchte, nicht klein beizugeben. »Nirgendwohin. Wir unterhalten uns über den Vertrag und anschließend mache ich meine Motorradtour.«

»Wohin?«

»Wo immer ich hinwill«, antwortete sie mit einem knappen Schulterzucken.

»Hört sich nach einem guten Plan an. Wir machen irgendwo Pause und reden später über den Vertrag. Sie fahren vor.«

Julietta musste sich zusammenreißen, weil sie ihm zu gern diesen überheblichen Ausdruck vom Gesicht gewischt hätte. »Ich versuche ja, höflich zu sein, aber Sie machen mir das nicht leicht. Mir ist heute nicht nach Gesellschaft und Unterhaltung.«

»Wer hat ein Wort von Unterhaltung gesagt?«

Ihr verschlug es die Sprache und sie musste ein Keuchen unterdrücken. Er verzog einen Mundwinkel, als sei für ihn jede Reaktion ihres Körpers offensichtlich. »Wenn Sie nicht mit mir mithalten können, ist das Ihre Sache. Ich werde nicht auf Sie warten, denn das ist mein Ausflug«, machte sie ihm klar.

Mit seinem gefälligen Grinsen zog er sie auf, doch er verstand es, genau das Richtige zu tun. Oder genau das Verkehrte, wenn sie es aus ihrer Perspektive sah. »Ich gebe zu, es überrascht mich, dass Sie sich die *Pirate* zugelegt haben. Haben Sie die Maschine wirklich im Griff, Kleine? Vielleicht warte ich irgendwo am Straßenrand, dass Sie mich endlich einholen.«

Julietta klappte das Visier runter, legte den ersten Gang ein und bedachte Sawyer mit einem mitleidigen Blick. »Wir sehen uns auf der anderen Seite.« Dann gab sie Gas.

Auf dem Weg durch die Stadt kämpften sie sich durch den dichten Verkehr, bis das Schlimmste endlich hinter ihnen lag. Die Straßen wurden freier, die Stadt fiel zurück, und in der Ferne ragten atemberaubend die Alpen in den Himmel und schimmerten wie eine Fata Morgana. Die Sonne kämpfte wie ein Löwe und triumphierte schließlich für ein paar Stunden über das Grau. Unterwegs herrschte weniger Verkehr als sonst an einem Samstag, während sie in Richtung Navigli unterwegs war.

Julietta holte aus ihrem Motorrad alles heraus, was die Maschine zu bieten hatte. Der Asphalt zuckte unter den Rädern vorbei, der kalte Wind in ihrem Gesicht und die leuchtenden Blau-, Grün- und Gelbtöne der Häuser, die rechts und links von ihr verwischten, vereinten sich zu einer Symphonie der Sanftheit für ihre Seele. Für kurze Zeit fühlte sie sich auf dem schnellen Motorrad und in dem von ihr geliebten Land absolut frei.

An einem kleinen Café in der Nähe des Kanals hielten sie an und holten sich etwas zu essen. Die Motorräder hatten sie abgestellt, damit sie sich bei einem gemächlichen Spaziergang die Beine vertreten konnten. Der Markt hatte noch geöffnet und war von Besuchern überlaufen. Auf dem Wasser schipperte ein Boot behäbig vorbei; die Umgebung schien die Touristen mit einem künstlerischen Einfluss der Alten Welt in seinen Bann zu schlagen. Unendlich viele Stände mit Modeschmuck, Kleidung, Essen und Schmuck machten Navigli zu einem der wundervollsten Märkte in Mailand. Am Abend erwachte der Platz durch Hip-Hop-Nachtclubs, Cafés und Geschäfte zum Leben, und je näher der Sonnenuntergang rückte, umso voller wurde es dort. Um den Trubel zu vermeiden, ging Julietta zu ihrem Motorrad und verstaute die Wasserflaschen und den übrig gebliebenen Proviant in einer Satteltasche, dann fuhr sie auch schon weiter.

Eines musste sie ihm lassen – Sawyer sprach die ganze Zeit über kein Wort.

Dafür folgte sein Blick jeder Bewegung ihrer Hüften und sie ertappte sich ein paar Mal dabei, wie sie ihn heimlich aus dem Augenwinkel ansah. Der Hintern dieses Mannes war mit dem von David vergleichbar und dabei hatte Michelangelos Statue sie schon dahinschmelzen lassen.

Julietta sah zum Himmel. Nicht mehr lang und es würde dunkel werden. Sie sehnte sich nach der Dosis Adrenalin, mit der sich ihr Körper üblicherweise selbst belohnte, wenn ein guter Vertragsabschluss vollzogen worden war. Aber gerade eben war ihr eingefallen, wie sie auch so diese Dosis bekommen würde.

Sie hielt an und beugte sich zu Sawyer rüber. »Ich fahre jetzt Richtung *Castello Sforzesco*. Die Strecke dahin ist frei und übersichtlich, da kann man sein Motorrad mal richtig von der Leine lassen. Mal sehen, wer von uns zuerst da ist.«

Ihr Vorschlag überraschte ihn. »Ein Wettrennen?«

»Nennen Sie es, wie Sie wollen. Ich habe jedenfalls vor, Sie am Schlosstor in Empfang zu nehmen, wenn Sie angekommen sind.«

Er warf den Kopf in den Nacken und lachte laut. Sein Lachen klang himmlischer als Mozart und viel sinnlicher als

Pavarotti. »Sie machen wohl Witze. Mein Baby hat mehr Schneid als die meisten anderen Maschinen, die auf dem Markt sind.«

»Ich wette, das gilt für Ihr Baby und für Sie«, gab sie lächelnd zurück. »Wir sehen uns.«

Juliettas Haut kribbelte vor lauter Vorfreude auf diese Herausforderung, das Blut begann zu prickeln und durch ihre Adern zu rasen. Sie war auf dem Weg zum *Castello Sforzesco* und lieferte sich dabei einen Wettlauf mit der untergehenden Sonne und dem Mann neben ihr. Sosehr es ihr auch zuwider war, musste sie doch zugeben, dass er wie ein Profi fuhr und seine unbändige Maschine mit einem Anmut im Griff hatte, von der die meisten Männer nur träumen konnten. Sie war in ihrem Leben schon mit einigen Männern Motorrad gefahren – mit Verwandten, Freunden, Liebhabern. Normalerweise wurde sie von der Aggressivität und dem Egoismus der jeweiligen Begleiter enttäuscht, doch bei Sawyer war das nicht der Fall.

Er respektierte die Kraft, die Claudio Castiglionis Schöpfung besaß, und er versuchte nie, jene dreihundertfünfzehn Stundenkilometer aus der Maschine herauszuholen, die sie angeblich leisten konnte. Stattdessen behandelte er sein Motorrad wie ein Liebhaber, der mit einem verführerischen Geschick ans Werk ging, bei dem Julietta zwischen den Schenkeln mehr als heiß wurde. Dennoch war er gleichzeitig ein dominanter Fahrer, der jede Kurve im Griff hatte und der ganz auf sein Ziel konzentriert war.

Rein nach Motorleistung hätte er eigentlich gewinnen müssen. Aber Julietta fuhr schon seit Jahren hier Motorrad, sie kannte die Straßen so in- und auswendig wie einen verflossenen Geliebten, sie verstand es, sich durch den innerstädtischen Trubel mit all seinen Hindernissen zu schlängeln. Sie übernahm die Führung und gab sie nicht wieder ab, während sie das Maximale aus ihrer Maschine herausholte. Der Adrenalinkick setzte wie erwartet ein und übernahm das Kommando.

Als sie schließlich das Schloss erreichte, hatte sie nur ein paar Meter Vorsprung vor Sawyer. Die hoch aufragende Ruine der alten Burg beherrschte die Szene, aber ihr Interesse galt dem ruhigen Park hinter dem Bauwerk. Sie machte den Motor aus und nahm den Helm ab, dann wartete sie, dass Sawyer ebenfalls den Motor abstellte.

Seine Maschine verstummte, er stieg ab, und Julietta wartete auf eine Reaktion. Sie war auf eine bissige Bemerkung gefasst. Oder auf einen Witz. Und sogar auf eine Entschuldigung.

Aber er sagte überhaupt nichts, sondern nahm die Satteltasche ab, in der sich ihr Proviant befand, dann gab er ihr ein Zeichen, vor ihm über das Kopfsteinpflaster zu der weitläufigen freien Fläche zu gehen. Der Boden war noch zu kalt, also entschieden sie sich für eine der Bänke, die zwischen den großen alten Bäumen verstreut standen. Von ihrem Platz aus hatten sie das Castello gut im Blick.

Sie liebte es einfach, auf der Straße zu fahren, auf der man vor sich den beeindruckenden Turm mitsamt Uhr sehen konnte, der aus einem Meer von behauenem Stein in den Himmel ragte. Ein gewaltiger Springbrunnen empfing die Besucher, aus zahllosen Düsen schoss Wasser in hohem Bogen in das Marmorbecken und fing dabei das letzte Licht des Tages ein. Die gepflasterten Gassen verliefen ringsum in einem komplexen Muster und luden zum Schlendern und Shoppen ein, zahlreiche Marktstände boten zudem alle möglichen Gerichte an, die man unterwegs essen konnte. Beim Anblick dieser alten Schönheit wurde ihr bewusst, dass das Leben lang war und viele Dinge nicht überdauerten, ausgenommen die Dinge, die wirklich wichtig waren.

Sawyer schwieg noch immer, so als hätte die schöne Ausfahrt ihn in ihren Bann geschlagen. Er packte die Sachen aus, die sie beide sich teilten: Brot mit fester Kruste, dicke salzige Oliven und dazu die köstliche kleine Salami *strolghino di culatello* mit Gorgonzola aus Schafsmilch. Das Hörnchen mit Erdbeerbutter verlieh der Mahlzeit einen krönenden Abschluss.

Julietta entspannte sich noch etwas mehr und genoss die schöne Aussicht zum Essen. Ihr Verstand war völlig frei von irgendwelchen Gedanken, als wäre sie eben erst nach wochenlangem Meditieren aus einem Aschram in Indien zurückgekehrt.

»Eine Höllenmaschine für eine Höllenfahrerin. Erzählen Sie mir, wie Sie gelernt haben, dieses Ding zu beherrschen, ganz zu schweigen von der Frage, woher Sie wissen, was Sie damit alles anstellen können?«

Stolz zeichnete sich in ihren Gesichtszügen ab. »Mein Bruder Michael ist früher Autorennen gefahren, aber seine Begeisterung erstreckt sich nicht nur auf Autos, sondern auch auf Motorräder, und damit hat er mich angesteckt. Er war anständig genug, mir nicht mit dem dummen Spruch zu kommen, dass brave Mädchen keine bösen Maschinen fahren. Alles, was er über Motorräder weiß, hat er mir beigebracht.«

Sawyer schüttelte den Kopf und trank einen Schluck Wasser. »Nett von ihm. Die meisten Frauen müssen ihren Mangel an Kraft überkompensieren, aber Sie nutzen das zu Ihrem Vorteil. Das war so, als würde ich mir einen Poetry-Slam ansehen. Hitze, Schönheit und Eleganz bei Höchstgeschwindigkeit. Was ist das beste Motorrad, das Sie je besessen haben?«

»Das besitze ich immer noch. Die klassische *Moto Morini 3,5 Vintage*.«

»Ist nicht wahr!«

Sie lehnte sich nach vorn. »Ist doch wahr. Knallrot, klassische Linienführung, und wenn Sie den Motor hören, werden Sie schwören, dass Sie träumen. Es hat Jahre gedauert, die Maschine zu restaurieren. Ich werde ständig von Leuten angefleht, sie ihnen zu verkaufen.« Julietta schürzte die Lippen. »Als ob ich jemandem ein Motorrad verkaufen würde, der gar nicht damit fahren will. Das wäre eine echte Tragödie.«

Sein Blick wanderte zu ihrem Mund. Ihr nächster Atemzug kostete sie Mühe, aber sie presste die Fingernägel in die Handfläche, um nicht die Kontrolle über sich zu verlieren. Dieser Mann war gefährlich, doch sie weigerte sich beharrlich, Arbeit und Vergnügen miteinander zu verbinden. Auch wenn dieser Mann Motorräder liebte und respektierte.

»Sehe ich auch so. Schöne Dinge zu selten oder gar nicht zu benutzen ist ein Verbrechen.«

Ihr entging nicht die Doppeldeutigkeit seiner Worte, und sofort gingen richteten sich ihre Nippel auf. Sawyer beugte sich vor und hob eine Hand, dabei kam er langsam näher. Offensichtlich wollte er sie berühren.

Gebannt wie die Beute, die ihrem Jäger gegenüberstand, brauchte sie ein paar Sekunden, um auf sein Vorhaben zu reagieren. »Nicht.« Sie wich ihm aus. »Ich dachte, wir sind uns einig, dass das hier zwischen uns rein geschäftlich bleibt.«

Er zog sich zurück. »Tut mir leid. Sie haben da etwas Butter an der Wange, die wollte ich nur abwischen.«

Sie drehte den Kopf zur Seite, damit er nicht sah, wie sie rot wurde. Dann griff sie nach einer Serviette. Wieder strahlte er diese Aura von distanzierter Belustigung aus. So als würde es ihn kümmern, obwohl das nicht der Fall war. Als würde er über dem Durcheinander von Gefühlen und Dramen stehen und als wäre sie sein neuestes Spielzeug. »Was ist das Problem beim Vertrag?«

»Abschnitt B, Satz drei. Da haben Sie vergessen zu unterzeichnen.«

Julietta starrte ihn ungläubig an. »Sie bestehen auf ein Treffen, Sie überreden mich zu einem Motorradausflug und das alles nur wegen meiner Unterschrift? Das hätten unsere Anwälte im Handumdrehen erledigen können.«

»Ich nehme die Dinge lieber selbst in die Hand. In jeder Hinsicht.«

»Wann denken Sie sich das alles eigentlich aus?«, fragte sie ungehalten. »Eine Unterhaltung mit Ihnen ist wie ein Feld voller Landminen. Egal, wohin man tritt, alles läuft bei Ihnen auf Sex hinaus.«

Das hatte gesessen. Er zog eine Braue hoch und setzte sich anders hin, um sein Gewicht zu verlagern. »Was ist verkehrt an Sex?«

Sie konnte einfach nicht anders. Die Herausforderung stand ihm ebenso ins Gesicht geschrieben wie sein Wunsch, sie für dumm zu verkaufen, indem er Geschäftliches vorschob, um sich privat mit ihr zu treffen.

Julietta beugte sich langsam zu ihm vor, bis sie nur noch ein paar Zentimeter von seinem Mund entfernt war. Ihm blieb einen Moment lang die Luft weg, dann atmete er aus. Sie spürte seinen Atem auf ihren Lippen, er roch nach Minze, Zucker und Sünde. Sie fuhr mit der Zungenspitze über ihre Unterlippe, und er stieß ein kaum hörbares Stöhnen aus. Sie legte ihre Hand auf seinen muskulösen Oberschenkel und drückte ihn fest. »Gar nichts ist daran verkehrt. Vorausgesetzt die Situation verlangt danach.«

»Und wie wäre es mit dieser Situation?«, fragte er mit tiefer rauer Stimme.

Sie lachte kurz auf. »Dazu wird es nicht kommen, wenn wir zusammenarbeiten.«

»Sie haben diese Unterschrift vergessen. Rechtlich gesehen ist der Vertrag damit ungültig.«

Langsam ließ sie ihre Hand über seine Jeans wandern, berührte die Gürtelschnalle und schob sie unter seine Lederjacke. Das machte richtig Spaß. Mit einem Mann zu spielen und ihn dann links liegen zu lassen war etwas, wozu sie sich nur selten durchringen konnte. Aber ihm musste sie eine Lektion erteilen. Der Waschbrettbauch spannte sich unter ihren Berührungen an, seine bernsteinfarbenen Augen verfinsterten sich. »Es wird trotzdem nichts passieren?«

»Würden Sie mir den Grund dafür verraten?«

Sie grinste verführerisch und mit einem Hauch von Schroffheit. »Es gewinnt nicht immer der, der die größten Eier hat, Sawyer Wells.«

Er fluchte leise. »Und wer gewinnt stattdessen?«

Julietta schürzte die Lippen. »Derjenige, der die ganze Strecke bis zum Ziel bewältigen kann.« Tiefe Befriedigung überkam sie. War das nicht eine richtig gute Andeutung? Voller Freude darüber, dass sie das letzte Wort hatte, begann sie sich aus der Gefahrenzone zurückzuziehen.

Zu spät.

Er war so schnell, dass sie gar keine Chance gegen ihn hatte. Mit einer Mühelosigkeit, die sie erstaunte, hob er sie von der

Bank und setzte sie auf seinen Schoß. Dabei hielt er ihre Arme so fest, dass sie nicht ganz im Gleichgewicht war. Ihre Gegenwehr war purer Instinkt, ebbte jedoch angesichts seiner ruhigen, unerbittlichen Haltung schnell ab.

Sie hatte sich einen fatalen Fehler erlaubt, und jetzt würde sie dafür bezahlen müssen.

***

Diese Frau machte ihn wahnsinnig.

Er fühlte sich unbehaglich, seine Erektion drückte gegen den festen Jeansstoff und wollte befreit werden. Der Wind trug Juliettas Duft nach Leder, Moschus und Kakao mit sich und trieb ihn in seine Nase, was in einem Zug seinen Verstand abschalten ließ und seinen Schwanz in Rage brachte. Ihr Körper war schlank und trotzdem kurvig, von ihren vollen Brüsten bis zu ihrem wohlgeformten Po, der nun seine Oberschenkel berührte. Ihr Gesicht ließ erkennen, dass ihr ihre momentane Lage nicht gefiel und dass sie zumindest im Ansatz bereute, ihn zu sehr provoziert zu haben. Gut so. Wenigstens hatte sie erkannt, dass er derjenige war, der das Sagen haben musste und der sich nahm, was er wollte. Ein irres Lustgefühl bahnte sich den Weg durch seinen Körper, ausgelöst von einer verrückten Mischung aus verborgener Sinnlichkeit, berechnender Gier und dem rasiermesserscharfen Verstand der Frau auf seinem Schoß.

Es hätte ihn fast umgehauen, als er am vereinbarten Treffpunkt angekommen war und sie gesehen hatte. In schwarzem Leder, kniehohen Lederstiefeln und mit den Haaren unter dem roten Helm verborgen hatte sie ihm das Wasser im Mund zusammenlaufen lassen. Er kannte keine Frau, die Motorrad fuhr, ganz zu schweigen von einer Frau, die etwas für Motorräder übrig hatte. So energisch, wie sie sich mit ihm das Wettrennen geliefert hatte, war sie eine zu allem entschlossene Frau, die gern gewann. Ihre Fähigkeit, jedes vor ihr liegende Hindernis zu überwinden, ohne auch nur ein bisschen langsamer zu werden, hätte ihn beinah in eine peinliche Lage gebracht.

Aber nur beinah.

Und sie hatte gewonnen. Er achtete einen guten Herausforderer und verlor nur selten. Dass es ihr gelungen war, vor ihm über die Ziellinie zu fahren, weckte in ihm den Wunsch, ihr die Kleider vom Leib zu reißen und auf andere Art zu gewinnen. Auf eine viel angenehmere Art.

Er hielt sie noch etwas fester umfasst. Sie hatte ihn ganz offensichtlich nur aufziehen wollen, und er wollte sie im Gegenzug zumindest so wütend machen, dass sie ein wenig von ihrer Selbstbeherrschung verlor. Aus einem unerfindlichen Grund sagte ihm sein Instinkt, dass ihre Wut es ihm ermöglichen würde, hinter ihre Schutzmauern zu gelangen. So könnte er dann etwas von ihrer überkochenden sexuellen Energie zum Vorschein bringen. Sie hielt irgendetwas Wesentliches vor ihm verborgen und das hatte nichts mit dem Argument zu tun, dass sie beide geschäftlich eng miteinander verbunden waren. Solang er nicht dahintergekommen war, um was es sich handelte, würde er nachts nicht mehr ruhig schlafen können.

Ihre Haare hatten sich gelöst, weil die Haarklammer zerbrochen war. Sawyer hatte sie bislang nur mit hochgesteckten oder zum Pferdeschwanz zusammengebundenen Haaren gesehen. Was ihm aber in diesem Moment sah, besiegelte seinen Entschluss, diese Frau um jeden Preis ins Bett zu kriegen.

Ein schimmernder Wasserfall aus Seide ergoss sich über ihre Schultern und reichte hinunter bis zur Taille. Haare wie Rapunzel. In einer verruchten Vision sah er sich, wie er ihre Haare hochhielt, während sie auf ihm kniete und ihn tief in sich aufnahm. Die glänzenden Haarspitzen strichen über seine Oberschenkel, seinen Bauch und seine Brust, als sie sich über ihn beugte.

Für einen Moment schaltete sich sein Verstand ab, und er war sich nicht sicher, ob er sich tatsächlich davon würde abhalten können, sie hier mitten in diesem öffentlichen Park zu nehmen.

Ihre wütende Stimme holte ihn in die Wirklichkeit zurück. »Was fällt Ihnen ein? Lassen Sie mich los, das ist absolut unprofessionell!«

Verdammt, was war sie heiß. Er hielt sie weiter fest und lachte amüsiert. »Und was Sie mit mir gemacht haben, war das dann professionell? Dass Sie mit mir gespielt haben?«

Trotzig schob sie das Kinn vor. »Sie haben es nicht anders verdient. Sie müssen mit Ihren zweideutigen Anspielungen aufhören, die alle auf Sex hinauslaufen.«

»Ja, Sie haben recht. Sie sind feucht geworden, nicht wahr?«

In ihren Augen blitzte ein Durcheinander aus Schock, Entrüstung und Lust auf. »Das haben Sie jetzt nicht zu mir gesagt«, fauchte sie. »Sie sind zu weit gegangen.«

»Ihr Körper verrät sie.« Er schob eine Hand unter ihrer Jacke hindurch und um sie herum, bis seine Finger ihre Brust berührten. Ihr Nippel drückte durch den Stoff von BH und Sweater hindurch gegen seine Handfläche und verlangte danach, in Freiheit entlassen zu werden. »Ich sehe, wie Ihre Halsschlagader pulsiert. Ihre Nippel sind steif, die Pupillen sind geweitet, und Sie ringen nach Luft.«

»Es ist kalt und es war eine harte Fahrt hierher.«

Sein Schwanz zuckte. Sie war absolut großartig, weil sie sich weigerte, auch nur ein kleines bisschen nachzugeben.

»Ich wüsste noch etwas, das hart ist.«

»Sehen Sie? Schon wieder eine Anspielung! Lassen Sie mich runter!«

»Einen Kuss.«

Sie erstarrte förmlich. War das Angst oder Bedauern, was sich in ihren Gesichtszügen abzeichnete? Wieso war sie so nervös? »Wieso?«

»Beweisen Sie's. Beweisen Sie mir, dass Sie nicht an mir interessiert sind. Jetzt und hier.«

Sie verdrehte die Augen. »Sie sind mit zu vielen Blondinen ausgegangen. Das Ganze ist jetzt schon zum Scheitern verurteilt.«

Sawyer verkniff sich ein Grinsen. »Küssen Sie mich. Nur einmal. Entweder Sie stehen drauf oder nicht. Wenn nicht, werde ich in Zukunft Ruhe geben. Sie haben es in der Hand.«

»Sie werden dann nicht länger versuchen mich zu berühren?«

»Nein.« Voller Bedauern nahm er die Hand von ihrer Brust und ließ die Arme sinken. Sie rutschte auf seinem Schoß umher, damit sie ihr Gleichgewicht wiedererlangte. Sawyer musste ein schmerzhaftes Stöhnen unterdrücken.

»Zu meinen Bedingungen? Und dann halten Sie sich zurück?«

»Ja.«

Eine winzige Falte zeigte sich auf ihrer Stirn. Er wartete geduldig ab, bis sie endlich nickte. »Okay. Danach sind wir nur noch Geschäftspartner. Keine krummen Dinger mehr.«

»Einverstanden.«

Als müsse sie sich auf einen Test vorbereiten, atmete sie tief ein, kniff die Augen zu und beugte sich vor. Ihre Lippen berührten seine, sie waren unglaublich zart und süß, so wie die Zuckerwatte, die er als Kind und auch noch später so gern gegessen hatte. Zögerlich. Ehrlich. Rein.

Ihr Körper entspannte sich auf seinem Schoß und ließ alle Anzeichen für Erregung erkennen, von der sie im selben Moment erfasst wurde. Es kostete ihn all seine Willenskraft, den Kuss zu ihren Bedingungen zu akzeptieren, doch als sie sich dann von ihm löste, verriet ihm der überraschte Ausdruck in ihren Augen mehr als alles, was er bislang über sie erfahren hatte.

Oh ja, sie hatte Angst. Vor ihm. Vor ihrer eigenen Reaktion. Sie wollte ihn so sehr, wie er sie wollte. Aber sie wusste nicht, was sie mit diesem Verlangen anfangen sollte. Und dann war da noch eine enorme Blockade, was ihre körperliche Reaktion anging, so als wollte sie sich nicht erlauben, alle Hemmungen von sich zu werfen, weil sie dann nicht mehr die Kontrolle über die Situation hatte.

Noch ein Puzzleteil, das das Gesamtbild von ihr ein wenig vollständiger machte.

Sie lehnte sich zurück und fuhr mit der Zunge über ihre Unterlippe. Sie musste seinen Geschmack bemerkt haben, da ein winziger Schauer über ihren Rücken lief. Sawyer wurde bewusst, dass dieser keusche Kuss sinnlicher war als jeder stürmische Zungenkuss, weil das hier das erste Mal war, dass sie ihm etwas von sich selbst gegeben hatte.

Er schwor sich, dass sie ihm noch viel mehr geben würde.

»So? Zufrieden?«

»Ja.«

Sie zögerte, als könnte sie ihm nicht vertrauen, dass er tatsächlich so schnell aufgeben würde. Aber dann riss sie sich zusammen, rutschte von seinem Schoß und begann die Tasche zu packen. »Wir sollten gehen. Es wird schon dunkel.«

Er erwiderte nichts. Sie warfen den Abfall weg, gingen zu ihren Motorrädern und zogen die Handschuhe an. »Danke, dass ich mitfahren durfte. Ich lasse die Seite von einem Kurier zu Ihnen ins Büro bringen, mein Assistent kann sie dann abholen kommen, wenn Sie fertig sind.«

»Gut.« Sie versuchte, ihre Haarpracht irgendwie im Helm unterzubringen, dabei entging Sawyer nicht das leichte Zittern ihrer Finger. »Darf ich davon ausgehen, dass Sie zu Ihrem Wort stehen und sich mir auf privater Ebene nicht wieder nähern werden?«

»Nein.«

Sie riss den Kopf zu ihm herum. »Wie bitte?«

Er wippte auf den Absätzen vor und zurück und genoss ihren Gesichtsausdruck. »Ich sagte, wenn Sie zu Ihren Bedingungen nicht auf diesen Kuss reagieren, lasse ich Sie in Ruhe. Aber Sie haben reagiert. Sie wollen mich genauso, wie ich Sie.«

Sie setzte zu einer Erwiderung an, machte dann aber den Mund wieder zu. Gleich darauf ballte sie die Fäuste. »Ich habe überhaupt nicht reagiert! Ich habe Ihnen gesagt, ich bin nicht daran interessiert, die Geschäftsbeziehung auf das Schlafzimmer auszuweiten – und das haben Sie zu respektieren. *Porca vacca*, Sie sind einfach unmöglich!«

Grinsend redete er weiter. »Dieser Kuss hat jede Menge bewiesen, unter anderem auch Ihr Interesse an mir. Aber aus irgendeinem Grund halten Sie sich zurück. Ich bin mir nicht sicher, was das für ein Grund sein kann, aber eine Bemerkung hat für mich viel Sinn ergeben. Es geht darum, nicht die größten Eier zu haben.«

»Was?«

Er zwinkerte ihr zu. »Es geht darum, die ganze Strecke bis zum Ziel zu bewältigen. Und das will ich mit Ihnen hinkriegen. Bis Montag.«

Er setzte sich auf seine Maschine, ließ den Motor aufheulen und fuhr den Weg zurück, den sie gekommen waren. Sie stand vor der Burg und sah ihm fassungslos nach.

5. Kapitel

Sawyer stand da und sah sich den Saustall an, der mal seine blitzblanke Küche gewesen war. Mit Mühe kämpfte er seine Ungeduld nieder

Schon wieder.

Limo war auf dem Boden verschüttet, eine offene Chipstüte lag da, deren Inhalt mit jeder Stunde etwas mehr an Aroma verlor. Auf dem glänzenden Edelstahlherd war irgendeine dunkle Flüssigkeit verschmiert worden, überall klebte verbrannter Käse. Etwas auf dem weißen Marmorboden knirschte unter seinen Stiefelsohlen, während er die Chipstüte zurück in den Schrank räumte, die leeren Limoflaschen einsammelte und mit einem Schwamm über den Herd wischte.

Zählten Eltern nicht üblicherweise erst mal bis zehn, bevor sie vor Wut explodierten? Okay, er hatte gern eine saubere Wohnung, aber er war ein Mann, und das hier war sogar für ihn schwer zu ertragen. Seit der Junge eingezogen war, wurde seine ohnehin strapazierte Geduld ohne Ende auf die Probe gestellt.

Der ursprüngliche Plan, sich in einem Hotel einzuquartieren, hatte letztlich keinen Sinn ergeben. Er würde eine Weile in Mailand bleiben müssen, um jeden Abschnitt des Umbaus für das *Purity* zu überwachen, also hatte er beschlossen, ein Apartment in der Nähe seines Hauptquartiers zu mieten. In New York im Fünfsternehotel war sein Assistent in der Suite nebenan untergebracht gewesen, damit sie beide ihre Privatsphäre hatten, Sawyer aber nicht zu weit weg war und auf ihn aufpassen konnte. Zu den Vorteilen eines Hotels gehörten natürlich die ständige Bereitschaft von Zimmerservice und Dienstmädchen, weshalb es für Sawyer kaum einmal Anlass zur Sorge gegeben hatte, ob der Junge die Räume in Ordnung hielt und ob er genug zu essen bekam.

In Mailand hatte er dann dieses luxuriöse Loft gemietet und den Jungen bei sich einziehen lassen. Schließlich war er noch viel zu jung, um ihn irgendwo allein wohnen zu lassen – auch wenn er sich aufführte wie eine missratene Mischung aus einem verbitterten alten Mann und einem jungen Biker. Außerdem war dieses Apartment so groß, dass es für jeden von ihnen genügend Platz hätte geben sollen, um sich nicht gegenseitig ins Gehege zu kommen.

Irrtum.

Sawyer warf den Schwamm ins Spülbecken und fragte sich zum x-ten Mal, ob es von ihm eine verrückte Idee gewesen war, einen völlig fremden Jungen von der Straße zu holen und ihn in seine Arbeit einzubeziehen. Schließlich hatte er auch schon so mehr als genug zu tun, da brauchte er keinen obdachlosen Teenager mit einer sarkastischen Ader, der sich bei jeder Gelegenheit querstellte. Vielleicht hing es ja mit dem wütenden, verlorenen Ausdruck in seinen Augen zusammen, der Sawyer an seine Vergangenheit erinnert und bei ihm den Wunsch geweckt hatte, den Beweis zu erbringen, dass es sehr wohl auf dieser Welt Leute gab, die sich um andere kümmerten. Dass er helfen und etwas bewirken konnte. Sein Pflegebruder Danny hatte diese Chance nie bekommen.

Eigentlich hatte Sawyer Wolfe ein paar Wochen lang unter die Arme greifen wollen, damit er sein Leben wieder in den Griff bekam. Daraus waren inzwischen acht Monate geworden, und Sawyer machte noch immer keine Anstalten, den Jungen wegzuschicken. Aber der Teenager hatte sich auch als verdammt intelligent erwiesen, und er war ihm eine große Hilfe bei den Planungen rund um *Purity* gewesen. Es dauerte nicht lang, und dann hatte er beschlossen, den Jungen als seinen Assistenten fest einzustellen und abzuwarten, wie sich das entwickeln würde.

Vorausgesetzt, sie brachten sich nicht gegenseitig um.

Sawyer ging am Wohnzimmer vorbei, das in den schlichten maskulinen Farbtönen Beige und Braun gehalten und momentan mit schmutziger Unterwäsche, Jeans und Socken übersät war. Er musste nur dem Geruch folgen und fand den Jungen im hinteren Zimmer. Eigentlich hätte er erst angeklopft, aber er wusste, Wolfe hatte die Ohrhörer seines *iPods* angeschlossen und konnte sowieso nichts hören. Also drückte er einfach die Tür auf.

Ein grimmiges Paar blaue Augen starrte ihn rebellisch an, aber Sawyer kümmerte sich nicht darum, sondern tippte auf sein Ohr, um dem Jungen anzudeuten, er solle die Ohrhörer herausnehmen. Vincent, der sich jetzt Wolfe nannte, drehte sich zur Seite, murmelte einen Fluch vor sich hin, riss sich den Stöpsel aus dem Ohr und ließ einen weiteren giftigen Blick folgen. »Was?«

»Wie wär's, wenn du dein Chaos aufräumst?«

Ein kurzes Schnauben. »Du hast doch 'ne Putzfrau. Was kümmert dich das?«

»Die kommt nur einmal die Woche vorbei, und deine Sachen stinken schon jetzt zum Himmel. Hast du eigentlich jemals einen Wäschekorb gesehen?«

»Du lässt deine Sachen auch rumliegen.«

Sawyer versuchte, sich ein klischeehaftes Seufzen zu verkneifen. »Ja, aber auf meinen Sachen wächst noch kein Schimmel. Ich lasse dich hier wohnen, damit du nicht für eine eigene Bude bezahlen musst. Im Gegenzug könntest du ab und zu auch mal Essen einkaufen.«

Wolfe reagierte mit einem gedehnten Seufzer. »Klar. Tut mir leid.«

»Warum gehst du nicht mal ein bisschen raus? Mach einen Spaziergang. Geh einkaufen. Tu irgendetwas.«

Der Junge sah ihn an, als wäre er soeben zum Trottel des Jahres gewählt worden. Der goldene Ring in der Augenbraue und der Ohrring funkelten spöttisch. Warum hatte Sawyer auf einmal das Gefühl, den Rückzug antreten zu wollen? Wieso konnte ein Neunzehnjähriger ihm solche Angst machen? Er ermahnte sich dazu, geduldig zu sein. Mit Geduld und Verständnis würde er letztlich ans Ziel kommen. Der Junge hatte viel durchgemacht, und Sawyer wollte ihm eigentlich helfen.

»Warum? Damit ich diese albernen Klamotten tragen kann, die du mir gekauft hast? Damit ich rumlaufe wie irgendein Designer-Spielzeug? Oder soll ich irgendwo 'nen Espresso schlürfen und so tun, als hätt ich ’nen Plan und könnt ’n Supermodel abschleppen? Nee, danke, ich bleib hier.»

Sawyer betrachtete das, was der Junge üblicherweise trug. Ausgebleichte Jeans mit einem Loch in Kniehöhe. Ramponierte schwarze Stiefel. Weißes T-Shirt. Dazu die passende Bomberjacke, die ihn wie einen jungen Möchtegern-Johnny-Depp aussehen ließ. Ihm war weitestgehend egal, was der Junge trug, wenn er sich wenigstens im Büro einigermaßen ordentlich anzog.

Er versuchte, das Thema zu wechseln. »Du musst diese Sachen nicht tragen, wenn sie dir nicht gefallen. Ich dachte, es würde dir Spaß machen, die Welt da draußen zu erkunden. Dein Italienisch ist so exzellent. Du hast das viel schneller gelernt als ich.«

»Ist doch ’ne Heulsusensprache.«

Sawyer verkniff sich ein Lachen. Der Junge war ein Arsch. »Na gut, dann bleib eben hier. Aber vergreif dich nicht an meinen letzten Flaschen *Peretti*, du bist nämlich immer noch minderjährig. Und komm nicht auf die Idee, mit meiner Wohnung anzugeben, um dich an Frauen ranzumachen. Hast du mit dem Verkaufsteam Kontakt aufgenommen wegen der Dinge, auf die ich hingewiesen habe?«

»Ja, hab ich erledigt.«

»Danke, Vincent.«

Der Name war ihm rausgerutscht, ehe er es verhindern konnte. Die Augen des Jungen blitzten vor Wut auf, er ballte die Fäuste. Sawyer rührte sich nicht und wartete ab, dass der Junge die Dämonen in den Griff bekam, die ihn quälten. Dämonen, mit denen sich Sawyer selbst nur zu gut auskannte.

»Sag nie wieder diesen Namen«, zischte er. »Nie wieder. Ich heiße Wolfe.«

»Tut mir leid, aber daran muss ich mich erst noch gewöhnen«, sagte Sawyer, hob abwehrend die Hände und machte auf der Stelle kehrt, um ihn in Ruhe zu lassen. Mit ihm zu reden war wie ein Spaziergang durch eine Schlangengrube. Ein falscher Schritt und man bekam einen Biss ab, der einem das Bein kostete. Es war verrückt gewesen zu glauben, er könnte irgendetwas bewirken. Schlimmer noch: Sein Ego hatte ihn so im Griff, dass er auch noch auf die Idee gekommen war, den Jungen von New York bis nach Italien mitzuschleifen, um ihm zu zeigen, welche Arbeiten mit seinem Job verbunden waren. Sie waren nicht blutsverwandt, er schuldete Wolfe nichts, und dann hatte der ihn auch noch bestohlen und ihm ins Gesicht gespuckt, als Sawyer ihm gedroht hatte, ihn ins Gefängnis werfen zu lassen.

Laut Gerichtsunterlagen war sein Name Vincent Soldano, aber vor drei Monaten hatte er mit einem Mal erklärt, er werde nicht länger auf diesen Namen hören, da er sich nun Wolfe nannte.

Die Bedeutung dieser Entscheidung war Sawyer sofort klar und weckte bei ihm böse Erinnerungen, mit denen er noch immer kämpfte. Er hatte selbst genau das Gleiche gemacht. Er hatte sich neu erschaffen und einen anderen Namen angenommen, um einen Neustart zu versuchen. Eine neue Identität war für ihn der Schlüssel gewesen, um all den alten Scheiß hinter sich zu lassen. Trotzdem dachte er manchmal einfach nicht dran, und dann rutschte ihm der alte Name Vincent raus. Er musste sich mehr Mühe geben, um es nicht wieder zu vergessen.

Ein flüchtiges Lächeln umspielte seine Lippen. Dieser verdammte Wolfe hatte wirklich Feuer im Leib, und Sawyer war sofort klar, dass ein solches Feuer einen Menschen nur in zwei Richtungen schicken konnte – entweder in die Kriminalität, wo ein scharfer Verstand und ein paar brauchbare Fertigkeiten genug Geld zusammenbringen konnten, um den Schmerz so weit wie möglich zu ersticken. Oder auf einen legalen Weg, der üblicherweise beschissen und nicht annähernd so profitabel war und verdammt wehtat.

Er hatte ihm diesen Weg angeboten, Wolfe hatte ihn angenommen. Der Rest war Geschichte. Und ein zugemülltes Apartment.

Sein Handy klingelte und riss ihn aus seinen Überlegungen.

Die Nummer des Anrufers sagte ihm nichts, trotzdem nahm er das Gespräch an. Eine vertraute Stimme drang aus dem Hörer, und Sawyer erstarrte mitten in der Bewegung. Erinnerungen jagten an ihm vorbei, ein Gewirr aus Gutem und Schlechtem, und dazu ein Wendepunkt, den er nie vergessen würde. Er wechselte zum Italienischen und begrüßte seine Anruferin. Sie erzählte eine Weile, er hörte zu, bis sie auf einmal verstummte und auf seine Antwort wartete. Er schloss die Augen und atmete angestrengt ein. Plötzliche Anspannung drückte schmerzhaft gegen seinen Kopf. Dennoch weigerte er sich, einen Ausflug in die Vergangenheit zu unternehmen, die ihn weniger an einen Disney-Film als vielmehr an einen Film von Tim Burton erinnerte.

»Ja. Danke für die Einladung. Ich werde hinkommen.«

Er legte auf und ging in sein Schlafzimmer, um sich umzuziehen.

***

Auf dem Weg über das Kopfsteinpflaster wurde Julietta bewusst, dass sie zum ersten Mal in dieser Woche wirklich völlig entspannt war. Die Verspannungen in Nacken- und Schultermuskulatur lösten sich mit jedem Schritt ein wenig mehr, und die Wärme, die das Haus ihrer Familie ausstrahlte, empfing sie mit einer vertrauten Umarmung.

Die dreigliedrige Terrakotta-Villa beeindruckte durch ihre schlichten Linien und die hoch aufragenden Torbögen. Michael hatte auf Mama eingeredet, von hier wegzuziehen, weil er ihr ein Schloss kaufen wollte, das dem von ihr geschaffenen Imperium gerecht wurde. Aber sie hatte nur gelacht und erklärt, sie werde bis zu ihrem letzten Atemzug in dem Haus bleiben, in dem Papa gelebt hatte. Julietta konnte ihr das nicht verübeln.

Mehr als zwei Hektar Land erstreckten sich rund um das Anwesen, von dem aus man einen perfekten Blick auf die fesselnde Schönheit der Alpen hatte. Bergamo war für ihre Familie einfach der ideale Ort gewesen, eine Kombination aus alter und neuer Welt, die in zwei Bereiche geteilt war: *Città Bassa* und *Città Alta*, die Unterstadt und die Oberstadt. Die Villa prahlte mit ihren schmiedeeisernen Balkonen, den kühlen und schattigen *Patios* und riesigen Gärten mit Zitronen- und Olivenbäumen. Julietta machte die Haustür auf und ging zur Küche.

Tisch und Stühle aus massivem, kunstvoll mit Schnitzereien verziertem Kiefernholz beherrschten den Raum, der nach ausgiebigen Familienessen mit einem Gang nach dem anderen verlangte, und waren zugleich Zeugen einer vergangenen Zeit. Handgenähte Läufer lagen auf dem Holzboden, die warmen toskanischen Farben Rot, Gold und Grün wirbelten vor ihren Augen und spielten mit all ihren Sinnen. Dazu der intensive Geruch nach Zitronen und gesalzenen Oliven, nach süßlichem Basilikum und reifen roten Tomaten. Eine unendlich lang wirkende Arbeitsplatte aus Granit beanspruchte die gesamte linke Seite der Küche, darauf verteilt standen diverse Einmachgläser und Körbe mit frischen Früchten. Wasserdampf quoll aus den Kochtöpfen auf dem Herd, Teller mit Fleischröllchen und geschnittenem Brot standen auf dem Tisch. Julietta musste lächeln, und ein Gefühl des völligen Friedens erfüllte sie.

Sie war wieder zu Hause.

»Mama?«

Mama Conte stand am Herd und drehte sich um, als sie die Frage hörte. »Ach du meine Güte! Ich habe dich überhaupt nicht reinkommen gehört. Meine elenden Ohren. Früher habe ich aus einem Kilometer Entfernung mitgekriegt, wenn deine Schwester das Fenster in ihrem Zimmer aufgemacht hat, um sich wegzuschleichen und sich heimlich mit Dominick zu treffen. Jetzt höre ich nicht mal mehr, wenn jemand die Haustür zuwirft.«

Lachend ging Julietta zu ihr und umarmte sie. Auch wenn sie vier Kinder zur Welt gebracht, ein erfolgreiches Backimperium aus dem Boden gestampft und ihren Ehemann zu Grabe getragen hatte, war ihre Mutter immer noch eine treibende Kraft, die jeden mitriss. Die langen grauen Haare trug sie immer zum

Dutt gebunden, ihre Arthritis war so weit fortgeschritten, dass sie beim Gehen einen Stock zu Hilfe nahm. Sie hatte zwischendurch ein paar Mal Herzprobleme gehabt, aber in den letzten Jahren hatte sie nichts von ihrer Energie und Tatkraft verloren.

Sie trug ihre Lieblingsschürze, die sie immer nur am Sonntag hervorholte und die über die Jahre hinweg einige Flecken abbekommen hatte, die trotz der x-ten Wäsche nicht mehr rausgehen wollten. Auf der Schürze fand sich das Logo von *La Dolce Famiglia*, sie war ein Geschenk von Papa gewesen, gleich nachdem sie ihre erste Bäckerei eröffnet hatte. Dass sie zurück war in dem Haus, in dem sie aufgewachsen war, und das ihre Mama so wie früher am Herd stand und Essen kochte, machte Julietta glücklich. Sie fühlte sich sicher.

Nachdem sie ihre Tasche weggestellt hatte, nahm sie sich ihre Schürze und stellte sich an den Tisch, um Tomaten und Paprika zu schneiden. »Kommt Onkel Brian auch zum Essen?«, fragte sie, während sie fachgerecht das Gemüse zerkleinerte.

»Nein, nach der Kirche fährt er mit den Kindern irgendwohin.«

»Soll das ganze Essen dann etwa für mich sein?«, scherzte sie. »Hör auf, mich zu mästen, Mama. Ich muss mir sonst eine komplett neue Garderobe zulegen.«

Ihre Mutter hielt inne, als müsse sie sich ihren nächsten Satz erst gut überlegen. »Wir werden einen Gast haben.«

»Wen denn?«

»Wirst du schon sehen. Erzähl mir lieber, was deine Arbeit macht. Hast du den Vertrag mit dem *Palazzo* unterschrieben? Ich weiß, du hast monatelang daran gearbeitet.«

Julietta versuchte die Enttäuschung über diesen Fehlschlag zu verdrängen und straffte die Schultern. »Nein, die haben sich schon vor ein paar Wochen entschieden. Ich habe den Zuschlag nicht bekommen.«

»Oh, das tut mir leid, Liebes. Ich weiß, dir war das sehr wichtig, aber es war nichts, was unbedingt hätte klappen müssen. Alles geschieht aus gutem Grund. Wart nur ab, du wirst schon ein noch besseres Angebot bekommen.«

Es war unglaublich, wie recht ihre Mutter hatte. Vor ihrem geistigen Auge sah sie Sawyer, wie er diese wohlgeformten verruchten Lippen zu einem fast spöttischen Lächeln verzog, als wüsste er ganz genau, dass sie früher oder später sowieso bei ihm im Bett landen würde. Wenigstens hatte er Wort gehalten und damit aufgehört sie zu bedrängen. Dennoch musste sie in seiner Nähe immer auf der Hut sein, da sie nicht darauf vertraute, dass er sich an die Spielregeln halten würde. Sie räusperte sich. »Ähm ... genau genommen habe ich schon einen neuen Vertrag unterschrieben. Eine ziemlich große Sache. Für eine neue Hotelkette mit dem Namen *Purity*. Wir werden die Hotels exklusiv beliefern. Das erste Hotel wird noch in diesem Jahr in Mailand eröffnet werden.«

Ihre Mutter sah sie vor Stolz strahlend an. »Gut gemacht. Was hältst du davon, wenn wir das mit einem Glas *Moscato* feiern? Im Kühlschrank liegt eine Flasche, die werden wir zum Abendessen aufmachen. Wenn du jetzt so einen wichtigen Vertrag abgeschlossen hast, kannst du dann zukünftig endlich etwas weniger arbeiten?«

Juliettas Selbstbewusstsein erlitt einen leichten Dämpfer, sie wich dem Blick ihrer Mutter aus. Die Arbeit konnte natürlich nie genügen, wenn man sie mit Ehe, Liebe und Babys verglich. Sie schluckte und kämpfte gegen unerklärliche Tränen an, dabei fragte sie sich, ob sie wohl ihre Tage bekam. Was war nur in letzter Zeit mit ihr los? Sie verhielt sich so gefühlsduselig und so ... so mädchenhaft. »Um ehrlich zu sein, ich werde dadurch noch mehr Arbeit haben«, erwiderte sie beiläufig. »Aber ich genieße jeden Augenblick. Ich tue genau das, wovon ich immer geträumt habe.«

Mama Conte schnitt ein Stück Mozzarella ab, legte es auf ein Stück Brot und gab es Julietta. Der cremige Käse sank ein wenig in das noch warme Brot ein, Julietta biss ab und kaute genüsslich. »Ich weiß, du hast Spaß an deiner Karriere. Und ich weiß auch, dass *La Dolce Famiglia* ohne dich nicht so erfolgreich geworden wäre, auch wenn Michael an der Spitze gestanden hat. Du besitzt eine Gabe, aber ich möchte so gern, dass du diese Gabe mit einem besonderen Menschen teilst.«

Julietta zuckte flüchtig mit einer Schulter. Der typische Traum einer Mutter. Trotzdem versetzte ihr diese Bemerkung einen Stich, als würde es nicht genügen, was Julietta aus ihrem Leben gemacht hatte. Es war ja nicht so, als hätte sie ihrer Mutter gestehen können, dass mit ihr etwas nicht stimmte, weil sie zu keiner Bindung mit einem Mann fähig war. Sie verdrängte diesen deprimierenden Gedanken und versuchte sich darauf zu konzentrieren, den Besuch zu genießen. »Vielleicht irgendwann«, sagte sie gut gelaunt.

»*Sì*. Irgendwann.«

Ein Klopfen an der Tür ersparte ihr weitere Fragen. Sie wischte die Hände an einem Geschirrtuch ab und grinste. »Ah, unser mysteriöser Gast. Ich wette, es ist Pater Richard. Er freut sich immer, wenn du für ihn kochst.« Sie ging zur Haustür und zog sie auf. Dann bekam sie den Mund nicht mehr zu.

Vor ihr stand ... Sawyer Wells. Seinen Geschäftsanzug hatte er gegen eine bequeme kakifarbene Hose, einen dicken cremefarbenen Sweater mit Zopfmuster und Krokostiefel von *Versace* gewechselt. Seine Haare trug er offen, sodass sie in sanften goldblonden Wellen bis auf die Schultern fielen. In einer Hand hielt er einen Blumenstrauß, in der anderen eine Flasche Rotwein. »Hey.«

Sie starrte ihn an.

Er legte den Kopf schräg und schien sich ein Grinsen verkneifen zu müssen. »Ähm ... darf ich reinkommen?«

Irgendwie schaffte sie es, wütend zu sein. »Was haben Sie hier zu suchen?«

Er zog eine Braue hoch. »Ich würde sagen, Sie wissen nichts davon, dass ich zum Abendessen eingeladen worden bin.«

Sie stutzte. »Häh?«

»Sind Sie immer so wortgewandt, wenn es nicht um Ihre Arbeit geht? Ihre Mutter hat mich zum Essen eingeladen.«

Julietta schüttelte den Kopf. »Unmöglich.«

Aus der Küche drang die Stimme ihrer Mutter zu ihr. »Julietta, hör auf, den Mann zu quälen, und lass ihn schon rein. Es stimmt, er ist eingeladen.«

»Sag ich doch«, meinte er grinsend und ging um sie herum ins Haus.

Ihre Finger hielten krampfhaft die Haustür umklammert, weil sie nicht wusste, ob sie sich sonst auf den Beinen hätte halten können. Nachdem sie ein paar Mal tief durchgeatmet hatte, folgte sie ihm zur Küche.

»Oh, sind die wunderschön«, schwärmte Mama Conte und roch an den Rosen und Lilien. »Julietta, kannst du aus dem Wohnzimmer eine Vase für den Strauß holen? Sawyer, würdest du den *Moscato* aufmachen? Die Flasche liegt im Kühlschrank. Julietta hat mir eben erzählt, dass sie einen wichtigen Vertrag abgeschlossen hat, und das wollen wir feiern.«

Sawyer wippte leicht vor und zurück. Ganz offensichtlich hielt er das alles für sehr amüsant. »Einen wichtigen Vertrag? Aber natürlich.«

»Mama, was ist hier los? Ich wusste nicht, dass du und Sawyer euch so ... nahesteht.«

Abrupt drehte ihre Mutter den Kopf zu ihr herum. »Er ist ein Freund von Max, und es ist Sonntag. Natürlich lade ich ihn ein, um mit uns zusammen zu essen. Mein Haus steht allen offen, vor allem denjenigen, die meine Familie kennen. Ich bin mir sicher, dass du mir da zustimmen wirst, richtig?«

Julietta fuhr mit der Zunge über ihre trockenen Lippen. Autsch, das hatte gesessen. Wenn ihre Mama wütend wurde, musste man gut aufpassen. Vor allem reagierte sie richtig sauer, wenn man eine Bemerkung machte, jemand könnte in ihrem Heim nicht willkommen sein. *Mio Dio*, warum musste das ausgerechnet ihr passieren? Sie hatte nur etwas Ruhe und Frieden gewollt und jetzt würde der Grund für ihren Stress auch noch bei ihrer Familie zu Hause mit am Esstisch sitzen. Es kostete sie Mühe, zu einer Erwiderung anzusetzen. »Ja natürlich. Ich hole die Vase.«

Sie widmete sich dem Blumenstrauß, während Sawyer den Champagner entkorkte und einschenkte. Es wurde beiläufig über dies und jenes geredet, doch Juliettas Haut brannte unter dem sengenden Blick, mit dem er sie auf Schritt und Tritt verfolgte.

Wie schaffte dieser Mann es nur, den ganzen Raum so auszufüllen, als wäre er viel zu klein für sie alle? Es musste diese kraftvolle Würde sein, die er ausstrahlte und die alles um ihn herum in Beschlag nahm. Mit einem Mal fühlte sie sich sehr verletzlich. Hätte sie doch wenigstens ihren Anzug und die High Heels getragen. Aber ihr Sonntagsoutfit bestand aus Jeans, einem lila T-Shirt unter einer Strickjacke, dazu flache schwarze Samtschuhe. Ihr Haar trug sie offen, es war auf dem Weg zum Haus vom Wind ein wenig zerzaust worden. Außerdem legte sie so gut wie nie Make-up auf, wenn sie ihre Mutter besuchte.

Sie presste die Lippen zusammen und nahm sich vor, auf seine Anwesenheit nicht mit Unbehagen zu reagieren. Er war hier der Fremde nicht sie.

»Setzt euch beide hin und entspannt euch. Ich habe hier alles im Griff. Bedient euch bei den Antipasti.« Das Tablett mit Schinken, Kräcker, Käse und Peperoniwurst machte einen einladenden Eindruck. In der Küche ihrer Mama zu essen hatte immer etwas Intimes an sich. Der Esstisch war zwar sehr ausladend, doch das ganze Drumherum sorgte für eine gemütliche Atmosphäre. Durch das große halbrunde Fenster über der Spüle fiel genug Licht ins Zimmer, zudem bot es freie Sicht auf die golden strahlenden Berge. Die ansprechenden satten Farbtöne Dunkelorange, Scharlachrot und Gold fanden sich in fast allem – vom Holzfußboden bis hin zu den handbemalten bunten Schüsseln und Tellern des Geschirrs. Handbestickte Tischdecken und Platzdeckchen machten aus jedem Teller eine Präsentation. Bratensoße, Knoblauch und Zitrone waren die Düfte, von denen sie zusammen mit wohliger Wärme eingehüllt wurden.

Julietta wusste, ihre Mutter würde sie nicht helfen lassen, weil sie einen Gast hatten, also schaufelte sie ihren Teller randvoll, nippte am Champagner und warf ihrem Geschäftspartner einen finsteren Blick zu.

Das konnte den aber nicht beeindrucken. Vielmehr schien er

fasziniert zu sein von ihrem Outfit, ihrem gefräßigen Appetit und ihrer schlechten Laune.

»Ich fühle mich wirklich geehrt, dass du mich zum Essen eingeladen hast, Mama Conte. Ich nehme an, Julietta hat dir schon von unserem Vertrag erzählt.«

»Nein, so weit waren wir noch nicht gekommen. Meine Güte, das heißt, ihr beide arbeitet zusammen?«

Sawyer grinste sie an. »Ja, ich baue eine neue Hotelkette namens *Purity* auf, und *La Dolce Famiglia* wird mich exklusiv beliefern. Natürlich wird sich Max um die amerikanischen Standorte kümmern, aber die große Premiere wird in Mailand stattfinden. Und Julietta wird ganz entscheidend dazu beitragen, dass daraus ein Erfolg wird.«

Sie musste sich davon abhalten, ihm eine Grimasse zu schneiden, weil das äußerst kindisch und sehr weit unter ihrer Würde gewesen wäre. Wie konnte er es wagen, das zu erzählen, was sie ihrer Mutter voller Stolz hatte verkünden wollen? Er tat ja so, als hätte er ihr den Vertrag geschenkt, ohne dass sie in irgendeiner Weise daran beteiligt gewesen wäre. Zum Teufel mit ihm! »Natürlich haben wir erst mal die Details verhandelt, bevor ich bereit war zu unterschreiben«, mischte sie sich ein. »Ein paar Vertragsklauseln hätte ich so nicht akzeptiert.«

»Ja natürlich.« Seine prompte Zustimmung machte sie nur noch wütender. Warum musste er sie pausenlos ärgern?

»Sie macht damit die ganze Familie stolz. Und du leistest auch Beachtliches. Erzähl mir mehr von dieser Hotelkette.«

Während er über *Purity* redete, bemerkte sie das stolze Strahlen, das sich auf seinem Gesicht abzeichnete. Schon seltsam, dass sie ihn auf eine grundlegende Art durchaus verstehen konnte. Dieses Bedürfnis, Erfolg zu haben und sich selbst etwas zu beweisen. Diese tiefe Befriedigung, in einer Welt etwas Eigenes aufzubauen, in der nichts wirklich von Dauer war. Sie fragte sich nur selten, woher dieser Antrieb kommen mochte, weil sie zu viel Angst vor der Wahrheit hatte.

Eine Woche war seit dem Kuss vergangen. Als hätte er gespürt, dass sie sich zurückziehen musste, ließ er sie ihren

Abstand zu ihm wahren und begnügte sich mit ein paar Telefonaten und einem kurzen Besuch, bei dem es nur um Geschäftliches gegangen war.

Aber der Schaden war längst angerichtet.

Die ganze Zeit über musste sie an den Kuss denken. An das Gefühl seiner Lippen auf ihren, an den Duft seiner Haut und an das Versprechen seines hungrigen Munds. Nachts wälzte sie sich im Bett hin und her und wünschte ihn zum Teufel. Wie konnte ein so harmloser Schmatzer, auf sie diese Wirkung ausüben? Hätte sie ihren Körper nicht so gut gekannt, wäre sie auf der Stelle bereit gewesen, ihre Zurückhaltung mitsamt all ihren Prinzipien über Bord zu werfen, um ihn hinter sich her in ihr Bett zu schleifen.

Dummerweise wusste sie aber nur zu genau, was dann folgen würde. Das Aufflammen der Lust. Das Versprechen von Befriedigung. Und schließlich das Erlöschen der Flammen, wenn sie unter den Berührungen eines Mannes zu Eis erstarrte.

Bei Sawyer würde es nicht anders sein, und sie hatte nicht vor, ihn hinter ihr Geheimnis kommen zu lassen.

Sie musste nur über ihn hinwegkommen.

Julietta konzentrierte sich auf die Unterhaltung. »Wie habt ihr euch eigentlich kennengelernt, Mama?« Sie achtete darauf, ihre Frage so zu formulieren, dass sich Sawyer nicht angesprochen fühlte. Ihr fiel auf, wie sich seine ganze Körperhaltung versteifte. Ein Wirbel von Gefühlen blitzte in seinen Tigeraugen auf, war aber so schnell wieder vorüber, dass sie sich nicht sicher sein konnte, ob sie sich womöglich seine Reaktion nur eingebildet hatte.

Einen Moment lang herrschte Schweigen in der Küche, und damit war klar, dass mit der Antwort irgendeine Geschichte verbunden war. Sie wartete darauf, diese Geschichte von ihrer Mutter zu erfahren. Endlich würde sie eines der vielen fehlenden Puzzleteile erhalten, aus dem sich dieser rätselhafte Mann zusammensetzte, und vielleicht hätte sie mit diesem Wissen auch etwas gegen ihn in der Hand.

»Ich war mit Max' Mutter im *Prospect* Hotel. Sawyer saß mit seinem Boss an der Bar. Meine Güte, das ist schon so lang her, dass ich mich kaum noch an etwas erinnern kann. Aber ich glaube, die beiden haben sich gestritten. Sein Boss war sehr gemein zu ihm. Wie alt warst du damals? Zweiundzwanzig?«

»Ja«, antwortete er tonlos. Sein Gesicht verriet keine Regung.

»Sein Boss ging dann irgendwann weg, und ich versuchte vergeblich, den Barkeeper auf mich aufmerksam zu machen. Sawyer spendierte mir einen Drink, und wir kamen ins Gespräch. Er erinnerte mich so sehr an Max: jung, ehrgeizig, bereit die ganze Welt zu erobern.«

Julietta wartete. Als alle am Tisch zu lang schwiegen, stellte sie eine Frage. »Das ist alles?«

Mama Conte sah sie erstaunt an. »Ja, wieso? Was glaubst du, wie wir uns kennengelernt haben?«

Sie sah zu Sawyer, aber kaum trafen sich ihre Blicke, machte sich Hitze in ihrem Körper breit, ihre Haut kribbelte und sie wurde feucht zwischen den Beinen. Diese eigenartige sexuelle Macht, die dieser Mann ausstrahlte, war einfach zu viel für sie. Trotzdem würde sie nicht als Erste den Blickkontakt unterbrechen. »Sawyer hat sich zu eurer ersten Begegnung sehr mysteriös geäußert, deshalb dachte ich, es steckt mehr dahinter.«

»Nicht dass ich wüsste. War da sonst noch was gewesen, Sawyer?«

Er zögerte nur einen winzigen Augenblick, der ihrem Instinkt genügte, sie förmlich anzuschreien, dass in dieser Bar mit ihm und ihrer Mutter noch irgendetwas vorgefallen sein musste. Trotzdem sagte sie ihm das nicht auf den Kopf zu, sondern wartete, bis er mit einem flüchtigen Lächeln erwiderte: »Nein, das war alles.«

Geschlagen ließ sie die Schultern sinken. Verdammt, sie brauchte irgendeine Art Munition. Aber ganz egal, wie sehr sie sich auch anstrengte, sie konnte nichts aus der Zeit zutage fördern, bevor er die Geschäftswelt im Sturm erobert hatte. Sie hasste die Vorstellung, dass er mehr über sie wusste als sie über ihn.

Gab es etwas Schlimmeres als das?

Ja, auch wenn ihm das noch nicht klar war.

Mama redete unbeirrt weiter. »Ist das nicht erstaunlich, wie das Leben spielt? Du hast Maximus bei einem geschäftlichen Anlass kennengelernt. Und jetzt wirst du durch Julietta zu einem festen Bestandteil unserer Bäckerei werden. Man könnte fast meinen, dass es dir vorbestimmt war, zu unserer Familie zu gehören.«

Eine Alarmglocke schlug in Juliettas Kopf an. Oh nein, sie würde nicht ihr friedliches Sonntagsessen mit einem Mann teilen, der nur darauf aus war, ihren Sexschalter umzulegen und zu aktivieren. Ihre Beziehung musste sich auf das Büro beschränken, wo sie auch hingehörte.

Julietta räusperte sich. »Ähm ... Sawyer möchte bestimmt nicht Arbeit mit Privatleben vermischen. Das müssen wir respektieren.«

Mama Conte schnaubte entrüstet und machte eine abweisende Geste. »Unsinn. Ich sage dir immer, du brauchst noch etwas anderes im Leben als Arbeit. Mit Freunden und Familie zu essen, ist etwas, worauf man nicht verzichten darf. Geld und Erfolg sind nicht alles, sondern Glück und Zufriedenheit.«

Julietta stopfte sich hastig einen Kräcker mit einem Berg Peperoniwurst in den Mund, damit sie nicht laut zu schreien anfing.

Sawyer legte die Fingerspitzen aneinander und beobachtete sie, wie sie kaute. Er amüsierte sich offensichtlich bestens. »Da kann ich nur zustimmen«, gab er bedächtig zurück. »Tatsächlich habe ich Julietta schon gesagt, dass ich gern abseits der Arbeit mehr Zeit mit ihr verbringen möchte. Ich kenne in Mailand nicht viele Leute.«

Sie schluckte einen Teil des Kräckers unzerkaut und konnte noch in letzter Sekunde einen Hustenanfall verhindern.

»Was für eine wundervolle Idee. Von jetzt an kommst du sonntags immer zum Essen her. Ich bin davon überzeugt, dass Julietta zwischen all ihren Terminen bestimmt Zeit finden wird, um dich einigen ihrer Freunde vorzustellen.«

»Das wäre schön. Danke.«

Julietta riss fassungslos die Augen auf, aber Mama stellte ihnen Schüsseln voll mit *Manicotti* und frischem Salat hin und strahlte sie beide an. »Ist das nicht wunderbar? Und jetzt ... *manga*, ihr zwei.«

Sawyer zwinkerte ihr zu und griff nach seiner Gabel.

***

»Warum musst du mich eigentlich so ärgern?«

Sie saßen auf der Terrasse hinter dem Haus, jeder mit einer Tasse Cappuccino und einem Teller mit frisch gebackenen Honig-Mandel-Biscotti. Der Bereich war offen angelegt, mit Blick auf einen Teich in der Art einer Lagune und auf die üppigen Gärten. Die schmiedeeisernen Tische und Stühle unterstrichen die Aura der alten Welt, die rund um Mama Contes Villa herrschte. Terrakotta-Töpfe säumten die mit buntem Kopfsteinpflaster ausgelegte Terrasse, in ihnen wuchsen die unterschiedlichsten Kräuter und Pflanzen mit Früchten, die alle darauf lauerten, beim ersten Anzeichen des Frühlings mit dem Wachstum loszulegen. Der letzte Rest von Winter klammerte sich immer noch beharrlich an der Landschaft fest, und die frostige Luft reinigte Sawyers Lunge und schärfte seine Instinkte. In der Ferne schimmerten die Berge, das leise Plätschern, das von dem wasserspeienden Marmorengel verursacht wurde, hatte eine besänftigende Wirkung auf ihn.

Er legte die Beine auf den Stuhl ihm gegenüber und tauchte das Gebäck in seinen Kaffee. »Das tue ich gar nicht. Deine Mutter mag mich eben.«

Sawyer merkte ihr an, dass es sie störte, von ihm geduzt zu werden. Ihre Mutter hatte darauf bestanden, aber sie wusste ja auch nicht, dass Julietta lieber beim Sie geblieben wäre, um auf Distanz zu bleiben. Ihm sollte es nur recht sein, immerhin war ein *Du* doch schon ein ganzes Stück persönlicher und intimer als ein geschäftsmäßiges *Sie*.

Julietta verdrehte die Augen. »Meine Mutter mag jeden. Sie würde auch einen Serienkiller zum Essen einladen.«

»Wie nett.«

»Was ist wirklich zwischen dir und Mama vorgefallen? Ich habe den dringenden Verdacht, dass da irgendetwas gewesen ist, was mir keiner von euch erzählen will.«

Damit hatte sie sogar recht, aber das hieß nicht, dass er ihr eine so gravierende Begebenheit aus seiner Vergangenheit offenbart hätte. Mama Conte hatte ihm das Leben gerettet und ihn auf einen neuen Lebensweg geschickt, durch den sich alles geändert hatte. Die Erinnerung an ihre letzte Begegnung spielte sich vor seinem geistigen Auge ab.

Sie hatte ihn besucht, als er mit dem *La-Principe* Hotel seinen ersten großen Coup gelandet hatte. Von Stolz erfüllt, was er mit ihrer Hilfe erreicht hatte, und berauscht von dem Triumph, endlich das so lange Zeit erträumte Leben zu führen, hatte er sie zum Essen eingeladen und sie später in die Arme genommen und sanft an sich gedrückt. Er redete auf Italienisch und leistete einen aus tiefster Seele kommenden Schwur, den er ihr ins Ohr flüsterte.»*La devo un grande debito. Se lei mai ha bisogno di me, farò che lei chiede.*« *Ich schulde dir dafür sehr viel. Wenn du jemals etwas von mir brauchst, werde ich tun, worum du mich bittest.*

Sollte sich jemals eine Situation ergeben, in der sie auf ihn zukam, dann würde er sein Versprechen einlösen. Sawyer verdrängte diese Erinnerung. »Sagen wir einfach, ich wusste auf Anhieb, dass sie eine außergewöhnliche Frau ist. Das muss in der Familie liegen.«

»Hör zu, ich will nicht, dass sich unsere geschäftliche Beziehung mit privaten Dingen vermischt. Das sage ich dir immer wieder, aber du scheinst mir gar nicht zuzuhören. Ich habe daran kein Interesse.«

»Das hast du gesagt.« Er drehte den Kopf zur Seite und musterte sie. Er mochte diesen Anflug von Verwundbarkeit, den sie heute erkennen ließ. In ihrer legeren Kleidung und mit den offenen sexy Haaren wirkte sie zugänglich. Und jung. Sie saß barfuß im Schneidersitz da, ihre Füße kamen ihm für eine Frau von ihrer Größe fast winzig vor. Vom Image der Eiskönigin war ihr nicht so viel anzumerken, und er wunderte sich über das stürmische Verlangen, das in ihm erwachte. Er sehnte sich danach, sie auf seinen Schoß zu ziehen, eine Hand an ihren Hinterkopf zu legen und sich an diesen blassrosa Lippen zu laben. Er wollte mit seiner Zunge tief vordringen, bis ihrer Kehle heftiges Stöhnen entstieg und sie ihn um mehr anflehte.

Diese Frau war ein wandelnder Widerspruch. Geschickte Geschäftsfrau, harte Bikerin, während sie sich in der Küche ihrer Mama lieb und häuslich gab. Als sie beim Essen ihre Jacke ausgezogen hatte, da war ihm der BH-Träger aus lila Spitze aufgefallen, der am Kragenrand ihres konservativen T-Shirts hervorgelugt hatte. Bei diesem Anblick hatte er sofort eine Erektion bekommen.

Heilige Scheiße, diese Frau trug tatsächlich sexy Unterwäsche.

Irgendwo unter all dieser Zurückhaltung wurde eine Verführerin gefangen gehalten, die die Flucht antreten wollte. Er hätte darauf gewettet, dass sie zu diesem BH einen G-String trug. Bestimmt im passenden Lilaton. Würde sie darunter komplett rasiert sein? Oder würde ein seidiges Dreieck aus dunklen Locken zu finden sein, das ihre Geheimnisse zu verdecken versuchte?

»Hallo? Erde an Sawyer, bitte melden!«, fuhr sie ihn plötzlich an und warf ihm einen finsteren Blick zu. »Was guckst du so eigenartig?« Sie bewegte sich und er sah für eine Sekunde rot lackierte Fußnägel. Kein farbloser Lack und auch kein konservativer Pfirsichton. Nein, rot wie das Höllenfeuer. Oh ja, er war völlig hin und weg.

»Habe nur was überlegt.« Er streckte die Hand aus und fasste nach ihren Haaren, die sich wie Seide anfühlte. Hier und da blitzten zwischen den braunen ein paar rote Haarsträhnen hervor, als würden sie sich mit ihm ein Versteckspiel erlauben. »Du hast wunderschöne Haare. So lang und so seidig.« Er zog seine Hand weg, die Haare glitten von seinen Fingern, mit denen er stattdessen ganz leicht über ihre Wange strich. »Und deine Haut ist so makellos, golden und zart. Wenn ich sie mit der Zunge berühren würde, würdest du dann nach Schokolade und

Kokosnuss schmecken?«

Ihr stockte der Atem, trotzdem ließ sie ihn auch jetzt nicht gewinnen. »Ja, kenne ich schon. Und sind meine Augen wie dunkle Seen voller Verlangen, die darauf warten, dich in ihnen ertrinken zu lassen?«

Sawyer schüttelte den Kopf. Verdammt, war sie schlagfertig. »Nicht übel. Ich wollte eigentlich beim Schokoladenvergleich bleiben und deshalb wären es Seen aus Kakao gewesen.«

Sie verzog den Mundwinkel. »Maßlos übertrieben.«

»Könnte sein. Ich habe auch viel an deine Brüste denken müssen.«

»Hm, lass mich raten: milchig weiße, fleischige Kugeln?«

»Oh, das ist einfach nur grässlich. Nein, sie stehen hoch, sie sind fest, die Nippel wirken frech und empfindlich, und sie drücken gegen deinen BH. Ich habe im Traum über ihre Farbe nachdenken müssen. Blassrosa wie Zuckerwatte? Oder rubinrot wie eine köstliche Erdbeere?« Ihre Pupillen weiteten sich, er nutzte das aus, indem er mit seinem Finger an ihren Lippen entlangfuhr und den Daumen leicht gegen ihren Schmollmund drückte. So wie ein Reh, das man mitten auf einer Wiese überrascht hatte, hielt sie völlig still und wartete ab, als würde sie eine Gefahr wittern. »Ich male mir aus, wie sie auf mich reagieren, wenn ich sie liebkose. Es würde mir Spaß machen, an deinen Nippeln zu knabbern, Julietta. Manchmal geht Schmerz in Lust über und reißt dich mit sich. Diesen Moment würde ich gern mit dir erleben.«

»Hör auf ...«

»Warum?«, fragte er so leise, dass es nur ein Flüstern war. Er beugte sich vor, sein Atem strich über ihre feuchten Lippen und das Blut schoss ungehalten in seinen Schwanz. »Hat dir noch nie ein Mann erzählt, was er mit dir anstellen möchte? Verbales Vorspiel ist der Schlüssel, um eine Frau einzustimmen. Das Gehirn ist das mächtigste sexuelle Werkzeug, aber nur die wenigsten verstehen es, das Potenzial auszunutzen.« Er legte die andere Hand auf ihren Oberschenkel und ließ sie über den Jeansstoff zu ihrem Knie wandern. »Deine Beine sind dafür geschaffen, sich um die Hüften eines Mannes zu legen, während er tief in dich eindringt. Lange, muskulöse Beine, dazu diese hübschen roten Fußnägel. Ich würde dich nur bitten, diese High Heels anzubehalten, die du so liebst. Ich glaube, mir würde es gefallen, wenn du diese spitzen Absätze gegen meine Oberschenkel drückst, während du nach mehr verlangst.«

Ihre Wangen glühten, und ihm wurde klar, dass er sie zumindest für den Augenblick ganz in seinen Bann gezogen hatte. Er drückte seinen Daumen zwischen ihre Lippen, um eingelassen zu werden, und nach nur einem kurzen Zögern machte sie tatsächlich den Mund auf.

Sein Daumen glitt hinein und traf auf ihre Zunge. Unwillkürlich musste er nach Luft schnappen.

»Aber ich würde dich noch warten lassen«, redete er genauso leise weiter. »Ich würde nämlich sagen, dass du mich schon viel zu lang auf die Folter gespannt hast. Ich würde meine Finger in deine enge, nasse Pussy schieben, mit deiner Klit spielen und dich betteln und flehen lassen.«

Sie drückte ihre Zähne gegen den fleischigen Daumen und sofort explodierte in Sawyer unbändige Lust. »Zum Teufel«, knurrte er, zog die Hand weg und packte ihren Kopf, dann drückte er stürmisch seinen Mund auf ihren.

Er fiel über sie her, wie er es am liebsten schon bei ihrer ersten Begegnung gemacht hätte. Das hier war kein bloßes Necken, keine sanfte Berührung der Lippen. Sawyer verließ sich ganz auf seinen Instinkt und wurde fordernder, weil er alles wollte. Sie schmeckte nach Zucker und Honig, als er seine Zunge in ihren Mund eindringen ließ. Einen Moment hielt sie mit allem dagegen, was sie aufbieten konnte – ihre Zunge lieferte sich ein Duell mit seiner, ihre Fingernägel bohrten sich in seine Schultern. Sie brannte so lichterloh und so ehrlich, dass er sich fast dazu entschlossen hätte, ihr hier auf der Terrasse hinter dem Haus von Mama Conte die Kleider vom Leib zu reißen und sie zu nehmen.

Und dann mit einem Mal machte sie eine Veränderung durch.

Er spürte es sofort. Die plötzliche Kälte ihrer Haut, das Verspannen von Muskeln, die eben noch willig gewesen waren. Er wich ein wenig zurück, damit er seine Lippen nicht mehr so fest auf ihre presste, da sie schlagartig von einer stürmischen Mitwirkenden zu einer teilnahmslosen Beobachterin wurde. Das Feuer war erloschen, zurück blieb eine Rauchfahne, Asche und verglimmende Glut.

Er löste sich von ihr und sah ihr in die Augen.

Abscheu.

Nicht gegen ihn gerichtet, auch nicht gegen den Kuss. Mehr so etwas wie Enttäuschung und Selbsthass. Der Riss, durch den ihre tiefsten Gefühle nach außen getragen worden waren, hatte sich augenblicklich geschlossen. Es kam ihm vor, als hätte er eine desinteressierte Fremde vor sich, nicht die Frau, die eben noch in seinen Armen förmlich gebrannt hatte.

Dann begriff Sawyer.

Die Erkenntnis traf ihn wie ein Schlag, doch ihm blieb keine Zeit, darauf zu reagieren. Julietta schob ihn mit stiller Würde von sich weg und hob das Kinn an. »Mach das bitte nie wieder«, forderte sie ihn in frostigem Tonfall auf. »Ich bin mir sicher, du hast dieses Experiment gebraucht, aber wie ich schon gesagt habe, bin ich nicht an einer körperlichen Beziehung zu dir interessiert.«

Er ließ zu, dass sie sich zurückzog, da er erst einmal Zeit benötigte, um das ganze Ausmaß seiner Erkenntnis zu erfassen. »Ich möchte mich entschuldigen. Das ganze Gerede über Essen und Körperteile hat mich die Kontrolle verlieren lassen.«

Sie lächelte verkrampft und war sichtlich bemüht, die peinliche Situation zu überspielen. »Entschuldigung angenommen. Aber das geht so nicht, Sawyer. Ich möchte, dass du Mamas Dauereinladung zum Essen absagst. Das ist für mich die einzige Gelegenheit in der Woche, um richtig zu entspannen und um Zeit mit meiner Mutter zu verbringen. Das wirst du doch sicher respektieren können.«

»Ich sehe dich gern so«, murmelte er. »Diese sanftere, zugänglichere Seite an dir. Mir hat gefallen, wie du deiner Mutter in der Küche geholfen und sie mit so viel Liebe und Respekt angesehen hast. Wie du das Essen genossen und ohne nachzudenken einfach runtergeschlungen hast.«

Seine Gedanken wanderten zurück in seine Vergangenheit. Er hatte sich immer eine Familie gewünscht, die er lieben konnte und von der er geliebt wurde. Das war für ihn etwas so Rätselhaftes, dass er es nicht verstehen konnte. Als er die Nähe zwischen Julietta und Mama Conte erlebte, da erwachten in ihm Sehnsucht und andere Gefühle, denen er selten einmal freien Lauf ließ. Er dachte daran zurück, wie er eines Tages vom Spielplatz nach Hause kam, nachdem ihm ein raufwütiger Junge ein blaues Auge verpasst hatte. Als sein Pflegevater ihn fragte, wer die Prügelei gewonnen habe, sagte Sawyer die Wahrheit, was ihm eine solche Ohrfeige einbrachte, dass er beinah einen Zahn verloren hätte. Anschließend bekam er zwei Tage lang nichts zu essen, weil Verlierer keines verdienten.

Was tat er hier eigentlich?

Er wollte Julietta Conte verführen und sie aus jener Ecke herausholen, in der sie sich sicher fühlte. Er wollte, dass ihr Geschäftssinn dazu beitrug, *Purity* zur besten Hotelkette zu machen. Er musste sich nicht mit ihrer Familie umgeben, und er brauchte auch nicht diese sanftmütigen Gefühle, für die er keine Zeit hatte. Diese Gefühle existierten für sie, aber nicht für ihn. Sie waren nicht für ihn bestimmt. Da half es auch nichts, über die Dinge nachzudenken, die er nicht bekommen konnte.

Er musste weg von hier.

Julietta wich überrascht zurück, als er von seinem Stuhl aufstand. »Du hast völlig recht. Ich werde nicht herkommen und dich behelligen, wenn du mit deiner Mutter isst. Ich werde zu ihr gehen und mich verabschieden. Wir sehen uns morgen im Büro. Du musst die anderen Lieferanten für *Purity* kennenlernen, um die ersten Planungen mit ihnen durchzusprechen.«

»Ja, ja natürlich.«

»Sehr gut. *Buona sera*, Julietta.«

Er verließ die Terrasse und versuchte, nicht so davonzulaufen, als wäre eine Horde Zombies hinter ihm her. In einem

Punkt hatte sie recht.

Hier bei ihrer Mutter zu essen war ein Fehler.

Aber der Kuss war kein Fehler gewesen. Das war ganz entschieden *kein Fehler* gewesen. Jetzt wusste er, was sie brauchte, wonach sie sich verzehrte und wie er sie dorthin bekommen konnte. Auf keinen Fall würde er sich die Gelegenheit entgehen lassen, ihr zu zeigen, was ihr entging. Er würde sie in die düstere Welt der erotischen Gelüste einführen.

Entschlossen presste Sawyer die Lippen zusammen und machte sich auf die Suche nach Mama Conte, um sich zu verabschieden.

6. Kapitel

Was war gestern Abend nur geschehen?

Julietta saß zusammen mit den anderen Mitgliedern von Sawyers Team am Konferenztisch und versuchte sich zu konzentrieren. Er hatte es geschafft, sie für einen Moment zu überlisten, doch nachdem sie die Kontrolle zurückerlangt hatte, war irgendetwas zwischen ihnen nicht mehr so wie zuvor. In seinen Augen funkelte eine Gewissheit, die ihr schreckliche Angst machte. Mit einem Mal erinnerte er sie an einen ausgehungerten Tiger, der sie in einem Stück verschlingen wollte. Das wirklich Beängstigende daran war, dass das Resultat des Ganzen gar nicht so schlimm erschien.

Sie dachte, sie hätte ihr Gleichgewicht zurückerlangt, da zeichnete sich in seinem Gesicht eine andere Regung ab. Bedauern. Und ein Hauch von Sehnsucht. Als er so überhastet gegangen war, hatte sie gewusst, dass sie ihn auf eine für sie unerklärliche Weise verletzt hatte. Das Wissen, dass sie einen Mann wie Sawyer Wells verletzen konnte, hatte sie die ganze Nacht über kein Auge zutun lassen. Für ein paar Sekunden war ihr Körper zum Leben erwacht, und sie hatte schon gedacht, er hätte sie geheilt. Ehe er sich versehen hätte, wäre sie auf seinen Schoß geklettert, um ihn tief in sich aufzunehmen. Die Vorstellung, einen Orgasmus zu erleben, begeisterte sie und lockte sie an wie ein Leuchtfeuer in der Nacht, das sie zwar sehen konnte, von dem sie aber geglaubt hatte, sie würde es niemals erreichen. Doch so wie bei allen anderen Männern vor ihm hatte sich ihr Verstand in letzter Sekunde wieder eingeschaltet und alles Verlangen schwinden lassen.

Es war nur eine Illusion gewesen.

Ihr Versagen hatte sie verspottet, während sie sich in ihrer verdrehten Satinbettwäsche hin und her gewälzt hatte. Wenn Sawyer ihr keine Reaktion entlocken konnte, dann war wirklich kein Mann dazu in der Lage. Das wusste sie instinktiv. Er hatte bei ihr Anzeichen für eine Heilung erkennen lassen. Aber wenigstens müsste sie sich nicht länger mit der Frage quälen, was sich vielleicht alles zwischen ihnen beiden abspielen könnte. Sie würden sich wieder ihrer Arbeit widmen, und sich nicht noch einmal in Versuchung führen lassen. Zugegeben, es war schon etwas peinlich, wenn sie darüber nachdachte, dass Sawyer sie bedauerte. Aber vielleicht dachte er ja auch nur, dass sie sich nicht so wie all die anderen Frauen zu jemandem wie ihm hingezogen fühlen könnte. Vielleicht würde er gar nicht glauben, dass mit ihr etwas nicht stimmte, sondern sie für die Ausnahme von der Regel halten. Hoffentlich war es so.

Sie lenkte ihre Aufmerksamkeit zurück zu den anderen Lieferanten, die dicht gedrängt am Tisch saßen. Die Innenarchitektin und Stoffexpertin Tanya kam ihr ein wenig versnobt vor, sie war aber auch extrem begabt. Ihr kurzer roter Bob, das kräftige Make-up und ihre Vorliebe für schwarze Kleidung zeigten Julietta, dass diese Frau ein klares Stilempfinden besaß und genau wusste, was man wie kombinieren konnte. Ricardo, der für alle *Purity* Restaurants verantwortliche oberste Chefkoch, demonstrierte ein ausgeglichenes Temperament, das für die Hotelbranche vonnöten war, und er stellte seine Ideen und Vorschläge auf eine geschäftsmäßige Weise vor. Die Spa-Expertin Evelyn neigte zu einer fast schon übertriebenen New-Age-Einstellung, die blonden Haare trug sie bis zur Hüfte, sie war komplett in organische atmende Stoffe in Erdtönen gekleidet. Ihre tiefe Stimme hatte einen melodischen Klang, ihre Haut strahlte förmlich, und ihren schlanken Körper unterzog sie gewiss täglich einigen Stunden Yoga. Jeder brachte etwas Eigenes in die Unterhaltung ein, und glücklicherweise hatte Julietta das Gefühl, dass sie alle zusammenarbeiten konnten, ohne dass einer von ihnen etwas von seiner Individualität einbüßen musste.

Verstohlen beobachtete sie Sawyer. Es war faszinierend, ihn in Aktion zu erleben. Er hatte alles im Griff, wahrte aber eine gelassene Haltung, durch die er die anderen dazu anspornte, ihre Meinung zu sagen und zu diskutieren. Er erinnerte sie in seiner Art an Michael, aber er verhielt sich noch subtiler, so als hätte er mit allen Dingen nur oberflächlich zu tun, obwohl er die Kontrolle über alles hatte. Sein schiefergrauer Anzug umschmeichelte seinen muskulösen Körper, und wenn er sich der *PowerPoint*-Präsentation zuwandte, wanderte Juliettas Blick zu seinem festen knackigen Hintern, den sie zu gern mit beiden Händen gepackt hätte. Schon erstaunlich, wie sehr sie sich nach ihm verzehrte, wenn sie auf Abstand zu ihm war. Obwohl er ein paar Meter von ihr entfernt stand, war ihr Höschen feucht geworden und sie verspürte ein brennendes Pulsieren zwischen ihren Schenkeln. Zu schade, dass sie zum Eisblock gefror, sobald es zum körperlichen Kontakt kam.

Als er sich umdrehte und ihr einen scheinbar wissenden Blick zuwarf, versuchte sie sich nichts anmerken zu lassen. Sie konzentrierte sich darauf, keinen knallroten Kopf zu bekommen. Wie peinlich, ihm auf den Hintern zu starren wie ein Schulmädchen, das sich in einen Lehrer verknallt hatte.

Die Tür ging auf, ein junger Mann kam herein, unterhielt sich im Flüsterton mit Sawyer, nickte und setzte sich zu ihnen an den Tisch.

Alle schauten den Nachzügler entsetzt an. Der trug einen dezenten marineblauen Anzug mit Krawatte und wirkte vom Kragen an abwärts wie ein ganz normaler Angestellter. Aber das war auch schon alles. Auf der rechten Seite war sein Kopf kahl rasiert, er trug einen goldenen Ohrring und verschiedene andere Piercings in Ohr und Augenbraue. Das verbliebene Haar auf der linken Kopfhälfte war pechschwarz und stand in spitzen Stacheln in alle Himmelsrichtungen, so als wäre dem Friseur irgendein verheerendes Missgeschick unterlaufen. Mit mürrisch dreinblickenden, blauen Augen sah er einen Anwesenden nach dem anderen an, als wollte er eine Bemerkung über sein Äußeres provozieren. Um den Hals herum verlief eine Art Schlangentattoo wie eine permanente Halskette. Julietta schätzte ihn auf neunzehn, höchstens zwanzig. Was hatte er hier zu suchen?

Sawyer räusperte sich. »Ich möchte Ihnen meinen Assistenten Wolfe vorstellen. Er macht bei mir ein Praktikum, und ich habe ihn damit beauftragt, Ihnen in allen Angelegenheiten zur

Seite zu stehen, die sich ergeben können. Ich weiß, Sie haben alle Ihre Leute, aber er wird Ihr erster Ansprechpartner für alles sein, was unsere Zusammenarbeit betrifft.«

Niemand sprach ein Wort.

Wolfe verzog spöttisch den Mund. »Sie müssen nicht alle gleichzeitig vor Begeisterung aufspringen«, warf er in die Runde. Sawyers warnender Blick löste bei ihm nur ein Schulterzucken aus, dann lehnte sich der junge Mann auf seinem Stuhl nach hinten, als würde ihn das alles gar nicht kümmern.

»Sawyer«, meldete sich Tanya zu Wort. »Ich glaube nicht, dass mir mit einem Jungen geholfen ist, der sich erst noch selbst finden muss. Meine Mitarbeiter sind alle bestens geschult, sie werden sich um alles kümmern, was meine Belange angeht. Aber wenn es ein Problem gibt, dann werde ich mich damit unmittelbar an Sie wenden.«

Ricardo nickte zustimmend, während Evelyn Wolfe so neugierig anstarrte, als wäre er Teil eines Experiments. »Faszinierend«, flüsterte sie. »Aber ich muss Tanya zustimmen. Wenn es etwas zu klären gibt, wenden wir uns ausschließlich an den Leiter dieses Projekts, also an Sie. Sollten Sie anderer Ansicht sein, dann dürften wir ein Problem haben.«

Wolfe wandte sich kopfschüttelnd an Sawyer. »Ich hab's dir doch gesagt, dass das nicht funktionieren wird. Die wollen nur mit dir reden.«

»Ich versichere Ihnen, Wolfe ist in jeder Hinsicht fähig, Ihnen zu helfen und er weiß über alles Bescheid, was wir mit *Purity* erreichen müssen. Ich bilde ihn seit einigen Monaten aus. Lassen Sie sich nicht von seinem Aussehen täuschen.«

»Ja, ich kann sogar zählen, ohne meine Finger zu benutzen«, ergänzte Wolfe.

Julietta musste sich einen Lacher verkneifen. Verdammt, dieser Junge steckte voller Ängste. Sie fühlte sich an Carina erinnert, als die im gleichen Alter gewesen war. So lieb und reizend sie in der Zeit auch hatte sein können, fühlte sie sich damals elend und missverstanden, und sie hasste das Leben und die ganze Welt. Warum kam Sawyer auf die Idee, jemanden wie

Wolfe einzustellen? Dieses Rätsel faszinierte sie.

Tanya lachte ironisch auf. »Nehmen Sie's nicht persönlich, Mr Wolfe, aber wir weigern uns, einen Mittelsmann zu akzeptieren. Das führt nur zu Missverständnissen und Fehlern. Entweder Sie oder keiner, Sawyer.«

»Sehe ich auch so«, pflichtete Ricardo ihr bei.

»Ich werde mit ihm arbeiten.« Die anderen verstummten und sahen Julietta ungläubig an. Der Junge musterte sie argwöhnisch. »Vorausgesetzt, Mr Wolfe will mit mir arbeiten. Mir kann es nur recht sein, wenn ich einen Ansprechpartner habe, der mein Anliegen an Sawyer weiterleiten kann. Sawyer wird genug damit zu tun haben, alles zu koordinieren, da wird er nicht ständig ansprechbar sein, wenn wir etwas von ihm wollen. Ich bin über diese Lösung froh.«

»Nur Wolfe, nicht Mr Wolfe.«

Julietta lächelte. »*Mi dispiace.* Natürlich nur Wolfe. Danke, dass Sie uns unterstützen werden.«

Er nickte knapp, verschränkte die Arme vor der Brust und starrte vor sich auf den Tisch. Sawyers Miene ließ Freude und Erleichterung erkennen, was ihr Herz einen Satz machen ließ. Wie seltsam, dass ihm der Junge wichtiger zu sein schien, als es bei einem Praktikanten üblicherweise der Fall sein sollte. Dieser Sache würde sie auf den Grund gehen.

Sie beendeten das Treffen und gingen in die Mittagspause. Julietta stellte sich zu Wolfe. »Nochmals danke, dass Sie hier mitmachen.« Sie hielt ihm die Hand hin, aber er zögerte, als würde er damit rechnen, dass sie ihre Hand in letzter Sekunde wieder wegzog, um ihn auszulachen. Schließlich schüttelte er sie mit festem Griff, ließ aber so schnell wieder los, dass Julietta sich unwillkürlich fragte, ob ihre Handfläche nass geschwitzt war.

»Gern geschehen.«

»Wie lang arbeiten Sie schon für Sawyer?«

Nervös trat er auf der Stelle. »Wieso?«

»Ich frage nur«, sagte sie achselzuckend. »*Purity* ist Sawyers Ein und Alles. Wenn er Sie daran mitarbeiten lässt, muss er davon überzeugt sein, dass Sie gut sind.«

Wolfe sah über ihre Schulter zu Sawyer, der sich mit Tanya unterhielt. »Ich habe ein fotografisches Gedächtnis«, räumte er kleinlaut ein. »Und ich habe ein Gespür für Zahlen. Wir haben uns in New York kennengelernt, er hat mich gefragt, ob ich für ihn arbeiten will.«

Seine Miene nahm allmählich einen etwas entspannteren Ausdruck an. Das war interessant. Nicht nur, dass Sawyer in dem Jungen keinen gewöhnlichen Praktikanten sah, auch umgekehrt sah Wolfe in ihm nicht bloß einen Arbeitgeber. Den Rest ihrer Fragen würde sie sich für später aufbewahren, stattdessen nickte sie. »Gut, ich würde mich freuen, wenn Sie bei *La Dolce Famiglia* vorbeischauen könnten, um ein paar Leute von meinem Team kennenzulernen. Ich habe eine Liste der Dinge zusammengestellt, die in Angriff genommen werden müssen, und da wäre mir jemand sehr recht, der beim Zählen nicht die Finger zu Hilfe nehmen muss.«

»Cool«, meinte er erfreut.

»Dann bis später.« Sie machte kehrt und ging zur Tür, da hörte sie, wie jemand quer durch den Raum ihren Namen rief. Der Befehlston bewirkte, dass sie auf der Stelle stehen blieb. Ihr Magen verkrampfte sich, während sie sich umdrehte. »Ja?«

Sawyers glühender Blick hatte sie erfasst. »Warte bitte, ich muss mit dir noch etwas bereden.«

Sie wollte *Nein* sagen, aber er hatte sich schon wieder Tanya zugewandt. Julietta fühlte sich versucht, trotzdem zu gehen, doch sie entschied, ihn diese Runde gewinnen zu lassen. Nachdem er alle anderen weggeschickt hatte, ging er zu seinem Schreibtisch und betätigte eine Taste. Die Tür glitt lautlos zu und fiel ins Schloss.

Oh nein, nicht schon wieder!

Wut regte sich in ihr und strömte heiß und pur durch ihre Adern. Wie konnte er es wagen, diese Einschüchterungsnummer bei ihr zu versuchen? Sie war nicht seine Dienerin, er hatte kein Recht sie herumzukommandieren. Sie hob trotzig das Kinn und ging auf ihn zu. »Deine magische Tür ist ja ein nettes

Spielzeug, aber bei mir erzielst du damit keine Wirkung.« Wen kümmerte es, dass das eine glatte Lüge war? »Beim nächsten Mal bittest du mich höflich, noch zu bleiben. Ich mag es nämlich nicht, wenn jemand mir Befehle erteilen will.«

Lächelnd lehnte er sich gegen den Schreibtisch, knöpfte das Jackett auf und zog es aus. Der schneeweiße Hemdstoff spannte über seiner breiten Brust, die rote Krawatte ließ ihn nur noch schärfer aussehen. »Schon witzig, aber ich bin genau entgegengesetzter Ansicht. Ich glaube, dir fehlt ein Mann, der dir sagt, was du tun sollst, was er will und wie er es will.«

Seine Worte verschlugen ihr die Sprache. Das Zimmer drehte sich einen Moment lang vor ihren Augen, dann kam es zur Ruhe, und ihr wurde letztlich die Bedeutung seiner Bemerkung durch und durch bewusst. War er jetzt völlig *pazzo* geworden? »Sag mal, bin ich hier in einen schlechten Pornofilm geraten, oder was ist los? Hör zu, ich bin keine von diesen verklemmten Feministinnen, die den richtigen Kerl brauchen, der ihr verborgenes Verlangen weckt. Habe ich mir alles schon anhören müssen. Und jetzt mach die Tür auf, sonst hast du so schnell eine Klage am Hals, dass du nicht mehr weißt, wo vorn und hinten ist!«

Er schüttelte nur den Kopf und grinste. »Das hier hat überhaupt nichts mit der Arbeit zu tun, und das weißt du auch. Ich hatte dich für tapferer gehalten, Julietta. Versuch nicht, dich hinter unserem Vertrag zu verstecken.«

»Und jetzt willst du das auch noch mir anhängen?«, prustete sie aufgebracht. »Also, das ist ja unglaublich. Lass mich mal was klarstellen. Du hast mich gestern Abend geküsst. Ich habe es dir gestattet. Ich habe kein Feuerwerk gesehen, die Erde hat nicht gebebt. Das haben wir hinter uns, wir schauen jetzt wieder nach vorn. Wie wär's, wenn du dein Ego wieder in deiner Hose verschwinden lässt und unsere kleine Episode hinter dir lässt? Vielleicht solltest du dich an Evelyn ranmachen. So wie sie aussieht, steht sie auf den ganzen Tantra-Kram. Das wär doch bestimmt was für dich.«

Ein begeistertes Lachen kam über seine Lippen. Ihre kühle

Gelassenheit entglitt ihr, während sie da stand und ließ ein Chaos aus Gefühlen zurück, mit denen sie nichts anzufangen wusste. »Oh verdammt, du bist wirklich perfekt für mich. Okay, lassen wir unsere Kennenlernphase hinter uns und widmen wir uns den wirklich guten Dingen.« Mit einem Mal verschwand seine Gelassenheit, als wäre ein Schalter umgelegt worden. Er stieß sich vom Schreibtisch ab und konzentrierte sich ganz auf sie. Seine Augen funkelten hitzig und auch ein klein wenig bedrohlich.

Sie musste an eine Dokumentation über Leoparden denken, die sie mal im Fernsehen mitbekommen hatte. Sie dachte an die eleganten Bewegungen dieser Tiere, die zuerst ein wenig mit ihrer Beute spielten, ehe sie ernst machten und eine solche Geschwindigkeit erreichten, dass diese nicht vor ihnen weglaufen konnte und letztlich einfach darauf wartete, gefressen zu werden.

Genauso fühlte sie sich nun auch. Julietta merkte erst jetzt, dass sie vor Sawyer zurückgewichen war, als sie auf einmal die Bürotür im Rücken spürte. Sein zufriedenes Grinsen verriet ihr, dass er genau um seine Wirkung auf sie wusste. Er würde alles in seiner Macht Stehende tun, um ihr zu beweisen, dass er doch recht hatte. Gemächlich versperrte er ihr jeden Fluchtweg, indem er seine Hände rechts und links von ihr gegen die Wand drückte. Ihr Körper begann zu lodern und bettelte sie an, damit sie ihn mit Sawyer spielen ließ. Der Spitzenstoff ihres BHs kratzte ihre empfindlichen Nippel, eine betäubende Hitze pulsierte durch ihren Leib.

Sie spürte pure Wut über diese Schwäche. »Komm noch ein kleines Stück näher und du wirst das hier bitter bereuen.«

Er zog amüsiert eine Braue hoch. »Etwa so?« Mit einer fließenden Bewegung drückte er ihre Beine auseinander und presste seine Hüften gegen ihre. Seine beachtliche Erektion ließ ihren Atem stocken.

»Du bist ein Mistkerl.« Zu gern hätte sie mit beiden Händen in sein volles Haar gefasst und sich ihm hingegeben. Aber das Wissen, dass ihr Körper sie im letzten Moment so oder so im

Stich lassen würde, machte sie rasend vor Wut. Sie musste sich ein paar Tränen verdrücken. »Warum machst du das? Fühlst du dich erst wie ein ganzer Mann, wenn du eine Frau bezwungen hast, die dir ein Nein ins Gesicht geschleudert hat? Okay, dann bringen wir es doch einfach hinter uns. Wiederholen wir das Spielchen von gestern Abend, damit ich dir beweisen kann, dass wir nicht zusammenpassen.«

Seine Augen nahmen einen sanfteren Ausdruck an, er strich zärtlich über ihre Wange. »Meine Liebe, wir passen perfekt zusammen. Ich habe noch nie eine Frau so sehr begehrt wie dich. Wie lang ist es her, dass du so auf einen Mann reagiert hast?«

Sie drückte gegen seine Brust, aber er wich nicht zurück. »Letzte Woche.«

»Sag mir die Wahrheit.«

Verlegenheit überkam sie. *Mio Dio*! Das hielt sie nicht aus. Ihr wurde klar, dass er sie erst dann in Ruhe lassen würde, wenn er eine ehrliche Antwort erhalten hatte. »Noch nie!«, herrschte sie ihn an. »Ich kann auf keinen Mann reagieren. Ich habe das noch nie gekonnt. Bist du jetzt zufrieden? Wirst du mich jetzt endlich in Ruhe lassen und mit diesen Spielchen aufhören?«

Er ließ seine Stirn gegen ihre sinken, um beruhigend auf sie einzuwirken. »Danke, Julietta«, flüsterte er ihr zu. »Danke, dass du mir die Wahrheit gesagt hast.«

Sie stand verkrampft da und wartete, dass er sich endlich zurückzog. Als er stattdessen aber anfing, Stirn und Wangen mit hauchzarten Küssen zu überziehen, da musste sie sich ein Schluchzen verkneifen. »Lass mich jetzt bitte gehen.«

»Nein, noch nicht.« Er quälte sie mit seinen gemächlichen Berührungen ihrer Hüften, er schob eine Hand unter ihre Jacke und streichelte sie durch den dünnen Stoff ihrer Bluse hindurch. Seine Finger fühlten sich heiß und stark an, als er sie massierte. Sein Mund befand sich auf einmal an ihrem Ohr, um seine Zunge mit ihrem Ohrläppchen spielen zu lassen und um vorsichtig daran zu knabbern. »Man hat dich verkorkst, Baby, und zwar auf eine ganz üble Weise. Irgendwelche Arschlöcher haben dir eingeredet, dass mit dir was nicht stimmt und jetzt bist du so verkrampft, dass du überhaupt nicht mehr locker werden kannst.«

Sie holte tief Luft, drehte sich abrupt zur Seite und zog ihr Knie hoch. Dummerweise hatte er ihre Reaktion vorausgeahnt und drückte sie weiter so gegen die Tür, dass ihre Gegenwehr ins Leere lief. Seine steinharte Erektion presste weiter gegen sie, und ihr kam ein animalisches Stöhnen über die Lippen. Wie war das möglich gewesen?

Als er leise lachte, bewegten sich durch den Atemhauch die Haarsträhnen in Höhe ihrer Schläfe. So unglaublich das war, aber sie wurde nur noch feuchter. »Ich könnte dir all die Dinge zeigen, die dir entgangen sind«, redete er milde amüsiert weiter. Seine Zunge drang in ihre Ohrmuschel vor, eine Gänsehaut lief ihr über den Rücken, als sein heißer Atem über ihr Ohr strich. Gleichzeitig massierte er weiter ihre Hüften und ließ die Hände langsam Richtung Po wandern, damit er sie umfassen und ein Stück weit nach oben ziehen konnte, sodass sie nur noch auf den Zehenspitzen stand. »Dinge, die deinen wundervollen Körper befreien werden, damit du vor der Lust kapitulieren kannst.«

Sie schnappte nach Luft. »Dinge wie sexuelle Diskriminierung und Belästigung? Ist ja großartig.«

»Ich zeige dir, wie du deinen Mund besser einsetzen kannst als zum Reden«, murmelte er.

Er zog sich von ihrer Wange zurück und eroberte stattdessen ihren Mund. Ein flüchtiges Knabbern an ihrer Unterlippe löste einen leichten Schmerz aus, der so überraschend kam, dass sie nicht mehr daran dachte, sich Sawyer vom Hals zu halten. Aber der erwies sich diesmal auch nicht als ganz so stürmisch und besitzergreifend. Vielmehr spielte er mit ihr und neckte sie, seine Zunge spielte mit ihrer, und zwischendurch erfolgte immer wieder mal ein leichter Biss in ihre Unterlippe, um sie zu irritieren. Instinktiv nahm sie die Hände hoch, da sie ihn von sich wegdrücken wollte. Doch er bekam mit einer flinken Bewegung ihre Handgelenke zu fassen und zog sie hoch über ihren Kopf. So lässig sein Griff auch wirken mochte, war er doch so unnachgiebig, dass sie sich nicht aus eigener Kraft daraus befreien konnte.

Während sie nach Atem rang, drückten ihre Brüste gegen den Stoff ihrer Bluse. Sie war um ihr Gleichgewicht bemüht, doch es gelang ihm, ihre Beine weiter auseinandergedrückt zu halten, soweit das bei ihrem Bleistiftrock möglich war. Diese Mischung aus Lust und Schmerz, aus fremder und eigener Kontrolle über ihren Körper ließ sie in einen Strudel ihrer Sinne geraten, von denen sie mitgerissen wurde. Ihr Verstand kämpfte um Klarheit, doch Julietta schien einfach nicht bis an die Oberfläche vordringen zu können. Seine Finger zupften an ihren steil aufgerichteten Nippeln und er nahm sie durch Stoff und Spitze hindurch zwischen Daumen und Zeigefinger. Das Blut rauschte in ihren Ohren, sie drückte die Hüften nach vorn, damit sie mehr spüren konnte.

»Genau das ist es«, murmelte er. »So starke Frauen wie du brauchen etwas, womit sie den Verstand abschalten können. Gib dich mir ganz hin und ich werde es dir so gut besorgen, dass du um mehr davon betteln wirst.«

Sie verkrampfte sich. Sie sollte sich ihm hingeben? Was redete er da? Sie war nicht schwach, sondern ...

»Oh, du denkst wieder nach, wie? Mein Fehler. Ich habe dir was zum Nachdenken gegeben.« Mit einer flinken Bewegung öffnete er die drei obersten Knöpfe ihrer Bluse, damit er seine Hand unter den Stoff schieben und ihre Brust umfassen konnte. Als seine warmen Finger ihre Haut berührten, stockte ihr der Atem. Sein Daumen kreiste über dem Nippel, der gegen den Spitzenstoff drückte und löste einen wohligen Schauer aus. Sie wollte ihn intensiver spüren, aber er stand so, dass er ihr nicht den vollen Körperkontakt geben konnte, den sie gebraucht hätte, um ein Gefühl von Befriedigung zu erfahren.

Immer wieder bewegte sie sich vor und zurück, bis sie die Lippen aufeinanderpresste und sich in seinem Griff wand, weil sie sich daraus befreien wollte. Aber er hielt sie daraufhin umso fester und sorgte dafür, dass ihr bei dieser erotischen Folter nur noch heißer wurde.

Da war wieder dieses Lachen, als wüsste er ganz genau, was sie haben wollte, und als würde er es ihr genau deswegen verweigern. »Das gefällt dir, wie? Aber du bist noch nicht bereit für mich. Du musst lernen, mich um die Dinge zu bitten, die du haben möchtest, Baby. Frag mich ganz lieb danach.«

Sie riss die Augen auf. »Was?«

»Du hast schon verstanden.« Sein Blick erfasste sie und er sah ihr in die Augen, bis sie von goldenen Flammen umgeben war. »Weißt du, was ich will? Ich will deinen Rock hochschieben und deinen Slip runterziehen, damit meine Finger in deine nasse Hitze eintauchen können. Ich will mit meinem Mund deinen Nippel umschließen, während du deine Beine weit spreizt und der Beweis deiner Erregung über meine Finger läuft. Ich will dir ins Gesicht sehen, wenn du so heftig kommst, dass du schreien musst. Und dann will ich dir all deine Sachen ausziehen und das Ganze noch einmal von vorn machen.«

Ihr Herz donnerte vor Angst und Lust. Wie konnte er diese Dinge zu ihr sagen? Diese urtümlichen und schrecklichen und ... fleischlichen Dinge? Niemand hatte es je gewagt, so mit ihr zu reden. Es gehörte sich einfach nicht. »Sag so was nicht«, forderte sie ihn mit rauer, unsicherer Stimme auf.

»Warum denn nicht?«, raunte er ihr zu und drückte ihre Nippel etwas fester. Er achtete genau auf jede einzelne Bewegung, bis sie das Gefühl hatte, völlig nackt und verwundbar vor ihm zu stehen. »Weil es unanständig ist? Du hast es auf die anständige Tour versucht und das hat nicht funktioniert. Also wird es Zeit, es auf die unanständige Tour zu versuchen.«

»Nein, das wird auch nicht funktionieren, das wird ... oh!« Er biss sie in den Hals, dann leckte er über ihre weiche Haut, gleichzeitig drückte er wieder ihren Nippel. Ein Schauer nach dem anderen lief über ihre ganze Haut, es fiel ihr immer schwerer, noch einen klaren Gedanken zu fassen.

»Du bist schon ganz nass, nicht wahr? Wäre das nicht ein schönes Gefühl, wenn ich meine Finger zwischen deine Schenkel gleiten lassen würde? Wenn ich deine Klit massiere, bis all deine Anspannung in einer wundervollen Explosion von dir abfällt?« Seine empörenden Bemerkungen hätten ihr eigentlich schrecklich peinlich sein müssen, aber das mit einem Mal wahnsinnige Verlangen ihres Körpers hatte für gute Umgangsformen keine Zeit. Keuchend versuchte sie ein letztes Mal, die Vernunft siegen zu lassen. »Ich kann einfach keinen Orgasmus kriegen, klar? Lass mich endlich gehen.«

»Nein.« Die Fassungslosigkeit darüber, dass ein Mann nicht das tat, was sie von ihm verlangte, brachte sie völlig aus dem Konzept. »In den nächsten Minuten untersteht dein Körper meiner Kontrolle.« Seine goldbraunen Augen loderten vor Hitze. »Du hast keinen Einfluss auf das, was ich tue. Du kannst mich nicht berühren und du kannst dir auch keine Gedanken darüber machen, was als Nächstes passieren könnte.« Er zog die Hand von ihren Brüsten weg und schob langsam den Rocksaum hoch, bis der Stoff um ihre Oberschenkel spannte. Sie konnte sich nicht rühren, so sehr hatten seine Worte, seine Stimme und sein Tonfall sie in ihren Bann geschlagen. »Es ist dir nicht gestattet, über den Vertrag, über deinen Terminplan oder darüber nachzudenken, was du heute Abend essen sollst.« Er schob sein Knie hinter ihr Bein und winkelte es weit genug an, damit sie sich ihm nicht entziehen konnte. »Und jetzt wollen wir doch mal feststellen, wie heiß und nass dich diese kleine Episode gemacht hat.«

Seine schroffe Art verschlug ihr die Sprache, aber bevor sie wieder etwas sagen konnte, küsste er sie erneut stürmisch.

Er drang in ihren Geist und Körper gleichzeitig ein. Seine Zunge bahnte sich den Weg zwischen ihren Lippen hindurch, seine Finger hoben den Saum ihres Slips an, glitten unter den Stoff und fanden schnell ihr Ziel. Ein ungekannter Laut kam ihr über die Lippen, aber er ging in dem Zungenkuss unter, den Sawyer ihr gab. Mit viel Geschick teilten seine Finger das angeschwollene Fleisch und tauchten tief in ihr nasses Inneres ein. Restlos verwirrt wusste Julietta kaum noch, was sie zuerst wahrnehmen sollte. Ihre Nippel verlangten danach, von Sawyers Zunge verwöhnt zu werden, der Geschmack nach

Kaffee, Gewürzen und männlicher Begierde erfüllte ihren Mund.

Sie presste die Schenkel zusammen, um das Vor und Zurück seiner Finger eindringlicher zu spüren, bis sich auf einmal die unglaublichen Empfindungen eines nahenden Orgasmus in jedem einzelnen Muskel zu regen begannen. Sie versuchte dieses Gefühl mit ihrem Verstand zu erfassen und festzuhalten, ihre Finger verkrampften sich, während er den Daumen auf ihre pulsierende Klit drückte und alle Nervenenden danach schrien, endlich Erfüllung zu finden.

Er unterbrach den Kuss, da sie sich an jener Grenze befand, an der die Logik endete und das körperliche Verlangen stärker war als alles, was sie je empfunden hatte.

Er sah ihr tief in die Augen und forderte sie wortlos auf, sich ihm ganz hinzugeben. *Ja!*

Ja, sie würde alles tun, was er wollte. Nur noch ein wenig mehr Druck, ein ganz klein wenig mehr und sie ...

Was war mit Sawyer? Wieso hörte er auf?

Julietta blinzelte ein paar Mal und atmete keuchend ein, während ihr Verstand zu begreifen versuchte, was soeben passiert war. Die wenigen Zentimeter Abstand zu ihm genügten, um ihre glühende Haut unter dem leichten Luftzug frösteln zu lassen. Ihr Körper schmerzte vor unerfülltem Verlangen, und sie sah Sawyer mit wachsendem Entsetzen an, als ihr allmählich klar wurde, was er mit ihr gemacht hatte.

Nein, das durfte doch nicht wahr sein! Er hatte sie nur quälen wollen, er hatte ihr eine gemeine Lektion erteilen wollen, um sie kurz vor dem Ziel einfach im Regen stehenzulassen, damit er sie auslachen und verspotten konnte. Mit ungelenken Bewegungen zog sie den Rock nach unten und rückte ihre Kleidung zurecht.

Tränen der Demütigung stiegen ihr in die Augen, aber sie biss die Zähne zusammen und kämpfte gegen die Tränen und die damit verbundenen Gefühle an, damit sie an diesen sicheren kalten Ort in ihrem Kopf zurückkehren konnte, an dem sie vor allem sicher war.

»Wage es ja nicht«, brachte er heraus. »Du wirst dich in meiner Gegenwart nicht noch mehr erniedrigen. Sieh mich an. Siehst du, wie sehr ich dich an diese Wand gedrückt nehmen möchte?« Die Erektion, die sich gegen den festen Stoff seiner Hose abzeichnete, war nicht zu übersehen. »Meinst du, das wäre eine verdammte Lektion für mein Ego gewesen? Ich musste dir zeigen, wie es zwischen uns beiden sein könnte. Ich kann dir auch noch auf dem Rest des Weges helfen, aber diese Entscheidung musst du schon selbst treffen.«

Frust überkam sie. »Ich bin irgendein Projekt, Sawyer. Du wolltest der armen frigiden Jungfer beweisen, dass du sie dazu bringen kannst, dass sie kommt? Herzlichen Glückwunsch, du warst kurz davor. Danke für die Kostprobe, aber ich verzichte auf die komplette Mahlzeit. Und jetzt lass mich verdammt noch mal in Ruhe.«

Sie wollte das Büro verlassen, aber er versperrte ihr so schnell den Weg, dass sie an Szenen aus den *Twilight*-Filmen denken musste, in denen Edward als blitzschneller Vampir um Bella herumeilte, um sich ihr in den Weg zu stellen. »Erst hörst du mir zu, sonst drücke ich dich wieder gegen die Wand und mache da weiter, wo ich aufgehört habe. Die Konsequenzen sind mir dann auch egal.« Ihre Oberschenkel bebten leicht, als sie diese Drohung hörte. Was war bloß los mit ihr? Es kotzte sie an, dass seine Steinzeitmethoden sie so scharfmachten.

»Es kotzt dich nicht an«, antwortete er in sanftem Tonfall.

Seine scheinbare Fähigkeit, ihre Gedanken zu lesen, machte sie nur noch wütender. Sie verschränkte die Arme vor der Brust und hob trotzig das Kinn an. »Dann rede. Du hast zwei Minuten Zeit, danach verlasse ich diesen Raum. Und falls du noch einmal versuchen solltest, mich aufzuhalten, werde ich das ganze Gebäude zusammenschreien.«

»Schon verstanden. Mit anderen Worten: Du reagierst auf eine mehr dominante Form von Sex als andere Frauen. Dein Verstand hat so sehr die Kontrolle über dich, dass dein Körper gar nicht erst zum Zug kommen kann. Wahrscheinlich wirst du umso erregter, je weniger Freiraum du hast – und wenn du einen Liebhaber hast, dem du im Schlafzimmer die komplette Kontrolle überlassen kannst.«

»Und woher weißt du das alles?«

Seine Miene verfinsterte sich ein wenig, als würden schmerzhafte Erinnerungen wach. »Ich hatte ein paar Probleme zu verarbeiten und dabei habe ich ein paar Dinge über Dominanz und Unterwerfung gelernt.«

Sie verdrehte die Augen. »Ich muss mich ganz sicher keinem Mann unterwerfen.«

»Nein, ganz sicher nicht. Du könntest nicht das Spielzeug oder die Sklavin für einen Mann sein, Baby. Obwohl es bei der traditionellen Rollenverteilung so abläuft, dass sich derjenige unterwirft, der sonst immer die Macht hat. Nein, ich rede von simpler Hingabe. Du musst die Kontrolle aufgeben, um sexuell erregt zu werden und erregt zu bleiben.« Er machte wieder einen Schritt auf sie zu, sein Duft stieg ihr in die Nase. Sie musste gegen das Verlangen ankämpfen, die Augen zu schließen und tief einzuatmen. Allein durch seine Nähe machte er sie so scharf wie kein anderer Mann vor ihm. »Ich möchte dir diese Welt zeigen, ich möchte dir Lust bereiten. Seit ich dir begegnet bin, stelle ich mir vor, wie wir beide im Bett liegen und du deine Beine um mich geschlungen hast, während ich tief in dich eindringe. Ich stelle mir deinen Gesichtsausdruck vor, wenn du kommst. Aber erst einmal musst du mir vertrauen, damit es so weit kommen kann. Gib mir eine Chance.«

Sie gab den Kampf auf und sank in sich zusammen. Zurück blieb nur die schmerzende Erkenntnis, dass sie ihm kein Wort glaubte. Zugegeben, er hatte sie nahe an einen Orgasmus herangebracht, aber es war eben nur nahe daran gewesen, nicht noch ein Stück weiter. Vermutlich war es bloß diese völlig unerwartete Situation, die sie überhaupt so weit hatte gelangen lassen. Bei einem geplanten weiteren Versuch würde es ohnehin nicht funktionieren.

»Eine Nacht, Julietta.« Seine Stimme strich wie Samt durch jeden düsteren Winkel ihres Verstands. »Ich will dich und ich werde alles tun, um dich zu bekommen. Wenn ich dir in dieser einen Nacht nicht ein einziges Mal einen Orgasmus bereiten kann, werde ich dich von da an in Ruhe lassen. Ich biete dir sogar noch einen Deal an.«

Ein humorloses Lachen kam ihr über die Lippen. »Einen Orgasmus und einen Deal? Wie sollte sich das noch überbieten lassen?«

»Ich übertrage dir die Leitung der gesamten Operation.«

Sie hielt inne. »Wie bitte?«

»Ich hatte dir ja gesagt, dass du Vorschläge aller Art einbringen kannst, dass ich aber das letzte Wort habe. Wenn du diese eine Nacht mit mir verbringst und bis zum Morgen nicht befriedigt bist, dann überlasse ich dir in allem das letzte Wort, was *La Dolce Famiglia* angeht.«

Der Gedanke daran, was es bedeuten würde, bei der Bäckerei in allem das letzte Wort zu haben, löste einen gewaltigen Adrenalinschub aus. Sie hatte so viele Ideen, von denen sie glaubte, er könne sich dagegen sträuben. So jedoch könnte sie ausprobieren, was immer sie wollte. Wenn sie mit seinen Entscheidungen nicht einverstanden war, konnte sie sich über ihn hinwegsetzen. Das war sozusagen eine Erfolgsgarantie, weil sie gar nicht verlieren konnte. Sie würde zu keiner Zeit von seiner Zustimmung abhängig sein.

Sawyer lachte. »Ja, ich wusste, das würde dir gefallen. Denk in Ruhe drüber nach.«

»Und was hast du davon? Du würdest eine der wichtigsten Bedingungen in diesem Vertrag aufgeben, nämlich dein Vetorecht für meine Ideen.«

»Ich bekomme dich.«

Ihre Blicke trafen sich, und diesmal konnte Julietta weder ein erwartungsvolles Zittern unterdrücken noch die pure Lust auf mehr von ihm überspielen. Ihn nackt und fordernd in ihrem Bett zu haben, während er sie zu Höhen brachte, von denen sie immer nur hatte träumen können ... *Mio Dio*! Was sollte sie nur tun?

»Nur eine Nacht.« Ihre hastige Äußerung roch bereits nach einem Sieg für ihn. Sawyer schwieg und betrachtete sie. Julietta verlagerte ihr Gewicht auf das andere Bein. »Und wenn ich verliere?«

»Dann gewinnen wir beide, nicht wahr?«, gab er amüsiert zurück.

Die Sprechanlage summte und bereitete der aufgeladenen Atmosphäre in diesem Raum ein Ende. »Mr Wells, Ihr Einuhrtermin ist da.«

Weder rührte er sich von der Stelle noch beantwortete er die Mitteilung. Julietta beneidete ihn um seine Kontrolle über die Situation – und das, obwohl er nach wie vor auf das Äußerste erregt war. Es wurde Zeit, sich zurückzuziehen und sich wieder unter Kontrolle zu bekommen. Dieser Mann verbreitete Pheromone, die in ihrem Hirn einen Kurzschluss nach dem anderen verursachten. »Ich werde darüber nachdenken.«

Sawyer nickte, als hätte sie sich nicht zu einer Nacht Sex verabredet, sondern soeben eine Geschäftsvereinbarung getroffen. »Gut. Ich werde warten, bis du mir eine Antwort gegeben hast.«

Julietta ging um ihn herum und ließ ihn seinen kleinen Sieg genießen. Ganz egal. Sie hatte immer noch Zeit, sich zu sortieren, aber im Moment war es wichtiger, seine Nähe zu meiden. Sein leises Lachen verriet ihr, dass er den Grund für ihren Umweg durchschaut hatte. Mit einem stummen Fluch auf den Lippen eilte sie wie ein Angsthase vor ihm davon.

Zum Teufel mit diesem Mann!

Was sollte sie nur tun?

***

Seine Dämonen waren zurückgekehrt.

Sawyer rieb sich den Nacken und schob den Bürosessel vom Schreibtisch weg. Normalerweise half ihm stundenlanges Arbeiten am Computer dabei, sich ganz und gar auf sein wichtigstes Ziel zu konzentrieren. Doch nach diesem Intermezzo mit Julietta und dem Bemühen, zu viele Anfragen rund um die anstehende Eröffnung des ersten Purity gleichzeitig zu bearbeiten, waren seine Nerven auf der Strecke geblieben.

Er bekam Julietta einfach nicht aus dem Kopf. Wie lang war es her, dass ihm eine Frau so sehr unter die Haut gegangen und dort geblieben war? Natürlich hatte es zuvor schon Frauen gegeben, die sein besonderes Interesse zu wecken verstanden, doch er hatte nie etwas in dieser Art erlebt, bei der nicht nur sein Körper, sondern auch sein Geist und seine Gefühle ganz und gar auf diese eine Frau ausgerichtet gewesen waren. Vor allem musste er immer wieder an diesen wunderschönen Anblick denken, als sie mit hochrotem Kopf vor ihm gestanden hatte. Er hob seine Hand und drückte die Finger gegen seinen Mund. Himmel, er konnte sie immer noch riechen. Moschusartig mit einem Hauch von Vanille und Kokosnuss. Er erinnerte sich noch genau, wie sich ihre sanften Lippen unter seinen entspannt hatten, wie sie sich gegen ihn drückte, weil sie mehr wollte, wie sie völlig im Einklang mit ihm war und ihm ihren Körper anvertraut hatte.

Schon nach diesem ersten Kuss war ihm auf Anhieb klar geworden, dass sie einen Mann brauchte, der im Bett die Kontrolle hatte. Kein Wunder, dass sie zu keiner richtigen Reaktion fähig war. Eine so entschieden unabhängige Frau, die zudem noch ein Geschäftsimperium führte, musste fast zwangsläufig die Vorstellung verabscheuen, die Kontrolle über ihren Körper einem anderen zu überlassen. Und bestimmt waren ihre bisherigen Liebhaber nicht willensstark genug gewesen. Genau das war nötig, um diese Frau zu fordern, doch dafür hatten die meisten Männer ein zu schwaches Ego. Wenn man bei seiner Geliebten nur eine halbherzige Reaktion auslösen konnte, war das für beide Seiten eine frustrierende Erfahrung. Wahrscheinlich hatte sie sogar versucht, sich von ihren Hemmungen zu befreien, aber als Belohnung hatte es dann nur Demütigung für sie gegeben. Eine Frau wie Julietta zog rigoros einen Schlussstrich und schaute nach vorn, wobei sie aber die alleinige Verantwortung für ihr Versagen im Schlafzimmer übernahm.

All diese Arschlöcher hatten ihr sämtliche Leidenschaft geraubt und sie in dem Glauben gelassen, sie sei frigide. In Wahrheit war sie aber ein schlummernder Vulkan, der nur darauf wartete, in einem Schwall heißer Lava und lustvoller Laute zu explodieren. So wie sie sich auf die Lippe gebissen hatte, um ihre Aufschreie zu unterdrücken, und wie sich ihre Muskeln verkrampften, war das für ihn Beweis genug gewesen, dass sie sich mit aller Macht zurückgehalten hatte. Würde sie sich gehen lassen, könnte sie ihm alles geben, was sie hatte und was sie war.

Unwillkürlich musste er lächeln, als er daran dachte, wie sehr sie mit sich selbst gerungen hatte. Es gefiel ihm, wie sie ihn immer wieder herausforderte und dazu zwang, sich noch mehr anzustrengen. Sawyer hatte früh erkannt, dass ihn vieles aus dem Bereich Bondage und Sadomaso ansprach, und er war ganz in diese Welt eingetaucht, als er genug Geld besaß, um sich einen so erlesenen Geschmack leisten zu können. Mit fast Mitte dreißig konnte er zugeben, dass ihm das Spiel von Dominanz und Unterwerfung gefiel, dennoch war das keine Lebensart, der er sich zuwenden würde. Seine normalen Spielchen im Privaten und in dem einen oder anderen exklusiven Club konnten die Bestie in ihm für eine Weile ruhigstellen, aber es war die Arbeit, die seinen unersättlichen Appetit viel besser stillen konnte. Bislang waren Frauen für ihn nur ein vorübergehendes Vergnügen gewesen.

Bis Julietta die Bühne betreten hatte.

Er mochte es, die Kontrolle zu halten. Er brauchte diese ständige Kontrolle, um durch sein Leben zu navigieren. Aber einen Moment lang hätte er diese Kontrolle beinah verloren, und in diesem Moment hätte er ohne nachzudenken seine Hose runtergelassen, um sich tief in Julietta zu verliren. Aber er hatte lernen müssen, dass eine solche Gedankenlosigkeit gefährlich war. Immerhin waren Jahre vergangen, ehe er endlich in der Lage gewesen war, die Gewalt und den Zorn zu bändigen. Es gab in seiner Welt nur zwei Menschen, die ihm gezeigt hatten, dass da noch mehr sein konnte.

Jerry White

Und Mama Conte.

Ein vertrautes Ziehen in der Magengegend ließ ihn aufspringen und zum hinteren Teil seines Büros gehen. Dort, wo die Geheimtür hinter den schweren Bücherregalen versteckt war. Dorthin, wo Frieden und Vernunft nahe genug waren, um ihn vom Rand des Abgrunds zurückzureißen.

Scheiße, er hasste diese Schwäche.

Er betrat den Raum hinter der Geheimtür und sah sich die Geräte an, die für körperliche Folter entworfen waren. Die Wände waren so gut gedämmt, dass kein schmerzhaftes Stöhnen oder Ächzen nach draußen dringen konnte. Auf dem Boden lagen dicke Matten verteilt, und alle Instrumente dienten nur einem einzigen Zweck.

Schwitzen.

Er tauschte seine Kleidung gegen Shorts und T-Shirt ein, mit einem Gummiring band er seine Haare zusammen, dann zog er die Handschuhe an. Als Erstes stand der Punchingball auf dem Programm, den er mit ein paar Haken traktierte, um sich aufzuwärmen. Dabei versuchte er den Verstand abzuschalten, damit sein Gehirn sich von den Gedanken befreien konnte, die Gift für ihn waren.

Eins. Zwei. Drei.

Erinnerungen zuckten durch seinen Kopf.

»Du bist ein beschissener Wichser und das weißt du auch.«

Es war Heiligabend, aber es gab keinen Baum, keine Lichter und keine Weihnachtsstimmung in diesem Drecksloch. Sein Pflegevater trank wieder einen Schluck aus seiner Flasche *Clan MacGregor*, die sich zusehends leerte. Der kränklich-süße und zugleich stechende Geruch stieg ihm in die Nase und brachte ihn zum Würgen. Er antwortete nicht, denn er wusste, der Trick bestand darin, so wenig wie möglich zu sagen.

Er war an einen Stuhl gekettet, der in der verdreckten Küche stand. Kratzer und Flecken überzogen den billigen Linoleumboden. Er ließ seine Gedanken wandern und konzentrierte sich ganz auf den winzigen Kreis neben dem zerbrochenen Stuhlbein. Immer wieder folgte sein Blick dieser Form, bis sein Verstand abzudriften begann. Die anderen Kinder schliefen im Keller, er hatte die Tür hinter sich abgeschlossen, damit der

Arsch nicht reinkam. Schließlich waren die Feiertage seine bevorzugte Zeit zum Spielen. Es war einfacher, wenn Sawyer allein sich seinen Zorn zuzog, weil er so die anderen vor einer Gruppenparty bewahren konnte.

Bedauerlicherweise hatte sein Plan besser funktioniert als erwartet.

Sawyer kämpfte gegen die einsetzende Panik an. Seine Füße konnte er noch frei bewegen, und je mehr Scotch der Arsch trank, umso schlechter wurden seine Reflexe. Alles kein Problem.

Die Schmerzen an der Stelle, an der auf seinem Unterarm eine brennende Zigarette ausgedrückt worden war, ließen ihn zusammenzucken, aber er hielt seinen Blick gesenkt und folgte immer nur den Umrissen des Kreises.

Ein gehässiges Lachen ertönte. »Du spielst wohl gern den Helden, nicht wahr, Junge? Du meinst immer, du wärst was Besseres als wir. Zeit, dir eine Lektion zu erteilen und dich von deinem hohen Ross runterzuholen.«

Er ignorierte den Hohn in den Worten. Der erste Schlag traf ihn mit voller Wucht, und er wusste, es würde eine lange Nacht werden ...

Sawyer duckte sich, um einem imaginären Gegner auszuweichen, dann trieb er seine Fäuste immer wieder in den Punchingball. Blitzschnell kämpfte er gegen die Erinnerungen an, die in seinem Kopf verankert waren, bis der Schweiß aus allen Poren austrat und er einen Silberstreif in der Düsternis seiner Vergangenheit sah.

Oh ja, der Arsch hatte ihn an diesem Heiligabend teuer bezahlen lassen.

Die gebrochene Rippe war später versorgt worden, und die Brandwunden hinterließen Narben, die ihn nicht kümmerten. Denn an diesem Abend hatte er etwas viel Wichtigeres gewonnen.

Hoffnung.

Je größer er wurde, umso gefährlicher konnte er dem Mistkerl werden. Natürlich wusste er auch, wenn er nicht seinen

Kopf hinhielt, würden die Jüngeren leiden müssen. Also nahm er lieber die körperlichen Schmerzen in Kauf, anstatt mit dem Wissen zu leben, dass er die anderen hätte verschonen können, es aber nicht gemacht hatte. Nein, es war wirklich einfacher, selbst jeden einzelnen Schlag einzustecken. Aber die Zeit wurde knapp. In neun Monaten, fünf Tagen und vier Stunden würde er frei sein. Achtzehn zu werden bedeutete, befreit zu werden, die Flucht anzutreten. Vielleicht wäre er dann auch in der Lage, sich wegen der anderen Kinder an die Behörden zu wenden. Vielleicht ...

Der blanke Zorn raubte ihm den Atem, also schlug er noch fester zu, trat noch höher und verfiel in die Brutalität der Straße, wo Sieg oder Niederlage nicht bloß einen Wettkampf, sondern das Überleben selbst betrafen. Wie dumm er gewesen war zu glauben, er könnte vor seiner Vergangenheit davonlaufen. Der letzte Rest an Unschuld war ihm genommen worden, als ihn die Erkenntnis nahezu umbrachte, dass er versagt hatte. Aber eben nur beinah. Anstatt sich davon unterkriegen zu lassen, hatte er die Tatsache akzeptiert, dass sein eigenes egoistisches Verlangen zu fliehen, seinen Pflegebruder Danny das Leben gekostet hatte. Diese Erkenntnis hatte er in den hintersten, dunkelsten Winkel seines Verstands gedrängt und weggesperrt. Und dann hatte er entschieden, sein Leben zu leben.

»Sawyer?«

Er wirbelte herum und ging in Abwehrhaltung, da er noch immer nicht ganz in die Gegenwart zurückgekehrt war. Er atmete angestrengt ein und aus, dann begriff er, dass Wolfe in seinem geheimen Raum stand. Den Jungen konnte kaum etwas in Erstaunen versetzen, doch Sawyer dabei zu ertappen, wie der wie ein Wahnsinniger auf einen Punchingball eindrosch, das war sogar für ihn etwas zu sonderbar. Sawyer richtete sich auf und ging zur Theke. »Wie bist du hier reingekommen?«

Ein wenig trotzig schob der Junge das Kinn vor. »Diese Tür stand ein Stück weit offen, darum habe ich nachgesehen. Ich wollte dir nicht nachspionieren.«

»Ich weiß.« Er trank eine halbe Flasche kaltes Wasser in

einem Zug aus und wischte sich mit dem Handrücken über den Mund. »Das hier ist mein ganz privater Raum, niemand weiß davon.«

Ein eigenartiger Ausdruck huschte über das Gesicht von Wolfe. Schmerz?

»Kümmert mich nicht. Ich werde bei der nächsten Teeparty nichts davon rumerzählen. Ich wollte dir nur sagen, dass ich vor dem Abendessen zu *La Dolce Famiglia* rübergehe. In ein paar Stunden bin ich wieder da.« Er drehte sich ein Stück weit um und hielt inne. »Was ist das hier eigentlich? Deine eigene Version von Batmans geheimer Höhle?«

Sawyer verkniff sich ein Lachen und griff nach dem Handtuch. »So was in der Art. Willst du hier dein Work-out machen?«

Wolfe betrachtete die Wände mit Hanteln, die Punchingbälle und den Barren in dem Raum. Ein mörderisches Soundsystem war im Raum installiert, um ihn mit lauter Heavy-Metal-Musik zu beschallen, wie Sawyer sie liebte. Etwas blitzte in seinen blauen Augen auf, das ein wenig an Sehnsucht erinnerte. »Nee, nicht mein Ding.«

Sawyer wischte sich über die Stirn und musterte den Jungen. Er war jetzt seit fast acht Monaten bei ihm und trotzdem hatte er noch immer kaum etwas über dessen Vergangenheit erfahren – auch wenn er genau genommen genug wusste. Dass er misshandelt worden war, das war offensichtlich, da er wie ein geprügelter Hund vor jedem lauten Geräusch zurückzuckte und jeden Fremden anknurrte, um ihn zu vertreiben. Die Tattoos, der rasierte Schädel und die Piercings machten deutlich, dass er sich auf der Suche nach seinem eigenen Stück vom Frieden befand, aber noch nicht fündig geworden war. Sawyer hatte ihm eigentlich nur eine Chance geben wollen, um in der Berufswelt Fuß zu fassen, stattdessen war er zu seinem Mentor geworden, hatte ihn nach Italien mitgenommen und ihm auch noch eine zentrale Rolle in seiner größten Unternehmung gegeben. Er ließ ihn sogar bei sich wohnen!

Eine Erinnerung tauchte vor seinem geistigen Auge auf und

lief in Zeitlupe ab.

Er hatte im *Waldorf* in Manhattan logiert – eine elegante Königin unter den Hotels, mitten in der erlesenen Gesellschaft der Park Avenue. Die Kombination aus umfassendem Service und Stil, die die New Yorker von einem Hotel der Spitzenklasse erwarteten, wurde durch Marmorböden, antike Möbel, teure Wandteppiche und goldene Kristallleuchter erzielt. Er war dort als Berater für ein Projekt abgestiegen und ging eben durch den Flur zum nächsten Meeting. Ein Mitarbeiter kam ihm entgegen, der den Kopf gesenkt hielt. Obwohl Sawyer in Gedanken vertieft war, bemerkte er sofort, wie ihm die Brieftasche aus dem Jackett gezogen wurde.

Blitzschnell wirbelte er herum und bekam die Hand des anderen Mannes zu fassen. Manch anderer Gast hätte den Diebstahl wohl erst viel später bemerkt, so gut war der Dieb, aber Sawyer hatte lang genug auf der Straße gelebt, was ihn besonders wachsam und misstrauisch hatte werden lassen. Als der Dieb erschrocken nach Luft schnappte und sich losreißen wollte, drückte Sawyer noch fester zu, bis er in ein Paar leuchtend blauer Augen sah.

Ein Junge, vielleicht gerade mal achtzehn. Und er trug die Uniform des Hotels.

Er brauchte einen Augenblick, um diese Erkenntnis zu verarbeiten, aber das genügte dem Dieb, um ihn so heftig von sich zu stoßen, dass Sawyer auf dem Boden landete. Der Junge rannte mit seiner Beute durch den Korridor davon – und stieß an der nächsten Ecke mit einem der Hotelmanager zusammen.

In den nächsten Stunden stellte sich heraus, dass der Junge in den Räumen des Hausmeisters einen Unterschlupf gefunden hatte, mit gestohlenen Uniformen den Tag über im Hotel verbrachte und praktisch auf Kosten der Gäste lebte. Er nahm sich Essen von den Tabletts des Zimmerservice, er duschte mal in diesem, mal in jenem Zimmer. Als diese Geschichte ans Licht kam, wurde Sawyer von den Erinnerungen an seine eigene Kindheit fast erdrückt. Er hatte auch nach sicheren Orten gesucht, an denen er die Nächte verbringen konnte, weil er wusste, dass es nichts Gefährlicheres gab als die Obdachlosenunterkünfte. Schließlich war er auf die Idee gekommen, eines der großen Hotels auszukundschaften und sich mit allen Feinheiten der dortigen Abläufe vertraut zu machen. Himmel, hätte sich Jerry nicht damals erbarmt und sich um ihn gekümmert, wäre er früher oder später im Gefängnis gelandet. Und jetzt, so viele Jahre später, stand er einem Teenager gegenüber, der sich genau in der gleichen Lage befand. Er würde nur unendlich viel Ärger bedeuten und eine immense Komplikation für Sawyer darstellen, die er nicht gebrauchen konnte. Es wäre besser, sich nicht um den Jungen zu kümmern. Er würde die Hotelleitung dazu bewegen, auf eine Anzeige zu verzichten, und dann würde er dem Jungen viel Glück wünschen.

Stattdessen schlug er selbst einen Handel vor, indem das Hotel von einer Anzeige absah und er dem Jungen einen Job anbot, damit er ihn im Auge behalten konnte.

Sawyer war davon überzeugt, dass das nicht funktionieren würde. Schließlich hatte der Junge einen Hass auf die ganze Welt und ein Leben hinter sich, das zu viele Narben hinterlassen hatte. Er war ein wandelndes Minenfeld, das jeden Moment explodieren oder implodieren konnte. Es gelang Sawyer, den Papierkram so weit zurückzuverfolgen, bis er herausfand, dass der Junge Vincent Soldano hieß und bei einer ganzen Reihe von Pflegefamilien untergebracht gewesen war – die eine ganze Reihe von Beschwerden über das Verhalten des Jungen eingereicht hatten. Seit seinem achtzehnten Geburtstag war er auf sich allein gestellt und wusste nicht, wohin er sollte. Sawyer mietete für ihn ein Zimmer in dem Hotel, in dem er selbst einquartiert war, und bot ihm an, ihn zu seinem Assistenten auszubilden. Dem Jungen ließ sich ja sicherlich beibringen, wie man Unterlagen ablegte, Kopien machte und Botengänge erledigte. Mit seinem dichten schwarzen Haar, den blauen Augen und den klassisch geschnittenen Gesichtszügen würde er in einem Anzug mit Krawatte ein gutes Bild abgeben.

Sawyer musste bei der Erinnerung daran den Kopf schütteln.

Oh ja, er konnte sich an dieses Gespräch noch sehr gut erinnern. Vincent hatte genickt und ihm gesagt, er werde ihm innerhalb von vierundzwanzig Stunden eine Antwort geben. Als er am nächsten Tag zurückkehrte, trug er einen Goldring in der Augenbraue, ein Schlangentattoo rund um den Hals und er hatte sich eine Kopfhälfte kahl rasieren lassen.

Er stellte sich grinsend vor Sawyer und lieferte eine Bemerkung ab, die Sawyer grundlegend veränderte. »Das ist das, was du wirklich bekommst. Jetzt bin ich nicht nur hier drin, sondern auch äußerlich im Arsch. Willst du mich immer noch einstellen?«

Sawyer begriff, dass es nicht nur eine Herausforderung war, sondern auch ein Hilferuf. Sein Magen verkrampfte sich beim Anblick dieses ausgeflippten Erscheinungsbilds. Aber er bewunderte den Jungen auch für seine starrsinnige Einstellung. »Wenn du Drogen anrührst, fliegst du. Wenn du mich beklaust, fliegst du. Über diese zwei Dinge lasse ich nicht mit mir reden.«

»Ich nehme keine Drogen und ich werde dich auch nicht beklauen.«

Das Leuchten in den Augen des Jungen verriet Sawyer, dass er die Wahrheit sagte. »Ja, ich will dich noch immer einstellen«, antwortete er. »Wir müssen dir noch was Passendes zum Anziehen kaufen und morgen fängst du an zu arbeiten.«

Sawyer war davon ausgegangen, dem Jungen auf die Beine zu helfen und dass der kurz darauf weggehen würde. Aber nach nunmehr gut acht Monaten war er immer noch bei ihm – und beide verband eine völlig verkorkste Beziehung, mit der sich keiner von ihnen auseinandersetzen wollte.

Er hatte versucht, ihn zum Psychiater zu schicken, aber daraufhin hatte der Junge fast das Weite gesucht. Also beschloss Sawyer ihn einfach bei sich wohnen zu lassen und zu beobachten, wie er sich entwickelte. Beim Anblick seines privaten Fitnessstudios kam ihm der Gedanke, Wolfe könnte einen anderen Weg einschlagen, um gegen die Dämonen anzukämpfen, die ihn verfolgten.

Er trank die Flasche aus und stellte sie weg. »Komm mit, ich brauche einen Mitstreiter.«

Der goldene Stecker in Wolfes Braue funkelte, als er sie hochzog und das Metall das Licht spiegelte. »Nein danke.«

»Wieso nicht? Denkst du, du kannst nicht gegen mich gewinnen?«

Er verzog den Mund zu einem spöttischen Grinsen. »Mit dir kann ich es jederzeit aufnehmen, alter Mann.«

Sawyer musste ebenfalls grinsen und warf ihm Shorts und Tanktop zu. »Das will ich sehen. Du trägst zwar schönen Schmuck, aber ich glaube nicht, dass du ein paar Gewichte heben kannst.«

Seine Taktik ging auf, der Junge ging nach draußen, um sich umzuziehen. Als er zurückkam, schlenderte er zur Schrägbank. Wolfe stapelte Gewichte auf, legte sich rücklings auf die Bank. Dann breitete er die Arme aus und fasste zu. »Zähl mit.«

Er absolvierte eine komplette Übung, nach einer kurzen Pause wiederholte er sie. Sie wechselten sich ab, aus den Lautsprechern dröhnten Klassiker von *Guns N' Roses*, die jede Unterhaltung unmöglich machten.

Sie arbeiteten sich von einem Gerät zum nächsten weiter, drückten, stemmten, schnauften und schwitzten, bis Sawyers Verstand frei von allen störenden Gedanken war und er sich durch und durch erschöpft fühlte. Er gab Wolfe eine Flasche Wasser und trank selbst eine in einem Zug aus. »Gut gemacht«, lobte Sawyer ihn. »Hätte ich deinen dünnen Armen nicht zugetraut.«

Er konnte kaum glauben, dass der Junge mit einem schiefen Lächeln reagierte. Bislang hatte er bei Wolfe kaum einmal eine Gefühlsregung beobachten können, erst recht keinen Anflug von Humor oder Glück. Sawyers Herz machte in diesem Moment einen solchen Satz, dass es ihm fast peinlich war.

»Mich wundert, dass jemand in deinem Alter überhaupt noch boxen kann.«

»Ich habe mich jahrelang mit Boxen beschäftigt«, gab Sawyer keuchend zurück. »Es geht nicht nur darum, auf einen Punchingball einzuschlagen. Es geht um Balance, Beweglichkeit, kontrollierte Kraft.« Er dachte zurück an das Drecksloch von

Trainingshalle, in dem er früher rumgehangen hatte. Ob es darum ging, die Toiletten zu putzen, stinkende Handtücher zu waschen oder als Sparringspartner Schläge einzustecken – jede noch so beschissene Arbeit hatte er erledigt, nur damit man ihn nicht wegschickte, weil er sich dort sicher fühlte. Und weil er dort stundenlang das Kämpfen üben konnte, das ihm draußen auf der Straße das Überleben gesichert hatte. »Ich werde es dir beibringen.«

Der Junge drehte sich zu ihm um und sah ihn argwöhnisch an. »Wieso?«

Weil er jemanden brauchte, der ihm helfen konnte, sich von seinem Schmerz zu befreien. Und weil er nicht länger nur existieren, sondern wirklich leben sollte. Und weil Sawyer nicht wusste, was er noch tun konnte, um eine Verbindung zu ihm zu schaffen.

Er zuckte mit den Schultern. »Weil es mir hier allein zu langweilig ist. Ich komme um fünf Uhr her, dann gehe ich nach Hause, dusche, ziehe mich um und mache mich wieder auf den Weg hierher ins Büro.«

»Um fünf Uhr morgens?«

»Oh, du bist um deinen Schönheitsschlaf besorgt, wie? Kein Wunder, dass du so ein Softie bist.«

Da war wieder das spöttische Grinsen, diesmal aber mit einem Funkeln in den Augen. »Von wegen Softie. Okay, ich werde hier sein. Aber nur weil du eine Herausforderung brauchst, alter Mann.«

Sawyer hielt sich davon ab, die Schulter des Jungen zu drücken. Er hatte schon vor Monaten herausgefunden, dass er auf jede Art von Berührung allergisch reagierte. *Welcome to the Jungle* dröhnte es aus den Boxen. Sawyer warf seine leere Wasserflasche quer durch den Raum und versenkte sie auf Anhieb im Papierkorb.

»Zurück an die Arbeit.«

Gemeinsam verließen sie Sawyers privates Fitnessstudio.

7. Kapitel

Julietta starrte aus dem Fenster auf die in Dunst gehüllte graue Szene. Motorradfahrer fuhren auf der Straße Slalom, um den Kampf gegen die Fußgänger zu gewinnen. Es war fast Mittagszeit. Viele Leute mit einem Becher Cappuccino in der Hand standen da, den Kopf eingezogen wegen des Nieselregens, jeder zog hektisch an seiner Zigarette. In der Ferne erhob sich der Duomo über die Stadt, und für einen Moment wünschte sie sich, sie wäre eine ihrer jüngeren Schwestern. Venezia wäre jetzt auf dem Weg zu den aufwendigen Shopping-Galerien, um sich inmitten von *Prada*, *Armani* und *Dolce & Gabbana* zu verlieren. Carina würde auf dem holprigen Kopfsteinpflaster einen Spaziergang unternehmen, an einem Stück Buttergebäck knabbern und ihre Umgebung mitsamt Regen genießen.

Sie verkniff sich einen Seufzer und sah auf den Stapel Papiere auf ihrem Schreibtisch. Nein, sie würde nichts davon tun, sondern wieder in ihrem Büro zu Mittag essen und zwischendurch das eine oder andere gekränkte Vorstandsego besänftigen, nachdem sie sich mit Wolfe als Verbindungsmann zu Sawyer einverstanden erklärt hatte. Die Werbestrategie musste bald festgelegt sein, damit man für eine schnelle Eröffnung bereit sein konnte. Aus irgendeinem unerfindlichen Grund hatten die Umsatzzahlen in Florenz einen Dämpfer erlitten, und sie musste sich um eine Konferenzschaltung mit dem Konditor kümmern.

Sie drückte eine Hand gegen die kalte Glasscheibe und dachte wieder an das andere Angebot, das eine Antwort von ihr erforderlich machte.

Seit ihrer letzten Begegnung waren fünf Tage vergangen. Fünf Tage, in denen sie nicht ein einziges Mal näher miteinander zu tun gehabt hatten. Ein Blick vom anderen Ende des Konferenztischs war alles gewesen. Fünf Tage, seit er sie berührt, geküsst und ihr diesen unmöglichen Vorschlag gemacht hatte. Ihr Verstand kochte über beim Gedanken an seine unverschämte Art, die gegen alle Anstandsregeln der Gesellschaft und im Büro verstieß. Doch etwas in ihr genoss diese düstere Freiheit, die er ihr versprach.

Sie wandte sich vom Fenster ab und rückte die wenigen Bilderrahmen auf ihrem Schreibtisch zurecht, die immer wieder hin und her geschoben wurden. Was war bloß in letzter Zeit mit ihr los? Normalerweise sorgte ihre Arbeit für eine umfassende Befriedigung. Beim gestrigen Treffen hatte sie den Blick kaum von Sawyer abwenden können, vor allem nicht von seinem knackigen Hintern, über den sich der Stoff seines *Calvin-Klein*-Anzugs spannte. Und dann hatte er sich auch noch zu ihr umgedreht und ein schmutziges Lächeln in ihre Richtung geschickt. So als hätte er jeden ihrer Gedanken gelesen, jeden ihrer Träume, all ihre Fantasie und jede Überlegung, was er ihr alles verweigerte, solang sie nicht auf seine lächerlichen Bedingungen einging.

Wie unglaublich peinlich!

Sie redete sich immer wieder ein, dass er nur ein egoistisches, unbarmherziges Spiel mit ihr trieb. Warum sollte er ihr einen Orgasmus bereiten wollen? Warum sollte ihn das kümmern? Und doch machte die Aussicht auf eine Nacht mit ihm es ihrem Verstand schwer, die Oberhand zu behalten. Vielleicht würden sich ja wieder normale Verhältnisse einstellen, wenn sie ihm das gab, worauf er spekulierte. Konnte es nicht sein, dass sie beide als Sieger daraus hervorgehen würden?

Sie ging in ihrem Büro auf und ab und analysierte die Details.

Vielleicht gab es ja Verhandlungsspielraum. Er würde sein Bestes geben, um ihr körperliche Lust zu verschaffen, und wenn sie ... na ja, wenn sie nicht kam, dann hatte sie die volle Kontrolle über alles, was ihre Bäckerei anging.

Vorteil Nummer eins.

Sicher, es könnte ein wenig peinlich werden, aber sie hatte ihn ja schon gewarnt, dass sie nicht in der Lage war, sich zu entspannen. Und für das, was als Belohnung winkte, waren ein paar peinliche Stunden ein annehmbarer Preis. In Gedanken spielte sie durch, was wohl passieren würde, und ließ auch die eine sehr unwahrscheinliche Möglichkeit nicht außer Acht.

Was, wenn sie tatsächlich einen Orgasmus haben sollte?

Ihr Magen verkrampfte sich reflexartig bei dieser verlockenden Aussicht.

Na ja, es wäre doch schließlich eine tolle Sache, oder nicht? Vielleicht würde sie sich danach endlich wieder ganz auf ihre Arbeit konzentrieren können. Immerhin würde ein Orgasmus doch für lange Zeit reichen, nicht wahr? Ihr Körper würde entspannter sein, und sie hätte die Bestätigung dafür, dass mit ihr alles in Ordnung war. Dann konnte sie dieses Thema auch endlich hinter sich lassen. Zugegeben, Sawyer hätte dann auch weiterhin das letzte Wort bei allen Ideen und Vorschlägen, es sei denn ...

Was würde sein, wenn sie den Einsatz erhöhte? Wenn sie es für ihn schwieriger machte, sein Ziel zu erreichen?

Und wenn er in der Lage sein sollte, ihre neuen Bedingungen zu erfüllen, dann würde sie es sogar verdienen zu verlieren. Ihr Gefühl sagte ihr, dass er diese Aufgabe unmöglich lösen konnte. Selbst wenn er es einmal schaffen sollte, ihr über diese bislang unüberwindliche Klippe zu helfen – ein zweites Mal konnte er das auf keinen Fall hinkriegen.

Richtig?

Sie tippte mit dem Fingernagel gegen ihre Unterlippe und ging alle denkbaren Möglichkeiten durch. Würde sie ihn dazu bringen, seine Zustimmung zu geben? Ja, sein Ego herauszufordern und ihn auf ein unerreichbares Ziel anzusetzen würde den dominanten Teil seines Wesens sofort zustimmen lassen. Ein Schauer lief ihr über den Rücken. Sie wusste, er würde im Bett der Dominante sein. Allein die Art, wie er ihre Handgelenke umfasst und sie wehrlos gemacht hatte, und dazu das lüsterne Leuchten in seinen Augen hatten genügt, um sie feucht werden zu lassen. Sie hatte so eine Ahnung, dass er auf die veränderten Bedingungen eingehen und dann verlieren würde. Sie würde mit etwas Glück einen Orgasmus haben, und er müsste ihr das Recht an der endgültigen Entscheidung übertragen.

Sie konnte nur gewinnen.

Als hätten ihre Überlegungen ihn zu sich gerufen, meldete sich ihre Sekretärin über die Sprechanlage. »Mr Wells möchte zu Ihnen. Soll ich ihn reinschicken?«

Julietta unterdrückte die mädchenhafte Reaktion, Make-up und Frisur noch einmal schnell zu überprüfen. Sie räusperte sich kurz. »Ja, bitte.«

Sie hatte keine magische Tür, die sie hätte bedienen können, also lehnte sie sich in ihrem weinroten Ledersessel ein wenig nach hinten und tat so, als sei sie völlig in die Akte vertieft, die vor ihr lag.

Er betrat so lautlos ihr Büro, als würde er sich in seiner Freizeit als Einbrecher betätigen. Das er vor ihr stand, merkte sie eigentlich nur an der Hitze, die er ausstrahlte und an dem köstlichen würzigen Duft, der von seiner Haut ausging. Sie hob höflich lächelnd den Kopf und ... erstarrte mitten in der Bewegung.

Er sah so unglaublich gut aus. Würde sie von seinem Gesicht jemals genug kriegen?

Sein rauchgrauer Cashmere-Mantel bildete einen deutlichen Kontrast zum rot karierten Schal und zu seinen Haaren, die wie ein goldener Heiligenschein wirkten. Sein großer, schlanker Körper strahlte eine Kraft aus, die sie als verlockend und einschüchternd zugleich empfand. Dabei musste er nicht mal mit dieser Kraft prahlen oder mehr daraus machen, als tatsächlich da war. Die Narbe betonte nur umso stärker die eleganten Gesichtszüge und erinnerte Julietta daran, dass unter dem zivilisierten, korrekten Äußeren etwas ausgesprochen Wildes lauerte. Ihre Kehle war mit einem Mal wie ausgedörrt. Ohne eine Sekunde zu verlieren kam Sawyer zu ihr, stützte sich mit beiden Händen auf dem ausladenden Mahagonischreibtisch ab und beugte sich vor. Augen in der Farbe von Buttertoffee sahen sie an, keine Spur von Zögern oder gar von einer Entschuldigung war in ihnen zu erkennen. Es war, als hätte er lange Zeit geduldig auf eine Antwort von ihr gewartet und nun die Geduld verloren.

»Und?«

Ein seltsames Krächzen kam über ihre Lippen. Sie legte die Akte weg, die sie vor sich gehalten hatte und entgegnete: »Was und?«

Er verzog den Mund. »Bist du mit dem endgültigen Plan einverstanden? Die Bauarbeiter müssen entsprechenden Platz für die Ladeneinrichtung schaffen.«

Enttäuschung versetzte ihr einen Stich, weil er auf die Arbeit konzentriert war. Wie dumm von ihr zu glauben, er könnte aus einem anderen Grund hergekommen sein. Sie verscheuchte die störenden Gedanken und kniff abwägend die Augen zusammen. »Mir ist die rechte Ecke lieber. Untersuchungen haben ergeben, dass Ladenlokale in Hotellobbys deutlich mehr zu Spontankäufen verleiten.«

»Nicht in diesem Fall. *La Dolce Maggie* hat den gleichen Platz im *Venetian* und die Verkaufszahlen schießen in die Höhe.«

»Wir sind hier nicht in Amerika«, konterte sie. »Mailand lässt sich nur schwer erobern, erst recht von einem Hotel mit amerikanischen Einflüssen. Du kriegst zwar die Touristen, aber wer Gebäck kaufen will, der bevorzugt ein Ladenlokal auf der rechten Seite.«

Er grinste sie anzüglich an. »Mag sein. Aber ich habe für diese Spitzenlage schon etwas anderes vorgesehen. Du kannst das anderweitig wieder wettmachen. Du bist nicht länger darauf angewiesen, mit Laufkundschaft den größten Teil der Einnahmen zu bestreiten.«

»Eine interessante, aber völlig dumme Ansicht«, gab sie gereizt zurück.

Er zog eine Braue hoch. »Ach, dumm ist sie?«

»Die Spontankäufer erbringen einen Umsatz, auf den wir nicht verzichten wollen. Erst recht nicht, wenn wir alles auf eine Karte setzen und auf einen einzelnen Standort angewiesen sind.«

»Das ist aber ein verdammt guter Standort.«

Seine Stimme hatte wieder diesen verführerischen Unterton

angenommen, den sie zwar ignorierte, der ihr Herz dennoch schneller schlagen ließ. »Mag sein, aber er ist ein bisschen klein.«

Sein Lachen ließ sie hochschrecken. Dass sie in der Lage war, ihn zum Lachen zu bringen, löste ein seltsames Gefühl in ihr aus. Er richtete sich auf und löste den Knoten in seinem Schal, dann zog er den Mantel aus und legte ihn über die Stuhllehne.

Warum hatte dieses bloße Ablegen von ein paar Kleidungsstücken nur eine solche Wirkung auf sie? Es war so, als würde sie in seinem Schlafzimmer auf das Finale warten. Ihr Blick erfasste seine Kleidung und sie begann sich zu fragen, wie wohl der Körper aussehen mochte, der von diesem dünnen Stoff bedeckt wurde. Seine Muskeln schienen überall dort straff zu sein, wo es darauf ankam. Als sie von ihm gegen die Wand gedrückt worden war, da hatte sich alles an ihm steinhart angefühlt.

»Na, das war jetzt aber ein interessanter Gedanke«, murmelte er.

Diesmal bekam sie einen roten Kopf, woraufhin sie sich rasch vorbeugte und so tat, als müsse sie den Stapel Papiere unbedingt ordentlich zusammenstapeln, ehe sie sich mit ihrem Sessel ein Stück weit wegdrehte. Zum Glück war sie zum größten Teil hinter dem breiten Schreibtisch verborgen, der als dringend benötigter Schutzschild herhalten musste. »Dann können wir unser Ladenlokal verlegen?«

»Nein.«

Sie versteifte sich. »Wieso nicht?«

Er zog seine Manschetten zurecht, als gäbe es nichts Wichtigeres auf der Welt. »Weil ich es nicht will. Mein Plan wird besser funktionieren.«

»Und wenn ich nicht deiner Meinung bin?«, gab sie spitz zurück.

Er zuckte lässig mit den Schultern. »Ist mir egal. Ich habe das letzte Wort, schon vergessen?«

»Benutzt du das Ladenlokal als Druckmittel, damit ich auf deinen lächerlichen Vorschlag eingehe?«, fragte sie ungläubig.

»Ich brauche kein Druckmittel, Julietta«, antwortete er amüsiert. »Persönliche Beziehungen haben keinen Einfluss auf meine geschäftlichen Entscheidungen. In diesem Fall will ich dich so sehr, dass ich ein Wagnis eingehe.« Die Gelassenheit, mit der er zugab, dass er sie ins Bett kriegen wollte, erinnerte sie daran, dass sie sich mit einem Profi maß. Für einen Moment beherrschte sie der verrückte Wunsch, auf einem anderen Spielfeld mit ihm zu stehen. Sie wollte einfach den Sprung wagen und ein Risiko eingehen, auch wenn sie eine Heidenangst verspürte.

Ihre geschützte Position hinter dem Schreibtisch kam ihr auf einmal wie ein Gefängnis vor. Sie stand auf, um im Zimmer auf und ab zu gehen, wobei sie auf sicherem Abstand zu ihm blieb. Seine offensichtliche Belustigung reizte sie bis aufs Blut. Die nächsten Worte platzten förmlich aus ihr heraus und sollten ihn überrumpeln. »Dann lass uns die Bedingungen aushandeln.«

»Ich sagte doch schon, die Entscheidung über das Ladenlokal ist endgültig.«

»Ich rede von unserer gemeinsamen Nacht.«

Sie hatte ihr Ziel erreicht – ein Ausdruck völliger Überraschung huschte über sein Gesicht. »Du willst mit mir die Rahmenbedingungen besprechen?«

Sie ging über seine Frage hinweg und tauchte in die Welt ein, in der sie sich am wohlsten fühlte: Arbeit. Ihre Absätze klapperten auf dem polierten Parkettboden, während sie langsam und gleichmäßig hin und her ging. »Natürlich habe ich über dein Angebot nachgedacht. Auf den ersten Blick scheint das recht fair zu sein, wenn man bedenkt, dass ich nicht in der Lage bin, bestimmte körperliche Zustände zu erreichen, die anderen Frauen keine Schwierigkeiten bereiten.«

Er schüttelte den Kopf und verschränkte die Arme vor der Brust. »Ich höre ein Aber nahen.«

»Aber ich finde, das gesetzte Ziel kannst du viel zu leicht erreichen. Ich denke, wenn wir die Bedingung auf zwei Orgasmen erhöhen, dann hat jeder von uns in etwa gleich gute Siegchancen.«

Er setzte zu einer Erwiderung an, blieb aber stumm. Dass es ihm die Sprache verschlagen hatte, erfüllte sie mit tiefer Befriedigung. Es wurde auch Zeit, dass sie endlich mal die Oberhand bekam.

Schließlich fand er wieder Worte. »Wir verhandeln jetzt über die Anzahl deiner Orgasmen?«

»Ja natürlich«, sagte sie und runzelte die Stirn. »Ich habe deine Klausel zum definierten Einsatz irgendwelcher Spielzeuge nicht beschränkt, also kannst du daraus einen Vorteil herausholen. Und seien wir doch mal ehrlich: Bei einem geschätzten Zeitrahmen von acht Stunden mag ein Orgasmus zwar schwierig erscheinen, aber er dürfte machbar sein. Bei zweien sieht das schon ganz anders aus, und die Karten sind damit gerechter verteilt.«

»Heilige Scheiße. Du meinst das ernst!«

Verärgerung regte sich in ihr. »Tut mir leid, aber vielleicht habe ich mich ja geirrt. War das ein verhandelbares Angebot oder nicht?«

Er lachte aus vollem Herzen und erfüllte den ganzen Raum mit Leben. »Gott, du bist ja wunderbar!« Auf einmal unterbrach er sein Lachen, in seinen Augen funkelte pure Lust. Ihre Zehen verkrampften sich in ihren elfenbeinfarbenen Pumps. »Du hast völlig recht, Julietta. Das ist ein ordentliches Angebot und Verhandlungen sind möglich.«

Ihr Selbstbewusstsein geriet ein wenig ins Wanken, da es ihr so vorkam, als hätte er auf einmal wieder das Sagen. Sie ermahnte sich, nicht auf seine sexy Art zu reagieren, sondern sich ganz aufs Geschäftliche zu konzentrieren. Immerhin nutzte er solche körperlichen Vorzüge bestimmt zu seinem Vorteil aus. »Sehr gut, dann sollten wir das Limit von eins auf zwei erhöhen.«

»Einverstanden.«

Sie stutzte. Das war jetzt viel zu einfach gelaufen. Warum erschien er ihr bloß so gefährlich? Seine Zunge strich über seine Unterlippe, als würde er sich schon ausmalen, wie sie schmecken würde, wenn er sie zu fassen bekam. »Oh. Na gut. Dann sind wir uns ja einig.«

»Oh, wir sind noch nicht fertig.« Sawyer ging auf sie zu und betrachtete ihr Gesicht. »Ich gehe davon aus, dass wir eine mündliche Vereinbarung treffen, aber nichts schriftlich festhalten.«

Diesmal gelang es ihr, heiße Wangen zu verhindern. »Ja, ich vertraue auf dein Wort und würde das lieber nicht schwarz auf weiß festhalten.«

»Einverstanden.« Er machte noch einen Schritt nach vorn, sie rutschte unauffällig nach hinten und gewann ein paar Zentimeter Abstand zu ihm. »Die Zeit ist wichtig. Du hast von acht Stunden gesprochen. Ich finde, wir sollten uns zeitlich genauer festlegen. Von acht Uhr abends bis acht Uhr morgens. Volle zwölf Stunden.«

»Oh, ich finde nicht, dass ich über Nacht bleiben und in deinem Bett schlafen sollte. Wie wäre es von acht bis zwei?«

»Ausgeschlossen. Ich brauche eine Zeit lang eine gewisse Nähe, damit ich eine Chance habe, dir zwei Orgasmen zu bereiten. Du bleibst über Nacht.«

Das gefiel ihr gar nicht, weil sie darauf gehofft hatte, sich vor Tagesanbruch davonstehlen zu können. »Ich lasse mich auf sechs Uhr morgens ein, aber nicht später.«

Spiegelte sich tatsächlich Stolz in seiner Miene wider oder bildete sie sich das nur ein?

»Einverstanden. Jetzt zum Ort des Geschehens. Wo soll sich das abspielen? In deiner Wohnung?«

»Nein, es sollte auf neutralem Boden stattfinden.«

»Dann buche ich ein Hotelzimmer.«

Sie zog den anderen Fuß nach hinten. »Ich will nicht, dass die Leute reden. Diskretion ist unverzichtbar.«

»Ich verspreche dir, ich werde alles arrangieren. Vertraust du mir?«

Tat sie das? Vertraute sie ihm, dass er über ihr Geheimnis ebenso schwieg wie über ihr Einverständnis, ihren Körper von Sawyer benutzen zu lassen? Ja. Diese Antwort kam von ihrem Instinkt und den stellte sie nicht infrage. Sie hatte auf die harte

Tour erfahren müssen, dass es immer besser war, sich auf seinen Instinkt zu verlassen, ob sie es nun wollte oder nicht. »Ja.«

Er wirkte zufrieden und machte noch einmal drei Schritte auf sie zu. »Vielen Dank.«

Sie ballte die Fäuste. »Prego. Sonst noch etwas?«

»Ja. Methoden.«

Mio Dio. »Was denn für Methoden?«

Sein Lächeln hatte etwas zu Intimes. »Darf ich Spielzeuge benutzen? Oder nur meine Finger und meinen Mund?«

Ihr Herz schlug so laut, dass es von den Wänden in ihrem Büro widerzuhallen schien. Der Gedanke, er könnte einen Vibrator benutzen, war mehr, als sie ertragen konnte. Hastig schüttelte sie den Kopf. »Nein, keine Spielzeuge. Das verschafft dir einen unfairen Vorteil.«

»Hm, ich fühle mich versucht, dir in diesem Punkt zu widersprechen. Ich könnte dir so viel mehr Lust bereiten.«

Ihre Handflächen waren nass geschwitzt. »Nein danke.«

»Also gut, dann werde ich mich eben mehr anstrengen müssen.«

Da sie seine Nähe nicht ertrug, machte sie auf dem Absatz kehrt und rannte buchstäblich vor ihm weg, um sich hinter ihren Schreibtisch zurückzuziehen. »Gut, ich glaube, das war dann alles. Ich sollte mich nun wieder meiner Arbeit widmen.«

»Wann?«, fragte er schließlich im Flüsterton.

Sie ließ sich in ihren Sessel sinken. »Samstagabend?«

»Alles klar. Ach ja, eine Sache noch, Julietta. Es gibt eine Regel, bei der ich nicht nachgeben werde.«

Ihr Magen verkrampfte sich. »Was für eine Regel?«

Gemächlich kam er auf sie zu und verwandelte ihren Zufluchtsort hinter dem Schreibtisch in ein Gefängnis. Er fasste eine Armlehne und drehte den Sessel zu sich herum, damit sie ihm ins Gesicht sah. Jeglicher Gedanke wich aus ihrem Kopf und sie konnte nur mit aufgerissenen Augen dasitzen, ohne einen Ton herauszubringen. Sein Duft stieg ihr in die Nase, als er sie mit dem Sessel an sich heranzog und sich vorbeugte, bis seine Lippen nur noch Millimeter von ihren entfernt waren.

»Ich habe das Sagen. Sobald du die Tür hinter dir zugemacht hast, gehört dein Körper mir. Wenn ich dir sage, dass du etwas tun sollst, dann tust du es auch.«

Sie begann zu zittern. »Das ist ja albern. Ich werde nicht alles tun, was du mir sagst.«

»Dann haben wir keinen Deal.«

Sein Blick schien sie zu durchbohren und unterstrich, dass es keinen Mittelweg gab. Entweder ganz oder gar nicht. »Und wenn ich mich dabei unbehaglich fühle oder wenn mir etwas Angst macht?«

Während sein Gesicht wieder einen sanfteren Ausdruck annahm, zeichnete er mit dem Zeigefinger die Konturen ihrer Lippen nach. »Ich würde dir niemals wehtun. Ich werde dir die Möglichkeit geben, eine Sache langsamer anzugehen oder aufzuhören, aber du musst mir schon vertrauen.«

Da war wieder dieses Wort: Vertrauen. Sie sollte einem Mann mit einer wüsten Narbe und ohne jede Vergangenheit vertrauen, der zudem noch eine sexuelle Naturgewalt darstellte, die man nicht unterschätzen durfte. Wieder waren es ihre Instinkte, die für ihre Zustimmung verantwortlich waren. »*Va bene.*«

Der triumphierende Ausdruck in seinen Augen ließ sie fast ihre Zusage zurückziehen. Aber nur fast. Er musste gemerkt haben, was ihr durch den Kopf ging, denn nach einer letzten Berührung wich er zurück und ließ ihr den Platz, den sie brauchte. »Also Samstagabend. Ich werde dir sagen, wo du mich finden kannst.« Er zog seinen Mantel an und legte den Schal um, dann ging er zur Tür. »Gib mir Bescheid, falls du irgendwelche Schwierigkeiten mit Wolfe hast. Ich bin erreichbar.«

Ohne ein weiteres Wort verließ er ihr Büro.

Julietta schauderte und fragte sich, ob sie soeben einen Pakt mit dem Teufel persönlich abgeschlossen hatte.

»Ich will nicht, dass dieser Junge etwas damit zu tun hat!«

Julietta unterdrückte einen Seufzer und betrachtete ihren Marketingchef, der schon seit Langem für das Unternehmen arbeitete und der nie einen Hehl aus seiner Meinung machte. Sie hatte den Mann von Anfang an nicht besonders gut leiden können, da sie ihn mit seinen Designerklamotten, seinen perfekten Posen und seiner Angewohnheit, über jeden ein Urteil fällen zu müssen, für ein wenig versnobt hielt. Er war wahrscheinlich das schlimmste Klatschweib am Platz, und so gut wie alle weiblichen Angestellten lechzten nach ihm. Sie besah den tadellos sitzenden blauen Anzug, die *Gucci*-Stiefel und das stylishe rosa Hemd von *Stone Rose*. Sein dunkles Haar trug er so kurz geschnitten wie möglich, um seine fesselnden grünen Augen und den angeblich so sinnlichen Mund zu betonen, der nach Juliettas Meinung aber bloß einen mürrischen Ausdruck vermittelte. Außerdem empfand sie seine Stimme als weinerlich. Es gefiel ihm, wenn er seinen Willen bekam, allein schon weil er dann damit prahlen konnte, dass ihm so etwas gelang. Er überprüfte den Sitz seiner Diamantmanschettenknöpfe und deutete mit einer dramatischen Kopfbewegung auf die geschlossene Tür zum Konferenzraum. »Er sieht aus wie ein Krimineller. Ich werde ganz sicher nicht mit einem Teenager zusammenarbeiten, der ein Problem mit Autoritätspersonen hat.«

Julietta kämpfte gegen ihre Ungeduld an. »Sie müssen ja gar nicht auf lange Sicht mit ihm arbeiten, Marcus. Mit dem Marketing wird er ohnehin kaum etwas zu tun haben. Er ist nur hier, um uns beim Übergang zu helfen und uns auf die Vision von *Purity* einzuschwören. Bringen wir *Purity* an den Mann, dann bringen wir auch *La Dolce Famiglia* an den Mann. So einfach ist das.«

Er machte seinen viel gerühmten Schmollmund. »Ich leite mein Team und benötige keine Einmischung durch Fremde. Die Kampagne mit Ihrer Mutter als Zugpferd ist damals gut angekommen. Aber der Wechsel in die Hotelbranche, die auf ein ganz anderes Freizeitpublikum eingestellt ist, wird eine Herausforderung werden. Darum müssen wir uns etwas Neues,

Frisches ausdenken. Ich arbeite schon an einer Idee.«

»Schön. Können Sie Ihre Präsentation für nächste Woche zusammenstellen?«

»Auf jeden Fall.«

Sie nickte beruhigt. »Geben Sie mir Bescheid, wenn es irgendwelche Probleme gibt.«

Er begab sich zur Tür, als würde er über den Boden gleiten, blieb aber abrupt stehen, als die Tür aufging, kurz bevor er sie erreicht hatte. Wolfe kam hereingeschlendert. Sein großer goldener Ohrring blitzte auf, die Haare zeigten zu Stacheln frisiert in Richtung Himmel. Der bizarre Effekt wurde noch dadurch verstärkt, dass die andere Kopfhälfte kahl rasiert war. Seltsam, aber sie hatte sich bereits daran gewöhnt, den jungen Mann um sich zu haben. Er brachte nicht nur etwas Farbe in den Laden, er schien auch außerordentlich intelligent und direkt zu sein, und er trug kein Ego vor sich her, dem geschmeichelt werden musste.

Marcus wich zurück, als hätte er Angst, der Junge könnte ihm alles klauen, was er in seinen Taschen bei sich trug.

Wolfe grinste ihn im Vorbeigehen spöttisch an. »Hi, Mark.«

»Ich heiße Marcus«, gab der schaudernd zurück.

»Von mir aus.« Wolfe rempelte den Marketingleiter an, ohne sich zu entschuldigen und setzte sich an den Schreibtisch. Marcus wischte über seinen Ärmel und schickte ihm einen wütenden Blick hinterher. »Hören Sie, Enzo will nicht mit mir zusammenarbeiten. Er sagt, er kann mir nicht die aktuellen Umsatzzahlen anvertrauen. Wahrscheinlich denkt er, ich will sie an die Bäckerei *Princi* verkaufen und mir von dem Geld ein neues Tattoo zulegen.« Julietta biss sich auf die Lippe, um nicht zu lachen, als sie Marcus' entsetzte Miene sah. »So kann das nicht funktionieren. Ich respektiere ja, dass Sie es versucht haben, aber ich kann mich nicht jedes Mal auf eine endlose Diskussion einlassen, wenn ich in ein Büro komme und mir ein paar Zahlen geben lassen will. Ich geh zurück ins Hauptquartier und sage Sawyer, was gelaufen ist.«

Marcus murmelte etwas Unverständliches, aber es klang eindeutig erleichtert.

»Auf gar keinen Fall.«

Beide Männer sahen sie erstaunt an, aber sie drückte ihr Headset ans Gesicht und betätigte eine Taste. »Ich will umgehend alle Abteilungsleiter sprechen. Mir ist egal, in welchem Meeting sie sind, sie sollen in einer Viertelstunde im Konferenzraum erscheinen.«

Ihre Sekretärin reagierte prompt. »Ja, Ms Conte.«

Julietta richtete ihre Aufmerksamkeit auf Marcus. »Glauben Sie ernsthaft, ich würde bei dem wichtigsten Deal aller Zeiten jemanden hinzuziehen, dem ich nicht vertraue?« Ihr frostiger Tonfall zeigte sofort Wirkung, da Marcus bleich wurde, während er Wolfe missbilligend ansah. »Glauben Sie, es kümmert mich, dass er zehn Jahre jünger ist und eine Vorliebe für Gesichtsschmuck hat? Er arbeitet für Sawyer und er ist bereit, uns auf unserem Weg zu helfen. Er kennt die Vision, die wir anstreben und ich muss jeden von Ihnen mit an Bord haben.«

Marcus versteifte sich. »Ich schätze weder seine unhöfliche und unprofessionelle Art noch Ihre Bereitschaft, einen Fremden in diesen engen, familiären Kreis hineinzudrängen.«

Julietta nickte. »Schon klar. Ich respektiere Sie, Marcus und ich stimme Ihnen zu. Wir müssen in einem guten Umfeld zusammenarbeiten.«

Sie blickte den jungen Mann an, der sich auf den Stuhl vor ihrem Schreibtisch gehockt hatte und durch seinen konservativen schwarzen Anzug nur noch ungewöhnlicher aussah. »Wolfe, Sie müssen nicht jeden hier mögen, aber ich erwarte, dass Sie der Position eines Abteilungsleiters Respekt entgegenbringen. Sehen Sie das auch so?«

Sie wartete ab und fragte sich, ob er sich mit einer mürrischen Beleidigung verabschieden würde. Stattdessen schien er aber ihre Worte zu analysieren, wobei seine Ausstrahlung ihr verriet, dass er einmal ein hervorragender Geschäftsmann sein würde, wenn er erst mal in seine Begabungen hineingewachsen war. Er vermittelte die gleiche unterdrückte Wildheit wie Sawyer, aber Wolfe war noch jung und hatte es noch nicht geschafft, diese Wildheit mit seinem Platz in der Gesellschaft in Einklang zu bringen.

Der Junge drehte sich zu ihrem Abteilungsleiter um. »Tut mir leid.«

Das war es. Keine Ausreden mehr, kein Gejammer, keine Erläuterungen. Marcus war zwar noch immer nicht glücklich, aber er nickte knapp. Der Mut dieses Jungen erfüllte Julietta zu ihrem Erstaunen mit immensem Stolz. »Gut. Würden Sie uns für ein paar Minuten allein lassen, Marcus?«

Er verließ den Raum, während Wolfe auf seinem Platz hin und her rutschte, da er offenbar damit rechnete, dass sie ihm nun den Kopf waschen würde. Unbehagliche Stille erfüllte ihr Büro, als sie den Jungen einfach nur musterte. Wie weit konnte sie bei ihm gehen? Ein gewisses Maß an Vertrauen musste zwischen ihnen vorhanden sein, wenn sie gemeinsam weitermachen wollten. Sonderbarerweise war eine enge Bindung im Berufsleben genauso wichtig wie im Privatleben – und manchmal sogar noch wichtiger. Arbeit bis spät am Abend, stressige Situationen und ständige Entscheidungen über Geld und Zeit konnten ohne eine solche Bindung auf Dauer nicht funktionieren. Sie suchte jeden ihrer Angestellten selbst aus und achtete darauf, dass sie untereinander ein gutes Verhältnis hatten, sonst standen am Ende Versagen und Scheitern. Ihr blieben noch zehn Minuten, um sich zu entscheiden, dann würden die Abteilungsleiter herkommen.

Sie nahm das Headset ab und beugte sich vor, woraufhin sich jeder Muskel in seinem Körper anspannte, so als würde er erwarten, dass sie ihn schlagen wollte. Das versetzte ihr einen Stich ins Herz, aber sie fragte sich auch, ob er das Durchhaltevermögen besaß, um die Distanz zu überwinden, auf die er gegangen war und ihr etwas lieferte, womit sie arbeiten konnte.

»Ich möchte wirklich mit Ihnen arbeiten, Wolfe. Ich bin bereit, vor meinem Team zu Ihnen zu stehen, dann wird Ihnen hier nie wieder jemand Ärger machen. Sie werden Teil der Gruppe sein und an allen Entscheidungen beteiligt sein, die *La Dolce Famiglia* und *Purity* betreffen. Wenn Sie gut sind, werden die anderen Ihnen Respekt entgegenbringen. Aber ich muss wissen, ob ich Ihnen vertrauen kann.«

Er stieß ein verbittertes Lachen aus. »Ja klar. Als ob mir irgendwer vertrauen würde. Das Ganze war ein Fehler gewesen, ich gehöre nicht hierher.«

Die stürmische Gefühlsregung in seinen blauen Augen traf sie wie ein Fausthieb in die Magengrube, aber Wolfe benötigte weder ihr Mitleid noch ihr Mitgefühl. Seine Vergangenheit war ein einziges Minenfeld, daher war es für ihn das Beste, wenn sie knapp und präzise auf den Punkt kam. »Ich kenne Ihre Vorgeschichte nicht und ich brauche sie auch nicht zu kennen. Für mich zählt nur, wie Sie sich mir und meinen Leuten gegenüber verhalten. Wenn Sie hierhergehören wollen, dann schaffen Sie sich Ihren Platz.«

Wolfe hob den Kopf und sah sie an. Sie hatte seine Aufmerksamkeit auf sich gelenkt, diese Gelegenheit musste sie nutzen. »Sawyer hat hier auch nicht hingehört, aber er hat sich seinen Platz genommen. Als ich mit einer Wand aus männlichen Angestellten konfrontiert wurde, die mir weismachen wollten, dass ich kein Unternehmen führen kann, weil ich keinen Penis habe, da gehörte ich hier auch nicht hin. Aber ich habe mich behauptet und bin geblieben. Das können Sie auch.«

»Und wie?«

Seine ehrliche Frage ließ sie hoffen. »Sie bekommen meinen vollen Rückhalt, allerdings unter einer Bedingung.«

Er zog misstrauisch die Brauen zusammen.»Was für eine Bedingung?«

»Nennen Sie mir einen Grund, Ihnen zu vertrauen. Nur unter uns. Was Sie sagen, wird niemals diesen Raum verlassen. Warum sollte ich Sie an einem Deal mitarbeiten lassen, bei dem es um etliche Millionen Dollar geht?«

Er schüttelte flüchtig den Kopf. »Was soll denn das für eine Frage sein? Entweder Sie vertrauen mir oder Sie vertrauen mir nicht.«

»Nein, Vertrauen muss man sich verdienen. Erzählen Sie mir irgendetwas ... ein Geständnis, von dem sonst niemand etwas weiß. Sagen Sie mir, warum Sie selbst hierbleiben wollen – nicht nur weil Sawyer Sie in der Geschäftswelt mitspielen lässt.«

Die Sekunden verstrichen. Seinem Gesicht war das innere Ringen darüber anzusehen, ob er ihr etwas sagen oder einfach weggehen sollte. Er rutschte hin und her, stand auf, blieb stehen und fluchte leise.

Julietta beschloss, ihm einen Vertrauensvorschuss zu geben, weil er den offensichtlich brauchte. »Ich war zweiundzwanzig, als ich anfing mit meinem Bruder zu arbeiten. Ich wusste, ich musste mich in vielen Dingen beweisen, und ich schwor mir, dass er stolz auf mich sein sollte. Ich arbeitete beharrlicher und länger als alle anderen, ich beschäftigte mich eindringlich mit der Branche, und immer wieder musste ich mir von den leitenden Angestellten sagen lassen, dass ich ihrer Meinung nach hier nichts verloren hatte. Eines Abends machte ich noch Überstunden, als mir ein leitender Angestellter aus der Werbeabteilung in mein Büro folgte.« Himmel, sie konnte sich immer noch an den erstickenden Geruch seines Rasierwassers erinnern und auch an das falsche Lächeln des Mannes. Seine Augen strahlten eine Kälte aus, die sie erstarren ließ. Noch während er vorgab, sich nur mit ihr unterhalten zu wollen, setzte er sich auf die Tischkante, berührte ihre Haare, starrte unverhohlen auf ihren Rocksaum. Sein heißer Atem in ihrem Gesicht, seine grapschenden Hände an ihren Oberschenkeln.

»Er wollte über mich herfallen, aber ich hatte Glück und konnte eine Putzfrau auf mich aufmerksam machen. Sie kam reingestürmt, bevor irgendetwas passieren konnte.« Ihr gefasster Tonfall täuschte über das Schaudern hinweg, von dem sie selbst jetzt noch erfasst wurde. »Ich habe den Mann angezeigt, aber die Klage wurde fallen gelassen. Er wurde gefeuert, und ich lernte daraus, dass es völlig egal war, ob ich klüger war, ob ich mich mehr angestrengt habe, ob ich meinen Posten verdient hatte. Für den Mann zählte nur, was er sah – ein dummes Sexobjekt, das weder diese Arbeitsstelle noch seinen Respekt verdient hatte.« Sie zuckte mit den Schultern. »Dieser Zwischenfall machte mich nur stärker und entschlossener. Ich kann niemanden dazu zwingen, seine Meinung über mich zu ändern, aber ich werde mich ganz sicher von niemandem verarschen lassen, nur weil er glaubt, dass er das ungestraft machen kann. Das ist mein Geständnis.«

Wolfe rührte sich nicht. Sie sah ihm in die Augen und wartete. Er ballte die Fäuste, während Erinnerungen an die Oberfläche durchzubrechen versuchten. Dabei wurde sie Zeuge seiner Beherrschung, die es ihm möglich machte, nicht die Fassung zu verlieren.

»Ich war in der Hölle, und ich bin ihr entkommen. Ich werde niemals dorthin zurückkehren«, presste er angestrengt heraus und schluckte mühsam. »Ich hatte niemanden, zu dem ich gehen konnte, also habe ich versucht, Sawyer zu bestehlen und wurde von ihm dabei erwischt. Die meisten reichen Typen hätten dafür gesorgt, dass ich angeklagt werde und im Knast lande. Aber er hat mir angeboten, mich bei sich aufzunehmen. Er hat mir einen Job gegeben, dadurch habe ich jetzt die Möglichkeit, von ihm zu lernen. Er wusste gar nichts über mich, und trotzdem hat er mir mehr gegeben als jeder andere Mensch in meinem Leben: eine Chance. Sie können mir vertrauen, weil ich ansonsten auf direktem Weg in die Hölle zurückkehren muss.«

»Ist es nur der Job? Oder ist es mehr?«

Wieder schenkte er ihr die unbezahlbare Wahrheit. »Am Anfang war es nur der Job, aber jetzt ist es mehr. Ich bin bald ein Jahr bei ihm und er ist der klügste Mensch, den ich je kennengelernt habe. Und er ist fair.« Er zog den Kopf ein wenig ein, gleichzeitig versagte seine Stimme für einen Augenblick. »Ich will ihn nicht enttäuschen.«

Eine zentnerschwere Last schien auf ihrer Brust zu liegen, die sie zum ruhigen, gleichmäßigen Durchatmen zwang. Sie ließ sich keine Regung ansehen, als sie nickte. »Das werden Sie auch nicht. Sie legen ein Können an den Tag, das man von jemandem erwarten sollte, der viel älter und weiser ist als Sie. Aber sie haben diese andere Seite erlebt und deshalb wissen Sie, dass nichts selbstverständlich ist. Sie sind genau der Typ Mensch, den ich in meinem Team haben möchte.«

Er hob wieder den Kopf und nickte, und als er sich zurücklehnte, da sah sie ihm den Anflug eines Lächelns an. Er hatte soeben aus freien Stücken beschlossen, hier bei ihr zu bleiben. »*Grazie*.«

Verdammt, sie konnte ihn gut leiden. Widerborstig und ehrlich und authentisch.

»*Prego*.«

»Julietta?«

»Ja?«

»Wie heißt der Kerl, der Ihnen damals wehgetan hat? Vielleicht sollte ihm mal jemand einen Besuch abstatten.«

Erschrocken und erfreut über diesen plötzlich erwachten Beschützerinstinkt, der jedem Mann angeboren sein musste, begann sie zu lachen. »Keine Sorge. Michael hatte die Klage aus gutem Grund zurückgezogen. Sagen wir so, mein Bruder kennt ein paar Leute. Zumindest fiel der Krankenhausaufenthalt dieses Angestellten ziemlich kurz aus.«

»Gut«, meinte er und grinste flüchtig. »Italiener sind einfach die besten, wenn es ums Rächen geht. Ich habe den *Paten* und *Good Fellas* schon ein paar Mal gesehen.«

Sie musste noch immer lachen, als ihre Abteilungsleiter den Konferenzraum betraten und ihnen beiden durch die offene Tür zu Juliettas Büro verwunderte Blicke zuwarfen. Sie gab Wolfe ein Zeichen, dann gingen sie nach nebenan, und Julietta begab sich lächelnd zum Kopfende des langen Tischs.

Das würde ein Vergnügen werden.

8. Kapitel

Sawyer sah sich in den Räumlichkeiten um, damit er Gewissheit hatte, dass alles so war, wie er es brauchte. Das Hotel *Bulgari* war der ideale Ort für ihre erste Begegnung, es bot altmodischen Luxus, der jeden Betrachter in seinen Bann schlug. Der Salon war mit einem Kamin aus Brera-Stein gemütlich eingerichtet, die Möbel aus Teak und Eiche ergänzten die Farbgebung in Vanille- und Butter-Pastelltönen, die die Sinne beruhigten. Die Eleganz dieses *Palazzos* aus dem achtzehnten Jahrhundert erinnerte ihn an Julietta. Die Präsentation von reich verzierten Edelsteinen und geschmackvollen Antiquitäten überall in der Suite sorgte für das gewisse Extra. Durch einen weiten offenen Torbogen gelangte man ins Schlafzimmer, das von einem prachtvollen Himmelbett beherrscht wurde. Eisblaue Seidenkissen harmonierten exakt mit der Fadenzahl der irrsinnig teuren umgeschlagenen Decke. Eine Glastür führte hinaus auf den Privatbalkon mit seiner Aussicht auf den Garten. Eine Flasche Champagner stand in einem silbernen Kühler gleich neben dem Tablett mit einer Auswahl Fingerfood, mit dem möglicherweise aufkommendem Hunger entgegengewirkt werden konnte.

Er hoffte, eine ganz andere Art von Hunger bei Julietta wecken zu können. Vorfreude fraß sich wie ein süßer Schmerz durch ihn hindurch und ließ seinen Schwanz hart werden. Allein die Erinnerung an ihre Verhandlungen über diese Nacht machte ihn scharf. Noch nie war er einer Frau begegnet, die es so sehr wert war, Lust zu erfahren. Ihr messerscharfer Verstand hatte dabei die gleiche Wirkung auf ihn wie ihr köstlicher Körper. Dieser Körper, von dem sie nicht wusste, was sie damit machen sollte, um rückhaltlose Lust zu erleben. Der dominante Teil in ihm schrie auf, weil er eine solche Beute freisetzen und für sich beanspruchen wollte.

Dieser besitzergreifende Zug überraschte ihn. Bislang hatte er Frauen bedenkenlos mit anderen geteilt, nicht um ihnen wehzutun, sondern um sicherzustellen, dass er sie nicht mit falschen Erwartungen an sich band. Sawyer war schon vor langer Zeit bewusst geworden, dass er zu einer echten dauerhaften Beziehung nicht fähig war. Eine Vergangenheit voller Misshandlung, Vernachlässigung und mentaler Spielchen hatte dafür gesorgt, dass er einem anderen nichts Reines oder Gutes mehr geben konnte. Er achtete stets darauf, eine Frau wissen zu lassen, dass es keine gemeinsame Zukunft geben würde, damit sie nicht irgendwelche falschen Hoffnungen hegte. Aber nachdem er Julietta kennengelernt hatte, war sein innerer Höhlenmensch entfesselt worden, der ihn den primitiven Impuls spüren ließ, diese Frau als sein Eigentum zu markieren.

Er würde sich einfach damit abfinden müssen.

Er konnte es noch immer nicht fassen, dass er sie dazu hatte überreden können, die Nacht mit ihm zu verbringen. Als sie ihn ruhig und gelassen wissen ließ, dass er nur ein paar Stunden Zeit hatte, weil sie vor dem Morgengrauen schon wieder gehen wollte, da war für ihn selbst das Bedürfnis, sie bis zum Morgen bei sich behalten zu wollen, ein Schock gewesen. Normalerweise waren diese Rollen bislang immer umgekehrt verteilt gewesen. Ein wehmütiges Lächeln umspielte seine Lippen. Jetzt würde er mal sein Verhalten am eigenen Leib zu spüren bekommen. Er fand schon jetzt, dass es nichts taugte.

An der Zimmertür wurde angeklopft.

Seine Finger kribbelten vor Unruhe, als er nach dem Türgriff fasste und sich fragte, ob sie seine erste Aufforderung befolgt hatte. Seine hingekritzelte Notiz mitsamt dem Überraschungspaket hatte sie vermutlich erschreckt. War er zu weit gegangen? Sawyer riss die Tür auf.

Draußen stand keine vor freudiger Erwartung am ganzen Leib bebende Geliebte, sondern eine stinksaure Eiskönigin.

Mit finsterer Miene sah sie ihn an. »Glaubst du tatsächlich, dass Frauen so einen Scheiß mit Vergnügen tragen? Hast du eine Ahnung, wie demütigend das ist, wenn die Leute glauben, dass man unter seinem Mantel überhaupt nichts trägt? Der Taxifahrer hat mich angestarrt, der Pförtner genauso.« Sie betrat in ihrem kurzen cremefarbenen Wollmantel das Zimmer, dazu trug sie Stilettos, schwarze Strümpfe und scheinbar sonst nichts.

Ihre mahagonifarbenen Haare fielen in Wellen über ihre Schultern bis hinunter zur Taille, wodurch der unbedeckte Hals ihre Nacktheit hervorhob und jeden Beobachter dazu verleitete, genauer hinzusehen. Ihr Rock war so kurz, dass er unter dem Mantelsaum verschwand und den Eindruck eines erotischen Versteckspiels lieferte.

Oh ja, sie hatte ihm Wort für Wort gehorcht. Sein Blick wanderte habgierig über ihren Körper, gleichzeitig musste er sich ein Grinsen verkneifen. Sie war so völlig anders als jede Frau, die er kannte, denn dieser Widerspruch aus Selbstvertrauen und Verwundbarkeit, den sie zur Schau stellte, machte sie für ihn unendlich faszinierend.

»Dir gefällt es nicht, wenn andere Männer dich ansehen?«, fragte er. »Fühlst du dich dann nicht von ihnen begehrt? Fühlst du dich nicht sexy?«

»Ich fühle mich schmutzig«, antwortete sie, legte ihre Handtasche auf einen Sessel und sah sich um. Ihren Mantel wollte sie offenbar noch nicht ausziehen. »Wie eine *Puttana.*«

Er goss ihr ein Glas Champagner ein und ging zu ihr. Ihre Haut duftete intensiv nach Kokosnuss und Mokka. »Schlampe, richtig? Ah ja, du urteilst wieder den Erwartungen der Gesellschaft entsprechend. Warum sollte eine mächtige Frau nicht in ihrem eigenen Schlafzimmer eine Schlampe sein wollen? Was für eine abfällige Bezeichnung für eine Frau, die nur Lust erfahren will und bereit ist, dafür alles zu tun.« Seine Worte ließen sie sichtlich schaudern. Gut. Sie mochte es, wenn mit Worten Bilder erzeugt wurden, die sie auf einer tieferen Ebene ansprachen.

Statt darauf zu reagieren, wechselte sie das Thema. »Ich weiß nicht, ob ich mich in diesem Hotel wohlfühlen kann.«

»Wieso nicht?«

Sie knabberte an ihrer Unterlippe. »Das ist mir alles zu gedrängt, die Leute in den anderen Zimmern könnten uns hören.«

Er gab ihr das zerbrechlich wirkende Glas. Gott, was war diese Frau bewundernswert. Im einen Moment eine Löwin, im nächsten eine schüchterne Jungfrau. »Es freut mich, dass du glaubst, du wirst dich so sehr vergnügen, um laut schreien zu müssen. Aber um dieses Problem habe ich mich bereits gekümmert.«

»Und wie?«

»Ich habe die komplette Etage gemietet«, erwiderte er lächelnd. »Wir sind hier ganz allein.«

Sie blinzelte verdutzt. »Oh. Gute Idee.«

»Vielen Dank.« Leiser fuhr er fort. »Und eine notwendige Maßnahme, denn du wirst schreien, Julietta. Sehr viel sogar.«

Ihre Finger hielten reflexartig den Stiel des Glases fester umschlossen, und doch weigerte sie sich, sich von seinen Worten einschüchtern zu lassen. Sie trank einen Schluck und sah ihm in die Augen. »Sofern du Glück hast.«

»Warum legst du nicht deinen Mantel ab?«

»Noch nicht. Verrat mir mal, Sawyer, ob mein Outfit das ist, wovon Männer träumen. Es ist nämlich verdammt unbequem und überhaupt nicht witzig. Der G-String schneidet sich in meinen Po ein und meine Brüste werden so zusammengedrückt, dass ich kaum durchatmen kann. Nicht gerade die besten Voraussetzungen, um in Stimmung zu kommen.«

Er streckte die Hand aus und berührte eine Haarlocke. Die Hitze, die ihr Körper ausstrahlte, verbrannte ihn und zog ihn zugleich an, und sie strafte die Gelassenheit Lügen, die Julietta vorgab. Oh ja, sie war eindeutig erregt, sie wusste nur nicht, was sie damit anfangen sollte, und hoffte, diese Erregung in irgendeinen düsteren Winkel ihres Verstands wegsperren zu können. Er freute sich schon darauf, ihr in den nächsten Stunden sehr viel Unbehagen dieser Art zu bereiten.

Sein Schwanz zuckte in der Hose. »Du dringst nicht unter die Oberfläche vor«, sagte er leise. »Hinter diesem Unbehagen verbirgt sich die Gelegenheit, deinen Körper die Kontrolle übernehmen zu lassen. Dieses Korsett drückt deine Brüste nach oben und macht deine Nippel empfindlicher. Jeder Atemzug geschieht kontrolliert, damit du dir dessen bewusst bist, wie die Luft in deine Lunge strömt.« Er strich weiter über ihre Haare und zupfte an der einen oder anderen Strähne, um ihre Kopfhaut wach werden zu lassen. »Wenn du erregt wirst, versteifen sich deine Nippel und drücken gegen den Spitzenstoff. Das Kratzen zeigt dir, wie es sich anfühlen wird, wenn meine Bartstoppeln über deine Brüste reiben. Der G-String trennt deine Pobacken voneinander und streicht nur leicht über deinen Venushügel. Während du feucht wirst, nimmst du jede Empfindung ganz bewusst wahr. Unbehagen steigert die Wahrnehmung, Julietta. Das ist alles Teil der Erotik.«

Ihre Pupillen weiteten sich. Er wusste, der Klang seiner Stimme machte sie feucht und ihr Körper ließ sich endlich genug gehen, um die Verbindung zum Verstand herzustellen. Er malte sich aus, wie fest sich ihre Nippel anfühlen würden, wenn er sie mit der Zunge berührte. Und er stellte sich den Schwung ihrer Hüften vor, wenn sie sich für ihn öffnete. Aber erst einmal musste er sie all ihrer geistigen Abwehrmechanismen berauben.

Er ließ ihre Haare los und machte einen Schritt nach hinten. »Und jetzt zurück zu meiner ursprünglichen Bitte: Zieh deinen Mantel aus.«

Sie sah ihn überrascht an. »Mir ist kalt.«

»Ich werde dafür sorgen, dass dir bald warm wird«, versprach er ihr. »Für den Augenblick soll es dich an die Bedingungen unserer Vereinbarung erinnern. Völlige Kontrolle, völlige Unterwerfung.«

Seine Königin zwang sich die Ruhe zu bewahren. Verdammt, was war sie großartig. Ihre kakaobraunen Augen glühten vor Hitze, während sie den Mantel aufknöpfte. »Das ist lächerlich.« Ein Knopf, ein zweiter. »Ich kann es noch immer nicht glauben, dass ich mich auf das hier eingelassen habe. Nur damit du es weißt: Scharf macht mich das hier überhaupt nicht. Ich hoffe, dass du wenigstens deinen Spaß hast.« Drei, vier. Sie streifte die Barriere ab und warf sie auf den Samtsessel, wo ihre Handtasche lag. »Zufrieden?«

Oh ja!

Er betrachtete die edle schwarze Spitze ihres Korsetts, das sich an der Taille verjüngte und ihre Brüste zusammendrückte und anhob, als sollten sie als ein Geschenk an die Götter dargereicht werden. Der winzige schwarze Rock bedeckte kaum ihren Arsch. Ihre Haut war makellos und von goldbrauner Farbe, sie flehte nach der Berührung durch einen Mann. Ihre endlos langen Beine waren in schwarze Strümpfe gehüllt, dazu trug sie High Heels mit zehn Zentimeter hohen Fickmich-Absätzen, an der Spitze lugten rebellisch die dunkelroten Zehennägel hervor.

Es wurde Zeit, die Leine einzuholen, an der seine starrsinnige Geliebte hing. Er wechselte zu seiner dominanten Stimme, die vor Selbstvertrauen und Macht dröhnte und wie eine Peitsche durch den Raum zuckte. »Dreh dich um dich selbst.«

Sie zuckte leicht zusammen, blinzelte, gehorchte aber sofort und drehte sich einmal um sich selbst, sodass er den Anblick ihrer Pobacken genießen konnte, über die sich ein Hauch von Stoff spannte, der die intimsten Partien ihres Körpers bedeckte. Seine Finger verkrampften sich, so sehr wollte er dieses üppige Fleisch berühren und es anwärmen, damit es einen schönen blassen Rosaton annahm. Stattdessen verschränkte er die Arme vor der Brust und betrachtete jeden Quadratzentimeter ihres Körpers. Ihre Wangen waren leicht gerötet. Sehr gut. Sie wusste also, dass seine ganze Aufmerksamkeit ihr galt, und das brachte sie aus dem Konzept. »Hat dich schon einmal ein Mann so angesehen, wie ich das gerade mache, Julietta?«

Sie schüttelte den Kopf.

»Antworte mir bitte.«

Widerwillen und noch etwas anderes loderten in ihren Augen auf. »Nein.«

»Wenn ich eine Frage stelle, möchte ich die Antwort darauf hören können.«

»Gut.«

Er verkniff sich ein Grinsen und sah sie weiter bewundernd

an. »Ein Mann ist ein Wesen, das großen Wert auf das Visuelle legt. Wenn eine Frau ihre Kleidung ablegt, dann lässt sie die Barrieren herunter, die sie um sich herum errichtet hat. Und sie macht dem Mann ein kostbares Geschenk. Ihre Verwundbarkeit. Weißt du, wie ich mich dabei fühle?«

»Wie?«

»Geehrt. Und voller Verlangen. Es ist wie die Vorfreude darauf, ein Geschenk auszupacken, die Schleife zu entfernen und das Papier wegzuziehen, um einen Schatz zu enthüllen. Lass mich dir sagen, was ich sehe, wenn ich dich betrachte.« Seine Stimme wurde tiefer und er ließ sich die Begierde anmerken, die sie bei ihm weckte. »Ich sehe Brüste, die zu mir aufragen und sich spannen; die sich nach meinen Fingern und meiner Zunge sehnen. Dein Bauch zuckt kaum merklich. Ich stelle mir vor, wie ich mit der Zunge über deinen Bauch streiche bis hinunter zu diesem winzigen Stück Spitzenstoff. Stelle mir vor, wie ich deine Hitze und deine Nässe spüre und deine Erregung rieche. Deine Beine sind lang und anmutig, und ich kann mir gut ausmalen, wie du sie um meine Hüften schlingst und fest zusammenpresst, während ich in dich eindringe.« Ihre Brüste hoben sich, als sie hastig einatmete. »Ich möchte jedes verborgene Geheimnis deines Körpers entdecken und tausend Wege finden, um dich zum Schreien zu bringen.« Seine Augen funkelten und er machte einen Schritt auf sie zu. »Lass mich dich noch einmal an die grundlegenden Regeln erinnern. Du tust alles, was ich sage. Du redest nur, wenn ich dir eine Frage stelle. Und du denkst nicht nach. Heute Nacht werde ich das für uns beide erledigen.« Er schwieg einen Moment lang, um seine Worte auf sie wirken zu lassen. »Sollen wir dann anfangen?«

***

Julietta stand in Flammen. Ihre Haut kribbelte, als würde sie zu dicht an einem lodernden Kaminfeuer stehen, von dem Hitzewellen ausgingen, die jede freie Stelle ihrer Nacktheit berührten. Sie wand sich vor Unbehagen und versuchte, sich auf das seltsame Gefühl zu konzentrieren, dass sich ihr Körper von ihrem Verstand losgelöst hatte. Ihre Nippel schmerzten, da das Korsett sie einschnürte und der G-String betonte das verlangende Pulsieren zwischen ihren Schenkeln. Wie sonderbar. Sie war schon früher erregt gewesen. Ein paar Mal hatte sie sogar geglaubt, dem Höhepunkt zum Greifen nah zu sein. Aber noch nie hatte ein Mann sie so scharfgemacht, ohne sie bislang auch nur einmal berührt zu haben.

Er lauerte ihr bedächtig auf und ließ sie wissen, dass sie in wenigen Minuten ganz seinem Befehl unterstand und es nichts gab, was sie hätte tun können, um ihn daran zu hindern.

Ein Schauer lief ihr über den Leib. Niemand außer ihnen befand sich auf dieser Etage und kein Mensch wusste, wo sie heute Nacht war. Sie war diesem Mann völlig ausgeliefert. Er konnte mit ihrem Körper machen, was er wollte. Er konnte jede noch so unmögliche Äußerung von sich geben, nach der ihm der Sinn stand. Sie hatte keine Ahnung, was er als Nächstes tun würde. Etwas Sanftes? Etwas Gemeines?

Diese Erkenntnis machte sie scharf, sehr sogar.

Er trug immer noch sein schneeweißes Button-down-Hemd und die Kakihose, dazu war er barfuß. Zu gern hätten sie ihre Finger in diesen honigfarbenen Wellen vergraben, die sein Gesicht einrahmten, eine faszinierende Mischung aus Weiß und Dunkelblond. Sie wollte seinen nackten Oberkörper sehen und die Hände über die Haut gleiten lassen. Würde seine Brust mit blonden Haaren bedeckt sein? Oder rasiert? Er roch nach einer Mischung aus intensiven Düften, die bei ihr ein Schwindelgefühl auslösten. Kaffeebohnen, Gewürze und Moschus.

Julietta blieb wie angewurzelt stehen und weigerte sich, vor ihm zurückzuweichen. Wenn das hier der Anfang der ersten Runde war, dann würde sie es ihm ganz bestimmt nicht leicht machen. Er legte die Hände auf ihre nackten Schultern und strich über ihre Arme nach unten, als prüfe er die Muskeln eines Rennpferds, bevor er es kaufte. Der Gedanke half ihr, sich nicht von ihm mitreißen zu lassen. »Habe ich die Musterung bestanden?« Es gelang ihr, ruhig und gelassen zu reden.

»Du verstößt jetzt schon gegen die Regeln? Ich hatte doch gesagt, dass du nur redest, wenn ich dir eine Frage stelle.«

Sie presste die Lippen zusammen und warf ihm einen finsteren Blick zu. In seinen whiskeyfarbenen Augen blitzte Humor auf, aber sein Gesicht ließ keine Regung erkennen. Er schob seine Finger zwischen ihre und massierte jedes Gelenk auf sinnliche Weise. Ihre Muskeln spannten sich an, sie wartete ab, doch er ließ sich Zeit. Von den Fingern wechselte er zu ihren Brüsten, die ihm durch das Korsett entgegengedrückt wurden. Er streichelte den rasenden Puls an ihrem Hals, strich über ihren Halsansatz. Jede Stelle, die er sehen konnte, erkundete er mit seinen Händen, bis es sich anfühlte, als würde ihr verkrampfter Magen dahinschmelzen.

Sie begann sich zu entspannen.

Er kniete sich vor ihr nieder.

Ein sonderbarer Laut bahnte sich aus den Tiefen ihrer Kehle.

Was tat er da nur? *Dio mio!* Er umfasste ihren Oberschenkel und begann sie zu massieren, dann bewegte er sich nach unten zu ihren Kniekehlen und ließ die Hände über ihre Waden gleiten, wobei er sich den lächerlichen High Heels näherte, die buchstäblich *Sex!* in die Welt hinausriefen. Seine Finger wanderten auf und ab, bis sie am ganzen Körper Gänsehaut bekam und jeder Muskel völlig verkrampft darauf wartete, was gleich kommen würde.

»Zieh den Rock aus.«

Julietta zögerte, aber dann erfüllte ein tosendes Rauschen ihre Ohren, und mit einem Mal fühlte sich ihre Kleidung an, als wäre sie viel zu eng. Ihre Blicke begegneten sich, seine Augen forderten ihren Gehorsam ein. Ehe sie verstand, was er von ihr wollte, schob sie die Daumen unter den Bund und zog den Stoff über ihre Hüften, dann landete der Rock um ihre Füße auf dem Boden.

Sie erkannte Anerkennung. Er hob einen ihrer Füße an, dann den anderen, um den Rock wegziehen und zur Seite zu werfen.

»Sehr gut. Und jetzt nicht bewegen.«

Ein Keuchen kam ihr über die Lippen, als er ihr Bein so weit nach oben drückte, dass er ihren spitzen Absatz auf seiner Schulter aufsetzen konnte. Dann presste er den Mund gegen die Innenseite ihres Oberschenkels und rieb seine Wangen auf ihrer empfindlichen Haut hin und her. Ihr Innerstes pulsierte und verlangte nach mehr, aber ihm schien es zu genügen, ihren Duft zu inhalieren und mal an diesem, mal am anderen Bein ganz leicht zu knabbern. Sie musste sich an die Wand in ihrem Rücken lehnen, um nicht die Balance zu verlieren, dabei legte sie ihre Hände ganz automatisch auf seinen Kopf. Die Empfindungen waren wunderbar, das Spiel seiner Zunge, die sanften Bisse, die sich weiter und weiter der Stelle näherten, an der sie das am dringendsten brauchte.

Warum ging er nur so langsam vor? Wollte er, dass sie ebenfalls etwas tat? Sie war darin immer mies und sie fragte sich, wie lang sie sich mit Oralsex würde revanchieren müssen, obwohl sie das nicht so sehr mochte. Wenn sie das hier schneller hinter sich brachte, würden sie vielleicht schneller zum richtigen Sex übergehen.

Sein Mund bewegte sich weiter bis zum Rand ihres Spitzenhöschens. Sein heißer Atem strich über ihre angeschwollenen Schamlippen. *Merda.* Sie mussten wirklich mal zusehen, dass sie vorankamen. Julietta krallte sich fester in seine Haare und zog seinen Kopf heran, damit sein Mund sie endlich da berührte, wo sie ihn spüren musste.

Er wich zurück, sie bebte am ganzen Leib und stieß einen gereizten Seufzer aus. »Was machst du denn?«, fragte sie. »Warum hörst du auf?«

Er schüttelte missbilligend den Kopf und stand auf. »Offenbar liegt es nicht in deiner Natur, Regeln zu befolgen. Dann werde ich dir dabei wohl behilflich sein müssen, nicht wahr?« Sawyer ging zu dem kleinen Schreibtisch, zog eine Schublade auf und holte Handschellen heraus.

Das Unfassbare dieser Szene stieß sie so ab, dass sie die Arme hochriss. »Oh nein, damit kommst du mir ganz bestimmt nicht an!«

»Vertraust du mir?«

»Das hat damit nichts zu tun.«

Er zog eine goldblonde Braue hoch. »Es hat nur damit zu tun. Diese ganze Nacht hat damit zu tun. Vertrauen. Du vertraust mir, dass ich dich da hinbringe, wo du hin musst und ich vertraue dir, dass du mir gehorchst.«

»Aber ich ... ich ...«

»Vertraust du mir, Julietta?«

Wenn sie log, konnte sie nach Hause gehen. Zum Teufel mit dem Vertrag. Sie brauchte weder einen Orgasmus noch mehr Kontrolle über ihre Geschäfte. Ihr Verstand schrie sie an, ihren Mantel zu nehmen und zu gehen. Aber ihre Hormone gingen dazwischen und schickten ihren Verstand mit einem gezielten Haken ins Reich der Träume. »Ja, ich vertraue dir.«

»Dann nehmen wir die Handschellen. Deine Hände bitte.«

Sie fuhr langsam mit der Zunge über ihre Unterlippe, während sie ihm die Arme entgegenstreckte. Auf eine verrückte Art ließ sie das nur noch nasser werden, während ihre Nippel fast brutal schmerzten, da sie versuchten, dem einschnürenden Korsett zu entkommen.

Er ließ die Handschellen zuschnappen, prüfte ihren Sitz und trat ein oder zwei Schritte nach hinten, um sie zu betrachten. »Schon sehr viel besser.« Der Pelzbesatz ihrer Fesseln umgab ihre Handgelenke mit einem Hauch von Luxus. Sawyer fasste nach ihrem Kinn und hob ihren Kopf ein wenig an, um auch noch zu kontrollieren, wohin sie sah. »Mich kannst du nicht berühren. Du musst dir keine Gedanken darüber machen, ob du irgendetwas tun sollst oder etwas erforderlich ist, um mich glücklich zu machen. Dein Körper gehört mir und ich werde mit ihm anstellen, wozu ich Lust habe. Ist das klar?«

Hitze durchströmte sie. Sie musste nicken, da sie in diesem Moment nicht reden wollte. Eine sonderbare Erleichterung sorgte dafür, dass sich ihre Muskeln entspannten, so als hätte sie ein neues Niveau erreicht. Die absolute Wahrheit seiner Worte erschütterte sie in ihren Grundfesten. Mit einem Mal hatte sie keine Wahl mehr. Sie konnte keine Entscheidung treffen, konnte nichts falsch oder richtig machen. Er hatte ihr all das weggenommen und ihr nichts gelassen.

Nichts außer der Freiheit.

Zufriedenheit und pure Lust leuchtete in seinen Augen auf. »Na bitte«, murmelte er. »Genau das will ich haben.« Er beugte sich vor und küsste sie auf den Mund.

Sie machte den Mund auf, da es keinen Rückzugswinkel mehr für sie gab. Seine Zunge erkundete jeden Winkel, drang ein und zog sich zurück, während er ihren Kopf festhielt. Julietta stöhnte unter dieser wilden Attacke, während ihr Unterbewusstsein nach einem Weg suchte, ihn zu berühren oder ihn bei seinem Kuss zu unterstützen. Ihre Handschellen schepperten, als sie sich berührten. Das Geräusch drang an ihre Ohren und verursachte einen Schwall Feuchtigkeit, der an ihren Schenkeln hinablief. *Mio Dio.* Sie sehnte sich nach ihm, aber sobald sie die Beine zusammenpressen wollte, drückte er sie an sich und blockierte sie mit seinem Oberschenkel. Er kontrollierte jede ihrer Empfindungen und ließ Schauder auf Schauder über ihren Körper laufen, während seine Zunge mit ihrer spielte. Er strich über die Ränder ihrer Nippel, die immer noch in der filigranen Struktur des Korsetts gefangen gehalten wurden, bis sie sich in dem Bemühen wand, mehr von seinen Berührungen zu spüren.

Er biss auf ihre Unterlippe. »Was willst du?«

»Fass mich an.«

Er küsste sie lang und heftig, ohne auf ihre Bitte einzugehen, schließlich löste er sich von ihr. Seine goldenen Augen loderten und verlangten von ihr, mehr zu geben. »Wo? Wenn du etwas willst, dann bitte mich darum.«

Verlegenheit mischte sich unter das verzehrende Verlangen, das zu bekommen, was sie haben wollte. »Zieh mir das Korsett aus, fass meine Brüste an.«

»Sehr gut.« Er griff hinter sie und öffnete mit flinken Bewegungen die zahllosen kleinen Haken, die den Stoff zusammenhielten.

Sie schnappte nach Luft, als sie endlich wieder ungehindert durchatmen konnte, ihre Brüste sprangen förmlich in die neu gewonnene Freiheit. Er legte seine warmen Hände um sie und massierte die steifen Nippel. Julietta drückte sich ihm weiter entgegen. »So gut?«

»Oh bitte ...«

»Sag es mir.«

»Saug an meinen Brüsten.« Von einem lustvollen zustimmenden Stöhnen begleitet nahm er den Kopf runter und schloss die Lippen um einen Nippel. Es fühlte sich heiß und nass an, und als er seine Zunge kreisen ließ, stieß sie einen wüsten Schrei aus. Erneut versuchte sie sich irgendwo festzuhalten, aber sie war gefesselt und ganz seiner Gnade ausgeliefert.

Ganz so, wie sie es gewollt hatte.

Der Gedanke schoss an ihr vorbei. Ihre Nippel pulsierten unter seinem geschickten Mund, während er von einer Seite zur anderen wechselte. Mit einem Mal drang ihr jedoch fast explosionsartig die Erkenntnis ins Bewusstsein, dass sie es liebte, gefesselt zu sein und wie eine jämmerliche schwache Frau benutzt zu werden.

Was machte sie hier? Wie konnte die Chefin der weltgrößten Bäckerei einen Mann anflehen, mit ihr schmutzige Dinge zu tun, während sie gefesselt und völlig wehrlos war? Eine eiskalte Faust legte sich um ihren Magen und drückte zu, gleich darauf wurde sie zurück an jenen allzu vertrauten Ort in ihrem Verstand gezerrt. Ihr Körper begann sich abzuschalten, ihre Erregung ebbte mit jeder Sekunde mehr ab, bis ...

Er ließ von ihrer Brust ab. »Himmel, was bist du starrsinnig.« Seine Unterlippe zuckte. »Du denkst wieder nach, richtig, Baby? Da muss ich mich wohl etwas mehr anstrengen.«

»Sawyer, ich glaube nicht, dass das ... oh!«

Ohne Vorwarnung, ohne Einstimmung und ohne jede Sanftheit glitt seine Hand unter den Spitzenstoff ihres Slips und drang in sie ein.

Ihre Hüften zuckten vor Verlangen, ihr ganzer Körper verzehrte sich nach ihm. Diese wunderbare Reibung seiner Finger in ihr war ein krasser Gegensatz zu dem sanften Druck, den er mit dem Daumen auf ihre Klit ausübte. Sie wollte die Augen zukneifen, um ihre wilde Reaktion vor ihm zu verbergen, aber sein durchdringender Blick hatte etwas derart Forderndes, dass sie sich weigerte, vor ihm klein beizugeben. Jeder ungeschönte Gesichtsausdruck und jedes Stöhnen gehörte ihm. Daran erinnerte er sie mit jeder Bewegung seiner talentierten Finger.

Sein Zusammenspiel trieb sie an den Rand, Julietta streckte sich dem rasch näher kommenden Orgasmus entgegen, um ihn zu fassen zu bekommen, ehe er ihr entwischen konnte. Mit jedem Kontakt schwoll ihre Klit noch etwas mehr an. Die Handschellen schepperten leise. Sawyer zog die Hand weg und tauchte gleich wieder tief ein.

Oh ja, genau so!

»Mio Dio!« Ein Schaudern lief über ihre Haut, sie war fast da, sie ...

Und dann zog er sich zurück.

Der Höhepunkt driftete davon, bis er für sie unerreichbar geworden war.

Sie bebte vor Frust und Wut. »Warum hast du das gemacht? Ich war so dicht davor.«

»Hör auf zu reden, sonst werde ich dich knebeln.« Sie riss die Augen auf. »Du bist weit davon entfernt, dicht davor zu sein. So bezaubernd du jetzt auch aussiehst, brauche ich doch noch mehr als das. Befreien wir dich mal von deiner Kleidung.«

Wut kochte in ihr hoch und sie hob die gefesselten Hände an. »Ausziehen kann ich mich mit den Dingern aber nicht.« Der leicht jämmerliche Unterton in ihrer Stimme brachte sie in Verlegenheit. Ihn schien es nicht zu stören. Ihn schien ihre Reaktion vielmehr zu befriedigen.

Das Korsett hing an ihren Handschellen fest und sie wartete ab, ob er die Fesseln lösen würde. Aber er griff nach dem Teil und riss es entzwei. »Das war verdammt teuer!«

Sein Blick ließ sie sofort verstummen. Auf keinen Fall wollte sie geknebelt werden. »Deine Kleidung gehört mir genauso, wie du mir gehörst. Ich mache damit, was ich will.« Er warf das zerrissene Korsett zur Seite, dann fasste er ihren durchnässten

Slip und schob ihn nach unten. Das intensive Aroma ihrer Erregung erfüllte die Luft. Sawyer machte einen Schritt nach hinten und begutachtete Millimeter für Millimeter ihren nackten Körper, während sie wie eine Sklavin bei einer Auktion völlig reglos dastand.

Alles in ihr verkrampfte vor Lust. Sie verspürte das wundersame Bedürfnis, ihm zu gefallen und sich allem hinzugeben und zu unterwerfen, was er von ihr verlangte. Eine andere Wahl hatte sie ohnehin nicht. Mit jedem Schritt drang sie tiefer in eine düstere bizarre Welt, von deren Existenz sie nie etwas geahnt hatte.

»Verdammt, was bist du wunderschön. Viel schöner, als ich es mir vorgestellt hatte.«

Dass seine Worte ehrlich gemeint waren, war nicht zu übersehen. Dafür sprach die Erektion, die den Stoff seiner Hose ausbeulte, genauso wie das Lodern in seinen Augen, als er sie ansah. Zum ersten Mal in ihrem Leben wusste sie, dass ein Mann sie genauso wollte, wie sie ihn wollte. Bislang hatte sie nur immer die mechanischen Abläufe in Sachen Sex erfahren, den Gedanken an Erregung und das Geben und Nehmen. Jetzt war da nichts anderes als bloßes Verlangen, schmutzig, verwundbar und voller Leben. Ein eigenartiger Druck legte sich auf ihre Brust, eine Mischung aus Traurigkeit und Verlangen.

Sawyer ließ ihr keine Zeit, um die Gefühle zu analysieren, da er sich bückte, sie in einer fließenden Bewegung über seine Schulter legte und mit ihr durch den Korridor ins Schlafzimmer ging. Dort setzte er sie aufs Bett, die Seidenbettwäsche fühlte sich auf ihrer glühenden Haut fast eisig an. Ihre Beine hingen über die Bettkante, die Füße steckten immer noch in den Stiletto-Heels.

»Rutsch rauf, Baby. Den Kopf ans Kopfende. Behalt die Schuhe an.«

Julietta kam seiner Aufforderung nach, er nickte zufrieden, dann nahm er ihre Hände und hob sie so weit hoch, dass er die Handschellen an einem Haken festmachen konnte, der an einer Kette von der Wand herabhing. Das Ganze spielte sich so schnell ab, dass sie erst an Protest dachte, als sie festhing. Über dem Bett befanden sich Ketten? Das war doch ein angesehenes Hotel. »Ich glaube nicht ...«

»Ich schon«, fuhr er sie in einem Tonfall an, der sie auf der Stelle verstummen ließ. Und wieder sorgte seine dominante Art dafür, dass ein Schwall heißer Flüssigkeit aus ihrer Pussy drang. Er zog die Nachttischschublade auf und nahm ein Kondom und ein Gummiband heraus. Beides legte er zur Seite und kam aufs Bett. Sie spannte sich an, aber er fasste bloß ihre Haare zusammen und machte sie mit dem Gummiband fest. Sie presste die Beine gegeneinander, woraufhin er grinste und den Zeigefinger drohend hob. »Böses Mädchen. Du schließt niemals die Beine vor mir. Niemals. Außer du willst, dass ich dich mit weit gespreizten Beinen ans Bett fessle.«

Ihr wurde dabei noch heißer, ein Stöhnen stieg in ihrer Kehle auf.

Sawyer fasste sie an den Handgelenken und drückte ihre Beine auseinander, dann kniete er sich dazwischen. »Hm, ich glaube, das könnte dir gefallen. Vielleicht machen wir das beim nächsten Mal.«

Beim nächsten Mal? Das war völlig verrückt, sie musste sofort von hier verschwinden. Sie konnte nicht so sein, wie er sie haben wollte, sie konnte ihm nicht die Befriedigung geben, die er von einer Partnerin brauchte. Sie spielte bloß eine Rolle, und schon bald würde ihr Körper wieder so wie immer innerlich verkümmern. Ihre Haut kribbelte. Dieser Weg führte nur zu noch mehr Frust, Demütigung und Schmerz. Sie musste hier raus, sie ...

»Sieh mich an, Julietta. Die Augen auf mich gerichtet.« Ihr entsetzter Blick wanderte zu ihm und sie schnappte nach Luft. »Du hast bei mir nichts zu befürchten. Ich würde dir niemals wehtun.«

Ihre Angst ließ nach, zurück blieb Unsicherheit. »Ich kann nicht so sein, wie du mich willst«, flüsterte sie.

Seine Augen flammten auf. Seltsamerweise schienen seine Gesichtszüge durch eine Besitzgier sanfter zu werden, die sie so noch nie gesehen hatte. »Du musst für mich gar nichts sein, Baby. Du kannst schließlich nicht zwischen dem einen und dem anderen wählen, weil ich dir alles weggenommen habe. Ich werde jetzt mit deinem köstlichen Körper spielen, und du kannst absolut nichts dagegen unternehmen.«

Ihre Muskeln entspannten sich, sie ließ die Arme an der Kette durchhängen.

Sie konnte absolut nichts dagegen unternehmen ...

Was sie fühlte oder nicht fühlte, lag also nicht länger an ihr.

Während sie diese Tatsache akzeptierte, knöpfte Sawyer gemächlich sein Hemd auf. Absolut habgierig betrachtete sie die wundervollen Konturen seiner Brust und der Schultern. Seine Brustmuskeln waren klar definiert, der beachtliche Bizeps verriet ihr, dass er regelmäßig trainierte. Regelmäßig und sehr intensiv. Das schneeweiße Hemd glitt von seinen Schultern, und beim Anblick seines Sixpacks stockte ihr der Atem. Leichter Flaum bedeckte den oberen Brustbereich, die übrige Haut war gebräunt und frei von Haaren. Ihr fielen an verschiedenen Stellen sonderbare Narben und Verhärtungen auf, aber ihr blieb keine Zeit, um sich darüber zu wundern. Er stützte sich zwischen ihren Beinen auf den Ellbogen auf und betrachtete ihren nackten Leib. Dann begann er zu lächeln.

Der Raum schien sich um sie zu drehen, als sie sein lüsternes und absolut männliches Lächeln sah. Oh ja, er würde kosten. Von ihr. Überall. Die Absicht stand ihm ins Gesicht geschrieben. In seinen Augen leuchtete das Versprechen, das er einlösen würde.

Die völlige Schutzlosigkeit ihrer Position entsetzte und erregte sie zugleich. Das Bild, ihren feuchten Schamlippen, die für ihn geöffnet waren. Ihre pulsierende Klit, für ihn zur Schau gestellt, damit er sich ihr widmen konnte, wie er es wollte – mit den Fingern, der Zunge, den Zähnen, den Lippen. Ihre Haut kribbelte so sehr, dass sie gegen das Verlangen ankämpfen musste, an ihren Ketten zu ziehen und sich vor Verlangen zu winden.

»Nächtelang habe ich mich gefragt, wie du wohl schmecken

würdest. Ich habe davon geträumt, meine Zunge in dich einzutauchen und dich mit meinem Mund kommen zu lassen. Aber ich werde es dir nicht leicht machen.« Er ließ eine Pause folgen, in der pulsierende Stille herrschte. »Du wirst lang und intensiv betteln müssen, ehe ich dir gebe, was du willst, Baby. Das habe ich mir verdient.«

Dann beugte er den Kopf vor.

Julietta hatte Erfahrung mit Oralsex. Vor allem erinnerte sie sich daran, wie bewusst ihr jedes Detail gewesen war, wie sehr sie sich gesorgt hatte, ob sie auch gut roch und gut schmeckte und ob ihr Liebhaber überhaupt seinen Spaß daran hatte. Sie hatte ihre Orgasmen so halbherzig vorgetäuscht, dass die Männer es bemerkten und ihr letztlich nichts anderes übrig blieb, als sich von ihnen zu trennen.

Sawyer streichelte die Innenseiten ihrer bebenden Schenkel, während er an ihrer intimsten Stelle leckte, dabei bewegte er das Gesicht über dem kleinen Flecken feuchten Schamhaars vor und zurück. Die Berührung mit seiner rauen Wange kratzte gerade noch genau richtig, um ein köstliches Brennen zu erzeugen. Ihre inneren Muskeln zogen sich zusammen, doch da war nichts, was sie hätten umschließen können. Sie flehte nach mehr, aber er spielte eine Weile weiter, atmete sie ein, hauchte schmutzige Wörter auf ihre Scham und rieb zu beiden Seiten gleichmäßig sanft an ihrer Klit entlang.

Julietta schnappte nach Luft und kämpfte mit sich, um sich nicht völlig gehen zu lassen. Sie wollte sich über tausend verschiedene Dinge Sorgen machen, aber ihr Körper schrie nach mehr – nach etwas, das die wachsende Anspannung wegnahm, die ihre Muskeln verkrampfen ließ und die unter ihrer Haut pulsierte. Ihre gewaltige Welt schrumpfte in winzigen Schritten zusammen, bis sie sich nur noch auf das konzentrieren konnte, was Sawyer als Nächstes tun würde. Es kam ihr vor, als seien bereits Stunden vergangen, ehe sie das erste Mal seine Zunge über sich gleiten spürte. Aber selbst das war nur eine flüchtige Berührung, die alles nur noch frustrierender machte.

Julietta stöhnte und zog an den Handschellen.

»So leicht gibst du nicht auf, wie?«, neckte er sie und benutzte den Daumen, um ihre Schamlippen weiter zu öffnen. »Ah, deine Klit lugt hervor und will mehr. Willst du auch mehr?«

Sie ballte die Fäuste und krallte sich verzweifelt an den letzten Rest von Verstand.

»Ich wusste, du würdest eine würdige Widersacherin sein.« Seine Augen funkelten vor wilder Lust. »Ich hatte recht, du schmeckst genau wie *Almond Joy*.«

Dann machte er den Mund auf und liebkoste sie.

Ein lang gezogenes Stöhnen kam ihr über die Lippen. Alle Vorstellungen davon, was Oralsex war und sein sollte, lösten sich unter seinen fordernden Zungenschlägen in Wohlgefallen auf. Er bewegte die Zunge auf eine Weise hin und her, dass sich ihre Zehen in den Fick-mich-Schuhen verkrampften. Er leckte über ihre ganze Pussy, bewegte sich zu allen Seiten an ihrer Klit entlang, nur setzte er sie nicht ein einziges Mal da ein, wo sie sie am dringendsten spüren wollte. Er knabberte an ihr genau in dem Maß, dass es noch nicht in Schmerz überging, und trieb sie in Richtung Höhepunkt, jedoch nie so weit, dass sie dort ankam.

»Bitte«, flüsterte sie. Ihre Stimme versagte, aber das kümmerte sie nicht mehr. »Oh bitte, ich brauche mehr.«

»Noch nicht.« Daraufhin bekam er von ihr einen Schwall Schimpfwörter an den Kopf geworfen, für die ihre Mutter ihr den Hintern versohlt hätte. Seine Reaktion darauf war ein hämisches Lachen. »Ich habe gerade einige neue Worte gelernt. Habe ich das richtig gehört, dass du den Mann als Idioten bezeichnest, der deinen Orgasmus kontrolliert?«

Sie warf den Kopf auf dem dicken Kissen nach links und rechts. Sein Daumen strich wieder wie zur Strafe über ihre angeschwollene Klit. Schweiß kribbelte auf ihrer Haut. »*Mi dispiace*. Bitte, Sawyer, ich brauche ... oh Gott, ich brauche ...«

»Ich weiß, was du brauchst.«

Er schob zwei Finger in ihre triefend nasse Enge. Sie krampfte um ihn herum zusammen und versuchte, ihn in sich hineinzuziehen, aber er bewegte sich dafür zu langsam und nutzte ihre

Nässe, um damit ihre Klit zu befeuchten und behutsam ihr sehnsüchtig wartendes Fleisch zu massieren. Wahnsinn drohte sie heimzusuchen. Sie brauchte diesen Orgasmus dringender als die Luft zum Atmen ... als einen Vertrag mit Sawyer ... als schlichtweg alles andere. Ihre Nippel reckten sich in die Höhe und flehten mit ihr um Erlösung.

»Sag *Bitte*, Julietta.«

Sie blinzelte und ließ die Hüften kreisen, als eine weitere Welle der Erregung sie erfasste. Sie presste die Absätze in die Laken. »Was?«

Sawyer hob den Kopf. Er betrachtete sie und überwand jede Barriere, die sie um sich herum errichtet hatte, bis er den finstersten Teil ihrer Seele erreicht hatte. In diesem Moment war ihr alles egal. Für den winzigen Augenblick ließ sie ihn herein und gab ihm alles. »Sag Bitte«, flüsterte er.

Ein Schluchzen kam ihr über die Lippen. »Bitte, Sawyer. Lass mich bitte kommen.«

Pure Besitzgier prägte seine Gesichtszüge, tiefe Zufriedenheit strahlte in Wellen von ihm ab. »Braves Mädchen.«

Mit drei Fingern drang er tief in sie ein, drehte die Hand und traf die Stelle, die er schon vor diesen festen zügigen Stößen entdeckt hatte. Gleichzeitig schlossen sich seine Lippen um ihre Klit, und er strich mit der Zunge genau über darüber. Einmal, zweimal ...

... dann explodierte sie.

Julietta schrie, während ihr Höhepunkt Welle um Welle über ihr zusammenschlug. Ihr Körper bebte und zuckte unkontrolliert, als der Orgasmus tief in ihr einsetzte und Schicht um Schicht nach außen explodierte. Sie spürte seinen festen Griff um ihre Oberschenkel, während er ihre Beine gespreizt hielt und sie weiter leckte, sodass der ersten Welle eine zweite und mehr folgten, die sich immer weiter abschwächten, was endlose Minuten zu dauern schien.

Erschöpft und befriedigt sank sie auf ihr Kissen, ihre Muskeln zitterten und ihr wurde schwarz vor Augen, was sie darum kämpfen ließ, nicht das Bewusstsein zu verlieren. Noch nie in ihrem ganzen Leben hatte ihr Körper so etwas Eindringliches mitgemacht.

Endlich wusste sie, was ihr all die Zeit über entgangen war. Aber woher hätte sie wissen sollen, dass Sex von dieser Art überhaupt möglich war? Eine derart berauschende, alles umfassende Lust, die ihr den Verstand raubte und die ihre Seele in ungeahnte Höhen trug?

Ihr Verstand war wie leer gefegt, und Julietta hatte Mühe, die Augen aufzumachen.

Sawyer sah sie an.

Die zornige Narbe in seinem Gesicht unterstrich nur die klassische Eleganz seiner Miene. Die hohe Stirn, die klar konturierten Wangenknochen. Die vollen Lippen und der kantige Kiefer. Das elfenbeinfarbene Lodern in seinen Augen. Er kauerte über sie gebeugt da und befand sich dicht vor ihr. Die Beine hatte sie gleich neben seinen Schultern in die Luft gestreckt. Mit einem Mal wurde ihr ihre schutzlose Position bewusst, sie erinnerte sich daran, was sie vorhatten, und damit war sie schlagartig in die Realität zurückgekehrt.

Seine gewaltige Erektion pulsierte und drohte ihr mit einem Eindringen, dem sie nicht gewachsen sein würde. *Mio Dio*, sie war noch immer gefesselt. Hilflos, wehrlos. Sie zerrte an den Handschellen, sie rang nach Luft.

»Ganz ruhig, Baby.« Er küsste sie ausgiebig. »Du bist großartig. Ich habe noch keine Frau erlebt, die bei ihrem Orgasmus so wundervoll aussieht wie du.« Sein Gesicht schien auf eine Art von innen heraus zu leuchten. »Du gibst alles, ohne auch nur einen Gedanken daran zu verschwenden, etwas vor mir zurückzuhalten. Was für eine seltene Gabe. Daran werde ich mich für den Rest meines Lebens erinnern.«

Mit seinen Worten heilte er die Wunden, die in ihre Seele gerissen worden waren, und er heilte noch etwas, von dem sie gar nicht gewusst hatte, dass es zerbrochen gewesen war. Ihr Körper entspannte sich, sie hörte auf sich zu wehren. Er würde ihr nicht wehtun. Dieses Wissen pulsierte in ihrem Bauch und spiegelte sich in seinem Gesicht wieder, das ein wenig angestrengt wirkte, da er bewegungslos in dieser Haltung verharrte.

Sie musste schlucken. »Du hast noch nicht gewonnen.«

Amüsiert fing er an zu lachen, dann küsste er sie leidenschaftlicher und lieferte sich mit ihrer Zunge ein Duell, als würden sie beide fechten. Sein Penis drückte gegen sie. Nässe lief ihr über die Schenkel, und ein heftiges Pochen tief in ihrem Inneren sagte ihr, dass sie für eine weitere Runde bereit war. Sollte das möglich sein? Schon wieder?

»Aber ich werde gewinnen.« Plötzlich hatte er wieder diesen arroganten Tonfall angenommen, bei dem sich ihr Magen zusammenzog. »Erhöhen wir den Einsatz, einverstanden?«

Er wippte leicht vor und zurück, als hätte er alle Zeit der Welt. Sein Gesicht verriet, dass er sich beherrschen musste, aber insgesamt hatte er sich mühelos unter Kontrolle. Diese Tatsache und damit verbundene Erkenntnis, dass sie nach wie vor völlig hilflos vor ihm lag, ließ ihre Pussy in Flammen aufgehen. Verlangen erhöhte die Anspannung, als sie sich vorstellte, ihn in ganzer Länge in sich zu spüren. Wie lang war das her? Einige Monate? Eher schon Jahre. Was, wenn sie keinen zweiten Höhepunkt schaffte? Was, wenn sie mittendrin wie üblich erstarrte und es für sie beide zur Enttäuschung wurde? Diese Vorstellung war wie ein Schlag ins Gesicht.

»Langweile ich dich wieder?« Ihre Aufmerksamkeit kehrte prompt zu ihm zurück. Ehe sie ihre Gedanken ordnen konnte, ließ er den Kopf sinken und schloss den Mund um ihren Nippel. Als er heftig zu saugen begann, stöhnte sie auf, weil es sich so köstlich anfühlte. Sein Schwanz an ihrer Scham, sein glühend heißer Körper auf ihrem, seine Zunge an ihrer Brustspitze. Das durchdringende Kratzen mit den Zähnen ließ sie aufschreien, dann wurde sie noch feuchter, so unglaublich das auch war.

»Bevor du mir wieder davondriftest, lass mich dir die neuen Spielregeln erklären. Ich gebe dir noch zwei Orgasmen, weil ich in Gönnerlaune bin.«

Sie brachte ein abfälliges Schnauben zustande, auch wenn sie sich nach mehr von seiner wundervollen Tortur sehnte. Seine Hand griff nach ihrer anderen Brust und streichelte sie.

»Unmöglich. Du hast beim ersten Mal bloß Glück gehabt.«

»Zwei Orgasmen und du wirst dich für all die Gemeinheiten entschuldigen, die ich mir heute Nacht von dir anhören musste.«

»Niemals.«

»Doch, das wirst du machen. Und ich bekomme einen Gutschein.«

Sie rang nach Luft, als er sich noch ein oder zwei Zentimeter nach vorn bewegte. Ihre Oberschenkel verkrampften sich. »Du willst einen Gutschein haben, um dir etwas zu kaufen?«

»Nein, einen Gutschein, den ich später benutzen kann. Später, wenn ich dich für deine Unverschämtheiten angemessen bestrafen kann.«

Das sexuelle Summen ließ ihre Hirnzellen dahinschmelzen. »Mich bestrafen? Redest du von noch einer Nacht?«

Er biss sie sanft in den steifen Nippel. Sie keuchte. »Ja, ich will noch eine Nacht.« Wieder drang er etwas tiefer in sie ein. Nur noch ein kräftiger Stoß, dann würde er sie ganz ausfüllen.

Auf einmal wollte sie das Gefühl haben, einem Mann zu gehören, der von ihr Besitz ergriff. Es war ihr wichtiger als der nächste Atemzug. Sie wollte es mehr, als diese Wette zu verlieren. »Jetzt sag schon Ja.«

Seine Augen und seine Stimme forderten es von ihr und weigerten sich, weniger zu akzeptieren als sie in ihrer Gesamtheit.

Sie presste kurz die Lippen zusammen. »Ja.«

Dann drang Sawyer ganz in sie ein.

Ihr Körper nahm ihn in sich auf, als würde er nirgendwo anders hingehören als genau dort. So feucht, wie sie geworden war, stellte ihre Enge für ihn kein Grund zum Zögern dar. Wieder wurde ihr dabei bewusst, dass sie ihm völlig ausgeliefert war.

Er füllte sie ganz aus, er drang tief in sie ein und ließ ihr keine Möglichkeit, irgendetwas vor ihm zu verstecken. Ihre Hände hingen gefesselt an einer Kette hoch über ihr, ihre Beine waren für ihn gespreizt, sein Mund war auf ihre Brust gedrückt. Es waren zu viele Gefühle und Empfindungen, als dass sie noch alles hätte verarbeiten können, was eine Überlastung ihrer Sinne in grellen Neonfarben nach sich zog.

»Nein, nein, nein«, wiederholte sie monoton und warf den Kopf hin und her. Sie wollte sich dagegen sträuben, dass er sich alles nahm, doch damit kam sie spät. Tränen stiegen ihr in die Augen.

»Julietta, sieh mich an.«

»Bitte nicht. Ich kann nicht!«

»Doch, du kannst. Atme tief durch, Baby. Ja, genau so. Und noch einmal. Du kannst mich ganz in dir aufnehmen, lass es geschehen und spüre es. Und noch ein langsamer ruhiger Atemzug. Vertrau mir.« Sie klammerte sich an seine Worte, die ruhig und stark und gefasst waren. Die Luft bahnte sich den Weg in ihre Lunge, allmählich ließ die Angst nach.

Mit einem Mal – als würde ein Schwarz-Weiß-Film plötzlich in strahlendes *Technicolor* umschlagen – erwachte ihr Körper erneut zum Leben. Die Verkrampfung schwächte ab und verwandelte sich in wunderbare Reibung. Unendlich langsam bewegte er sich in ihr vor und zurück, was sie feuchter werden ließ, während die Erregung sie immer fester in den Griff bekam. »So ist es gut. Entspann dich und lass mich dich da hinbringen, wo wir beide hinwollen.« Die Tatsache, dass ihre Hände gefesselt waren und sie weder das Tempo noch den Winkel beeinflussen konnte, steigerte ihre Vorfreude umso mehr. Sie entkrampfte völlig, und tatsächlich konnte er noch tiefer in sie eindringen.

Sawyer stöhnte auf. »Himmel, was bist du eng. Das ist so verdammt gut.«

Er fasste ihre Knöchel und hob ihre Beine an, damit sie die Füße gegen seine Schultern drücken konnte. Als sie sah, wie sich die dünnen spitzen Absätze in sein Fleisch bohrten, verspürte sie einen wohligen Schauer.

Er bewegte sich. In einer gleitenden Bewegung aus ihr heraus. Er hielt inne. Dann drang er langsam wieder in sie ein. Wieder und wieder, nach seinem Belieben, was das Tempo und die Art und Weise anging. Julietta hatte sich auf den vertrauten

Endspurt zum Finale eingestellt. Ihre bisherige Erfahrung sah so aus, dass ihr Liebhaber wie wild zu rammeln begann, während sie sich bemühte mit ihm mitzuhalten und ihn nicht zu enttäuschen. Ein Orgasmus bedeutete für sie nur Stress, den sie hinter sich gelassen hatte. Aber jetzt war das alles anders, denn Sawyer scherte sich nicht um die Zeit. Er spielte bei jeder kreisenden Bewegung seiner Hüften mit ihren Brüsten. Mal war es ein sanfter Stoß, dann wieder war er tief und fordernd. Da er keinem festen Rhythmus folgte, konnte sie nicht berechnen, wie ihre Reaktion aussehen sollte.

Plötzlich verlangte sie nach mehr, nach viel mehr. Ihre Klit pochte vom sanften Reiben mit seinem Schwanz, und sie stemmte ihre Füße fester gegen seine Schultern, da sie mehr haben wollte. Seine quälenden Bisse und sein dreckiges Grinsen verrieten ihr, dass er genau wusste, was sie wollte, und dass er es ihr nicht geben würde.

»Mehr«, stöhnte sie.

»Nein.«

Sie zerrte an den Handschellen. Er tauchte tiefer in sie ein, bis es so schien, als wären sie eins. Er veränderte den Winkel. Hielt inne. Biss sie sanft in den Nippel.

Das Aufblitzen des Schmerzes wurde von ihr im selben Moment wahrgenommen, in dem er eine bestimmte Stelle berührte, die vor ihren geschlossenen Augen ein Feuerwerk hochgehen ließ. Sie schnappte nach Luft. So dicht davor. Sie brauchte ...

»Ah, das gefällt dir, wie? Genau da?« Er stieß wieder zu, und ein animalischer Aufschrei erfüllte den Raum. War sie das gewesen? Er lachte leise. »Ja, das ist die Stelle. Und was ist, wenn ich das mache?« Er schob seine Hand zwischen ihre Körper und drückte seine Finger auf ihre angeschwollene Klit.

Julietta fragte sich in dem Moment, ob es möglich war, an sexueller Anspannung zu sterben, da sie seit endlosen Minuten dicht vor dem Höhepunkt festgehalten wurde. Er begann leicht zu reiben, gleichzeitig behielt er die Art und Weise seiner Stöße bei und traf damit immer wieder die Stelle, die vor Hitze weißglühen musste und jeden Augenblick zu explodieren drohte.

»Bist du bereit für deinen zweiten Orgasmus, Julietta?«

Stolz und Verstand hatten keinen Platz mehr neben dem wilden Verlangen ihres Körpers. »Ja, bitte. Sawyer, bitte!«

»Und du gibst dich mir in einer weiteren Nacht hin?«

Sie spürte die Berührungen seiner Finger an ihrer Klit. »Ja! Ja, alles, was du willst! Aber mach jetzt bitte!«

»Mach die Augen auf. Ich will dir in die Augen sehen, wenn du kommst.«

Seine Worte und der nächste harte Stoß brachten sie über den Gipfel. Seine Finger und sein Schwanz arbeiteten im perfekten Einklang miteinander und gaben ihr, wonach sie sich verzehrte, und dann zerriss es sie zum zweiten Mal in dieser Nacht.

Der Orgasmus begann an ihren Zehen und breitete sich explosionsartig in ihrem Inneren aus. Julietta ließ es geschehen und bäumte sich wild zuckend auf. Schluchzer entstiegen ihrer Kehle, weil diese unglaubliche Lust kein Ende mehr nehmen wollte. Sawyer unterbrach nicht ein einziges Mal den Blickkontakt, während er jedes Mienenspiel und jeden Schrei so aufnahm, als würde ihm das alles gehören. Als sie nach einer Weile schließlich wieder auftauchte, stellte sie fest, dass sich Sawyer nach wie vor in ihr befand und dass sich an seiner Erektion nichts geändert hatte.

Von ihrem hormonellen High wie berauscht hob sie den Kopf hoch, um ihn anzusehen. »Was hast du vor?«, nuschelte sie.

Er zog sich aus ihr zurück und löste einen weiteren Schauer aus. Ihre Sinne waren von den dicht aufeinanderfolgenden Orgasmen so sehr überreizt, dass die Grenze zwischen Schmerz und Lust zu verschwimmen begann. »Wir sind noch nicht fertig. Einen schuldest du mir noch.«

Ihr Herz begann schneller zu schlagen. Sie wollte protestieren, aber dazu fehlte ihr schlicht die Kraft. »Nein, ich kann nicht. Und ich will nicht.«

Sie hörte sein leises Lachen, als er zu seinem gemächlichen

Tempo ansetzte, das gerade genug Reibung verursachte, um bei ihr gleichmäßige lässige Reaktionen auszulösen. Ihre Oberschenkel waren klatschnass, sie drückte den Rücken durch, als sie die nagende Lust spürte. »*Mio Dio*, nicht schon wieder.«

»Versprochen ist versprochen, meine Süße.« Er drückte ihre Beine weiter auseinander und wechselte zu kurzen, kräftigen Stößen, die ihn so tief eindringen ließen, dass sie seine Hoden spüren konnte.

Sie war zu erschöpft, um noch klar zu denken, sodass sie nur noch auf das reagieren konnte, was er ihr vorgab. Er brachte sie schnell bis kurz vor den Gipfel und ließ sie dort verharren. Dann wechselte er zu einem brutalen Tempo und stieß mit einer urtümlichen Energie zu, die sie scharfmachte. Das feuchte Aufeinandertreffen ihrer Körper, der eindringliche Geruch der Erregung, die vom Schweiß glitschige Haut. Ihr Magen verkrampfte sich, sie brannte innerlich.

Er übte leichten Druck auf ihre Klit aus. »Komm für mich, Baby. Jetzt.«

Den Befehl hörte sie in derselben Sekunde, in der sie erneut kam.

Von einem lauten Aufschrei begleitet stieß Sawyer zu und hielt ihre Hüften umfasst, während er seinen Samen in sie pumpte. Die blanke Befriedigung in seiner Miene nahm einen sanfteren Zug an, so als würde er sich genauso vollständig dieser Erfahrung hingeben wie sie. Der Orgasmus dauerte weiter an und erfasste jede Faser ihres Körpers, bis Sawyer schließlich erschöpft auf sie sank.

Julietta ihrerseits war völlig kraftlos und ließ sich in ihren Fesseln hängen. Die Leere in ihr, die gerade eben noch komplett gefüllt war, öffnete sich mit einem Mal zu einer riesigen Kluft aus wirren Gefühlen und Chaos. Die Tränen, die zuvor gedroht hatten, brachen sich jetzt ihren Weg, und sie drehte verschämt den Kopf weg.

Sawyer nahm die Handschellen vom Haken und schloss sie auf, dann massierte er die Verspannungen, die sich von den Armen bis in die Fingerspitzen erstreckten. Schließlich zog er

Julietta an sich, drückte sie an seine Brust und legte die Decke über sie beide.

»Lass mich gehen.« Sie wollte sich von ihm weg bewegen, aber sie fühlte sich wie ein Fohlen, das eben zur Welt gekommen war und noch nicht wusste, was es mit seinen Beinen anfangen sollte. Sie rang um ihre innere Kraft und sträubte sich gegen seine Umarmung.

»Schh, meine Süße, du gehst nirgendwohin.« Sein Griff war wie aus Stahl, während seine Stimme und seine Berührungen wie Samt waren. Er strich über ihre Haare und flüsterte ihr ins Ohr. »Du bist erschöpft und musst dich ausruhen. Ich werde auf dich aufpassen.« Die Wärme, die von ihm ausstrahlte und die, die von der Bettdecke ausging, gaben ihr ein Gefühl der Sicherheit und Geborgenheit, das sie schon so lang nicht mehr erlebt hatte, dass sie an dessen Existenz längst nicht mehr geglaubt hatte. Vielleicht sollte sie eine Minute bei ihm bleiben. Er roch so gut, und mit seinem sanften Streicheln rief er eine angenehme Schläfrigkeit hervor, die ihre Muskeln erfasste und sie in die Dunkelheit hinabzog. Nur für eine Minute. Als sie sich dem Schlaf hingab, trieb sein Flüstern ihr entgegen.

»Was hast du mit mir gemacht?«, murmelte sie.

Dann war sie fest eingeschlafen.

9. Kapitel

Sawyer hielt sie in seinen Armen und betrachtete sie. Ihre Haare klebten auf der schweißnassen Haut an Stirn und Wangen. Ihr Atem strich über die angeschwollenen Lippen. Mit ihrer sanft leuchtenden Haut und den langen Wimpern, deren Glanz von nicht vergossenen Tränen stammte, erinnerte sie ihn an eine schlafende Prinzessin, die auf ihren Prinzen wartete. Eine bestens durchgevögelte, befriedigte Prinzessin.

Sein Schwanz regte sich.

Was war nur geschehen?

Normalerweise hatte er sich während einer Session vollständig unter Kontrolle. Er hatte seine eigenen körperlichen Bedürfnisse komplett im Griff und konzentrierte sich ganz auf das, was seine Geliebte brauchte. Es war für ihn nie ein Problem, sich zurückzuhalten, auch wenn die Frau ihn anflehte, ihn verleiten wollte oder ihm irgendwelche Versprechungen machte. Er ließ den Höhepunkt für sie beide einzig zu seinen Bedingungen zu, während seine Gefühle erst an zweiter Stelle kamen.

Nicht so bei Julietta. Von dem Augenblick an, als er sie berührt hatte, musste er darum ringen, neutral zu bleiben. Ihre Lust spornte seine eigene an, aber niemals hatte er den Wunsch verspürt, tiefer vorzudringen, nie hatte er sich für jemanden körperlich und seelisch entblößen wollen. Es war für ihn nie eine Frage gewesen, ob sie einen Orgasmus erfahren konnte oder nicht. Diese Idioten, mit denen sie vor ihm zu tun hatte, gehörten allesamt dafür ausgepeitscht, dass sie ihr einen solchen Unsinn eingetrichtert hatten. Nein, er hatte gewusst, dass sie einen Mann brauchte, der sie dazu bringen konnte, ihren Verstand auszuschalten, um ihren Körper die Kontrolle über den Kopf übernehmen zu lassen. Sawyers Instinkt hatte ihm gleich gesagt, dass sie eine devote Seite hatte, die darum flehte, dass jemand sie dominierte und die Kontrolle über ihren Körper hatte.

Es waren die anderen Dinge, die ihm so zu schaffen machten.

So wie sie sich ihm während des Höhepunkts hingegeben hatte. Das Vertrauen und der Mut, sich gleich während ihrer ersten gemeinsamen Nacht von ihm fesseln zu lassen. Die Art, wie ihr Körper unter seinem entflammt war und wie sie seinen Schwanz umschlossen hatte, als wäre dessen einziger Platz der zwischen ihren Schenkeln.

Sie stellte jede Frau vor ihr in den Schatten. So wie bei einer Droge konnte er es nicht erwarten, wieder zu kommen, auch wenn er sich erst vor ein paar Minuten ergossen hatte. Er sehnte sich danach, sie wieder und wieder zu nehmen, an sein Bett gefesselt, wo er sie festhalten wollte, bis sie zugab, dass sie dort und nirgendwo anders sein wollte.

Er war nach diesem für sie intensiven Erlebnis von einem Ausbruch der Emotionen ausgegangen. Üblicherweise traf er spezielle Vorbereitungen, um so einem Ausbruch entgegenzuwirken – eine Decke, eine Flasche Wasser, ein paar beschwichtigende Worte und eine tröstende Umarmung. Doch als er ihre Tränen gesehen und ihre heimliche Wut über eine solche Schwäche bemerkt hatte, da wollte er sie nur noch an sich drücken. Er wollte sie festhalten, ihre Tränen wegküssen und sie bei sich behalten.

Das war eindeutig keine normale Reaktion.

Der köstliche Duft nach Kokosnuss, Moschus und Sex stieg ihm in die Nase. Unter dem Versprechen des nahenden Orgasmus hatte er ihr die Zusage zu einer weiteren Nacht abgerungen. Warum hatte er das gemacht? Eine Stimme flüsterte ihm die Wahrheit zu, eiskalte Angst lief ihm über den Rücken.

Weil er sie nicht verlieren wollte.

Nach nur ein paar Stunden war er süchtig nach Julietta Conte. Er war von ihrer Ehrlichkeit, Stärke und Verwundbarkeit so fasziniert, dass er nur noch mehr davon wollte. Natürlich war das unmöglich. Sie konnten zusammen arbeiten, das ja. Vielleicht wäre auch noch eine vorübergehende Affäre möglich, bei sie beide sich darüber im Klaren waren, wie sie enden würde. Aber etwas Langfristiges?

Niemals.

Ein zweiter Schauer folgte, noch eisiger als der erste. Sie war in einer liebevollen Familie aufgewachsen, während er mit Fäusten, Messern und seinem Verstand hatte kämpfen müssen, um etwas in den Magen zu bekommen. Seine Flucht aus zwei Pflegefamilien nach dem Tod seiner Eltern hatte ihn zum Problemkind werden lassen. Vor allem wegen seines Alters, denn ab neun hatte er sich von niemandem mehr anfassen lassen. Pflegefamilien wollten Säuglinge, Kleinkinder oder vielleicht noch einen süßen Siebenjährigen, der eine Chance auf ein normales Leben hatte. Ab dem elften Lebensjahr steuerten ihn Hormone und Unordnung und freche Widerworte waren die Folge. In dem Moment, als er seine dritte Pflegefamilie kennenlernte, wusste er, diesmal würde es anders sein. In der Luft hing ein Hauch von Angst, und der Mann mit den fleischigen Fäusten, dem geröteten Gesicht und dem Bierbauch strahlte etwas Gehässiges aus. Dem Sozialarbeiter war das völlig egal. Und nachdem er bei seiner neuen Familie angekommen war, wurden ihm die Spielregeln erklärt, angefangen damit, dass der Mann mit seinem Ledergürtel auf Sawyers nackten Rücken einschlug.

Schlag. Keine Fluchtversuche. Sie waren auf das Geld angewiesen.

Schlag. Keinen Ärger.

Schlag. Keine Einmischung, wenn die anderen Kinder zur Disziplin gerufen wurden.

Schlag. Eine Mahlzeit am Tag. Wer heimlich mehr aß, den erwarteten harte Strafen.

Schlag. Kein Wort zu irgendjemandem. Niemals.

Schlag.

Der schlimmste Albtraum, den er sich vorstellen konnte.

Der Mistkerl warf ihm ein Handtuch hin, damit er das Blut aufwischte. Dann sollte er ein neues T-Shirt anziehen. Er erinnerte sich noch gut daran, wie das rohe Fleisch am Stoff geklebt hatte und er bei jedem Schritt gegen Übelkeit und Ohnmacht hatte ankämpfen müssen. Er wusste auch, dass damit die

Regeln für die Zukunft festgelegt worden waren. Wenn er einen Fehler machte, würde ihn der Mistkerl tagtäglich dafür bezahlen lassen. Stärke und Kontrolle waren der Schlüssel zum Überleben. Nachdem der erste Tag in der Hölle begonnen hatte, ertrug er es jahrelang, bis er achtzehn war und endlich weglief.

Um dann zu erkennen, dass er mit seiner Flucht einen anderen zum Tode verurteilt hatte.

Seinen Pflegebruder.

»Hey.«

Er verdrängte die Erinnerung und lächelte sie an. Ihre heisere Stimme war unglaublich sexy. Ihre Wangen waren leicht gerötet. So hinreißend. Seine Erektion drückte gegen ihren Oberschenkel und sie riss erstaunt die Augen auf.

»Hey.« Mit einem Finger strich er über ihre glühende Haut. »Wie fühlst du dich?«

»Gut.« Sie verdrehte voller Spott über sich selbst die Augen. »Das ist gelogen. Ich fühle mich unglaublich. Wie warmer Karamell, ganz weich und köstlich.«

Sein Schwanz zuckte. Genauso hatte es sich angefühlt, als er in sie eingedrungen war und sie ihn mit ihrer Hitze umschlossen hatte. Er spielte mit dem Gedanken, sie für eine weitere Runde auf den Rücken zu drehen, aber er wusste, für sie fühlte sich jetzt alles wund an. Es war an der Zeit, sich erst einmal um ihr Wohlergehen zu kümmern. »Im Badezimmer gibt es ein türkisches Bad und eine Dampfdusche. Ich werde das Wasser für dich anstellen.« Er küsste sie auf die Schläfe, verließ das Bett und ging nackt ins angeschlossene Badezimmer. Die großen Glastüren der Dusche waren in Gold eingefasst, die Wände mit einem kunstvollen Mosaik in Erdtönen verkleidet. Dampf wurde zischend aus Düsen in den Wänden geblasen und bildete eine dichte Wolke. Er drehte an einem anderen Hebel und warmes Wasser regnete von der Decke herab auf die Schieferfliesen und auf die dazu passende Sitzbank. Er legte ein paar schneeweiße Handtücher und die Bademäntel des Hotels hin, dann kehrte er ins Schlafzimmer zurück.

Amüsiert verzog er den Mund. Sie saß auf der Bettkante und

hatte sich wie eine Mumie in das Bettlaken gewickelt. Ihr Gesicht spiegelte eine Mischung aus Schüchternheit und Verärgerung wider. Bald würde ihr wieder einfallen, wer das Sagen hatte und sie würde ihre Hemmungen verlieren. Er lehnte sich gegen den Türrahmen und schlug die Beine übereinander. »Die Dusche ist bereit.«

Ihr Blick wanderte über seinen erigierten Schwanz und seinen nackten Körper. Sie biss sich kurz auf die Lippe, dann sprang sie auf, drückte die Schultern nach hinten und sah ihn mit ihren funkelnden dunklen Augen an. Mit dem Bettlaken im Schlepptau marschierte sie wie die Königin von Saba durch das Zimmer. Als sie bei ihm angekommen war, zögerte sie, da er nicht zur Seite wich. Er fragte sich, was sie wohl machen würde.

Mit einem herablassenden Schnauben ging sie um ihn herum, ließ das Laken fallen und stellte sich unter die Dusche. Die Türen schlossen sich hinter ihr mit einem Klicken, während er sich ein lautes Lachen verkneifen musste. Seine Königin würde bald einsehen, dass sie sich nicht vor ihm verstecken konnte. Nirgendwo.

Er erlaubte ihr ein paar Minuten für sich allein, während er in den Wohnbereich ging, zwei Gläser Wasser einschenkte und sie auf das Tablett zu den Kräckern, dem Käse und dem Gemüse stellte, das er dann auf dem Tisch platzierte, neben dem ein Sessel stand. Das Ganze ergänzte er um zwei Gläser Champagner, dann ging er zur Dusche.

Ihr Gesichtsausdruck war einfach unbezahlbar, als er die Türen öffnete und sich zu ihr gesellte. Sie bemühte sich, mit ihren nassen Haaren und dem schutzlos seinem Blick ausgelieferten nackten Körper immer noch würdevoll auszusehen, und drehte sich halb von ihm weg, damit er nichts von ihrer Verlegenheit bemerkte.

Sawyer freute sich schon darauf, jede Anstandsregel zu brechen, die sie mit Sex verband. Dazu gehörten auch ein gemeinsames Bad und alles, was er mit einem Duschkopf anstellen konnte.

Er verzog den Mund. »Brauchst du Hilfe?«

»Nein danke.«

Diesmal lachte er wirklich, dann nahm er ihr den Loofah-Schwamm ab, den sie verkrampft festhielt und gab etwas Duschgel in seine Hand. »Zu schade.«

Da sie nun nichts mehr in den Händen hielt, brachte sie genug Mut auf, um ihm schnaubend den Rücken zuzudrehen. Offenbar wollte sie in der für sie am wenigsten peinlichen Haltung dastehen. Ihr bezaubernder Hintern und das anmutig geschwungene Rückgrat ließen ihn Gott dafür danken, dass er ein Mann war. Nichts war sinnlicher als die Kehrseite einer Frau und mit ihrer zarten Haut und ihrer schlanken Statur war Julietta wie geschaffen für seine Hände.

Er machte einen Schritt auf sie zu, dann zog er ihre Hüften an seine. Sie schnappte erschrocken nach Luft.

»Ich kann mich allein waschen.« Sie versteifte sich. »Genau genommen bin ich jetzt fertig. Wenn du mich entschuldigen würdest ...«

»Hast du schon mal mit einem Mann geduscht?« Er strich mit dem Schwamm über ihre Brüste und verteilte den Schaum.

»Natürlich habe ich das.«

»Lügnerin.« Seine Hand zeichnete Kreise auf ihrem Bauch, den Hüften, den Oberschenkeln. Sein Schwanz drückte pulsierend gegen die Ritze zwischen ihren Beinen, die sie fest zusammengepresst hielt. »Ich bin froh, dass du es nicht gemacht hast. Ich zeige dir gern Dinge zum ersten Mal. «

Die Temperatur ging um ein paar Grad nach unten. Jeder Muskel verkrampfte sich. »Ich bin keine ahnungslose Jungfrau«, konterte sie frostig. »Und ich bin auch kein Sozialfall.«

Abrupt drehte er sie herum und fasste in ihre nassen langen Haare. Sie schnappte erschrocken nach Luft und legte die Hände in dem halbherzigen Bemühen, ihn wegzustoßen, an seine Brust. Er zog ihren Kopf in den Nacken und beugte sich über sie. »Sag so etwas nie wieder zu mir.« Wut mischte sich in seinen Tonfall. »Du bist eine leidenschaftliche, wunderschöne Frau, die das unsägliche Pech hatte, nur Arschlöcher kennenzulernen, die im Dunkeln nicht mal ihren eigenen Schwanz gefunden hätten. Deine Bemerkung ist eine Beleidigung für uns beide.«

Ihre Pupillen weiteten sich vor Angst, die sich schnell in Lust wandelte. Er lockerte seinen Griff, wobei ihm nicht entging, wie angestrengt sie atmete und wie steil sich ihre Nippel aufgerichtet hatten. Oh ja, diese herrische Frau mochte es, wenn ein Mann ihr im Bett sagte, wo es langging. Sawyer ließ den Kopf sinken und hauchte gegen ihre geschwollenen Lippen. »Vielleicht muss dein Mund genauso beschäftigt werden wie dein Verstand.«

Er presste seine Lippen auf ihre und nahm ihren Mund in Besitz. Mit jeder Berührung seiner Zunge machte er ihr klar, dass sie ihm mit Haut und Haar gehörte.

Sie antwortete auf die gleiche Weise und brachte ihn mit ihrer sanften Kapitulation zum Stöhnen, während sich ihre Zungen ein Duell lieferten. Sie legte die Hände auf seine nassen Schultern und hielt sich fest. Sawyer presste sie an seine Brust und stand leicht nach vorn gebeugt, damit sie nicht das Gleichgewicht verloren. Als sie sich ganz und gar an ihn schmiegte, hob er ihren Kopf ein wenig an und unterbrach den Kuss.

In ihren bezaubernden dunklen Augen leuchtete ein Wirbel aus unverfälschten Gefühlen. Er ließ sie das Ganze einen Moment lang verarbeiten und rechnete damit, dass sie sich hastig zurückziehen wollte, was er verhindern würde.

»Ich komme mir albern vor.«

Überrascht nahm er den Kopf nach hinten. »Wieso, Baby?«

Sie kniff die Augen zusammen und sammelte all ihren Mut. »Ich bin jetzt zweiunddreißig Jahre alt und habe das ... das alles hier noch nie gemacht. Ich weiß nicht, wie ich mich richtig verhalten muss.«

Ihre Ehrlichkeit traf ihn unvorbereitet. Etwas in ihm erwachte zu loderndem Leben, aber er konnte das damit verbundene Gefühl nicht erkennen, also verdrängte er es wieder. Sie war so unerfahren, hatte aber mehr Mut als die meisten Männer, die er kannte.

Sawyer zog sie an sich und ließ seine Stirn gegen ihre sinken.

Dann hob er ihre Hände hoch und küsste sie auf beide Handflächen. »Du musst dich nicht auf eine bestimmte Weise verhalten. Deine einzige Aufgabe besteht darin, einfach nur zu fühlen und dir über nichts Gedanken zu machen. Ich kümmere mich um dich.«

Sie schauderte, und sofort raste die Begierde durch ihn hindurch, wie ein Querschläger, der sich durch verwundbares Fleisch fraß. Er wusste nicht, wie er diese eindringliche Empfindung verarbeiten sollte, also konzentrierte er sich ganz auf die nackte Frau in seinen Armen und darauf, was er tun konnte, um ihr Lust zu bereiten. Als er diesmal die Seife auf ihrer Haut verteilte, verweigerte sie sich ihm nicht, sondern schnurrte lustvoll, während er ihren ganzen Körper mit leicht kreisenden Bewegungen einseifte. Ihre Nippel setzte er der rauen Seite des Schwamms aus, die sich noch mehr versteiften und einen wunderschönen rubinroten Farbton annahmen, der zu ihren Lippen passte.

Er sank auf die Knie. Ihr Körper war einfach dafür geschaffen, um sich in ihm zu verlieren – von den endlos langen Beinen über den vollkommenen Flecken aus dunklen Haaren, der ihr Geschlecht verbarg, bis hin zu den scharlachrot lackierten Fußnägeln. Er säuberte sie mit einer Sanftheit, die er vor ihr mit keiner anderen Frau erfahren hatte und forderte sie auf, ihre Beine für ihn zu spreizen.

Sie atmete angestrengt aus und gehorchte ihm.

Ihre Erregung weckte bei ihm ein primitives Triumphgefühl, ihre rosigen Schamlippen glänzten vom Wasser und ihrer eigenen Feuchtigkeit. Er drückte den Schwamm auf ihren Hügel und rieb in einem sanften Rhythmus vor und zurück. Sie bäumte sich unter seinen Berührungen auf und stöhnte, ihre Brüste sprangen ihm wie zwei erlesene Geschenke entgegen.

Oh Gott, er sollte ihr wirklich eine Pause gönnen, aber er war schon viel zu weit, um jetzt noch abbrechen zu können. Er musste sie wieder kommen lassen, er musste spüren, wie sie um ihn herum in tausend Stücke zerbrach und sich dem hingab, was er mit ihr machte.

»Dreh dich um.«

Ihr Zögern war für ihn der Anlass, den er brauchte. Er verpasste ihr einen harten Schlag auf den Hintern. Sie zuckte zusammen und riss empört die Augen auf. Sawyer wartete ab.

Ja. Ihre Nippel versteiften sich noch mehr, ihre Halsschlagader verriet, dass ihr Puls schneller wurde. Er hätte wetten können, dass eine erotische Züchtigung ihr große Lust bereiten würde. Aber er musste zunächst Gewissheit bekommen, dass es nicht etwas war, das sie erschreckte oder verstörte. Sie zog die Brauen zusammen, aber er hielt ihrem Blick stand und wiederholte seinen Befehl. »Dreh dich um. Jetzt sofort.«

Dieses Mal gehorchte sie. Ihre Pobacken waren wundervoll gerötet, sowohl vom warmen Dampf als auch von seiner Hand. Sawyer begann an ihren Fersen und arbeitete sich allmählich nach oben, verharrte kurz an ihren Oberschenkeln, an den Hüften und ihrem Kreuz. Er richtete sich auf und schob den Schwamm hoch zu ihren Schultern, um sie im Nacken zu liebkosen. Dabei wechselte er immer wieder zwischen der weichen und der rauen Seite des Schwamms, sodass sie nie wusste, was als Nächstes kam. Das leichte Zittern in ihren Beinen und ihre angespannten Muskeln verrieten ihm, dass sie bereit war.

Er kniete sich hin und drückte ihre Beine weiter auseinander, dann presste er den Loofah auf ihre Pussy.

Julietta zitterte und versuchte, sich nicht zu bewegen, doch er setzte die Folter fort, indem er die raue Seite des Schwamms über ihre empfindliche Klit zog und ihr gleichzeitig in die Pobacke biss. Ihre Hände suchten nach etwas, das ihr Halt geben konnte, und fanden die Granitwand. Dampf und warmer Regen umspülte sie, was die erotische Atmosphäre nur noch mehr anheizte. Sawyer stieß ein tiefes Knurren aus, da er nach mehr verlangte. Er schob ihre Pobacken weit auseinander, um mit der Zunge ihre pochende Spalte im selben Moment zu lecken, in dem er mit dem Loofah über ihre sensibelste Stelle rieb.

Sie schrie, als der Orgasmus sie hart und anhaltend ereilte. Er legte keine Pause ein und zog ihre Lust in die Länge, bis sich ihre lustvollen Schreie mit dem Zischen der Dampfdüsen vermischten. Sawyer leckte sie unbeirrt weiter. Schließlich lief ein Schaudern durch ihren Körper, und sie sank kraftlos gegen die Wand. Er richtete sich auf und zog sie an sich; küsste sie auf die Schläfe und strich über ihren Rücken. Winzige Zuckungen durchfuhren sie, während sie sich an ihn schmiegte, als hätte sie soeben ihr Zuhause gefunden.

»Ja, du bist ein echter Sozialfall«, murmelte er und versuchte, einen klaren Kopf zu bekommen und seinen pulsierenden Ständer zu ignorieren.

Ihr raues Lachen erreichte wie eine Liebkosung seine Ohren. »Und du bist ein Rüpel.«

»Nie im Leben!«

»Sei un maniaco sessuale!«

Er zog eine Augenbraue hoch. »Vertrau mir. Wenn ich meine Arbeit richtig erledige, wirst du selbst auch bald eine Sexbesessene sein.«

Ein Schatten legte sich über ihr Gesicht, sie hob das Kinn an, um ihn ansehen zu können. »Bin ich für dich Arbeit, Sawyer?«

Ihre ehrliche Frage verlangte von ihm mehr als je zuvor. Er überwand sein Unbehagen. »Nein.« Der Rest blieb ihm im Hals stecken und darüber war er froh. Für mehr als das war er nicht bereit.

Ihre Gesichtszüge ließen Entspannung erkennen, dann lächelte sie ihn neckisch an. »Gut. Und was ist jetzt mit dir?«

Er sah nach unten auf seine Erektion und zuckte mit den Schultern. »Hab das Kondom vergessen, während wir hier rumgemacht haben. Ist nicht so wild.«

»Findest du wirklich, dass ich zu viel rede?«

Er zog an einer nassen Haarsträhne. »Auf jeden Fall.«

»Dann sollte ich mich vielleicht anderweitig beschäftigen.«

Ihm ging erst ein Licht auf, was sie wollte, als sie sich mit der Eleganz einer Ballerina vor ihm hinkniete, die ihm den Atem raubte. Er wollte sie davon abhalten, weil es in dieser Nacht nicht um ihn ging, aber der Gedanke war in der Sekunde vergessen, als sich ihre Lippen um seinen pulsierenden Schwanz schlossen.

Er schwor sich, dass er ihr nur erlauben würde, zu experimentieren, bis sie sich wohlfühlte, schließlich wusste er, dass Julietta unsicher war, was ihre Fähigkeiten anging, und dass sie erst lernen musste, ihren Instinkten zu vertrauen. Diese Lektion hatte sich innerhalb eines Herzschlags gegen ihn gewandt. Sie bewegte den Kopf zügig vor und zurück, dabei leckte sie ihn mit einer Begeisterung und Unschuld, dass er sich nicht zur Wehr setzen konnte. Sie legte die Hände um seine Erektion und schob sie an ihm entlang, bis er explodierte. Der Orgasmus kam schnell und tief aus seinem Innersten.

Als sich die Duschkabine nicht mehr um ihn herum drehte, stand die kleine Nixe wieder auf, warf ihm ein durch und durch weibliches und zutiefst befriedigtes Lächeln zu, dann verließ sie die Duschkabine. Ihre Pobacken wippten hin und her, als wollten sie ihn verspotten.

Oh verdammt, er steckte in Schwierigkeiten.

In riesigen Schwierigkeiten.

Er schüttelte den Kopf, stellte das Wasser ab und folgte ihr nach draußen.

***

Wer hätte gedacht, dass sich die Eiskönigin in eine Nymphomanin verwandeln würde, für die es kein Halten gab?

Julietta zog den Frotteebademantel enger um sich. Ihre Muskeln waren völlig schlaff, aber ein innerer Frieden ließ sie erstrahlen. War es das, was guter Sex aus einer Frau machte? Verwandelte er das Gehirn in eine nutzlose Pampe und verpasste er ihr ein dämliches Grinsen?

In Wahrheit war so etwas gefährlich. Aber es wunderte sie nicht, dass sich Frauen völlig idiotisch verhielten, wenn sie erst einmal in den Bann eines Mannes geraten waren. Sawyer musste nur den kleinen Finger rühren und schon ging sie vor ihm auf die Knie. Und das auch noch mit dem größten Vergnügen.

Seltsam war, dass sie sich an dieser Reaktion längst nicht

mehr so störte wie noch zuvor. Vielleicht sorgte so viel Sex ja dafür, dass jegliche Sorgen nicht länger fähig waren, in ihre Gehirnzellen vorzudringen. Morgen würde sie wahrscheinlich gleich nach dem Aufwachen von einer ausgewachsenen Panik befallen werden. Vielleicht.

Vielleicht auch nicht.

Julietta sah ihm zu, wie er die Dusche verließ. Er machte einen entspannten Eindruck und sein Schwanz war endlich in einen erschlafften Zustand zurückgekehrt. Aber bestimmt würde das nicht lang so bleiben, darauf hätte sie fast wetten wollen. Der Mann war ein sexueller Dynamo, und für den Augenblick gehörte er nur ihr.

Der besitzergreifende Gedanke brachte sie für einen Moment aus der Ruhe, aber sie weigerte sich, diese Regung näher zu analysieren.

Sawyer nahm ein Handtuch, wickelte es um seine Hüften und drehte sich weg.

Ihr stockte der Atem.

Sein Rücken und der Ansatz seiner Pobacken waren kreuz und quer mit Narben überzogen, manche davon verblasst und fast nicht mehr zu entdecken, andere dagegen noch immer von einem hässlichen Rot. Ein System konnte sie in diesen Narben nicht erkennen. Kreisrunde Markierungen verunstalteten seinen Bizeps. Abrupt blieb er stehen, so als wäre ihm soeben eingefallen, dass sein ursprünglicher Plan in Vergessenheit geraten war, ihr nichts von dieser Seite zu zeigen. Julietta ließ den ganzen Abend Revue passieren, dabei wurde ihr klar, dass er sein Hemd im letzten Moment ausgezogen und ihr nie den Rücken zugewandt hatte. Bis jetzt.

Ihre Kehle schnürte sich zu. Wieso erschien ihr das so grundlegend anders als die Narbe in seinem Gesicht? Bei der war es so, als würde es ihn nicht kümmern, wer sie zu sehen bekam. Als wäre sie ein Tattoo, das ihm einen besonderen Touch, einen Hauch von Rebell verlieh.

Aber diese verborgenen Narben erzählten eine ganz andere Geschichte. Sie spürte, dass er sie vor aller Welt verbarg und dass sie für einen geheimen, tiefer sitzenden Schmerz standen, den niemand bei ihm vermutete. Ein Schmerz, den er mit niemandem teilte und den er auch nicht erklärte.

Ihre vernünftige Seite wusste, wie sie reagieren sollte. Cool bleiben, Narben ignorieren und so tun, als seien sie ihr egal. Eine Frau, die sich auf einen One-Night-Stand eingelassen hatte, würde diese Regeln beachten – kein Versuch einer Bindung, keine Gefühle und keine schmerzhaften Blicke in die Vergangenheit. Nur Lust, Orgasmen, Alkohol und am Morgen ein hastiger Rückzug.

Sie rang darum, diese Frau zu sein, aber alberne Tränen drohten, sie zu überwältigen. Die Vorstellung, dass dieser starke Mann da irgendwelchen anderen Leuten ausgeliefert gewesen war, die ihm wehgetan hatten. Sie ging zu ihm und legte ihre Hände behutsam auf seinen Rücken.

Sawyer zuckte leicht zusammen. Ganz sanft strich sie über seinen Rücken und zeichnete jede einzelne Narbe nach. Er rührte sich nicht, sagte kein Wort.

Schließlich setzte sie der Stille ein Ende. »Es tut mir leid, dass dir jemand wehgetan hat.« Julietta achtete darauf, keinen mitleidigen Tonfall in ihre Stimme einfließen zu lassen. Niemand konnte auf die Idee kommen, einen Mann von solcher Stärke, solchem Charakter und solchem Erfolg bemitleiden zu wollen. Vielleicht wirkten sich die Narben ja zu seinem Vorteil aus. Sie weigerte sich, endlos lang darüber nachzudenken und ihn mit Fragen zu überhäufen. Andererseits würde sie aber nicht so tun, als hätte sie nicht gesehen, was jemand ihm angetan hatte. »Ich bin nur froh, dass du als Sieger daraus hervorgegangen bist.«

Er ließ den Kopf sinken, atmete angestrengt durch und erwiderte schließlich: »Ich rede nie über meine Vergangenheit, Julietta. Ich habe zu lang in der Vergangenheit gelebt und zu hart dafür gekämpft, sie hinter mir zu lassen. Er war bösartig, und ich war ihm zu viele Jahre ausgeliefert. Er versuchte alles aus mir herauszuprügeln, aber ich habe mich geweigert, ihm diese Genugtuung zu geben.« Seine Stimme klang nach den Dämonen seiner Vergangenheit, die sie sich nicht einmal im

Ansatz ausmalen konnte. »Ich habe ... Dinge gemacht. Ich werde mich für diese Dinge nicht entschuldigen. Ich werde es akzeptieren, wenn du damit im Moment nicht klarkommst oder wenn du gehen möchtest. Ich werde dich vom Vertrag entbinden.«

Sie starrte den Mann an, der die Macht über ihre Orgasmen gehabt und ihr zum ersten Mal in ihrem Leben das Gefühl gegeben hatte, eine Frau zu sein. In all diesen Stunden hatte er nie etwas genommen, sondern nur großzügig gegeben und ihr geholfen, ihre Grenzen zu überwinden. Er hatte ihr das Gefühl gegeben, bei ihm sicher aufgehoben zu sein. Und trotzdem hielt er sie für so zerbrechlich, dass sie beim Anblick von ein paar Narben oder bei seinem Eingeständnis, ein paar schlechte Entscheidungen getroffen zu haben, die Flucht ergriff?

Julietta drückte ihre Lippen auf seinen Rücken. Sofort verkrampfte er sich, doch sie küsste jede Narbe mit der sanften Demut, die sie ihm unbedingt demonstrieren wollte. »*Che idiota!* Wie kannst du es wagen, mich mit so einer Bemerkung zu beleidigen? Hast du wirklich so eine geringe Meinung von mir, dass du glaubst, ich würde nach dem großartigsten Sex meines Lebens davonlaufen, weil ich ein paar Narben zu sehen bekommen habe?«

Er drehte sich zu ihr um. Mit skeptischem Blick betrachtete er ihren Gesichtsausdruck. Sie verfluchte die verräterischen nassen Spuren auf ihren Wangen, dabei wurde ihr klar, dass sie in solchen Dingen noch nie besonders gut gewesen war.

Sawyer strich mit dem Daumen über ihr Gesicht. »Weinst du?«

Sein verblüffter Ton entfachte ihre Verärgerung. »Ich weine nicht um den Mann, der du bist«, brachte sie heraus, »sondern um den Jungen, der nie jemanden gehabt hatte, der sich um ihn kümmerte.« Sie ließ die Tränen von ihrer Wut trocknen. »Ich hoffe, er ist tot. Wer immer dir das da angetan hat – ich hoffe, er ist einen langsamen und qualvollen Tod gestorben.«

Eine unverfälschte Sehnsucht brannte in seinen bernsteinfarbenen Augen. Seine Finger zeichneten den Schwung ihrer

Wange nach, als hätte er eine Elfe vor sich, die jeden Moment im Nebel verschwinden würde. Langsam zog er seine Hand zurück, Julietta entging nicht das Zittern. Er setzte zum Reden an, aber im letzten Augenblick schluckte er runter, was er hatte sagen wollen. Seine Unterlippe bebte, als er den Mund wieder zu diesem sexy Ansatz eines Lächelns verzog, das ihr Herz stocken ließ. »Du nennst mich also einen Idioten?«

Sie schniefte. »Weil du dich wie einer benimmst.«

Er lachte leise. »Dass sich unter dieser zivilisierten Höflichkeit solch eine Brutalität verbergen kann. Erinnere mich gelegentlich daran, dass ich es mir mit dir nicht verscherzen sollte, Baby.«

»Ich bin nicht zivilisiert, wenn man jemandem wehtut, der mir nahesteht.«

Sawyer hielt inne. Die Worte waren ihr rausgerutscht, ehe sie es hatte verhindern können. *Mio Dio*, was hatte sie getan? Er gehörte nicht zu ihr, er würde nie zu ihr gehören. Das hier war ein Vertrag und sonst gar nichts, und auch wenn sie ihn einvernehmlich um eine weitere Nacht verlängert hatten, war eine Beziehung ausgeschlossen.

Oder?

Eine Fülle von Gefühlsregungen huschte über sein Gesicht. Seine Stimme klang mit einem Mal viel rauer. »Ich glaube dir. Der Mann, den du dir aussuchen wirst, wird ein verdammt glücklicher Mistkerl sein.« Er räusperte sich, die knisternde Anspannung ließ nach. »Komm mit, du hast bestimmt Hunger.«

Er nahm ihre Hand und brachte sie zurück ins Schlafzimmer. Sie aßen Kräcker, Frischkäse und Paprikaschoten, dann spülten sie alles mit Wasser und anschließend mit Champagner runter. Sawyer nahm ihre Füße und legte sie auf seinen Schoß, damit er sie massieren konnte, um die durch ihre High Heels hervorgerufene Anspannung zu lindern. Erstaunt darüber, dass sie sich nach den diversen intimen Episoden mit ihm nicht unbehaglich fühlte, begann sie mit ihm eine entspannte Unterhaltung über ihre Arbeit und über ihre Kindheit, die sie mit einem älteren Bruder verbracht hatte, der sich immer schützend vor sie gestellt hatte.

Sie schwenkte das filigrane Champagnerglas mit der goldenen Flüssigkeit darin und näherte sich vorsichtig ihrer nächsten Frage. »Wie lang kennst du Wolfe schon?«

Er unterbrach die Massage kurz. »Seit etwas mehr als einem Jahr.« Sie musste ein Aufstöhnen unterdrücken, als er die verspannten Muskeln an den Fersen durchknetete. »Ich habe mich noch gar nicht dafür bedankt, dass du ihm eine Chance gibst. Die meisten nehmen nur sein Äußeres wahr und denken, er wäre zu nichts zu gebrauchen.«

»Du würdest niemals jemanden einstellen, der nicht irgendwelche unglaublichen Fähigkeiten besitzt. Schon gar nicht bei *Purity*. Er hat mir ein bisschen über seine Vergangenheit erzählt.«

Sawyer lachte kurz auf. »Bestimmt hat er dir erzählt, dass er in einem Tattoostudio geboren wurde, richtig? Die Story erzählt er jedem, aber über seine wahre Vergangenheit redet Wolfe nicht.«

»Er sagt, du hast ihn vor dem Gefängnis bewahrt und ihm ein Dach über dem Kopf gegeben. Du hast ihm die Chance gegeben, sich selbst zu beweisen.«

Er sah sie verdutzt an. »Ich glaub's ja nicht. Er hat noch nie ... so was hat er noch nie erzählt.«

»Er bewundert dich«, sagte sie lächelnd. »Er verbirgt das hinter seinem Auftritt. Für jemanden in seinem Alter hat er unglaubliche Geschäftskenntnisse. »Kein Wunder, dass du ihn nach Italien mitgebracht hast.«

Sawyer schüttelte den Kopf, als wollte er sich von irgendwelchen Gedanken befreien. »Ja, er hat was auf dem Kasten. Er ist dem System der Pflegefamilien zum Opfer gefallen und hat versucht, sich auf der Straße allein durchzuschlagen. Ich habe ihn erwischt, wie er mir die Brieftasche klauen wollte, und dann habe ich ihn vor die Wahl gestellt: Entweder ich zeige ihn an und er landet im Gefängnis oder er wird Praktikant in meinem Unternehmen.« Ein kurzer Schmerz blitzte in seinen Augen auf. »In den ersten Monaten hat er so viel Scheiße gebaut, dass ich versucht war ihn rauzuschmeißen. Aber es war schon unheimlich, wie verdammt schlau er da bereits war. Er hat ein fotografisches Gedächtnis, und er weiß, wie er mit Leuten reden muss, wenn er erst einmal seine Unsicherheit überwunden hat. Ich konnte ihm jede beliebige Aufgabe anvertrauen, er war jedes Mal schneller damit fertig als meine normal bezahlten Angestellten.« Sawyer zuckte mit den Schultern. »Also habe ich angefangen, ihm immer mehr Arbeit aufzuhalsen und ihm ein Gehalt zu zahlen. Seitdem warte ich nur darauf, dass er die Flucht ergreift. Bislang hat er es nicht gemacht.«

»Er bedeutet dir etwas.«

Er zuckte leicht zusammen und nahm seine Hände weg. Ihre Beine wurden schnell so kalt wie sein Tonfall. »Das hat mit Gefühlen nichts zu tun. Ich habe ihn mitgenommen, um seine Fähigkeiten zu testen. Er hat sich dieses *Rosetta-Stone*-Zeug angehört und in Rekordzeit die Sprache erlernt. Aber wenn er hier scheitert, werde ich ihn entlassen.«

Julietta betrachtete den Mann, der ihr gegenübersaß. Wie seltsam, dass er im Schlafzimmer so viel geben konnte, aber anscheinend normale Beziehungen für ihn unmöglich erschienen. Sawyer log sie an. Wolfe war ihm viel wichtiger, als er zugeben wollte. Vermutlich hatte er nur keine Ahnung, wie er mit einem Teenager umgehen musste, der so abweisend war. Julietta vermutete, dass sie beide eine sehr ähnliche Vergangenheit hatten. Aber das hier war weder der richtige Zeitpunkt noch der richtige Ort, um auf eine Antwort zu drängen.

»Verstehe. Geschäft ist schließlich Geschäft.«

Sein Blick schien sich zu erwärmen, die Geister zogen sich zurück. Sie schnappte nach Luft, als die vertraute Hitze erwachte.

Sawyer legte die Hände um ihre Fußknöchel und zog sie zu sich heran. »Ganz genau. Ich denke, es wird Zeit, dass wir uns wieder unseren eigenen Verhandlungen widmen.«

Julietta ignorierte die diebische Freude und schrieb sie den sexuell bedingten Hormonen zu. »Ich dachte, die hätten wir zum Abschluss gebracht. Mit drei Orgasmen gewinnst du die

Wette deutlich.«

Er grinste sie lüstern an. »Dann kannst du ja Streber zu mir sagen.«

Schließlich hatte er sie so vollständig zu sich herangezogen, dass ihr Körper seinen bedeckte. Julietta hätte nie für möglich gehalten, dass Verlieren so wunderschön sein konnte.

10. Kapitel

Sawyer ging mit dem Team durch die noch nicht fertiggestellte Lobby des *Purity*. Die Luft war erfüllt vom Lärm der Baumaschinen. Das leer stehende Gebäude des beliebten *Le Méridien* war jahrelang verwaist gewesen – ein einsames ausladendes Stück Architektur, das im Herzen der Stadt Sehnsüchte weckte. Nachdem er jahrelang daran gearbeitet hatte, das Gebäude zu kaufen, war es ihm schließlich auch gelungen. Er hatte damit den ersten Schritt unternommen, in der Welt ein Zeichen zu setzen und ein wenig Unsterblichkeit zu erlangen. Auf mehr als das wollte er nicht hoffen.

Das Bauwerk besaß den Charme der Alten Welt, den er brauchte, um hier auf sich aufmerksam zu machen. Ein marmorner Pegasus stand ein Stück weit vor einem eleganten Gebäude, dessen weiße Fassade überall abzubröckeln begann. Leuchtend rote Türen verliehen ihm seinen markanten Charakter. Das Restaurant und die Lounge würden durch eine moderne Version von Unterhaltung ersetzt werden, eine Mediensuite für geschäftliche Anlässe wurde mit dem Besten ausgestattet, was die Technologie zu bieten hatte. Die bereits eingerichteten Zimmer mussten noch modernisiert und renoviert werden, während sich sein Designerteam darum kümmern musste, welche Möbelstücke und Teile der Einrichtungen bleiben konnten und von welchen man sich trennen sollte.

Stolz regte sich in ihm, als er mit seinen Leuten durch die Räume ging, die allmählich Gestalt annahmen. Sie redeten drauflos, Wolfe machte Notizen und Sawyer vermittelte ihnen seine Vision, indem er ihnen erklärte, wessen Ladenlokal wo zu finden sein würde. Als er vor dem Bereich stehen blieb, der die Bäckerei *La Dolce Famiglia* beherbergen sollte, blieb er stehen und drehte sich zu Julietta um.

Sie hatte seinetwegen geweint.

Die Erinnerung an die Tränen, die sie vergossen hatte, störte seine Konzentration. Von ein paar Bildern abgesehen, die ihm zeigten, wie er von seinen leiblichen Eltern gehalten wurde, gab es keine schönen Erinnerungen, an die er sich klammern konnte. Berührungen hatten üblicherweise für Bestrafung gestanden – oder für etwas anderes, das es um jeden Preis zu vermeiden galt. Er hatte auf die brutale Tour lernen müssen, dass Tränen nutzlos waren und als Zeichen der Schwäche galten. Wie oft war er blutig geprügelt worden, wie oft hatte man ihn hungern lassen, ihn gedemütigt und auf alle möglichen Arten bestraft, und niemand hatte sich jemals um ihn gekümmert? Selbst seine Pflegegeschwister hatten genug damit zu tun, auf sich selbst aufzupassen, außerdem wurde jede freundliche Geste ihm gegenüber sofort schwer bestraft.

Sawyer hatte es keinem von ihnen verübeln können, schließlich hatte er es ganz genauso gemacht. Doch als er Juliettas Tränen gesehen hatte, da war in ihm eine gähnende Leere entstanden, die ihn zu erwürgen versucht hatte. Ihr hatte das alles tatsächlich etwas ausgemacht. Sie hatte seine Narben geküsst und ein Gespräch gesucht, nur weil er auf die Möglichkeit zu sprechen gekommen war, sie könnte ihn verlassen wollen. Sie hatte all das Gute und Nette demonstriert, von dem er nicht wusste, was er damit machen sollte.

All die Frauen vor ihr verwischten zu einer langen Reihe namenloser Gesichter, die nur Interesse an seinen Narben vorgegeben hatten, um sicherzustellen, dass er sie zum Höhepunkt brachte. Nie war er von einer Geliebten so zärtlich geküsst worden, und erst recht hatte keine von ihnen Tränen wegen einer Sache vergossen, über die sie nichts wusste und die sie nicht verstand. Sein Herz wurde von so vielen Gefühlen bestürmt, dass er diese Flut gar nicht bewältigen konnte. Er weigerte sich diese Schwäche zu analysieren. Besser war es, sich auf ihre Wut und ihre Beleidigungen zu konzentrieren als auf ein so intimes Geschenk. Davon würde er sich womöglich niemals erholen.

Eine ganze Woche war seitdem vergangen, und er war an jedem Abend in Arbeit untergegangen. Wenn er schlussendlich ins Bett fiel, wurde ihm der Schlaf verweigert. Nur das Bild ihres nackten Körpers und ihrer feuchten Wärme zeichnete sich auf seinen geschlossenen Lidern ab und verharrte dort, um ihm ein Einschlafen unmöglich zu machen. Er sehnte einen zweiten Abend mit ihr herbei, doch er hatte sich schon früh zum Warten entschlossen. Noch eine Nacht mit ihr könnte ihn sein Spiel vergessen lassen, aber er musste unbedingt die Kontrolle bewahren, um ihr die verdiente Lust zu geben.

Es war auch besser für seine Gefühle, die ihm auf einmal entgleiten wollten. Wann hatte er zum letzten Mal für eine Frau etwas empfunden? Sich gefragt, wie ihr Tag verlief? Was sie zu Mittag gegessen oder was sie sich vor dem Zubettgehen im Fernsehen angesehen hatte?

Noch nie.

Die Lösung war ganz einfach. Er musste sich für eine Weile zurückziehen, und dann konnte er die zweite Nacht mit ihr in Angriff nehmen, wenn er sich wieder völlig unter Kontrolle hatte. Und da hatte er sich Sorgen gemacht, sie könnte an ihm Gefallen finden!

Sawyer räusperte sich. »Julietta, wie besprochen bringen wir *La Dolce Famiglia* für die Laufkundschaft hier in diesem zentralen Bereich unter. Du wirst dein Team dafür sorgfältig auswählen müssen, weil sich die Maschinen nicht auf derselben Ebene befinden werden.«

Sie nickte und betrachtete das leere Ladenlokal. Ihr strenger schwarzer Anzug war sein persönlicher Favorit. Mit dem engen Rock und dem zweireihigen Jackett, das ihre Vorzüge fast ganz verdeckte, war es das Konservativste, was sie tragen konnte. Die Haare hatte sie glatt zusammengebunden, sie trug eine makellose weiße Bluse, und er wünschte sich nichts sehnlicher, als ihr all das vom Körper zu reißen, was sie so geziert und anständig wirken ließ. Er hatte diesen Tagtraum von der unanständigen Bibliothekarin schon immer ganz besonders geliebt. Vielleicht würde er von ihr verlangen, ihren Anzug anzubehalten und stattdessen ihren Rock hochschieben, sie rücklings auf einen Tisch legen und ihr das Höschen vom Leib reißen. Dann würde er ihre Selbstbeherrschung auf die Probe stellen, indem er ihr befahl, keinen Laut von sich zu geben, und dann mit seiner Zunge und den Zähnen all die Dinge tun, die sie laut schreien lassen würden.

Sein Schwanz regte sich, und er dachte rasch an etwas anderes. Wenn Tanya den Eindruck bekam, dass sie ihn scharfmachte, würde sie ihn ganz sicher am Abend besuchen. Als Designerin war sie perfekt, aber sie erinnerte ihn an ein Raubtier, das kurz davor war, seine Beute anzufallen. Bei dem bloßen Gedanken daran schauderte ihm.

Julietta drehte sich zu ihm um. »Ich bekomme das hin, auch wenn ich lieber das andere Ladenlokal hätte, über das wir gesprochen hatten.«

Seine Mundwinkel zuckten. Verdammt, sie hatte Mut. Vermutlich würde sie so tun, als hätte ihr gemeinsamer erotischer Abend niemals stattgefunden. Stattdessen war sie wieder ganz die Geschäftsfrau, die sich völlig im Griff hatte. Keine heißen Blicke quer über den Konferenztisch hinweg, kein Erröten, wenn er sie länger ansah. Sie behandelte ihn so distanziert, wie man es mit einem Geschäftspartner machte, der nichts weiter als das war.

»Ja, ich erinnere mich an diese Diskussion. Da ich in der Lage war, klar und deutlich zu demonstrieren, warum diese Möglichkeit nicht zur Verfügung steht, wundert es mich, dass du das Thema jetzt noch einmal aufgreifst.«

»Dann habe ich das wohl vergessen«, gab sie in ausdruckslosem Tonfall zurück. »Offenbar war es keine sehr denkwürdige Unterhaltung, die mir im Gedächtnis haften geblieben wäre.«

Ihre respektlose Art kam so unerwartet, dass er sich fast verschluckt hätte. Wolfe warf ihm einen seltsamen Blick zu, konzentrierte sich dann aber wieder auf seine Notizen. Sie besaß einen verruchten Humor, aber diese Bemerkung würde sie teuer zu stehen kommen. Allein seine langjährige Übung, seine wahren Gefühle vor allen zu verbergen, machte es ihm möglich, seine sich steigernde Erregung zu bändigen. »Vielleicht hast du recht.« Er warf ihr einen eindringlichen Blick zu. »Ich werde sicherstellen, dass ich mich in Zukunft klarer ausdrücken werde.«

Ihr erfreutes Lächeln brachte seine Nervenenden in Wallung. »Gut. Übung macht schließlich den Meister«, meinte sie unbeschwert. »Dann können wir uns ja jetzt die Küche ansehen. Ich will mich vergewissern, dass alles unseren Vereinbarungen entsprechend angeordnet ist.«

Ihre Absätze klapperten vor ihm auf dem Boden und klangen in seinen Ohren wie der Gesang der Sirenen. Ihr anmutig wackelnder Hintern forderte ihn dazu auf, ihr zu folgen. Sawyer begriff, dass Julietta Conte zu ihrer vollen Macht aufgeblüht war.

Gott möge ihm beistehen.

Sie sahen sich weiter auf der Baustelle um, veränderten hier und da etwas an den Plänen, bis sie am späten Nachmittag schließlich fertig waren. Dabei stellte er sicher, dass er zunächst die anderen Mitglieder des Teams nach draußen begleitete. Würde sie den Grund dafür erkennen und ihm etwas Zeit unter vier Augen einräumen? Zumindest konnte er sehen, dass sie zurückblieb, da sie sich mit Wolfe unterhielt. Wollte sie ihn genauso verzweifelt berühren? So wie ein geiler Teenager wollte er jede Stelle ihres Körpers berühren, da ihn eine ganze Woche Enthaltsamkeit an sein Limit gebracht hatte. Er sah sich in aller Eile um und versuchte, einen Platz zu finden, an dem er sie ausziehen konnte, ohne den Bauarbeitern ein Schauspiel zu bieten.

Er näherte sich den beiden von hinten und stellte fest, dass Wolfe flüchtig lächelte. Wie seltsam. Er hatte Wolfe mit Frauen reden sehen und dabei nur selten beobachten können, dass er auch nur im Ansatz Interesse an ihnen erkennen ließ. Julietta hatte etwas an sich, das es ihm möglich machte, lockerer und lässiger zu werden – und das an sich kam schon einem Wunder gleich.

»Danke für alles, was Sie heute beigesteuert haben«, sagte sie in ihrer üblichen knappen Art. »Ich hoffe, Sie gleichen das auch einmal mit ein bisschen Freizeit aus.«

»Freizeit brauch ich nicht viel«, meinte Wolfe achselzuckend.

»Die Arbeit macht mir Spaß.«

»Ich weiß, wie das ist.« Nach kurzem Zögern stellte sie sich etwas anders hin. »Ich möchte, dass Sie am Sonntag zum Essen vorbeikommen. Bei meiner Mutter zu Hause.«

Sawyer blieb verdutzt stehen, aber Wolfe wirkte genauso überrumpelt und um Worte verlegen. »Ähm ... danke ... aber ich ... ich hab zu tun.«

»Und was tun Sie?«

Er schwieg einen Moment lang. »Ich arbeite.«

Sie kniff ihre kakaobraunen Augen zusammen und drehte sich zu Sawyer um. »Ich bin überzeugt davon, dass Ihr Boss Ihnen einen freien Tag gewähren wird.«

»Nur wenn ich auch eingeladen werde«, sagte Sawyer.

Sie schürzte verärgert die Lippen. »Ich habe nur Wolfe eingeladen.«

Sawyer zuckte mit den Schultern. »Wir kommen nur im Doppelpack. Ich verzichte nicht auf selbst gemachte Nudeln, wenn er sie futtern kann.« Mit dem Daumen zeigte er auf den Jungen. »Außerdem weiß er ein gutes, hausgemachtes Essen gar nicht zu schätzen. Er ernährt sich nur von Mist.«

Wolfe reagierte mit einem finsteren Blick. »Das ist nicht wahr. Wenn du zur Abwechslung wirklich mal Lebensmittel einkaufen würdest, anstatt jeden Abend an deinem Schreibtisch auf die Schnelle was runterzuschlingen, dann würde ich ja vielleicht was kochen.«

»Ja? So in der Art wie du aufräumst?«

»Ach und du bist die heilige Ordnung in Person? Dann solltest du beim nächsten Mal erst ein bisschen Wurftraining machen. Ich habe nämlich gesehen, dass dein Fußboden mit *Big Mac* Verpackungen übersät ist.«

Julietta schnappte entsetzt nach Luft, woraufhin Sawyer versuchte das Thema zu wechseln. »Vergesst es, reden wir über etwas anderes.«

»Du warst bei *McDonald's*?«, flüsterte Julietta ihm zu. »Das ist ja widerwärtig.«

Oh verdammt, er würde Wolfe dafür umbringen. »Okay, ich

hatte Appetit auf einen Hamburger. Ich brauchte etwas, das mich an zu Hause erinnert.«

Er hatte Mühe, nicht über ihr offensichtliches Entsetzen zu lachen. »Du hättest bei *Roberto's* einen richtigen Hamburger essen können. Es wäre ihm ein Vergnügen gewesen, dir einen zuzubereiten.«

Wie hätte er diesen Heißhunger auf diese grässliche Soße und die Massen Salz beschreiben sollen, der ihn manchmal überkam? Sawyer dachte zurück an das erste Mal, als er so was gegessen hatte – einen halben Hamburger, den er gut verpackt obenauf in einer Mülltonne entdeckt hatte. Etwas so Gutes hatte er in seinem ganzen Leben noch nie gegessen, und immer dann, wenn er sich einen solchen Hamburger holte, musste er daran denken, wo er heute stand. Natürlich würde er diese Episode mit niemandem teilen. Aber wieso zog er auf einmal den Kopf ein? Er baute sich zu ganzer Größe auf. »Das ist nicht dasselbe. Bin ich auch zu Mama Conte eingeladen?«

»Von mir aus.«

»Ähm ... ich lass das lieber bleiben, Julietta. Trotzdem danke für die Einladung«, sagte Wolfe.

Fasziniert sah Sawyer mit an, wie sie die Arme vor der Brust verschränkte und Wolfe einen energischen Blick zuwarf. »Sie kommen hin. Punkt zwölf Uhr. Sie müssen nichts mitbringen.«

Panik flammte in den Augen des Jungen auf. »Ich ... ähm ... ich hab schon was vor, ich kann nicht.«

Sie wollte nicht nachgeben. »Ich lade Sie zum Essen bei meiner Familie ein, Wolfe. Meine Mutter liebt es, für Gäste zu kochen, und das wird ihr großen Spaß machen.«

Sawyer verspürte Mitleid mit dem Jungen. Wolfe verbrachte nur selten Zeit mit anderen Leuten, wenn es nicht gerade arbeitsbedingte Meetings waren. Sobald Sawyer versuchte, ihn zum Essen einzuladen oder ihn zu anderen Aktivitäten zu überreden, weigerte er sich beharrlich.

Wolfe hob den Kopf und schob trotzig das Kinn vor. »Mit Müttern komme ich nicht gut klar. Mütter mögen mich nicht.«

Lächelnd griff sie nach seiner Hand. Wolfe zuckte nicht mal

zurück. »Sie kennen meine Mutter nicht. Sie wird Sie lieben. Ich bitte Sie darum, mir diesen Gefallen zu tun. Mama ist sehr einsam, seit ihre Kinder nicht mehr bei ihr leben. Sie werden sie glücklich machen.«

Oh, sie war gut. Wer konnte einer so emotionalen Einladung schon widerstehen? Er konnte beobachten, wie die Mauer um Wolfe herum Stück für Stück bröckelte.

»Also gut, ich werde da sein.«

»Grazie.«

Dann zog er sich zurück und sagte zu Sawyer: »Ich muss jetzt los. Wir sehen uns zu Hause.«

Ohne ein weiteres Wort hechtete er aus dem Raum, und sie beide waren endlich allein.

Sofort wurde Julietta wieder ernst, sie ließ erneut die Eiskönigin zutage treten. »Wie ich sehe, bist du außerhalb des Schlafzimmers jemand, der andere zu drangsalieren versteht.« Er sah kurz zu den Bauarbeitern und beschloss, dass es Zeit wurde, ihr wieder vor Augen zu führen, wer hier das Sagen hatte. »Ist schon witzig, wenn man dir dabei zusieht, wie perfekt du in diese Rolle überwechselst. Der arme Wolfe wusste überhaupt nicht, wie ihm geschah. So, jetzt komm mit.«

Er drehte sich weg und ging in den rückwärtigen Raum. Baumaterialien nahmen den größten Teil des Zimmers in Beschlag, aber dann entdeckte er in einer Ecke einen robusten Holztisch, der für seine Zwecke genau richtig war.

Sie folgte ihm und war mit ihren Gedanken immer noch bei der Diskussion mit Wolfe. »Er muss in größere Dinge einbezogen werden. Es ist nicht gut für ihn, wenn er sich zu lange Zeit isoliert.«

»Wolfe hat früh gelernt, dass er nur sich selbst vertrauen kann. Es wird eine Weile dauern, bis er sich ändert. Pass auf, wohin du trittst.«

Sie hüpfte über ein Stromkabel und machte einen Bogen um eine Motorsäge. »Ein gutes Essen an einem Tisch mit Leuten, denen er vertraut, ist eine wichtige Sache. Bei *McDonald's* am Autoschalter vorbeizufahren erfüllt keinen Zweck.«

Er zuckte zusammen, griff nach ihrer Hand und zog sie zu sich in den Nebenraum. »Ich habe einen Fehler gemacht, okay? Ist das gleich ein Grund, mich von Mama Contes Kochkünsten auszuschließen?«

»Ich dachte, wir waren uns einig, dass du sonntags nicht zum Essen vorbeikommst.«

»Ich hab's mir anders überlegt. Vor allem weil Wolfe eingeladen ist. Komm hierher.«

Im Zimmer war es dunkel. Er führte sie weit genug, bis sie den Tisch im Rücken hatte. Sägemehl, Späne und Holzstücke lagen auf der Tischplatte verteilt. »Er benutzt sein Aussehen, um andere Leute von sich fernzuhalten. Mama wird ihn sofort durchschauen, und vielleicht wird er ja begreifen, dass ihm nicht jeder mit Vorurteilen begegnet. Wo sind wir hier?«

»Oder er flippt aus, weil böse Erinnerungen an gemeinsame Essen in seiner Familie geweckt werden. Ich versuche immer, ihn nicht zu sehr zu etwas zu drängen.« Er griff nach einem Lappen und wischte einen Teil der Tischplatte ab. »Setz dich mal kurz dahin.«

»Man kann auch schlechte Erinnerungen durch schöne ersetzen, um jemanden zu heilen. Glaub mir, ich weiß das. Wieso sitze ich eigentlich hier auf dem Tisch, Sawyer?«

Vorfreude ließ ihm einen Schauer über den Rücken laufen. »Weil ich will, dass du kommst.«

Er sah mit an, wie Entsetzen über ihr Gesicht huschte, dann Faszination und Angst.

Und dann Lust.

Er stellte sich zwischen ihre Beine und schob den Rocksaum hoch. Sie leistete keinen Widerstand, ihr Verstand war ganz offenbar noch im Begriff, eine ganze Reihe von vernünftigen Argumenten zusammenzustellen, warum das hier keine gute Idee war. Er nutzte diese Gelegenheit, schob ihre Schenkel noch etwas weiter auseinander und drückte sie weit genug nach hinten, dass sie die Balance verlor und sich an seinen Schultern festklammern musste.

An ihrer Halsschlagader konnte er erkennen, wie schnell ihr

Herz schlug. Ihr Duft stieg ihm in die Nase. Kokosnuss und ein Hauch Vanille. Kräftiger Kaffee. Er drückte sein Gesicht an ihren Hals und atmete tief durch die Nase ein.

Sie schnappte nach Luft und versuchte ihn wegzustoßen. »Bist du verrückt?«, flüsterte sie. »Solche Dinge kannst du doch nicht sagen. Die Bauarbeiter sind gleich nebenan, wir befinden uns in einem öffentlichen Gebäude. Mag sein, dass du gern in aller Öffentlichkeit Pornofilme nachspielst, aber mich macht das nicht scharf.«

Er knurrte und knabberte unterhalb des Ohrs an ihrem Hals. Ein Schauer durchfuhr ihren Körper. »Ich stehe auch nicht auf öffentliche Vorstellungen. Allein der Gedanke, ein anderer Mann könnte dich nackt sehen, weckt bei mir den Wunsch, ihn zu Brei zu schlagen.« Ihre Finger krallten sich in sein Jackett, ihre Beine zitterten. Oh Gott, wie er es liebte, sie zur Lügnerin zu machen. Sie liebte es, sich von ihm sagen zu lassen, was sie tun sollte, und auch wenn sie das niemals zugeben würde, sorgte die Gefahr der Entdeckung für zusätzlichen Nervenkitzel. »Ich habe dir Zeit gelassen, nett zu sein, aber du hast mich die ganze Woche nur gequält.«

Ein leises Stöhnen entwich ihrer Kehle. »Das habe ich überhaupt nicht gemacht. Ich bin nicht mal auf unsere gemeinsame Nacht zu sprechen gekommen.«

»Eben.« Er schob eine Hand unter ihren Rock und fand ein Fleckchen warme Haut, das nicht von ihren Strümpfen bedeckt war. Seine Finger ertasteten ihre seidene Unterwäsche, wobei ihm auffiel, dass sie bereits feucht war. Frigide? Diese Frau glühte heißer als der Vorort der Hölle. »Hast du dich meinetwegen so angezogen? Hast du gehofft, dass ich irgendwann die Kontrolle verliere und das tue, wovon ich jeden Tag träume, wenn ich an diesem Konferenztisch sitze?«

Ihre Entrüstung sorgte nur dafür, dass sein Schwanz zu voller Größe anschwoll. »Natürlich nicht.« Ihr Atem stockte, als sein Daumen über den dünnen Stoff strich. »Ich ... ich habe darauf gewartet, dass du es erwähnst. Ich weigere mich, eine von diesen Frauen zu sein, die sich an einen anderen klammern, weil sie völlig hilflos sind, und darum betteln, einen Mann zu kriegen.«

Die Tatsache, dass sie momentan genauso neben der Spur war wie er, beruhigte ihn. Er hatte gedacht, es würde helfen, wenn er ihr Zeit und etwas Raum ließ. Jetzt wurde ihm bewusst, dass er sie gleich am nächsten Tag an sich drücken und sie besinnungslos hätte küssen müssen. Sein Fehler. Den er jetzt wiedergutmachen wollte.

»Baby, du wärst niemals hilflos. Ich muss mich schon die gesamte Woche zusammenreißen, damit ich die Finger von dir lasse.«

Sie drückte sich an ihn. »Das war rücksichtsvoll von dir.«

»Die Zeit ist abgelaufen.«

Er küsste sie so, wie er es sich vorgestellt hatte. Er eroberte ihre Lippen, strich mit der Zunge darüber und atmete ihren Duft ein wie ein Alkoholiker, der sich berauschen wollte. Eine Hand drückte er zwischen ihre Schenkel und begann sie zu massieren. Sie schlang die Beine um seine Hüften und ließ ihn gewähren. Sie strahlte Feuer und Verlangen und Lust aus, sein Körper versteifte sich auf eine Weise, die sein Hirn benebelte und die ihn dazu antrieb, zu nehmen und zu nehmen und noch mal zu nehmen ...

»Hey, Boss?«

Seine Finger erstarrten kurz vor ihrem Ziel, Julietta rührte sich nicht, sah ihn aber entsetzt an.

»Ja?«

»Wir machen für heute Feierabend. Brauchen Sie noch irgendetwas?«

Er hoffte, dass seine Stimme ihn nicht verriet. »Nein, ich habe alles, was ich brauche. Wir sehen uns morgen.«

Er hörte, wie die Männer untereinander murmelten und Werkzeug wegbrachten. Langsam zog er seine Hand zurück und rückte ihren Rock zurecht. Er strich ihr ein paar Strähnen aus dem Gesicht und küsste sie auf ihr blassrosa Lippen.

»Wirst du dich wieder mit mir im Hotel treffen?«

»Ja.«

Erleichterung erfüllte ihn. Er hatte sie nicht daran erinnern wollen, dass sie ihm noch eine Nacht schuldete. Dass sie von sich aus ihr Verlangen nach ihm eingestand, war ein viel schöneres Geschenk. Sawyer half ihr vom Tisch, nahm ihre Hand und führte sie aus dem Nebenraum. Ehe er sie losließ, beugte er sich vor und flüsterte ihr ins Ohr: »Du bist weder hilflos, noch klammerst du dich an mich. Aber du wirst mich anbetteln, das verspreche ich dir.«

Grinsend knabberte er kurz an ihrem Ohrläppchen, dann ging er. Das Schimpfwort, das ihm durch die Abendluft folgte, war ausgesprochen heftig. Aber das war es wert gewesen.

***

»Julietta, ist alles in Ordnung?«

Sie unterbrach das Tomatenschneiden und sah zu ihrer Mutter. Die betrachtete sie skeptisch und forschend. *Mio Dio*, sollte es möglich sein, dass Mama wusste, dass sie Sex hatte?

Julietta legte das Messer weg und zog ihren Sweater zurecht, während sie hoffte, dass sie nicht irgendwelche verräterischen Flecken oder Bissspuren aufwies. Ihr zweites Zusammentreffen mit Sawyer hatte alles übertroffen, was sie für normal gehalten hatte. Er überwand jede Grenze, die sie für sich errichtet hatte, und genoss es, sie darüber hinaus zu treiben. Handschellen. Sex unter der Dusche. Und jetzt auch noch Sexspielzeuge. Sie musste einen Schauer unterdrücken, als sie an all die wundervollen Möglichkeiten dachte, wie ein Vibrator eingesetzt werden konnte. Nicht mehr lang, und ihre Anzahl an Orgasmen würde zweistellig sein. Wer hätte das für möglich gehalten?

Sie schluckte und nahm das Messer wieder an sich, um weiter Tomaten zu schneiden. »Ja, wieso fragst du?«

»Weil deine Haut anders aussieht. Und weil du vor dich hin gesummt hast.«

Entsetzen überkam sie. Weder summte sie sonst vor sich hin, noch fing sie an zu singen. Das war gar nicht gut. »Ähm, nein. Ich war neulich im Spa für eine Gesichtsmaske und eine Massage. Ich fühle mich wie neugeboren.«

»Hm.«

Die nächste Tomate glitt ihr aus den Fingern und rollte über das Schneidebrett, sie griff hastig danach. Ließ Sex eine Frau tatsächlich strahlen? Zugegeben, sie hatte einen Rückstand von einigen Jahren, also musste ihr Körper vielleicht erst einmal einiges nachholen, ehe er zur Ruhe kam. Ja, das klang überzeugend.

Zeit, das Thema zu wechseln. »Hast du in letzter Zeit was von Michael oder Carina gehört?«

Ihre Mutter drehte sich zum Herd um. Der Geruch von Knoblauch, Zwiebeln und Endivie schwebte durch die Küche. »Ja, sie wollen mich besuchen kommen.«

»Alle?«

»*Sì*. Und sie werden alle ihre Bambinos mitbringen. Und Alexa und Nick kommen vielleicht auch noch mit.«

Julietta lächelte erfreut. Ihre Mutter schaute so glücklich und begeistert drein, dass sie nur hoffen konnte, dass es auch tatsächlich dazu kam. Wenn sie sich vorstellte, von ihren Geschwistern und ihren Neffen umgeben zu sein. Das wäre so wie früher, nur noch besser. »Oh, Mama, das wäre wundervoll.«

An der Tür wurde angeklopft. Ihre Mutter wischte sich die Hände an der Schürze ab, dann schickte sie Julietta aus der Küche. »Lass sie nicht warten, Julietta. Mach die Tür auf.«

Die beiden Männer standen Seite an Seite vor der Tür und hielten einen bunten Blumenstrauß vor sich ausgestreckt. Sawyers Augen wurden dunkler, als ihm erotische Erinnerungen durch den Kopf gingen, und Julietta musste sich in dem Moment zwingen, nicht rot zu werden.

Wolfe machte einen nervösen Eindruck, eine schmale Gestalt in einem leuchtend blauen Button-down-Hemd und einer Lederjacke. Er rutschte in seinen steifen Schuhen mit höherem Absatz hin und her. Julietta war gerührt, als sie sah, dass er sich für diesen Anlass tatsächlich ein wenig konservativ angezogen hatte. Sie ließ sie eintreten und brachte sie in die angenehm warme Küche.

»Mama, das ist Wolfe, Sawyers Assistent. Er war eine unglaubliche Hilfe darin, diesen Vertrag auf die Beine zu stellen.«

Mama Conte gab Sawyer einen schmatzenden Kuss, freute sich über die Blumen und ging auf Wolfe zu. Er machte einen völlig entsetzten Eindruck und schien nur darauf zu warten, welchen Kommentar er von ihr zu hören bekommen würde. Sein Ohrring blinkte, sein Tattoo kroch unter dem konservativen Hemdkragen hervor und verteilte schwarze Tinte an seinem Hals. Ihre Mom nahm das alles wahr, ihren Augen entging kein Detail. Schließlich lächelte sie ihn einladend an. »Willkommen in meinem Zuhause, Wolfe. Ich fühle mich geehrt, dass du dir in deinem vollen Terminplan einen Platz frei gehalten hast, um einer alten Frau Gesellschaft zu leisten.«

Sie ignorierte seine Fass-mich-nicht-an-Aura, beugte sich vor und gab ihm einen Kuss auf die Wange. Dann kehrte sie an ihren ursprünglichen Platz zurück. »Ich hoffe, ihr beide habt genug Hunger mitgebracht.«

Wolfe blinzelte verdutzt und sah Julietta an. Einen Augenblick später wirkte seine Haltung viel lockerer und ein Lächeln zeichnete sich an seinen Mundwinkeln ab. Seine abweisende Art war nur ein Panzer, hinter dem sich ein weiches Herz verbarg, das ihm vermutlich so viel Angst machte, dass er sich damit lieber nicht befassen wollte. Es musste nur jemand kommen und ihm einen Stoß in die richtige Richtung geben.

Sie erwiderte das Grinsen und führte ihn durch die gemütliche Küche.

Große Holzschüsseln mit frisch zubereiteten Ravioli mit Soße standen auf dem Tisch, dazu gab es knuspriges Brot sowie Rot- und Weißwein. Julietta forderte sie auf, Platz zu nehmen, und nachdem sie sich alle an den massiven Kieferntisch gesetzt hatte, verfielen sie in einen lässigen Wechsel aus Genießen und Small Talk.

»Erzählt mir mehr von diesem Vertrag.« Mama Conte lehnte sich nach hinten, während sie mit der gewohnten Präzision und Begeisterung von ihrem Teller aß. »Ich habe gehört, dass *La*

Dolce Famiglia exklusiv in den *Purity* Hotels vertreten sein wird. Wann ist die Eröffnung?«

»In *Sex* Monaten«, antwortete Julietta.

Schweigen machte sich breit, alle drei starrten sie an, als wären ihr plötzlich Hörner aus der Stirn gewachsen. Auf einmal wurde ihr klar, was sie eben gesagt hatte. *Heilige Scheiße*. Ein freudscher Versprecher von gigantischen Ausmaßen.

»Scusi?« Mama Conte kniff die Augen zusammen, als hätte sie sich getäuscht. Nicht so ihre Ohren.

Sawyer presste die Lippen aufeinander, doch seine bernsteinfarbenen Augen funkelten vergnügt.

Sie beugte sich vor und sagte lauter: »In *sechs* Monaten habe ich gesagt, Mama.«

»Ah, sehr ehrgeizig.«

»Ja, es ist wirklich ein ehrgeiziges Unterfangen.« Sawyer trank einen Schluck Wein und strich mit dem Daumen am Glasrand entlang. »Aber es ist der Mühe wert.«

Ihr Magen zog sich zusammen. Sawyer sah in diesem Moment genauso aus, wie in den Momenten, wenn er sich vornahm, sie zum Höhepunkt zu bringen. Dieser talentierte Daumen hatte mit ihrer Klit, ihren Nippeln und ihrem Mund Dinge angestellt, die eigentlich verboten hätten sein müssen. Ein Glück, dass sie das nicht auch waren. Hitze breitete sich unter ihrer Haut aus, die zu kribbeln begann. Sie schlug die Beine übereinander, um so vielleicht etwas von diesem Sehnen zu lindern. »Sawyer bekommt immer das, was er will«, erklärte sie. »Wenn ihm etwas Bestimmtes vorschwebt, dann akzeptiert er kein Nein.«

»Dein Papa war auch so.« Mama Conte lächelte wehmütig. »Er glaubte daran, dass wir die Bäckerei zum Erfolg führen würden, auch wenn wir damals ganz klein angefangen haben. Wenn er sich etwas vorgenommen hatte, dann räumte er jedes Hindernis einfach aus dem Weg.«

Julietta seufzte. »Ich kann mich noch gut erinnern, wie fasziniert ich von der Küche war. Ich konnte stundenlang auf dem Stuhl sitzen und Mama dabei zusehen, wie sie Teige rührte und knetete. Ich wartete darauf, dass ich von allem einmal würde probieren können. Mama war immer von Kopf bis Fuß mit Mehl überzogen. Wenn Papa zu irgendeinem Termin ging, beklagte er sich jedes Mal, dass alle sofort wüssten, woher er kam, weil er von einer Wolke aus Mehlstaub umgeben war.

Sawyer grinste. »Hat er auch gebacken?«

Mama Conte nickte. »Wir haben alle in der Küche mitgeholfen. Meine Kinder haben es früh gelernt, aber keines von ihnen besitzt die Leidenschaft, die man braucht, um so etwas als Beruf zu machen. Venezia hat sich damit herumgequält, sie war immer viel mehr an Kleidung, Schuhen und Make-up interessiert. Michael hat es nur aus Verantwortungsgefühl heraus gemacht. Carina war zu der Zeit noch zu jung und fühlte sich immer schon mehr zur Kunst hingezogen.« Ihre Mutter sah mit einem stolzen Leuchten in den Augen zu Julietta. »Nur Julietta zeigte großes Talent, aber sie ist ihrem Vater auch am ähnlichsten. Die beiden standen sich sehr nah und schienen die geschäftliche Seite von *La Dolce Famiglia* interessanter zu finden als die Kreation von Backwaren.«

Julietta schluckte die letzte Ravioli und tupfte sich den Mund ab. »Papa nahm mich mit zur Arbeit, als er endlich das Haus für das Hauptquartier gekauft hatte. Er stritt sich dauernd mit Michael und er erzählte mir, ich sei seine letzte Hoffnung, und ich müsse die Vernünftige in der Familie sein.«

»Hast du nach dem Studium mit der Arbeit angefangen?«, fragte Sawyer.

Sie schüttelte den Kopf. »Mir blieb keine Zeit für ein Studium. Ich habe das Abitur gemacht und dann sofort die Arbeit begonnen. Papa zeigte mir alles, was ich wissen musste, um eine Bäckerei erfolgreich zu führen. Zu der Zeit expandierten wir, und er brauchte jemanden, dem er vertrauen konnte.«

»Haben Sie jemals was anderes machen wollen?«

Julietta drehte sich zu Wolfe, der soeben aufgegessen und diese Frage mit unüberhörbarer Neugier gestellt hatte. Sie stutzte und musste erst mal darüber nachdenken. Hatte sie das gewollt? Sie war ja nie vor die Wahl gestellt worden, das oder etwas anderes zu machen. Wie viele Leute kannte sie, die meckerten und jammerten, weil ihre Eltern für sie über ihre Zukunft entschieden hatten? Zugegeben, manchmal wünschte sie, sie hätte eine unbeschwertere Jugend gehabt, mit Studentenpartys und Alkohol bis zum Abwinken. Wenn sie an ihre Zeit als Teenager zurückdachte, hatte sie die meisten Jahre damit zugebracht zu lernen, wie man in der Geschäftswelt zurechtkam. Wie man Selbstbewusstsein ausstrahlte, sich richtig kleidete, wie man den Familiennamen in Ehren hielt.

Anstatt sich zu verabreden, hatte sie über Tabellen aller Art gesessen, weil Papa auf sie gezählt hatte. Es gab keinen Spielraum für Fehler, denn sie konnte ihren Vater nicht enttäuschen. Michael und Venezia hatten ihm bereits das Herz gebrochen mit ihrer Weigerung, für *La Dolce Famiglia* zu arbeiten. Sie hatte von Anfang an gewusst, dass sie diejenige sein würde, die ihren Vater stolz machte. Eine Wahl?

Nein, eine Wahl hatte es für sie nicht gegeben. Aber sie weigerte sich, die Erinnerung an ihren Vater zu trüben, indem sie irgendetwas nachweinte, was sie nie gehabt hatte. Die Gelegenheiten, die sich ihr geboten hatten, und ihre Erziehung waren ein Geschenk, das weder Sawyer noch Wolfe erfahren hatten.

Am Tisch machte sich Schweigen breit, und ihr wurde klar, dass auch ihre Mutter und Sawyer auf ihre Antwort warteten. Sah sie tatsächlich Bedauern in den Augen ihrer Mutter aufblitzen? Oder war das nur das Licht gewesen?

Julietta hob stolz das Kinn an. »Ich war mit meiner Entscheidung immer glücklich und ich bedauere nichts.«

Ihre Mutter räusperte sich und stand auf. »Ich serviere jetzt den *secondo corso*.«

Wolfe sah ihr erstaunt nach. »Was? Es gibt noch mehr?«

Mama Conte lachte amüsiert. »Ihr dummen Amerikaner. Pasta ist nur der erste Gang. Es kommen noch drei.«

Julietta zwinkerte Wolfe zu und half beim Abräumen. Als neue Teller hingestellt wurden, ließ die Anspannung nach, die der Junge ausstrahlte, und Sawyer entspannte sich sogar noch mehr. Zartes gebratenes Lammfleisch mit einem Hauch Minze,

Schüsseln mit Endivien in Knoblauch, Öl und cremige Polenta wurden herumgereicht, während Mama Conte aus ihrer Jugend erzählte und ein paar Eskapaden ihrer Kinder zum Besten gab. »Sawyer, du könntest die Gelegenheit bekommen, Maximus wiederzusehen. Er will mich bald besuchen kommen. Ach, was waren Carina und Julietta in ihn verliebt gewesen!«

Julietta schnaubte. »Nur ein bisschen. Carina war jahrelang verrückt nach ihm. Die beiden waren füreinander bestimmt.«

Sawyer richtete seine ganze Aufmerksamkeit auf sie. »Ist das wahr?«, fragte er interessiert. »Scheint so, als wäre mein alter Freund Max ein richtiger Frauenheld gewesen.«

»Oh, du bist aber nicht viel harmloser als er«, konterte sie prompt. »Wie mir zu Ohren gekommen ist, hat Sawyer in Vegas um Carina geworben, Mama. Vielleicht hat er sich sogar wegen deiner armen Tochter ganz altmodisch duelliert.«

Mama Conte sah interessiert von ihrem Teller auf.

»Ja, richtig. Ich glaube, Max hat mir vor der Hochzeit davon erzählt. Irgendetwas mit einer Schlägerei.«

»Hast du verloren?«, fragte Mama Conte ihn. Sawyer zuckte beiläufig mit den Schultern, und Julietta schnalzte mit der Zunge, um ihr gespieltes Mitgefühl kundzutun. Die Tatsache, dass Sawyer mal auf ihre Schwester scharf gewesen war und sich ihretwegen mit Max geprügelt hatte, versetzte ihr einen schmerzhafteren Stich, als sie für möglich gehalten hätte. Sie versuchte, Desinteresse vorzutäuschen und sich nicht selbst in Verlegenheit zu bringen. Nachdem ihre beiden Nächte hinter ihnen lagen, war von einem weiteren Treffen bislang keine Rede gewesen. Vielleicht war es jetzt vorüber. Aber es war schließlich nicht so, als hätten sie eine echte Beziehung gehabt. Definitiv nichts von der Art, was ihm vermutlich bei Carina vorgeschwebt hatte. »Zu schade. Aber ich bin mir sicher, du hast einen brauchbaren Trostpreis gefunden, wenn dir das große Los verwehrt geblieben ist.«

Seine Gabel fiel klirrend auf den Teller, und als Julietta hochsah, entdeckte sie in seinen Augen einen gereizten hitzigen Ausdruck. Ihr Herz tobte, während sie kämpfte, um nicht auf diese magnetische sexuelle Anspannung zu reagieren, die sie zu ihm hinzog. Ihre verdorbene Seite malte sich in diesem Moment aus, wie sie über den Tisch zu ihm kroch, sich auf seinen Schoß setzte und ihn fordernd ritt.

Mama Conte schnalzte mit der Zunge. »Julietta, was ist in dich gefahren? Es ist unhöflich, so etwas zu unserem Gast zu sagen.«

Sie wand sich unter dem Tadel. Dieser Mann ließ auf eine Art und Weise ihr Temperament mit ihr durchgehen, wie sie es noch nie erlebt hatte. »Entschuldigung«, murmelte sie.

»Entschuldigung angenommen.« Sein erbarmungsloser Blick durchbohrte sie. »Aber lass dir eines gesagt sein: Ich gebe mich nie mit Trostpreisen zufrieden, Julietta«, betonte er. »Ist das klar?«

Die hinter seinen Worten verborgene Bedeutung beruhigte und erregte sie zugleich. Ihre Wangen begannen zu glühen. Sie beugte sich vorneüber und konzentrierte sich ganz auf ihr Essen. Vielleicht war das Ganze doch keine so gute Idee gewesen. Sie hatte nur Wolfe zum Familienessen einladen wollen und jetzt sorgten ihre komplizierten Gefühle für Sawyer dafür, dass eine unterschwellige Anspannung in der Luft hing. Sogar ihre Mutter schien bemerkt zu haben, dass irgendetwas nicht stimmte, ihr wachsamer Blick wanderte von einem zum anderen hin und her, als versuche sie zu ergründen, was genau eigentlich los war.

Julietta stand auf und räumte den Tisch ab, spülte die Teller und sortierte die Reste in verschiedene Plastikbehälter. Ihre Mutter unterhielt sich mit Sawyer und Wolfe, während sie Espresso machte und eine Auswahl an Obst, Käse, Feigen und Apfelkuchen aus dem Kühlschrank holte.

Was stimmte nicht mit ihr? Wollte sie eine Beziehung mit Sawyer Wells? So etwas schien eigentlich undenkbar zu sein, aber ihr Körper sehnte sich auf einer regelmäßigen Basis nach ihm. Sie hatte nie geglaubt, eine von den Frauen zu sein, denen eine rein sexuelle Beziehung genügte, andererseits war sie zu der Zeit ja auch noch nie einem Mann begegnet, der sie zum

Orgasmus hatte bringen können. Selbst wenn sie an mehr interessiert war, hatte Sawyer keinen Hehl daraus gemacht, dass eine langfristige Beziehung für ihn nicht infrage kam. Am besten war es, jetzt einen Schlussstrich zu ziehen, ehe sie sich noch mehr darin verstrickte. Sie wollte auf keinen Fall eine von diesen willensschwachen Frauen sein, die um Zuneigung bettelten. Dafür besaß sie einfach zu viel Stolz. Von ihm abhängig zu werden wäre eine Katastrophe. Außerdem war sie sich sicher, dass sie von den Orgasmen der letzten Woche noch Jahre zehren konnte.

Sie goss den Espresso ein und stellte die Tassen auf den Tisch, dann biss sie in eine saftige Feige. »Wir müssen uns bald auf den Weg machen, Mama. Wir haben noch eine lange Woche vor uns.«

»Ja natürlich. Kann ich dich noch kurz allein sprechen, Wolfe?«

Der Junge sah sie überrascht an. »Ja sicher.«

»Unter vier Augen, meinte ich. Würdet ihr bitte im Wohnzimmer warten? Julietta? Sawyer?«

Julietta zögerte kurz. Aber sie vertraute ihrer Mutter, und wenn die etwas mit Wolfe zu bereden hatte, war es auch etwas Wichtiges. Sie nickte. »Ja klar.«

»Grazie.«

Sie führte Sawyer nach nebenan ins Wohnzimmer. Der handgeknüpfte farbenprächtige Teppich bedeckte den Kiefernholzboden und passte gut zu den gemütlichen erdfarbenen Farbtönen der Polstergarnitur. Vor den Fenstern hingen filigrane Spitzengardinen, auf dem Tisch lagen Garnrollen wild durcheinander. Eine weitere Strickarbeit ihrer Mutter, die noch im Entstehen war. Im Kamin brannte ein knisterndes Feuer, das den Raum wärmte. Julietta schlang die Arme um sich und ging auf und ab, da sie zu rastlos war, als dass sie sich hätte hinsetzen können. »Keine Sorge, Mama wird nichts tun, was ihm Unbehagen bereiten könnte. Ich verspreche es dir.«

»Um Wolfe mache ich mir keine Sorgen.« Die Hitze seines Körpers näherte sich ihr von hinten und umschloss sie. Das köstliche Aroma von Moschus und Gewürzen umgab sie. Julietta ging ein paar Schritte, um den Abstand zu ihm zu vergrößern. »Ich bin mehr um das besorgt, was in deinem Kopf vor sich geht.«

Sie konzentrierte sich darauf, Schnickschnack und Bilderrahmen auf der antiken Truhe zu ordnen, bis alles in Reih und Glied dastand. »Nichts, was wir im Moment besprechen sollten.«

»Das sehe ich anders. Es ist noch keine zwölf Stunden her, da war mein Schwanz tief in dir. Ich glaube, ich verdiene es zu erfahren, was du denkst.«

Abrupt blieb sie stehen und wirbelte zu ihm herum. Er kam auf sie zu wie ein lautloser Jäger, ihr Körper schmolz bei seinem Anblick förmlich dahin. Sie hätte Geld dafür gezahlt, um sich in diesem Moment für frigide zu erklären.

Aber ihr Status als Eiskönigin wurde längst von einem anhaltenden Verlangen überboten, das sie vor Wut rasend machte. Sie klammerte sich an dieser Verärgerung fest und versuchte die Hormone zu ignorieren. »Sag nicht solche Sachen«, zischte sie ihm zu. »Wir sind hier im Haus meiner Mutter.«

»Die uns momentan nicht belauschen kann. Du versuchst, das zwischen uns wieder auf eine rationale Ebene zu bringen, nicht wahr?«

Sie hasste seine Scharfsinnigkeit. Warum musste er nur ständig so heiß aussehen? Die eng geschnittene schwarze Hose betonte all seine Vorzüge, sein taubengraues Hemd unterstrich den goldenen Glanz seiner Augen. Sein Haar war so zerzaust, als wäre er eben erst aus den Federn gekommen, und es duftete frisch gewaschen. Rebellierend ballte sie die Fäuste. Sie wollte ihn packen und an sich ziehen, um seinen köstlichen Mund auf ihren Lippen zu spüren. Um seinen Duft zu inhalieren, der sie berauschte. Stattdessen musste sie logisch argumentieren, warum sie nicht wieder mit ihm schlafen würde. »Ich finde, wir sollten uns nicht mehr treffen.«

»Finde ich nicht.«

Einen Moment lang bekam sie den Mund nicht mehr zu.

»Ich habe dir gerade gesagt, dass das ... zwischen uns ein Ende haben muss.«

Er kniff die Lippen zusammen. »Und ich habe *Nein* gesagt.«

Frust regte sich in ihr und machte sie ungehalten. Warum konnte er nicht einfach weggehen wie all die anderen Männer, die sie abgewiesen hatte? »Tja, Pech für dich. Unsere mündliche Vereinbarung wurde erfüllt, du hast gewonnen. Wir müssen uns auf *Purity* konzentrieren und mit allem zeitig fertig sein. Einigen wir uns darauf, dass es ein schönes Erlebnis war, geben wir uns die Hand und dann sehen wir wieder nach vorn.«

Er legte den Kopf in den Nacken und lachte. Julietta sah ihn verärgert an. »Oh, du bist wirklich gut. Ein schönes Erlebnis, wie? Und wir geben uns die Hand?« Er bewegte sich so schnell, dass ihr keine Zeit zum Reagieren blieb. Im nächsten Augenblick drückte er sie fest an sich und fiel mit einem solch unmöglichen Kuss über sie her, dass sich ihre Zehen in den Stiefeln verkrampften und sie unter den Berührungen seiner Zunge nur hilflos stöhnen konnte.

Dann unterbrach er schwer atmend diesen Kuss. »Was glaubst du, wen du vor dir hast? Einen von deinen Lakaien? Glaubst du wirklich, du kannst diese Sache zwischen uns kontrollieren, indem du sie für erledigt erklärst?« Lust, Habgier und Verlangen standen ihm ins Gesicht geschrieben. Julietta starrte ihn an, fasziniert vom Anblick solch urtümlicher Gefühle. »Ich sage Nein. Ich werde nicht deine Hand schütteln, wenn ich viel lieber meine Finger zwischen deine Schenkel schieben möchte, um dich kommen zu lassen. Ich werde nicht höflich lächeln, wenn ich dich lieber bis zur Besinnungslosigkeit küssen möchte und ich dich zwingen will, dass du dich der Frau stellst, die du bist.«

Sie legte die Hände auf seine Brust, um ihn wegzuschieben, aber er gab nicht nach. »Ich weiß genau, wer ich bin«, fauchte sie aufgebracht. »Eine erwachsene Frau, die ihre eigenen Entscheidungen trifft, und zwar auf der Grundlage der Logik. Ein paar Orgasmen sind nicht genug, um diesen Vertrag oder meinen Verstand aufs Spiel zu setzen.«

»Pech für dich«, gab er zurück. »Erstens wirst du mich so schnell nicht los und zweitens halte ich mich nicht an Spielregeln. Wenn du keusch und allein in deinem Bett schlafen willst, ist das deine Sache. Aber ich werde jeden Tag an deiner Seite sein und dich daran erinnern, was ich dir geben kann. Ich ergreife nicht die Flucht, nur weil etwas hässlich und wirklich ist, Baby.«

»Ach ja? Und was willst du mir dann noch geben, Sawyer?« Sie stellte sich auf Zehenspitzen vor ihm hin. »Wenn Vibratoren, Handschellen und Augenbinden abgehakt sind, was kannst du mir dann noch geben? Du hast selbst gesagt, dass eine langfristige Beziehung nicht möglich ist. Also komm mir nicht mit diesem Mist, dass es hässlich und wirklich wird. *Baby*!«

Er ließ sie los und stolperte schockiert ein paar Schritte nach hinten. Julietta presste die Faust gegen ihren Mund. Hatte sie ihn dazu herausgefordert, aus dieser Beziehung etwas Reales zu machen? Wollte sie das überhaupt?

Ihr blieb keine Zeit, das zu analysieren, da ein Geräusch die lähmende Stille unterbrach.

Mama Conte stand mit Wolfe in der Wohnzimmertür. »Wir sind so weit.«

Julietta riss sich zusammen und setzte ein strahlendes Lächeln auf. »Gut. Dann hole ich unsere Jacken und meine Handtasche und wir können los.« Sawyer sagte nichts, sondern folgte ihr nach draußen, um sich zu verabschieden. Sie drückte ihre Mutter an sich und schöpfte Kraft aus den starken Armen, von denen sie umschlungen wurde. Dabei atmete sie den tröstenden Duft ein, den sie immer mit *zu Hause* verband.

»Pass gut auf dich auf, mein liebes Mädchen.« Mama Conte strich ihr über die Wange, während sie sie forschend ansah, als wollte sie herausfinden, was ihrer Tochter Sorgen bereitete.

»Ich hab dich lieb, Mama.«

Wolfe stellte sich vor ihre Mutter, sein Gesichtsausdruck war irgendwie eigenartig. Langsam und zögerlich beugte er sich vor und gab ihr eine vage Umarmung, dann zuckte er zurück. In einem würdevollen Ton, für den er noch viel zu jung schien, sagte er: »Vielen Dank, dass du mich in dein Heim eingeladen hast, Mama Conte. Vielen Dank ... für alles.«

Julietta musste sich auf die Lippe beißen, damit sie nicht von ihren Gefühlen überwältigt wurde.

Ihre Mutter lächelte und tätschelte seine Wange. »Gern geschehen. Von jetzt an kommst du zusammen mit Sawyer jeden Sonntag her.«

Wolfe nickte. Julietta eilte nach draußen und winkte Sawyer und Wolfe zum Abschied flüchtig zu, dann stieg sie in ihren Wagen und ließ den Motor an. Als wäre Satan persönlich hinter ihr her, umfasste sie das Lenkrad, stellte sich vor, auf ihrem Motorrad zu sitzen – dann drückte sie das Gaspedal durch.

Sie wollte nicht das Chaos der letzten Stunden analysieren. Wenn sie morgen Früh aufwachte, würde sie sich stärker fühlen und bereit sein, sich dem neuen Tag zu stellen. Julietta ließ das Radio nach dem Lokalsender suchen, drehte die Lautstärke auf und machte sich auf den Heimweg.

***

Sawyer saß im Dunkeln und versuchte zu verstehen, was mit ihm nicht stimmte.

Während der Rückfahrt hatte er kein Wort gesprochen. Wolfe schien es nicht anders ergangen zu sein, da er sich damit begnügt hatte, schweigend aus dem Fenster zu sehen. Etwas hatte sich heute Abend verändert und er war sich nicht sicher, was er damit anfangen sollte.

In dem Moment, als Julietta versucht hatte, ihn wegzustoßen, war er durchgedreht. Mit ihrer kühlen Haltung hatte sie ihn herausgefordert, die Verbindung zwischen ihnen zu beweisen, und damit hatte sie bei ihm eine tief sitzende Panik ausgelöst, wie sie ihm noch nie untergekommen war. Er wusste nur, er war nicht bereit, sie aufzugeben. Noch nicht.

Sawyer war der Meinung, dass sie es mit der Angst zu tun bekommen hatte. Dummerweise war seine Reaktion alles andere als hilfreich gewesen, als er sich wie ein Höhlenmensch aufgeführt hatte. Und dann hatte sie die Beziehungskarte ausgespielt. Wollte sie etwas Dauerhaftes haben? Warf sie Sex mit echten Gefühlen durcheinander?

Er hatte nichts, worauf er hätte aufbauen können. Er hatte eine Frau immer nur für ein paar Nächte haben wollen. Mehr als die körperlichen Bedürfnisse eines Abends waren für ihn nicht wichtig. Er genoss es, die Kontrolle zu haben und der Frau Lust zu bereiten. Doch bei Julietta war irgendetwas anders, und er wusste nicht, was er tun sollte.

Er starrte auf das Gemälde an der Wand. Es zeigte ein Paar, das eng umschlungen auf einem Bett lag. Der Fuß des Mannes war zwischen ihre gespreizten Beine geschoben, aber sein Rücken nahm dem Betrachter die freie Sicht auf alles. Der Raum war in Schatten gehüllt, Teile ihres Körpers wurden dadurch hervorgehoben. Der Schwung ihrer Hüfte, ein versteifter Nippel, das volle dunkle Haar, das über ihre Schultern ausgebreitet lag. Das Gesicht der Frau ließ ein intensives Verlangen erkennen, das ihrem Liebhaber galt. Indem alle komplexen Gefühle auf nichts weiter als Lust und Begierde reduziert wurden, fand Sawyer Frieden. Erotische Kunst hatte ihm schon immer gefallen. Wenn er ein richtig gutes Werk vor sich hatte, wurde er dadurch für eine Weile an einen Ort gebracht, an dem er sich etwas Reales vorstellen und berühren konnte.

Julietta zu Hause bei ihrer Mutter zu erleben hatte seine Seele besänftigt. Seine Mahlzeiten bestanden darin, dass er allein in vornehmen Restaurants aß, etwas vom Drive-in holte oder am Schreibtisch nebenher etwas runterschlang. Mit anderen gemeinsam zu essen schuf eine Form von Intimität zu ihnen, die auf ihn eine faszinierende Wirkung ausübte.

Aber es konnte natürlich nicht funktionieren.

Er dachte zurück an den Abend, an dem er zum ersten Mal Mama Conte begegnet war.

Gott, was war er noch jung und unerfahren gewesen, voller ungestümer Wut und voller Ehrgeiz, dass er sich selbst kaum hatte bändigen können. Er hatte mit allen Mitteln darum gekämpft, ein Praktikum im *Plaza* Hotel in New York zu bekommen, und sein Boss war das größte Arschloch auf der ganzen Welt gewesen. Er hatte ihn an seinen Pflegevater erinnert, ein Haufen Gehässigkeit in einem teuren Anzug und mit genug Geld auf der Bank, um vor allem und jedem gut geschützt zu sein. Robin hatte Sawyer auf den ersten Blick gehasst und ihm jeden Tag zur Hölle gemacht. An allem, was schiefging, war Sawyer schuld; was gut lief, beanspruchte er für sich selbst. Aber als er dann Robin für einen Vertragsabschluss nach Mailand begleiten durfte, kam es ihm so vor, als hätte er einen Volltreffer gelandet. Einen offiziellen Reisepass in den Händen zu halten, an Bord eines Flugzeugs zu gehen und Italienisch zu lernen, gaben ihm das Gefühl, lebendig zu sein. Nicht nur ein Geist in der Gesellschaft, sondern ein Mann mit Möglichkeiten. Bis zu jener Nacht.

Sawyer hatte beim Klienten einen guten Eindruck hinterlassen, und dann beging er den fatalen Fehler, dem Mann seine Visitenkarte zu geben, weil er hoffte, in Zukunft wieder mit ihm zusammenarbeiten zu können. Robin schien es nicht zu gefallen, dass sein Lehrling ihn zu überflügeln versuchte. Als sie zusammen in einer Bar saßen, um den Vertrag zu feiern, wurde er von Robin beschimpft. Der Mann wurde lauter und aufgebrachter, bis es Sawyer zu viel wurde und er sich zur Wehr setzte.

Um gleich darauf gefeuert zu werden.

Sawyer kniff die Augen zu, als die Erinnerungen ihm einen Stich versetzten.

Er erinnerte sich an die Panik, in Italien festzusitzen und keinen Job zu haben – und somit noch mal ganz von vorn anfangen zu müssen! An die Demütigung, von allen in der Lounge angestarrt zu werden, die aus Mitleid mit dem armen Jungen den Kopf schüttelten.

Mit einem Mal wurde Sawyer in diese Vergangenheit gezerrt.

Robin blieb an der Bar sitzen und betrank sich. Der Plan fasste Fuß, als er mit ansah, wie Robin eine elegant gekleidete Frau gleich neben sich anzumachen versuchte. Er wusste, sie war eine Prostituierte, und als sein Exboss lauter und aufbrausender wurde, fasste er einen Entschluss.

Er verließ die Bar. Es war eine Leichtigkeit, die Videokamera zu kaufen. Noch leichter war es, die Nutte dazu zu bringen, die nötigen Aufnahmen zu beschaffen, mit denen er seinen Boss erpressen und ruinieren konnte. Aus sicherer Entfernung beobachtete Sawyer, wie alles seinen geplanten Gang ging, als Robin schwankend von seinem Hocker aufstand und die Frau ihren Zimmerschlüssel hervorholte, ehe sie den Mann wegführte. Im Vorbeigehen nickte sie Sawyer zu und hielt die Hand hoch.

In fünf Minuten.

Er stand auf, um sein Bier an der Theke zu trinken, während er wartete.

Und dann hörte er mit einem Mal die Stimme.

»Wahrscheinlich verdient er es, wissen Sie?«

Er drehte den Kopf zur Seite; neben ihm befand sich eine Frau, die eine zinngraue Hose und einen dunkelgrauen Cardigan trug. Das wunderschöne, lange graue Haar hatte sie zum Dutt hochgesteckt, die Falten in ihrem Gesicht zeugten von Humor und Anmut, ihre dunklen Augen sahen ihn freundlich an.

»Scusi?«

Die Frau lächelte ihn an und bestellte beim Barkeeper ein Glas Chardonnay. »Ich habe mit meiner Freundin hier gegessen und dabei die Szene mitbekommen. Er ist Ihr Boss, richtig?«

Sawyer trommelte mit den Fingerspitzen auf das Holz des Tresens, dabei sah er auf seine Armbanduhr. Vier Minuten. »Er war mein Boss. Er hat mich gefeuert.«

Sie seufzte. »Viele Leute setzen ihre Macht für die verkehrten Dinge ein. In welcher Branche arbeiten Sie?«

»Hotel. Wir haben uns hier mit einem Kunden getroffen, aber ich schätze, ich war etwas zu erfolgreich.« Hass und Verbitterung setzten ihm so sehr zu, dass ihm davon übel wurde. Sawyer schob sein Bierglas weg. »Keine Ahnung, wieso ich gedacht hatte, es würde anders sein«, murmelte er zu sich selbst. »Ich war so dumm, mich an die Spielregeln zu halten.«

»Nein, das war mutig von Ihnen. Nur wenn wir an etwas Gutes glauben, wird es uns zusammenhalten.«

Er unterbrach sich und betrachtete sie. Sie roch nach Zucker und Kuchen und etwas Süßem. Welches Spiel trieb sie? Seine Finger tasteten nach der kleinen Tasche, in der sich die Kamera befand. Er hielt sie fester umschlossen und trank einen Schluck Bier. Drei Minuten. »Glauben Sie mir, ich lebe nicht in einer Traumwelt. Sie müssen mit allen verfügbaren Mitteln für Ihren Schutz sorgen. Nur die Starken überleben.«

Plötzlich griff sie nach seinem Handgelenk. Sein erster Gedanke war, vor ihr zurückzuweichen, weil er es nicht ertrug, von irgendwem ohne Vorwarnung angefasst zu werden. Aber ihre Haut fühlte sich warm an, ihr Blick ruhte beharrlich auf ihm. Und das nicht nur oberflächlich, sondern tief hinter diesen braunen Augen, dass Sawyer fühlen konnte, wie sie jeden seiner Dämonen genau sehen konnte, von denen er geplagt wurde. »Im Leben geht es um mehr als nur um das Überleben, finden Sie nicht auch? Es geht um Entscheidungen. Schwierige Entscheidungen. Es gibt da etwas, das größer ist als jeder Einzelne von uns. Man nennt es Karma. Jede gute Tat wird im Universum mit etwas Gutem vergolten, jede schlechte Tat zieht Vergeltung nach sich. Vielleicht nicht hier auf der Erde, aber irgendwann später.«

Ein Ansturm von Gefühlen ließ ihn erschaudern. Sawyer grinste spöttisch. »Was für ein Blödsinn. Es gibt kein Leben nach dem Tod, und Glück bedeutet hier Geld, Macht und die Fähigkeit, sich das zu nehmen, was man haben will.«

Ihr Lächeln war so sanftmütig und so voller Weisheit, dass ihm der Atem stockte. »Da irren Sie sich. Ich weiß, was Sie vorhaben und ich mache Ihnen keine Vorwürfe. Niemand könnte Ihnen das zum Vorwurf machen. Auge um Auge scheint die angemessene Antwort zu sein. Aber wenn Sie später aufwachen, werden Sie sich umso leerer fühlen und Sie werden noch mehr Hass brauchen, um diese Leere zu füllen.« Ihre Finger legten sich fester um sein Handgelenk, sein Puls raste. »Ich bitte Sie, sich anders zu entscheiden. Heute. Entscheiden Sie, das alles einfach hinter sich zu lassen, und dann könnte sich alles verändern.«

Angst überkam ihn, als wäre er ein zahnendes Hündchen, dem man einen Knochen gegeben hatte. »Wer sind Sie? Sie kennen weder mich noch ihn. Sie wissen überhaupt nichts.«

»Ich weiß, dass ich in Ihnen viel mehr sehe als das hier.« Sie lockerte ihren Griff, zog ein paar Euroscheine aus der Tasche und schob sie ihm hin. Dann legte sie eine Visitenkarte dazu. »Ich möchte Ihnen gern helfen. Ich kenne jemanden, der ein bekanntes Hotel führt, und ich glaube, Sie würden gut zu ihm passen. Aber Sie müssen entscheiden, was Sie lieber

haben wollen.«

Sawyer betrachtete herablassend die Visitenkarte mit dem Namen La Dolce Famiglia und einem gemalten Kuchen daneben. Eine beschissene Bäckerei? Ein irres Lachen stieg in seiner Brust auf. Er war im Begriff, einen Porno mit einer Nutte zu drehen und seinen Boss zu erpressen. Er lebte in der Gosse, weil er sich dort auskannte. Jeder Versuch, etwas Echtes oder Sauberes anzustreben, würde ihn nur enttäuschen. Und Sawyer hatte diese Lektion wirklich gründlich gelernt.

»Klar, Lady, wie Sie meinen.« Er steckte die Karte in seine Jackentasche, damit die Frau endlich Ruhe gab. »Danke für das Angebot.«

Sie kniff einen Moment die Augen zu, als wäre er ihr Sohn, der sie soeben enttäuscht hatte. Als sie sie wieder öffnete, funkelten ihre Augen so hell und klar wie der Rand einer zerbrochenen Flasche. »Ich weiß, Sie glauben mir nicht. Ich würde es wohl auch nicht glauben wollen. Trotzdem lässt uns der Herr jeden Tag die Wahl, und jede winzige Wahl bildet den Rahmen für unser Leben. Das ist keine Garantie dafür, dass guten Menschen nicht vielleicht doch etwas Schreckliches zustößt. Unschuldigen Menschen.« Traurigkeit umgab sie wie eine Parfümwolke. »Ihre ganze Zukunft kann durch eine einzige Entscheidung verändert werden. Eine gute Sache kann etwas Schlechtes nach sich ziehen, aber Sie müssen entscheiden.«

Sie griff nach ihrem Weinglas und nickte auf eine so anmutige Weise, dass er sich mit einem Mal nach etwas Schönem in seinem Leben sehnte.

»Danke, dass Sie mir zugehört haben.«

Die Frau verschwand aus der Bar, als wäre sie von einem beschissenen Harry Potter weggezaubert worden. Sawyer sah auf seine Armbanduhr und verdrängte diese seltsame Begegnung aus seinen Gedanken.

Showtime.

Er trank sein Bier aus, bezahlte und nahm den Aufzug, um in den elften Stock zu fahren. Die Keycard für Zimmer 117 schien in seiner Hand zu brennen. Er sah sich im Gang um, ob auch alles ruhig war. Weder Zimmermädchen waren unterwegs noch andere Gäste. Sawyer holte die Kamera heraus und machte sich mit den Tasten vertraut, damit er wirklich bereit war, den Film seines Lebens zu drehen. Endlich. Der erste Schritt auf dem Weg zur Rache, noch viel schöner, als die Jungs zu verprügeln, die ihn in der Gasse hatten überfallen wollen, die sein Zuhause war.

Und auch viel schöner, als reiche Säcke zu beklauen, die ihr Geld für Kaffee, Designerkleidung und schicke Frauen rausschmissen.

Er schob die Karte ins Schloss und wartete auf das Klicken.

Das Lämpchen blinkte auf, aber Sawyer hielt inne.

Vor seinem geistigen Auge tauchte wie aus dem Nichts Danny auf. Der kleine Junge, der zu ihm aufgesehen hatte, der daran glaubte, dass Sawyer stark genug war, ihn zu beschützen. Sein Versagen erhob sich und verspottete ihn; jahrelanger Scheiß und Schmerz tobten in ihm. Seine Finger zitterten, er kämpfte gegen Übelkeit an. Das würde sein Leben sein, ein Leben ohne Regeln, ohne Grenzen, nur eine endlose Spirale der Leere. Panik erwachte in ihm, er zitterte, als hätte er Fieber, sein Atem stockte ihm in seiner eiskalten Brust.

Von der anderen Seite der Tür drang leises Gelächter zu ihm. Eine schleppend ausgesprochene Beleidigung. Geräusche, als würde jemandem der Hintern versohlt, gefolgt von einem tiefen Stöhnen.

Sawyer wusste, wenn er die Tür aufmachte, würde er sich im siebten Pornohimmel wiederfinden. Er würde seinen Job zurückbekommen, Robin könnte gehen, und dann würde er niemals an diese Begebenheit zurückdenken. Seine Vergangenheit zog an ihm vorbei, bis sie die Gegenwart erreichte und dann in die Zukunft wechselte. Die Worte der Frau versengten sein Gehirn, bis eine gleißende Explosion in seinem Kopf stattfand.

Eine Entscheidung lag jetzt vor ihm, eine klare und wahre Entscheidung, deren Konsequenzen genau abzusehen waren.

Die andere Entscheidung war in Nebel gehüllt, bereit, ihn eine Bruchlandung hinlegen zu lassen, weil er ein Risiko eingegangen war.

»Oh ja, Baby, so ist es richtig. Oh, fühlt sich das gut an!«

Sawyer wich von der Tür zurück und schnappte nach Luft. Wie im Rausch ging er den Flur entlang, dann lief er die Treppe hinunter, immer schneller und schneller, um seinen Dämonen zu entkommen. Er rannte in die Lobby und von dort nach draußen auf den Gehweg, wo er tief die klare Luft einatmete und sich zwischen den Menschen verlor, die auf dem Weg zur Arbeit, zu ihrer Familie oder zu irgendeinem Vergnügen waren.

Er wusste nicht, wie lang er unterwegs war. Minuten. Stunden. Schließlich zog er die Visitenkarte aus der Tasche und betrachtete die Adresse. Er nahm ein Taxi, dann ging es mit der Seilbahn weiter nach Bergamo, bis er das Haus erreicht hatte.

Seine Hand zitterte, als er anklopfte. Die Tür ging auf, die Frau aus der Bar stand da und sah ihn an. »Ich hab's nicht gemacht«, sagte er hastig und wunderte sich über das Schluchzen, das ihm über die Lippen kommen wollte. »Ich hab's nicht gemacht.«

Die Stimme der Frau war in liebevolle Stärke gehüllt, die ihm eine sichere Zuflucht versprach. Die ihm etwas versprach, von dem Sawyer nicht geglaubt hatte, dass es das wirklich gab. »Ich bin so stolz auf Sie. Wie heißen Sie?«

»Sawyer Wells.«

»Kommen Sie rein, Sawyer Wells. Wir werden uns unterhalten, und alles wird gut ausgehen.«

Er betrat das Haus, und sein Leben änderte sich tatsächlich.

Die Erinnerung begann zu flimmern, dann löste sie sich wie Rauch auf. Er hinterging eine Frau, die er liebte. Falls Julietta mehr als nur sexuell für ihn empfand, würde er sie letztlich zerstören und damit Mama Conte wehtun. Julietta war eine charakterstarke, zielstrebige Frau. Sie war ihrer Familie gegenüber loyal eingestellt und bewegte sich im Licht.

Tief in seinem Inneren wusste er, er würde ihr nie genügen können, und je mehr Zeit sie gemeinsam verbrachten, umso gefährlicher würde das Ergebnis ausfallen. Es war besser, Julietta die Distanz zu gewähren, nach der sie so verzweifelt strebte. Sie verdient einen Mann, der mit sich im Reinen war und der ihr das Leben bieten konnte, das ihr zustand. Ehe. Babys. Ein Herz, das nicht zerbrochen war. Aber niemand, der ihr nur gute Absichten und endlose Nächte voller Sex bieten konnte.

Nein, er musste es jetzt beenden. Er musste zu einer ganz normalen Geschäftsbeziehung zurückkehren und sich an den Erinnerungen erfreuen.

Sein Magen brannte, als hätte er Säure getrunken.

»Was machst du?«

Sawyer drehte sich um. Wolfe stand in Nike-Shirt und Boxershorts in der Tür, seine Haare waren ein wüstes Durcheinander, das in alle Richtungen abstand. »Nichts.« Seine Stimme war genauso frei von jeglichen Gefühlen wie seine jämmerliche Seele. »Geh wieder ins Bett.« Er wollte sich wegdrehen, da fiel ihm der Ausdruck in den Augen des Jungen auf.

Ein geplagter, heimgesuchter Ausdruck.

Ja, genau. Die Monster kamen immer erst in der Nacht, wenn man Schlaf und Frieden am nötigsten hatte. Wenn man am verwundbarsten war. Sawyer deutete auf den Platz neben ihm auf dem Sofa. »Weißt du was? Tu mir einen Gefallen und setz dich zu mir. Nur ein paar Minuten. Ich bin gerade nicht gut drauf und möchte nicht allein sein.«

Der Junge kam in den Wohnbereich, setzte sich auf das silberne Polster und schob ein schickes blaugestreiftes Kissen weg. Sawyer entging nicht, dass ihm Schweißperlen auf der Stirn standen und sein Oberteil zerknittert war, weil er sich im Bett hin und her gewälzt haben musste. Schließlich fragte der Junge: »Was ist los? Ich dachte, du hättest einen schönen Abend gehabt.«

»Dachte ich auch.« Kurzes Schweigen folgte. Normalerweise mochte er es nicht, jemanden in seiner Nähe zu haben, aber Wolfs Anwesenheit hatte etwas Tröstendes. »Ich hatte einen Albtraum. Du auch?«

Wolfe rutschte auf seinem Platz hin und her. »Ja.« Nach einer kurzen Pause hakte er nach: »Was hast du geträumt?«

Sawyer musterte den Jungen auf der Couch und erkannte, dass er Danny sehr ähnlich war. Jung. Stark. Großmäulig. Verdammt schlau. Aber barfuß und mit dieser verrückten Frisur wirkte er so verdammt verwundbar. Und so leicht zu ... enttäuschen. *Wieder einmal* zu enttäuschen.

Sawyer räusperte sich. »Übles Zeug. Dass ich verprügelt werde und versuche zu überleben. Und du?«

Wolfes blaue Augen wurden ausdruckslos. »Das Gleiche.«

Sawyer entschied sich für eine normale Unterhaltung, weil er den Jungen nicht mit jedem Wust aus Gefühlen belasten wollte, die er selbst noch gar nicht verarbeitet hatte. »Ich muss morgen ganz früh auf der Baustelle sein. Kannst du die Bestandslisten durcharbeiten, damit ich vorbereitet bin?«

»Geht klar.«

»Das Essen war gut, oder?«

»Ich mochte die Pasta. Besser als alles, was es in den schicken Restaurants gibt, in denen du essen gehst.«

»Ja, Mama Conte macht aus einem Essen ein Spektakel. Wie war eure Unterhaltung?«

Er zog den Kopf ein wenig ein. »Sie war so nett zu mir.«

»Ich war nicht viel älter als du, da hat sie mir den Arsch gerettet. Sie ist eine von den Guten.«

»Ja.«

»Die ganze Familie ist fantastisch. Und hast du die Desserts probiert? Einfach unglaublich.«

»Hört es jemals auf?«

Die Frage jagte durch den Raum, als wäre eine Kanone in die falsche Richtung abgeschossen worden. Sawyer erholte sich schnell von seiner Verwunderung und sah wieder den Jungen an. Die Lippen fest zusammengepresst, das Kinn angehoben, etwas Unsicheres in seinen Augen; ein Funke Verzweiflung, der nach Normalität strebte. Das Verlangen, die Worte zu hören, die ihm versicherten, dass all das Schlimme aufhören und er für den Rest seines Lebens glücklich sein würde.

Mit einem Mal spürte er eine Verbindung zwischen Wolfe und sich selbst. Eine Hand schien seine Brust zusammenzudrücken, und tief in seiner Seele erwachte der sehnliche Wunsch, dem Jungen diesen Schmerz abzunehmen.

Gott, wie sehr wollte er ihm eine Lüge auftischen. Aber er wusste, die Wahrheit war wichtiger. »Nein.« Wolfes sofortige Niedergeschlagenheit nahm ihm fast die Luft zum Atmen. »Aber mit der Zeit wird es besser. Ich schwöre dir, es kommen Nächte, in denen es keine Albträume und keine bösen Erinnerungen geben wird. Du bist in der Lage, mit normaleren Dingen klarzukommen. Es hilft, sich auf seine Arbeit zu stürzen. Vielleicht auch Therapie.«

Wolfe grinste spöttisch. »Schon gemacht. Danke, nein.«

»Kommt ganz auf den Therapeuten an. Manche sind ganz gut. Ich habe mich auch dagegen gesträubt. Aber wir können uns umhören und es noch einmal versuchen.«

Wolfe nickte. »Okay. Wenigstens warst du ehrlich.«

Vor seinem geistigen Auge tauchte ein Bild auf, das seinen Bruder wie ein Stück Müll in einer Gasse auf dem Boden liegend zeigte und ihn verhöhnte. Sawyer atmete angestrengt durch. »Ich werde dir immer die Wahrheit sagen und ich werde dir helfen, wo ich nur kann. Jeden Tag. Ich weiß, ich bin nicht von der gefühlsduseligen Art, aber du kannst mit mir reden. Über fast alles.«

Wolfe nickte ruckartig und schien sich ein wenig zu entspannen. »Danke, Sawyer.«

Plötzlich fasste Sawyer einen Entschluss. Zum Teufel mit allem. Sie würden heute Nacht sowieso keinen Schlaf mehr bekommen. Er stand auf und gab Wolfe ein Zeichen. »Lass uns gehen?«

»Wohin?«

»Zu meiner Art von Therapie. Mein privates Fitnessstudio. In fünf Minuten treffen wir uns da. Abgemacht?«

»Abgemacht.«

Sawyer marschierte in sein Zimmer, um sich umzuziehen und sich auf ein paar Runden am Punchingball auf einen Wettkampf im Gewichtheben einzustimmen. Seine Laune besserte sich mit der Aussicht auf ein paar Stunden intensives Schwitzen, auf die wohltuende Leere in Geist und Seele und auf die Gesellschaft eines Jungen, dessen Wohl ihm wichtiger war als je zuvor. Er nahm seine Sporttasche und machte sich auf den Weg.

11. Kapitel

Julietta betrachtete das Gemälde und fragte sich, wieso es so auffallend schief hängen konnte. Ihre Haut kribbelte, als sich der übliche Zwang einstellte, es gerade zu rücken. Carina hatte ihr das Bild als Geschenk geschickt, und immer dann, wenn sie es sich ansah, wurde sie ruhiger. Sie hatte beschlossen, es nicht zu Hause, sondern im Büro aufzuhängen, wo sie die meiste Zeit des Tages verbrachte.

Es zeigte ihren Papa, wie der am Kopfende des mit Schnitzereien verzierten Kiefernholztischs in der heimischen Küche saß. Teller mit Essen, Brotkörbe und Weinflaschen standen auf dem Tisch verteilt. Die Familienmitglieder, die um ihn herum saßen, waren verwischte Schatten, ihre Gesichter waren nicht zu sehen, dennoch galt ihnen der Blick ihres Vaters. Die Hände hatte er vor sich gefaltet, seinen dunklen Augen war unverfälschte Liebe anzusehen, die seiner Familie galt. Seine grauen Haare waren sorgfältig aus der Stirn gekämmt, das Gesicht war mit Falten überzogen, die zum Teil für Erschöpfung standen, zum Teil aber auch Lachfalten waren. Die lange italienische Nase beherrschte seine Gesichtszüge.

Die Beziehung zu ihrem Vater war anders gewesen. Sie war zwar eindeutig Papas Liebling gewesen, aber es reichte tiefer. Es war ein einvernehmliches Verstehen, dass *La Dolce Famiglia* das Rückgrat für Blut, Schweiß und Tränen der Familie bildete. Der Respekt, den sie vor ihm hatte und die Art und Weise, wie er den Traum ihrer Mutter verwirklichte, trieben sie permanent dazu an, noch mehr zu leisten. Sie tat es für ihn, für sich selbst und für alle anderen.

Julietta betrachtete das Gemälde vor allem dann, wenn sie über eine geschäftliche Entscheidung nachdenken musste oder wenn alle Angestellten längst Feierabend gemacht hatten und sie noch als Letzte im Büro war. Es war, als hätte Carina gewusst, dass Julietta jemanden brauchte, der auf sie aufpasste.

Sie fragte sich, ob Sawyer wohl jemals eine solche Erfahrung gemacht hatte.

Wie ein liebeskranker Teenager war sie nach ihrer letzten Begegnung die ganze Nacht über nicht zum Schlafen gekommen, weil sie jedes noch so kleine Detail genau analysierte. Die Art, wie er von ihr gefordert hatte, sich mit ihm und mit ihren Gefühlen auseinanderzusetzen. Die Art, wie er sich von ihrem kühlen Tonfall nicht abschrecken oder einschüchtern ließ – und wie er stattdessen versuchte, die Wahrheit hinter ihren Worten zu ergründen. Ihr Kopf sagte ihr, sich von ihm fernzuhalten, aber ihr Leib und ihre Seele verlangten nach mehr.

Während sie sich hin und her drehte und auf die Dämmerung wartete, hatte sie mit einem Mal eine seltsame Erkenntnis. Bei ihrer Arbeit war sie viele Risiken eingegangen, aber in ihrem Privatleben hatte sie das nie gemacht. Immer wieder ergriff sie die Flucht, wenn der kleinen Sicherheitsblase, in der sie schwebte, Unruhe oder Komplikationen drohten. Inzwischen waren alle ihre Geschwister glücklich verheiratet und hatten Familien gegründet, während sie immer noch allein war.

Julietta trommelte mit den Fingernägeln auf die Tischplatte und konzentrierte sich ganz auf ihren Papa. Wäre er wohl stolz auf sie? Oder würde er den Kopf schütteln über ihre Unfähigkeit, den Sprung ins kalte Wasser zu wagen? Zwar würde er die Stirn runzeln über eine rein sexuelle Affäre ohne Aussicht auf Dauerhaftigkeit – doch Julietta wusste, sie musste das durchziehen. Sawyer versprach ihr nichts, aber zumindest war er ehrlich. Im Moment wollte sie all ihre Vorbehalte über Bord werfen und sich in eine berauschende, leidenschaftliche Affäre stürzen, die vielleicht zu mehr führen würde. Es wurde Zeit, ihr Glück bei dem Mann zu versuchen, durch den sie Gefühle erfahren hatte, die sie niemals für möglich gehalten hätte. Wenn sie sich das nächste Mal sahen, würde sie ihm klar und deutlich zu verstehen geben, welche Absichten sie verfolgte.

Zufrieden lächelnd stand sie auf und zog die Schuhe aus. Sie würde den Verstand verlieren, wenn sie noch einen Moment länger dasaß und das schief hängende Bild betrachtete. Sie zog den cremefarbenen Stuhl hinter sich her und kletterte rauf, aber sosehr sie ihre Finger auch streckte, kam sie doch nicht ganz an den Rahmen heran. Der Stuhl war eigentlich massiv genug, um sich auf die Holzkante der Rückenlehne zu stellen, damit sie so das Bild zurechtrücken konnte. Sie zog den Rock ein Stück weit hoch, um mehr Bewegungsfreiheit zu haben, dann stützte sie sich mit einer Hand an der Wand ab, um besseren Halt zu haben und umfasste den breiten vergoldeten Rahmen. Zwei Zentimeter, drei ... und noch ein kleines Stück nach rechts, dann ...

»Was machst du da?«

Eine vertraute Stimme dröhnte durch den Raum. Julietta erschrak, verlor den Halt, rutschte weg und fiel rücklings ins Nichts. Ihr reflexartiger Aufschrei verstummte gleich wieder, als starke Arme ihren Sturz bremsten. Die Luft wurde ihr aus den Lungen gepresst, als sie gegen die breite, muskulöse Brust prallte. Er stolperte mit ihr ein Stück weit zurück, dann hatte er die Balance zurückerlangt und richtete sich auf. Sie sah hinter sich und kämpfte gegen den dringenden Wunsch an, ihn auf diesen sinnlichen Mund zu küssen. *Mio Dio*, er war körperlich wirklich perfekt. Ein Gesicht, das geradewegs aus dem Himmel zu kommen schien, dazu Lippen, die den Segen eines Dämons hatten.

»Was zum Teufel stimmt eigentlich nicht mit dir?« Er sah sie aufgebracht an, seine Augen, die so golden waren wie ein vergrabener Schatz, sprühten vor Wut Funken. »Kannst du denn nie jemanden um Hilfe bitten? Musst du jedes kleine bisschen so vollständig unter deiner Kontrolle haben, dass du dir lieber einen Knöchel brichst, anstatt einen Mann das verdammte Gemälde gerade rücken zu lassen?«

Ihre Dankbarkeit blieb ihr im Hals stecken. Nachdem sie ihr Gleichgewicht zurückerlangt hatte, löste sie sich aus seinen Armen. Sie straffte die Schultern, drehte sich langsam zu ihm um und warf ihm einen verärgerten Blick zu. »Wieso? Kann ein Mann etwa das Bild müheloser gerade rücken als ich, obwohl er genauso groß ist? Ich bin sogar größer als die meisten meiner Angestellten. Allerdings habe ich keinen Penis, also scheint das wohl etwas auszumachen.«

»Um Himmels willen! Ich meinte damit, dass du irgendwen hättest fragen können. Zum Beispiel deine Sekretärin, damit sie dich festhält und dir sagen kann, ob das Bild gerade hängt oder nicht. Oder passt das nicht zu deinem Ich-bin-eine-Frau-hört-mich-brüllen-Blödsinn?«

Sie stand wie erstarrt da und sah ihn weiter an. »Ich habe nur ein schief hängendes Bild gerade rücken wollen, Sawyer. Ich wollte nicht für die Gleichbehandlung von Mann und Frau demonstrieren. Vielleicht solltest du dir lieber mal selbst die Frage stellen, wieso du so stinksauer darüber bist, dass du mich nicht auf Schritt und Tritt kontrollieren kannst.«

Sein Lachen war humorlos und er fuhr sich durchs Haar, was natürlich dafür sorgte, dass er so zerzaust aussah, als hätte er eben noch im Bett gelegen. Unwillkürlich verkrampften sich ihre Zehen in den Pumps. »Hast du eigentlich immer eine besserwisserische Antwort auf Lager?«

»Ich habe immer eine Antwort auf Lager. Punkt. Wieso bist du so schlecht drauf?«

Er murmelte etwas vor sich hin. »Ich habe letzte Nacht nicht gut geschlafen.«

Sie musterte die leichten Schatten unter seinen Augen und seine Lippen, die er verkrampft aufeinanderpresste. Ihre Wut verrauchte prompt und sie machte einen Schritt auf ihn zu. »*Mi dispiace*. Kann ich dir irgendwie behilflich sein?«

Als sie nach seinem Arm greifen wollte, ging er hastig einen Schritt nach hinten. Sie starrte ihn ungläubig an, eine eisige Hand legte sich um ihren Magen, als sie seinen panischen Gesichtsausdruck ebenso bemerkte wie die Tatsache, dass er ihr nicht in die Augen sehen konnte. Offenbar wollte er nicht von ihr angefasst werden, was bedeutete, dass ...

»Ich habe über das nachgedacht, was du gestern Abend gesagt hast.« Er schien sich zu diesen Worten zu zwingen, aber sie stand einfach nur da und hörte zu. »Ich glaube, du hast recht.«

Sie wollte ihm nicht die Genugtuung geben, ihn glauben zu

lassen, dass er ihr etwas bedeutete. Julietta zwang sich zu einem Lächeln. »Da bin ich aber froh. Ich hatte schon befürchtet, wir würden uns beide unbehaglich fühlen. Immerhin ist unser Deal wichtiger als eine schnelle Nummer zwischendurch.«

Sein Blick durchbohrte sie förmlich und entdeckte die Lüge, die er jedoch akzeptierte. »Ja«, sagte Sawyer und nickte. »Danke, dass du es mit mir aufgenommen hast. Ich verspreche dir, ich werde dir nicht wieder Unbehagen bereiten.«

»Gut. Es bleibt bei unserem Treffen heute um drei?«

»Ja.«

»Hervorragend. Danke, dass du hergekommen bist, um es mir persönlich zu sagen.«

»Gern geschehen.«

Diese extreme Höflichkeit tat mehr weh, als hätte man sie mit Messern traktiert. Sie musste ihn aus dem Büro schaffen, damit die Fassade, hinter der sie sich versteckte, nicht anfing zu bröckeln. Abrupt drehte sie sich weg und nahm eine Aktenmappe von ihrem Schreibtisch. »Ich begebe mich dann besser wieder an die Arbeit. Bis später.«

Sie blätterte in der Mappe, in der die Wörter vor ihren Augen verschwammen. Dann hörte sie, wie die Bürotür geöffnet wurde.

»Ich werde niemals unsere beiden Nächte vergessen, Julietta. Was du mir geschenkt hast, das war ... unbezahlbar.«

Dann ging er. Julietta sah das Gemälde an, das jetzt absolut gerade hing. Mit einem Mal war ihr klar, wieso sie im Privatleben nie Risiken einging.

***

Als der Anruf einging, wollte er ihr eigentlich unter einem Vorwand sagen, dass er es nicht schaffen würde. Es war nicht mal gelogen, denn sein Terminplan war noch vollgepackter als der Koffer einer Frau. Was er bei seinen plötzlichen Gefühlsverirrungen wirklich nicht brauchte, war ein Treffen mit ihr. Ganz sicher nicht. Dummerweise war sie genauso stur wie er, als er ihr zum ersten Mal begegnet war. Außerdem hatte sie ihn auf die einzige Weise zum Handeln herausgefordert, der er sich einfach nicht verweigern konnte.

Sie hatte ihm einfach gesagt, dass sie auf ihn wartete.

Sawyer versuchte geduldig zu bleiben, als sie ihm einen starken Espresso servierte – keine vierundzwanzig Stunden, nachdem er von ihr zu Hause weggegangen war. Eine endlose Minute dauernder höflicher Small Talk folgte, bis sich Mama Conte schließlich ihm gegenüber hinsetzte, an ihrer Tasse nippte und ihm in die Augen sah.

»Ich möchte, dass du meine Tochter heiratest.«

Sawyer sah sich um und suchte nach einer versteckten Kamera. Verdammt. Er hatte immer *Punk'd* auf MTV eingeschaltet, aber die Sendung war eingestellt worden, wenn er sich nicht irrte. Und Betty White veralberte mit ihrer Show alte Leute. Oder war er in eine Neuauflage von *Scare Tactics* geraten? Er grinste sie an. »Tut mir leid, ich kenne solche Sendungen. Damit bekommst du mich nicht ran.«

Sie zog die Brauen zusammen. »Was für Sendungen?«

Er wurde ernst. Wenn er es recht überlegte, war das hier sowieso nichts, was irgendjemanden vor den Fernseher hätte locken können. »Tut mir leid, ich habe da wohl was falsch verstanden. Ich soll deine Tochter ... *beraten*? In was denn?«

»Sawyer Wells, verkauf mich nicht für dumm. Ich will, dass du meine Tochter Julietta heiratest. Die Frau, mit der du schläfst.«

Ein seltsames Krächzen kam ihm über die Lippen. Er kannte diesen Laut. Den machten für gewöhnlich schwächere Männer, wenn ihnen klar wurde, dass ein anderer sie um ihr Essen, ihren Schlafplatz oder ihr Geld gebracht hatte. Seltsam, aber bislang war er nie derjenige gewesen, der diesen Laut von sich gegeben hatte. Wie jämmerlich. Es erinnerte ihn an Mafiafilme, in denen der Schurke was aufs Maul bekam und wie ein Mädchen zu heulen begann, während er zusammengeschlagen wurde.

Was hatte sie gesagt?

»Ich schlafe nicht mit ihr.« Als sie ihn angesichts dieser Lüge enttäuscht ansah, fuchtelte er mit den Händen. »Wirklich nicht.«

»Vor ein paar Nächten hast du das gemacht.«

Himmel, das durfte doch alles nicht wahr sein. Es wurde Zeit, mannhaft zu sein und die Kontrolle über diese alberne Unterhaltung zu erlangen. »Okay, ja, wir haben es gemacht. Aber wir machen es nicht mehr.«

»Und wieso habt ihr aufgehört?«

»Das geht dich nun wirklich nichts an, Mama Conte«, sagte er so nachdrücklich, als würde er mit einem ungezogenen Kind reden. »Wir waren zusammen, doch dann haben wir beide entschieden, dass es für uns das Beste ist, wenn wir unsere Beziehung rein auf das Geschäftliche beschränken.«

»Das Geschäftliche? Pah! Seit ihrer Jugend ist meine Tochter von ihrer Karriere besessen. Ursprünglich war das mal etwas Gutes. So lernte sie, sich Ziele zu setzen und Verantwortung zu übernehmen. Sie wuchs zu einer entschlossenen und eigenständigen Frau heran, die von uns allen bewundert wird. Aber das Profitdenken frisst allmählich ihre Seele auf.«

Sawyer stand auf. Das hier war weder der richtige Ort noch der geeignete Zeitpunkt, um Juliettas Leben zu zerpflücken. Nicht in einem Gespräch mit ihrer Mutter und auch nicht, wenn immer noch diese sonderbaren Gefühle für Julietta in ihm schlummerten, mit denen er nichts anzufangen wusste. Zum Teufel mit der Respektlosigkeit, er würde jetzt von hier weggehen. »Ähm ... das Ganze geht dich nichts an. Tut mir leid, aber ich muss los. Ich weiß nicht, was du dir dabei gedacht hast, aber ...«

»Setz dich hin, Sawyer.«

Sawyer setzte sich hin. Heilige Scheiße, war das der Trick, den Mütter anwandten? Indem sie wie eine Domina einen bestimmten Tonfall anschlugen, bei dem ihre Kinder sofort gehorchten? Sie machte die Augen zu, als würde sie von einer höheren Macht Kraft schöpfen. Als sie die Augen wieder aufschlug, lief ihm ein eisiger Schauer über den Rücken. Ein Mafiaboss war harmlos im Vergleich zu dieser Frau.

»Ich möchte, dass du mir zuhörst. Ich bin alt. Mein Herz ist schwach, meine Arthritis wird schlimmer, und ich bin in einem Alter, in dem ich aufhören muss, mich um bestimmte Dinge zu sorgen. Vieles ist geregelt und bereitet mir große Freude. Aber es gibt zwei Sachen, die mich nachts verfolgen und mich um den Schlaf bringen, ganz gleich was ich dagegen zu unternehmen versuche: meine älteste Tochter und *La Dolce Famiglia*.«

Sie redete langsam und bedächtig. Sawyer lehnte sich auf seinem Stuhl nach hinten und hörte genau hin.

»Ich habe diese Bäckerei mit Blut, Schweiß, meiner Familie und viel Liebe aufgebaut. Ich muss wissen, dass sie noch lang nach mir existieren wird, ohne dass Julietta dafür alles opfern muss. Sie wird ihre Arbeit nicht an andere abgeben, weil sie viel zu stolz ist. Sie ist ihrem Papa viel zu ähnlich und glaubt, dass niemand außer ihr das Geschäft führen kann. Ich muss sicherstellen, dass diese Fusion zwischen *La Dolce Famiglia* und *Purity* der Schlüssel für ihre Freiheit sein wird. Indem sie den Vertrag unterzeichnet, übergibt sie einen Teil dieses Vermächtnisses in deine Hände. Sie vertraut darauf, dass du Erfolg hast, und sie bekommt auf lange Sicht einen Partner, der sie unterstützt.«

Sawyer schüttelte verwirrt den Kopf. »Augenblick mal. Wir haben dir längst gesagt, dass der Vertrag unterschrieben worden ist. Es gibt keine Notwendigkeit für eine dauerhafte persönliche Beziehung zwischen ihr und mir. Wir stehen beide zu unserem Wort, und wir haben eine Geschäftsvereinbarung unterzeichnet. Unsere beiden Unternehmen werden gemeinsam expandieren. Darüber musst du dir keine Gedanken machen. Ich gebe dir mein Wort, dass ich immer auf Julietta aufpassen und mich so um die Bäckerei kümmern werde, als wäre sie mein eigener Betrieb.«

Sie lächelte ihn sanft an. »Du bist ein so guter Mann, auch wenn du selbst das nicht wahrhaben willst.« Sie stieß einen lauten Seufzer aus. »Ich hoffe, das wird mit der Zeit noch kommen. Ich glaube dir, Sawyer. Aber Verträge werden immer wieder aufgekündigt, und wenn erst mal die Tinte getrocknet und genug Zeit verstrichen ist, dann unterliegt alles irgendwann dem größer werdenden Abstand. Es gibt nur einen Weg, der garantiert, dass Julietta und *La Dolce Famiglia* einen Partner an ihrer Seite haben, dem ich blind vertrauen kann. Eine Heirat. Das heilige Ehegelübde schafft einen Bund, der nie gebrochen werden wird. Das brauche ich von dir.«

Er musste Mama Conte von diesem Kurs abbringen. Das war doch verrücktes Gerede. Sawyer hielt es für die beste Lösung, des Teufels Anwalt zu spielen.

»Mama Conte, ich glaube, du übersiehst da ein paar wichtige Dinge. Erstens sind Ehen heute noch vergänglicher als Geschäftsverträge. Leute lassen sich scheiden, einer verlässt den anderen, sie haben Affären. Eine Ehe ist nicht mehr das, was sie mal war. Das Heilige ist längst abhandengekommen.«

Nachdenklich legte sie den Kopf schräg. »Ehen sind so wie alles andere. Es hängt davon ab, was jemand einbringt, ob man nun schwört, treu zu sein, den anderen zu unterstützen oder einen Gewinn zu erwirtschaften. Es ist nicht die Vereinbarung, die scheitert, sondern es sind die Menschen. Wenn du und Julietta diese Entscheidung trefft, werdet ihr nicht vor eurer Verantwortung zurückschrecken. Ich weiß, dass es so sein wird.«

Die erste massive Panikattacke versuchte seinen Verstand zu überrennen, aber er konnte sie zurückdrängen. »Okay, gut. Lass uns über Julietta reden. Wir haben miteinander geschlafen, aber wir lieben uns nicht. Sie hat kein Interesse daran, für immer an meiner Seite zu stehen. Erst recht nicht, wenn sie dazu gezwungen werden soll. Ich nehme an, du bist mit der Sturheit deiner Tochter vertraut.«

»Ich habe sie mit dir zusammen erlebt. Ich habe gemerkt, wie sie dich ansieht und welche Gefühle du in ihr weckst.« Erinnerungen zuckten an seinem geistigen Auge vorbei. Einen Moment lang sah er dabei auch die Frau, die Mama Conte in jungen Jahren gewesen war. »Es sind wirkliche Gefühle, aber sie müssen gegen Logik und Verträge und auch gegen eine Spur Angst ankämpfen. Sie braucht einen Mann, der ihr Gefährte sein kann. Jemanden, der versteht, wie wichtig die Arbeit für ihre Seele ist. Ein Mann, der sie nicht ändern will, sondern der sie so akzeptiert, wie sie ist.«

»Dieser Mann bin ich nicht.«

Die Wahrheit traf ihn wie ein Fausthieb. Einen Moment lang fragte er sich, wie es wohl wäre, zu wissen, dass er der Mann war, der ihr all das geben konnte. Der sie festhalten und beschützen konnte. Jemand, dem er vertraute und den er endlich in sein Leben eindringen lassen konnte. Aber das war nur eine Halluzination. So etwas gab es für ihn nicht und schon gar nicht, wenn dieser Jemand Julietta war.

»Der bist du sehr wohl. Du bist ihr Gegenstück, das wusste ich, als ich euch zusammen erlebt habe. Ihr seid zwei Hälften einer Münze, die nicht wissen, wie sie miteinander verschmelzen sollen. Wenn ihr das akzeptiert, werdet ihr beide Erfüllung finden.«

Sein Temperament nagte an ihm. Er hatte genug von diesen bizarren Verschmelzungen und von verabredeten Ehen. »Es tut mir leid, Mama Conte, aber du irrst dich. Ich bin nicht der Mann, für den du mich hältst. Ich besitze nicht genug, dass ich einer Partnerin dauerhaft geben könnte. Und wenn du deine Tochter wirklich liebst, wirst du sie niemals zu so etwas zwingen. Du würdest sie zu einem unglücklichen Leben verdammen. Lass mich dir eine Frage stellen: Würdest du so etwas auch bei deinen anderen Kindern tun? Würdest du sie zu einer Ehe zwingen, als wären sie Puppen, die nichts selbst entscheiden können? Würdest du sie bedrohen oder erpressen, damit sie das tun, was du willst? Oder ist es bei Julietta anders, weil sie sich anders entschieden hat? Antworte mir ehrlich.«

Sein Sieg war nur von kurzer Dauer. Er erwartete, dass sie verschämt den Kopf einzog. Oder dass sie voller Verärgerung seine Erkenntnis zurückweisen würde. Stattdessen legte sie den Kopf in den Nacken und lachte vergnügt auf. Er konnte sie nur verwundert ansehen.

»Du lieferst ein gutes Argument. Aber ich kann dir versichern, dass ich Julietta nicht anders behandle als meine anderen Kinder.« Ihre Augen funkelten vergnügt. »Das kannst du mir glauben.«

Er schüttelte den Kopf. »Es ist so und so egal. Sie würde sich mit diesem Plan niemals einverstanden erklären.«

»Das wird sie, wenn du sie fragst.«

Er konnte sich ein lautes Lachen nicht verkneifen. »Klar. Nachdem sie mir den Kopf abgerissen hat. Nein danke, ohne mich.« Sein Tonfall wurde etwas sanfter. »Ich will nicht, dass du dir Sorgen machst. Ich verspreche dir, dass *La Dolce Famiglia* niemals untergehen wird, und ich werde immer im Leben deiner Tochter anwesend sein, um auf sie aufzupassen. *Va bene?*«

Er stand auf, um zu gehen, zufrieden darüber, dass er alles getan hatte, was er tun konnte. Er drehte sich zur Tür um.

»Erinnerst du dich an das Versprechen, das du mir gegeben hast?«

Das Zimmer schien sich zu bewegen und er musste um sein Gleichgewicht ringen. Ihre Worte legten sich wie eine Boa Constrictor um seinen Hals, um ihn zu würgen. Er ließ den Kopf sinken, als ihm sein Schicksal gegenübertrat und ihm einen brutalen Kinnhaken verpasste. »Ja, ich erinnere mich«, erwiderte er zähneknirschend.

»La devo un grande debito. Se lei mai ha bisogno di me, farò che lei chiede.« – »Du hast bei mir etwas gut. Wenn es jemals notwendig werden sollte, werde ich tun, worum auch immer du mich bitten wirst.«

»Es ist jetzt notwendig und es ist das, worum ich dich bitte. Heirate meine Tochter.«

Was danach geschah, davon bekam er nicht viel mit. Dafür war das Brüllen in seinen Ohren zu laut, so wie das rasende Schlagen seines Herzens. Seine Handflächen waren nass geschwitzt. Er weigerte sich, ihr in die Augen zu sehen, weil er in diesem Moment seinen eigenen Gefühlen nicht trauen konnte. Durfte er sich weigern? Sie hatte doch keine Vorstellung davon, was sie da in Wahrheit von ihm verlangte. Würde er auf ihr Anliegen eingehen, hätte das eine Serie von Ereignissen zur Folge, die ihm eine Heidenangst machten.

Sawyer schwankte innerlich, bis ihm klar wurde, dass er eigentlich nie eine andere Wahl gehabt hatte. Der Schuldschein, den er mit ihrer Gefälligkeit akzeptiert hatte, war jetzt und hier fällig geworden.

Er atmete angestrengt durch und fügte sich letztlich in sein Schicksal.

Er mochte diese Schuld einlösen müssen, aber deswegen musste er nicht erfreut darüber sein. Mit vorsichtigen Schritten, um ja nicht zu stolpern, ging er zur Tür und umklammerte die Türklinke. »Dann soll es so sein. Aber es ist besser, wenn du zuerst mit ihr redest. Möge Gott dir beistehen, wenn sie einverstanden ist.«

Sawyer ging nach draußen, ohne noch einen Blick hinter sich zu werfen.

***

Julietta saß auf der *Piazza del Duomo*. Dichter Nebel verhüllte die hoch aufragenden eleganten Linien der Kathedrale, kalte Luft drang in die verwundbare Haut ein, um an den Knochen zu nagen. Die Fußgänger waren in dicken Wollmänteln und mit Hut auf dem Kopf unterwegs. Julietta starrte in Richtung des bezaubernden Bauwerks, das seit ihrer Kindheit eine feste Größe in der Stadt war. Da waren die unterschiedlichen Stile bei den einzelnen Bronzestatuen, die einen Teil des Tors darstellten, ebenso wie die marmornen Turmspitzen, die hoch in den Himmel ragten. Die vergoldete Kupferstatue der *La Madonnina* beherrschte ebenjenen Himmel.

Sie hatte es immer geliebt, in der Kathedrale zu sitzen und die Sonnenstrahlen zu betrachten, die durch die Butzenscheiben fielen und dem Licht eine andere Farbe verliehen. Dieses Gefühl von Ruhe und Frieden inmitten großer Kunstwerke und der mythischen Suche nach spiritueller Vollkommenheit. Anschließend nahm Papa sie zur Mittagszeit mit auf den Platz, wo sie frisches Brot aßen und Cappuccino tranken. Nach dem Essen gab es *Pancetta* und reife Trauben. Sie beobachtete die Frauen, die in Designeranzügen und High Heels kamen und gingen, während sie sich wünschte, sich eines Tages in eine von ihnen zu verwandeln.

Tja, genau das hatte sie ja auch gemacht. Zumindest äußerlich. Ihr Wollmantel und die passende Pelzmütze entsprachen einer selbstbewussten und modebewussten Geschäftsfrau in der Mittagspause. Die grüne *Prada*-Handtasche und die *Manolo*-Schuhe kündeten von erlesener Eleganz. Auch wenn sie nie so wie Carina oder wie ihr Bruder Italien verlassen hatte, um weite Reisen zu unternehmen, fühlte sie sich zu Hause immer sicher. Nie enttäuscht davon, keine anderen Orte zu Gesicht zu bekommen. Und nie eingeengt.

Bis jetzt.

Sie würde Sawyer Wells heiraten.

Demütigung kochte in ihrem Blut. Ihre eigene Mutter wollte sie verheiraten, damit sie nicht als kaltherzige, einsame alte Jungfer endete, die nichts Besseres zu tun hatte, als Goldmünzen zu zählen. Ihre Unterhaltung hatte amüsant begonnen, war besorgniserregend geworden und von Wut geprägt zu Ende gegangen. Sie hatte ihrer Mutter schreckliche Dinge an den Kopf geworfen, während diese die Ruhe selbst geblieben war. Wie eine unerschütterliche Statue dasitzend, hatte sie immer wieder das Gleiche gesagt.

Du verdienst es, glücklich zu sein, meine liebes Mädchen. Und wenn du das nicht auf deine Weise erreichen willst, werde ich es eben auf meine Weise erreichen. Sawyer Wells wird dir das geben, was du brauchst, auch wenn du das jetzt noch nicht glaubst.

Nein, sie glaubte es nicht und sie würde es auch niemals glauben. Aus irgendeinem Grund schuldete Sawyer ihrer Mutter einen großen Gefallen und den wollte er nun einlösen, indem er sie heiratete. Ihre Mutter strebte nach einem reinen Gewissen, für das ihre Kinder verheiratet sein mussten. Offenbar traute sie Julietta nicht zu, dass sie das Geschäft allein erfolgreich würde führen können, also hatte sie beschlossen, eine zusätzliche Schutzmaßnahme in der Gestalt eines großen, starken Mannes zu ergänzen. Oh, mit welcher Inbrunst sie in diesem Augenblick jeden der beiden hasste. Ihre Mutter für diesen Verrat und Sawyer dafür, dass er eingewilligt hatte.

Eine Bewegung ließ sie zur Seite blicken. Sawyer setzte sich zu ihr auf die Bank, hielt aber höflichen Abstand. Ihr Blick erfasste den Glanz seiner *Rolex*, das Strahlen seines hellblonden Haares, die kühlen Grautöne seines Cashmere-Mantels. Der rote Schal um seinen Hals deutete auf seine kühne Seite und auf seine Fähigkeit hin, sich nicht um die Meinung anderer Leute zu kümmern.

Lange Zeit saßen sie schweigend da, während die kalte Luft ihre Haut taub werden ließ. Passanten eilten an ihnen vorbei, den Blick nach oben gerichtet, um trotz des Nebels die ganze Pracht des *Duomo* mit seiner komplexen Architektur auszumachen. Ein Taubenschwarm landete auf dem Platz, wo die Tiere begannen, hingeworfene Krumen aufzupicken.

Schweigend beobachtete Julietta ein junges Paar, das eng aneinandergeschmiegt dastand und mit einem Lachen auf die Vogelinvasion reagierte. Die Frau war hübsch, sie hatte leuchtend rotes Haar. Sie kniete sich hin und streckte die Hand aus, woraufhin ein paar Tauben zu ihr gelaufen kamen und sich auf ihrem Arm niederließen. Ihr helles Lachen wurde schnell vom Nebel geschluckt. Der Mann stimmte in ihr Lachen ein, kniete sich neben ihr hin, um sie zu küssen. Dieses Bild brannte sich in ihre Netzhäute ein und erinnerte sie an die Dinge, die sie niemals haben würde.

»Schuldest du ihr tatsächlich so viel?«, fragte sie ihn schließlich im Flüsterton. »So viel, dass du dein Leben aufgibst, um eine Scheinehe einzugehen?«

»Ja.«

Julietta nickte, weil sie mit dieser Antwort bereits gerechnet hatte. Gähnende Leere herrschte in ihr, ein Gefühl von Traurigkeit bahnte sich seinen Weg durch ihre Adern und suchte nach einem Ventil. Sie zerquetschte diese Regung wie eine Ameise, die unter den Absatz ihres Schuhs geriet. Niemals wieder. Niemals wieder würde sie an diesen Ort in ihrem Inneren zurückkehren.

Nicht zusammen mit ihm.

»Natürlich habe ich Nein gesagt. Ich bin weggegangen und habe mir geschworen, niemals zurückzukehren. Ich habe sie beschimpft, ich habe getobt. Sie hat es einfach hingenommen und gesagt, sie halte es so für das Beste.« Irres Gelächter kam ihr über die Lippen. »Weißt du, was das Schlimmste an dieser Farce ist? Sie glaubt auch noch, dass sie recht hat. Sie macht es nicht, um uns wehzutun oder um uns zu bestrafen. Wie geht dieser Spruch mit den guten Absichten?«

»Der Weg in die Hölle ist mit guten Absichten gepflastert.«

»Ja genau. Gebt dem Mann eine Siegesprämie! Ach, und gebt ihm auch gleich noch eine Ehefrau dazu! Ta-taa!« Sie musste mit sich ringen, um die Fassung zu bewahren. Es gab keinen Grund, wegen einer simplen Fusion in Form einer Ehe die Beherrschung zu verlieren. Denn genau das würde es sein: eine Fusion. Sie würde ihrer Mutter geben, was die haben wollte, aber auf ihre eigene verdammte Art. »Entschuldige, aber ich muss mich erst noch daran gewöhnen. Auch wenn wir hier in Italien sind, wusste ich nicht, dass immer noch Ehen arrangiert werden.«

»Ich verstehe.«

Seine Stimme war sanft und am liebsten hätte sie in diesem Moment nach seiner Hand gegriffen, um ihn anzuflehen, er möge dafür sorgen, dass alles gut ausging. Ihn anzuflehen, sie in seine Arme zu nehmen und ihr zu sagen, dass sie schon eine Lösung finden würden, damit der Druck nachließ, der auf ihrer Brust lastete. Stattdessen tat sie das, was für sie am natürlichsten war. Sie saß leise und verkrampft in ihrer eigenen kalten Blase da und unternahm gar nichts. »Ich habe drei Tage gebraucht, um zu begreifen, dass sie gewonnen hat. Dass alles, worauf ich so stolz war, mit einem Mal bedeutungslos geworden war, weil ich immer noch wie ein kleines Kind auf sie höre.«

»Was hat dich dazu gebracht, deine Meinung zu ändern?«

Das war das Schlimmste von allem. Julietta missfiel es, ihre Mutter zu enttäuschen, aber auf keinen Fall würde sie sich auf eine Ehe ohne Liebe einlassen. Bis von ihrer Mutter die Worte kamen, die ihre Ohren versengten und ihre Entschlossenheit lähmten.

»Bevor dein Papa starb, musste ich ihm zwei Dinge versprechen. Ich sollte sicherstellen, dass du La Dolce Famiglia so etablierst, dass das Unternehmen das Vermächtnis unserer Familie sein wird. Und dass du heiratest. Er hat alle seine Kinder im gleichen Maß geliebt, aber du warst etwas Besonderes. Um dich hat er sich am meisten gesorgt. Ich glaube, seine Seele wird keine Ruhe finden, solang du ihm nicht diesen Wunsch erfüllt hast, mein liebes Mädchen.«

Ein Versprechen am Sterbebett, bei dem sie die Leidtragende war. Sie versuchte diese Worte zu ignorieren, aber sie verfolgten sie Tag und Nacht. Das Porträt in ihrem Büro starrte sie an und forderte ihren Gehorsam. Bis sie schließlich einsah, dass ihr keine andere Wahl blieb. Genauso wie Sawyer.

»Sie sagte, Papa hätte das so gewollt. Für mich. Für *La Dolce Famiglia.* Und ich fürchte sie hat recht«, antwortete sie ohne Gefühlsregung.

Sawyer bewegte seine Hand, als wollte er sie trösten, doch sie versteifte sich, und er hielt inne. Sie konnte diese schreckliche Unterhaltung nicht auch noch mit einem Gefühl von Wärme ertragen, sonst würde sie sich davon niemals erholen.

»Wie willst du vorgehen?«, fragte er verhalten.

Damit konnte sie umgehen. »Ich würde am liebsten behaupten, dass wir durchgebrannt sind. So wie Carina und Max. Sobald unsere Papiere da sind, kann Vater Richard uns verheiraten, anwesend wäre nur meine Mutter. Meiner Familie kann ich dann erzählen, dass es eine stürmische Angelegenheit war und dass wir keine Aufmerksamkeit haben wollten. Wir können die Fusion und den Termindruck vorbringen, um die Flitterwochen zu vermeiden. Wir geben eine kurze Pressemitteilung heraus, und unseren Mitarbeitern erzählen wir bei einem Meeting davon. Der Klatsch und der Tratsch werden dann hoffentlich bald wieder verstummen. Ist das für dich akzeptabel?«

Sawyer nickte.

Das junge Paar auf dem Platz stand auf, sie hakte sich bei ihm unter, dann gingen die beiden weg. Sie sah ihnen hinterher und fragte sich, ob sie wohl immer so glücklich bleiben würden. Dann verdrängte sie den Gedanken und kam wieder zum

Geschäftlichen. »Gut. Jetzt zum Wohnarrangement. Ich schlage vor, wir ziehen sofort in ein großes Haus, ich werde für die nächste Zeit mein Apartment untervermieten. Hier in Mailand wäre es mir am liebsten, um in der Nähe meines Büros zu sein, wenn du damit einverstanden bist. Die Kosten teilen wir uns. Es muss auf jeden Fall etwas mit viel Platz sein, damit jeder von uns sein Leben leben kann, ohne den anderen zu stören. Ich würde sofort einen Makler darauf ansetzen, einverstanden?«

Wieder ein flüchtiges Nicken.

»Wir brauchen einen Ehevertrag. Sollen wir deinen Anwalt oder meinen nehmen?«

»Ist egal.«

Eine Familie nahm den Platz des jungen Paars ein. Zwei kleine Jungen liefen lachend umher, während sie die Tauben jagten. Die Eltern standen kopfschüttelnd daneben und versuchten, die beiden zu bändigen. Julietta sah, wie der Mann breit grinsend auf den *Duomo* zeigte und seine Frau zu sich heranzog. Sie lehnte sich mit einer Selbstverständlichkeit an ihn, die von jahrelanger Zweisamkeit zeugte.

»Wir müssen natürlich auch noch die Rahmenbedingungen festlegen«, fuhr Julietta fort. »Mama muss nichts von unserer Absicht wissen, das Ganze nach einer gewissen Zeit zu beenden. Wenn es dir passt, würde ich gern zwei Jahre als Zeitrahmen ansetzen. Ich fürchte, mit einem Jahr würde sich meine Mutter nicht zufriedengeben, aber zwei dürften genügen, um behaupten zu können, dass wir uns beide wirklich Mühe gegeben haben.«

Er sah sie nicht an, sondern beobachtete die Familie, als wäre die der Schlüssel für die Antworten, die er brauchte. »Zwei Jahre klingt gut.«

»Gut. Ich werde mich von dieser Sache nicht aus unserem Zeitplan bringen lassen, um am Ende noch die Eröffnung verschieben zu müssen. Du hast mein Wort, dass ich Hilfe anheuere, damit der Übergang so reibungslos wie möglich erfolgt.«

Er hob den Kopf, als wäre er eben aus einem tiefen

Schlummer aufgewacht. »Was ist mit uns?«

»Mit uns?«, wiederholte sie verdutzt.

»Ja, mit uns. Welche Regeln gelten für uns? Ein gemeinsames Schlafzimmer? Getrennte Schlafzimmer? Arbeiten wir tagsüber zusammen und gehen zu Hause getrennte Wege? Essen wir zusammen? Unterhalten wir uns? Hast du dir das schon überlegt?«

Sie setzte sich kerzengerade hin. Sein Blick hatte etwas Forschendes, als suche er bei ihr nach irgendeiner emotionalen Reaktion, die sie ihn nicht sehen lassen würde. Was wollte er von ihr? Sie antwortete betont distanziert: »Wie wäre es, wenn wir uns erst einmal mit den wichtigen Details beschäftigen? Wenn wir geheiratet haben, können wir uns immer noch zusammensetzen und darüber reden, was für jeden von uns vertretbar ist. Ich bin mir sicher, wir werden einen einvernehmlichen Kompromiss finden.«

Er lachte humorlos auf. »So spricht also eine Frau, die die Situation komplett unter Kontrolle hat. Muss schön sein.«

Damit brach er ein Loch in die Mauer, die sie um sich herum errichtet hatte und brachte sie zum Einsturz. »Was erwartest du von mir? Eine Entschuldigung?« Ihre Stimme versagte, trotzdem redete sie weiter. »Tut mir leid. Mir tut es leid, dass meine Mutter eine Schuld gegen dich in der Hand hat, durch die du zwei Jahre lang einen Sozialfall am Hals hast. Es tut mir leid, dass ich meiner Familie und mir selbst und jedem anderen nicht genügt habe. Vor allem nicht dir.« Zurückgehaltene Tränen brannten in ihren Augen. »Ich versuche hier mein Bestes, um das Ganze für jeden von uns erträglich zu machen.«

Die Hülle des beherrschten, distanzierten Mannes zerbrach in tausend Stücke. Er drehte sich zu ihr um, fasste sie an den Oberarmen und zog sie an seine Brust. »Du bietest mir eine Entschuldigung an?«, brachte er heraus und schüttelte sie leicht, während seine Augen vor Wut funkelten. »Zum Teufel mit dir! Du denkst, ich bin verärgert, weil ich dich am Hals habe? Wie kannst du es wagen, dich als Sozialfall gegenüber dem Mann zu bezeichnen, der dich geküsst und dich ausgezogen und dich so viele Stunden lang gefickt hat, bis wir beide vor Erschöpfung nicht mehr konnten? Du verdienst einen Mann, dem es an nichts fehlt. Einen Mann, der dir ein anständiges Leben bieten kann und der dich nicht Stück für Stück zerreißt. Ich werde niemals in der Lage sein, dir das zu geben, was du brauchst. Begreifst du nicht, dass ich innerlich erfroren bin? Außer körperlicher Lust ist da nichts übrig, was ich dir geben könnte!«

Er verzog seine sinnlichen Lippen zu einem spöttischen Grinsen, seine Finger bohrten sich durch den dicken Stoff ihres Mantels. »Aber ich bin nicht so höflich oder so großmütig wie du. Ich habe nicht vor, den Märtyrer zu spielen und dir deinen sicheren Bereich zu lassen mit getrennten Schlafzimmern und einem freundlichen Lächeln, wenn wir uns im Flur begegnen.« Der Engel verwandelte sich in den Teufel. Lust, Wut und etwas völlig Unbezwingbares loderten in den Tiefen seiner Augen auf. »Nicht mit mir. Wenn es mir reicht, werde ich die Tür zu deinem Zimmer eintreten und uns beide in die Hölle mitnehmen. Und ich werde es nicht bereuen.«

Sie machte ihren Mund ein wenig auf, war fasziniert von der kraftvollen Aura, die ihr in Wellen entgegenschlug. Seine Körperwärme vertrieb die Kälte und weckte bei ihr den Wunsch, sich von ihm auf jede erdenkliche Weise nehmen zu lassen, so oft er es wollte.

Sein Blick war auf ihre Lippen konzentriert, ihr Herz begann zu rasen. Sie wartete, dass er sich vorbeugte und sich nahm, was ihm längst gehörte. Doch dann ließ er sie los und lehnte sich zurück.

Ein trostloser Ausdruck legte sich auf seine Gesichtszüge. »Aber ich will dir nicht wehtun. Darum darfst du deine persönlichen Grenzen ziehen, allein in deinem eigenen Bett schlafen und alles andere so machen, wie du es willst. Ich verlange nur eines: Ich will nie wieder hören, dass du dich als Sozialfall bezeichnest oder du dich auf irgendeine andere Weise herabwürdigst. Nicht in meiner Gegenwart.«

Eine Strähne löste sich und fiel ihm in die Stirn. Ohne zu zögern, streckte sie die Hand aus und strich die Strähne nach hinten. Dann wanderte ihre Hand über seine Wange. Die Bartstoppeln kitzelten an ihren Fingern. Sie nahm sein Aroma aus Moschus, Gewürzen und Zitrone wahr. »Okay«, flüsterte sie.

Wie ein Sünder, der Buße tun wollte, beugte er den Kopf nach vorn und küsste ihre Handfläche. Julietta spürte, dass sich mehr hinter dieser Geste verbarg. Sie verlangte danach, dem Weg zu folgen, der ins dornige Dickicht und in giftigen Efeu führte, wo unzählige Jäger lauerten, die alle an ihrem Fleisch reißen und zerren wollten. Als sein Blick sie schließlich durchbohrte, wusste Julietta, dieser Mann würde sie entweder erfüllen oder zerstören.

Nackte Angst ließ sie zittern. Er zeichnete mit den Fingern ihren Kieferknochen nach, dann das Kinn – und wanderte nach unten an ihren Hals. Seine leichten Berührungen ließen ihr Schauer über den Rücken laufen und sorgten dafür, dass sich ihre Brustspitzen aufrichteten. Sie verzehrte sich danach, den Sprung ins Ungewisse zu wagen und sich einen Dreck um die Konsequenzen zu scheren.

Er verhinderte es, dass sie sich entscheiden musste, da er in dieser Sekunde aufstand. »Ich werde sofort mit dem Papierkram anfangen. Gib mir Bescheid, wenn dein Makler etwas Geeignetes gefunden hat. Wolfe wird am Nachmittag vorbeikommen. Ruf an, wenn du etwas brauchst.«

Dann ging er weg.

Sie sah ihm hinterher, wie er den Platz überquerte und hinter einem Haus verschwand. Sie saß noch lange Zeit in der Kälte auf der Bank und fragte sich, was sie tun sollte.

12. Kapitel

Julietta betrat das Foyer. Die kuppelförmigen Decken unterstrichen die anmutige Eleganz, die in jedem Stein pulsierte, aus dem ihr neues Zuhause in der *Via della Spiga* errichtet war. Ihr Makler hatte diesen verborgenen Schatz hinter der leicht verwitterten Fassade eines luxuriösen, traditionell erscheinenden Herrenhauses entdeckt. Von außen betrachtet hätte man in dem Haus schöne, aber schmucklose Wohnungen vermutet, doch im Inneren erwartete einen ein Fest für die Sinne. Auf jeder der drei Etagen gab es glänzenden Parkettboden, über den Julietta jetzt schlenderte, während sie auf die kreisförmig angelegte Treppe zuging und sich dabei flüchtig umsah. Das Konzept von offenem Wohnzimmer und offener Küche erweckte den Eindruck eines immens großen Raums. Die rustikale Schönheit alter Holzvertäfelungen, die dicken Mauern und das dichte Laubdach der umstehenden Bäume hüllten dieses Zuhause in pure Eleganz.

In dem Moment, als sie einen Fuß in das Haus gesetzt hatte, war ihr instinktiv klar gewesen, dass das hier ihr Zuhause war. Seltsamerweise machte es ihr überhaupt nichts aus, aus dem Apartment auszuziehen, in dem sie so viele Jahre gewohnt hatte. Nachdem sie all ihre Habseligkeiten in Kartons verpackt hatte, war ihr eine traurige Wahrheit bewusst geworden: Sie besaß nur wenige persönliche Dinge, die ihr wichtig waren oder die sie wirklich mitnehmen musste. In ihrem Apartment gab es nur eine Handvoll Erinnerungsstücke, das meiste drehte sich um ihre Arbeit oder aber es war irgendwelcher ausgefallener Schnickschnack. Aber dieses Haus hier war anders.

Es schrie einem förmlich seinen Charakter und seine Geschichte entgegen. Julietta stellte sich vor, wie sie selbst hier Geschichte schrieb und etwas Unvergängliches hinterlassen würde. Zum ersten Mal in ihrem Leben verstand sie den feinen Unterschied zwischen einem Ort, an dem man wohnte und einem Ort, an dem man lebte.

Zusammen mit Sawyer.

Die Hochzeit war festgelegt worden, das Zuhause gekauft. Über verschiedene Kanäle hatten sie die Nachricht von ihrer Romanze und ihrer kurzfristig angesetzten Heirat verbreiten lassen, um allen Gerüchten den Wind aus den Segeln zu nehmen.

Die letzten drei Wochen waren ein nicht enden wollender Strom aus Erledigungen und Arbeit gewesen, während sie die ganze Zeit über ihre Verteidigung verstärkt hatte. Wenn sie mit Sawyer redete, gab er sich höflich, hilfsbereit und distanziert. Es kam ihr manchmal so vor, als würde sie nicht ihre, sondern irgendeine andere Hochzeit planen, da jede Unterhaltung genau so verlief, wie sie es wollte. Rein geschäftlich. Kein emotionaler Aufruhr, nur ein ruhiger zielgerichteter Angriffsplan.

Sie hasste es wie die Pest.

Hallende Schritte näherten sich ihr von hinten, sie verdrängte ihre momentanen Überlegungen. Julietta drehte sich um und sah ihn im Profil. Er wurde in Sonnenschein getaucht, der seine Narbe betonte und sein Gesicht in goldene Wärme tauchte. Mit jener eleganten Präzision, die ihm angeboren zu sein schien, ging Sawyer von einem Zimmer zum nächsten und musterte die Anordnung der Räume und ihr Innenleben.

Sie biss sich auf die Lippe. »Was meinst du? Alles kann noch verändert werden. Wir werden zwar etwas Arbeit reinstecken müssen, aber dieser Bereich hier hat mich auf Anhieb gefesselt.«

Vor der Glastür, die hinaus auf die Terrasse führte, blieb er stehen. Über einen Steinboden ging es in den ausladenden Garten mit einem kleinen Pool. Julietta stellte sich vor, wie sie an ihrem Laptop arbeitete und dabei einen Espresso trank, während das leise Rauschen des Wassers beruhigend auf sie wirkte.

»Es ist wunderschön.« Seine raue Stimme fühlte sich an, als hätte er über ihre Ohren gestrichen.

Erleichterung erfasste sie, sie begann zu lächeln. »Ich bin froh, dass es dir gefällt. Es gibt noch diesen einen Flügel, der sich für Wolfe eignen würde. Es ist wie ein eigenes Apartment, aber wiederum nicht so abgetrennt, dass er unbemerkt für Tage da untertauchen kann.« Er verzog den Mund, als hätte er Schmerzen. »Stimmt was nicht?«

»Ich habe mit Wolfe noch nicht genauer darüber geredet, wo er wohnen soll«, sagte er.

Sie zog die Stirn in Falten. »Er weiß, dass wir heiraten werden. Wo sollte er denn sonst wohnen?«

Er trat von einem Fuß auf den anderen. »Da, wo ich jetzt noch wohne. Ich glaube nicht, dass er zu uns ziehen will. Er hat keine Ahnung, was wir beide in Wahrheit vereinbart haben und er wird annehmen, dass wir zwei Frischverliebte sind. Er wird sich hier unwohl fühlen.«

»Und über was hast du dich dann mit ihm unterhalten?«

»Allgemeines. Dass wir beschlossen haben zu heiraten, weil wir gut zusammenpassen. Ich habe ihm gesagt, dass sich an seiner Stellung im Unternehmen nichts ändern wird und dass wir so weitermachen werden wie bisher. Er hat nicht danach gefragt, wo wir wohnen werden, also habe ich das Thema auch nicht angesprochen.«

Julietta entging nicht sein plötzliches Unbehagen. »Du hast Angst davor, mit ihm zu reden, nicht wahr?«

»Was soll das heißen? Wir teilen uns jetzt schon eine ganze Weile eine Wohnung, wir unterhalten uns jeden Tag.«

Sie schüttelte den Kopf. »So kannst du das eigentlich nicht sagen. Ihr redet über die Arbeit, doch das ist auch schon alles. Hör dich doch nur reden. Ihr *teilt euch eine Wohnung*. Ich glaube, du hast Angst, über tiefschürfendere Dinge zu reden, weil du ihn verärgern könntest. Solang alles locker und unverbindlich ist, bleibt er bei dir.« Sie fühlte mit ihm und mit dem Jungen mit, den er in seine Obhut genommen hatte. In sanfterem Tonfall fuhr sie fort: »Sawyer, er muss wissen, dass du ihn bei dir haben willst. Ich sehe doch, wie er dich anschaut. Wolfe würde nie danach fragen, aber er will dein Einverständnis. Wenn er glaubt, dass er im Weg ist, dann wird er sich sofort aus dem Staub machen. Er wird niemandem zur Last fallen wollen.«

Sawyer drehte sich abrupt zu ihr um. »Natürlich fällt er niemandem zur Last. Du weißt nicht, wie das für Jungs von seinem Schlag ist. Solche Kinder sind geschlagen und seelisch gequält worden, und ich will ihm nie den Eindruck vermitteln, dass er in der Falle sitzt oder dass er es mir schuldig ist, bei mir zu bleiben. Wenn ich im Umgang mit ihm locker und lässig bleibe, fühlt er sich nicht unter Druck gesetzt. Ich will, dass er in Sicherheit ist. Ich versuche, ihn zu beschützen.«

Wieder war sie bei ihm eine Schicht tiefer vorgedrungen. Julietta starrte den Mann an, der ihr Ehemann werden sollte und fragte sich, ob sie wohl jemals vor ihm sicher sein würde. Seine sexuelle Anziehungskraft war magnetisch, doch dagegen konnte sie sich zur Wehr setzen. Aber das galt nicht für seine Entschlossenheit, den Jungen zu beschützen. Er liebte Wolfe, aber er wusste nicht, wie er damit umgehen und wie er es ihm vermitteln sollte.

Und damit wurde ihr auch klar, dass er keine Ahnung hatte, wie er sich dauerhaft um einen anderen Menschen kümmern konnte. Seine Vergangenheit hatte ihm gezeigt, dass Bindungen in Schmerz endeten. Gott allein wusste, was er alles durchgemacht hatte, doch sie musste ihm zeigen, dass es einen anderen Weg gab. Sie musste ihm beweisen, dass es für ihn so viel mehr gab, wenn er sich nur dafür öffnete. Sawyer hatte das verdient – und Wolfe genauso.

Sie kämpfte gegen den Wunsch an, ihn in die Arme zu nehmen und an sich zu drücken. »Ich werde nicht so tun, als könnten wir beide auf eine ähnliche Vergangenheit zurückblicken und als hätte ich den gleichen Schmerz erlitten wie ihr zwei. Aber ich weiß, dass er ein neunzehn Jahre alter Junge ist, der etwas braucht, woran er sich festhalten kann. Etwas Stabiles. Er braucht dich, Sawyer.«

Er zuckte zurück, als hätte sie ihn geohrfeigt. »Ich gebe mein Bestes«, knurrte er. »Himmel, warum willst du ihn so drängen? Wenn er für sich sein will, werde ich ihm das nicht zum Vorwurf machen. Er kann nicht dazu gezwungen werden, sich mit einer Situation zu arrangieren, in der er sich nicht wohlfühlt.«

Julietta spürte, dass sie sich auf gefährlichem Terrain bewegte. Aber sie hörte auf ihr Gefühl und drängte weiter voran. Ihre Absätze klackten laut auf dem Parkettboden, als sie zwei Schritte auf Sawyer zumachte. Sie hob das Kinn hoch und beschloss, ihn herauszufordern. »Momentan braucht er das genaue Gegenteil. Wenn du ihm jetzt Freiraum lässt, dann heißt das, dass es dich nicht kümmert, was aus ihm wird. Wenn du ihn seine Probleme in dem Tempo lösen lässt, das ihm passt, heißt das, du willst dich damit nicht beschäftigen. Bist du wirklich ein solcher Feigling? Willst du nur halbe Sachen machen und dann weglaufen, weil du dir vielleicht die Finger schmutzig machen müsstest? Du hast ihn von der Straße geholt und ihm einen Job gegeben. Aber in dem Moment, in dem Gefühle ins Spiel kommen, kapselst du dich ab und leugnest diese Empfindungen. Oder ist das etwas, was du eigentlich mir gerade vorhalten wolltest?«

Verblüffung und Verstehen zeichnete sich in seinen golden schimmernden Augen ab. Etwas in ihm schien zu zerbrechen, irgendeine Erinnerung, die ihn dazu trieb, die Kontrolle zu verlieren und sich in die wilde animalische Person zu verwandeln, die immer unter der Oberfläche schlummerte. Er presste die Lippen zusammen.

»Du glaubst, eine Umarmung und ein Schwätzchen können das beheben, was mit uns nicht stimmt? Den Punkt haben wir schon lang hinter uns gelassen, Baby. Es ist schon ein verdammtes Wunder, dass er nicht mehr sofort zusammenzuckt, wenn jemand ihn anfasst oder irgendwelche schönen Erinnerungen mit ihm teilen will. Was ist mit den Nächten, die er bei eisigen Temperaturen auf der Straße zugebracht hat? Nächte, in denen er sich mit dreckigen Zeitungen zugedeckt und nach Abfall gestunken hat? Nächte, in denen er sich mit anderen um den halben Hotdog geprügelt hat, der obenauf in einer Mülltonne lag? Zeiten, als er zusehen musste, wie ein Kind brutal zusammengeschlagen wurde – und er keinen Finger rühren konnte, um zu helfen?« Die Finsternis stieg in ihm weiter auf und vereinnahmte ihn. Er zitterte am ganzen Leib, was sie erkennen ließ, dass es nicht länger um Wolfe ging, sondern um seine eigene schreckliche Vergangenheit. »Jedes Mal wenn ich versucht habe, jemanden zu beschützen, ist es nur noch schlimmer geworden. Ich habe gelernt, auf Abstand zu bleiben und mich nicht einzumischen, weil es so für alle Beteiligten sicherer ist.«

»Jetzt nicht«, sagte sie, nahm seine Hände und drückte sie. Er sah sie an, aber seine Augen erfassten sie nur beiläufig. »Das war früher, weil du überleben musstest. Jetzt musst du leben, Sawyer und Wolfe muss das auch. Du musst ihm mehr von dir geben, auch wenn dir das Angst macht. Wolfe hat eine Chance, weil du ihn noch rechtzeitig gefunden hast. Verstehst du das?«

»Und was ist, wenn ich es doch schlimmer mache? Ich nicht will, dass er ... weggeht.«

Es brach ihr das Herz, ihn so reden zu hören. Sie stellte sich dicht vor ihn, legte den Kopf an seine Brust und dachte an den kleinen Jungen, der niemanden gehabt hatte, der ihm helfen konnte. Er erwiderte die Umarmung und drückte Julietta an sich. »Er will nicht weggehen«, flüsterte sie ihm zu. »Er muss nur wissen, dass du für ihn kämpfen wirst. Dass er dir wirklich wichtig ist und dass er nicht bloß ein Sozialfall ist, den du dir ausgesucht hast, um eine Weile mit ihm zu spielen.«

Schweigen legte sich über sie. Julietta blieb lang von ihm umarmt stehen und ließ ihre Worte auf ihn wirken. Als sein Herz nicht länger raste und sein Griff lockerer wurde, löste sie sich aus seinen Armen. Sie musterte sein Gesicht und suchte nach etwas, das ihr Angst machen würde.

»Warum ist dir das so wichtig?«, fragte er.

Sie atmete angestrengt durch. »Weil ich dich sehe, wenn ich ihn anblicke.«

Dann wandte sie sich ab und ging ein paar Schritte – darauf wartend, dass er sie packte und ihrer Aussage widersprach. Dass er darauf drängte, sich zu ihren Gefühlen zu äußern. Auf die gleiche Weise, wie er es stundenlang im Schlafzimmer mit ihr gemacht hatte, als er die Wahrheit aus ihr herausgeholt hatte, die ihr Geist und ihr Körper vor ihm versteckt halten wollten. Aber er schwieg.

Enttäuschung befiel sie, doch sie sagte sich, dass es eine gute Sache war. Es war besser, die Beziehung auf neutralem Boden zu belassen, weil sie sich sonst womöglich gegenseitig zerstören würden. »Wir sollten uns besser auf den Weg machen, ich habe heute Mittag ein Meeting.«

Schweigend folgte er ihr nach draußen.

***

Sawyer klopfte an der Tür und versuchte, seine schweißnassen Handflächen zu ignorieren. Unfassbar! Er hatte sich ohne jegliche Erfahrung in die Hölle des Elterndaseins hinabziehen lassen. Aber Julietta hatte recht. Es wurde Zeit, ein ganzer Mann zu sein und diese Situation in die Hand zu nehmen.

Der Junge machte die Tür auf. »Ich nehme mein Baguette mit Fleischbällchen.«

Sawyer schnaubte. »Ich bin nicht gekommen, um deine Essensbestellung aufzunehmen, Klugscheißer. Ich habe noch Reste von gestern, die wir aufwärmen können.«

»Cool. Und was gibt's?«

Wolfe trug wie üblich ein langärmeliges Baumwollhemd, Jeans und weiße Tennissocken. Sein Kopfhörer hing ihm um den Hals, laute Rockmusik plärrte aus den kleinen Lautsprechern. Seine Haare waren feucht, und was er sonst zu spitzen Dornen frisiert hatte, hing jetzt so schlaff auf seinem Kopf, dass Sawyer erkennen konnte, dass der Junge eigentlich einen hübschen Lockenkopf gehabt hatte, bevor er auf die Idee gekommen war, seinen Haaren solche Qualen anzutun. »Ich würde gern kurz mit dir reden.«

Es war, als hätte jemand einen dicke Mauer zwischen sie geschoben. Die lässige Art war vergessen, ein entschlossenes Funkeln stach ihm aus türkisfarbenen Augen entgegen. »Klar. Ähm, hör zu ... Ich wollte dir das eigentlich später sagen, aber ich dachte mir, du hast wegen der Hochzeit schon genug am Hals. Ich mache mich vom Acker.«

Sawyer machte einen Schritt auf Wolfe zu, der nichts anderes tun konnte, als vor ihm zurückzuweichen. Furcht nahm seinen Magen in einen eisigen Griff, aber er wahrte einen gelassenen Tonfall. »Und wohin willst du?«

Wolfe trat von einem Fuß auf den anderen. »Du heiratest, und das hat mich aus der Bahn geworfen. Ich denke, ich helfe dir noch den Deal abzuschließen und dann geht's weiter. Vielleicht zurück nach New York.«

»Hast du keine Lust mehr, für mich zu arbeiten?«

»Doch, das gefällt mir. Aber seien wir mal ehrlich, Mann. Wir haben nie über was Langfristiges gesprochen. Ich spare jetzt schon seit 'ner Weile mein Geld, und ich glaube, ich kann jetzt für mich selbst sorgen. Immerhin bekomme ich von dir ein tolles Gehalt. Du hast mir wirklich sehr geholfen, aber jetzt wird es Zeit, dass du dich wieder um dein eigenes Leben kümmerst. Meinst du, ich könnte von dir ein Empfehlungsschreiben bekommen? Natürlich nur, wenn du das willst.«

Sawyer atmete tief durch. Sein Albtraum wurde soeben Wirklichkeit. Vielleicht hatte Julietta doch recht. Hinter Wolfes ausdrucksloser Miene lag ein Hauch von Verzweiflung und Angst. Normalerweise hätte er Wolfe darin bekräftigt, seinen eigenen Weg im Leben zu gehen, weil er glaubte ihn so glücklich zu machen. Aber jetzt wurde Sawyer klar, dass er einen Jungen vor sich hatte, der gar nicht wusste, in welche Richtung er gehen wollte. Und niemand war so sehr an ihm interessiert wie er, dass er ihn aufforderte doch zu bleiben.

Im nächsten Moment verschlug es Sawyer zurück in jene Nacht.

»Geh bitte nicht, Sawyer.« Danny sah ihn wütend, flehend und rebellisch zugleich an. Es war dunkel, durch die kaputten Jalousien gelangte ein schmaler Streifen Mondlicht ins Zimmer und wanderte langsam über die Matratzen. »Ich komme mit.«

Er stopfte seine Kleidung und die wenigen Habseligkeiten in eine Tasche, während er den Blick abwandte. Er hatte Angst davor, Danny bei dem Arsch zurückzulassen, aber je schneller er von hier verschwand, einen Job und eine Wohnung fand, umso eher konnte er herkommen und den Jungen holen. Solang er hierblieb, konnte sein Pflegevater Danny weiter als Druckmittel benutzen. Wenn er von hier verschwand, würde der alte Mann den Jungen vielleicht nicht mehr so sehr beachten, und er würde von ihm in Ruhe gelassen werden.

Es war ein ganz simpler Plan. Von hier verschwinden, einen Job finden und Danny retten. Dann konnten sie sich endlich an die Behörden wenden und diesen Hurensohn rankriegen. Seine letzte Stunde würde bald schlagen.

Er drückte Dannys Schulter und spürte sofort die Knochen unter der Haut. Sawyer ignorierte, dass die Unterlippe des Jungen bebte, und setzte ein Lächeln auf. »Hör zu Kumpel, es wird alles gut ausgehen. Ich suche mir eine Arbeit, und dann hole ich dich hier raus. Bis dahin musst du dich so ruhig wie möglich verhalten. Geh ihm mit nichts auf die Nerven, und wenn er trinkt, schließt du dich im Badezimmer ein. Da sind Waffen – für den Fall, dass du welche brauchst.«

»Okay.«

Das widerspruchslose Akzeptieren verriet ihm, dass Danny ihm kein Wort glaubte. Als er aufbrach, schwor er sich, es bei ihm wiedergutzumachen. Doch ein paar Monate später erfuhr er, dass er diese Gelegenheit niemals bekommen würde.

Sawyer sah den Jungen an, der jetzt vor ihm stand. Wie in einem seltsamen tranceartigen Rausch verwischten Vergangenheit und Gegenwart. Er hatte Danny im Stich gelassen. Wenn er jetzt auch noch Wolfe weggehen ließ, ohne versucht zu haben, ihm sein Vorhaben auszureden, dann würde er sich das niemals verzeihen. Etwas tief in seinem Inneren brach auf und ließ etwas austreten, mit dem er sich normalerweise nicht befassen wollte. Sein Instinkt schrie ihn an, er sollte weglaufen und sich niemals umschauen. Stattdessen jedoch verschränkte er die Arme vor der Brust und sah den Jungen eindringlich an.

»Ich will nicht, dass du weggehst.«

Wolfe zuckte zusammen und fuhr sich mit einer Hand durch die feuchten Locken. »Ich hab dir doch gesagt, ich bleibe, bis der Deal abgeschlossen ist.«

»Ich rede nicht von dem Deal. Ich rede von dir.« Er atmete verkrampft ein und versuchte das zu sagen, was er sagen musste. »Du leistest unglaublich gute Arbeit für mich bei *Purity*. Als ich dich zuerst zu mir geholt hatte, da wollte ich dir nur zeigen, dass man sein Leben auch anders leben kann. Ich war in deinem Alter und wusste kaum, wie ich den nächsten Tag überleben sollte, als jemand mir einen Gefallen tat und mir half. Es veränderte mein ganzes Leben und meine Zukunft. Das wollte ich ursprünglich auch mit dir machen, aber ich hatte mir nie Gedanken darüber gemacht, wie lang du bleiben und was geschehen würde. Ich sage das nie, weil ich diese nette Tour nicht beherrsche, aber ich hänge inzwischen an dir. Ich mag es, dich um mich zu haben und ich mag den Mann, zu dem du dich entwickelt hast. Und ich will nicht, dass du weggehst.«

Dieses Gefühl der Verwundbarkeit, als er sich dem Jungen so offenbarte, ließ das Verlangen aufkommen, sofort die Flucht zu ergreifen. Aber er zwang sich, wie angewurzelt stehen zu bleiben. Das Entsetzen, das sich auf Wolfes Gesicht abzeichnete, war diese Mühe fast schon wert. Er bekam den Mund nicht mehr zu, erst nach Sekunden bemerkte er, wie er dastand und presste die Lippen zusammen. »Aber ... du heiratest doch.«

Sawyer zuckte mit den Schultern. »Na und? Julietta möchte auch, dass du bei uns lebst. Wir haben ein riesiges Herrenhaus, in dem du ganz für dich sein kannst. Außerdem kann Julietta kochen. Und wenn wir wollen, besuchen wir sonntags Mama Conte. Ein Zimmermädchen gibt's da allerdings nicht. Mein Gefühl sagt mir, dass Frauen in dem Punkt ziemlich sauer reagieren, deshalb musst du etwas ordentlicher werden.«

Der Junge biss an der Nagelhaut, eine nervöse Geste, die Sawyer kannte. Sie bedeutete, dass er angestrengt nachdachte. »Ich will nicht im Weg sein. Und ich will keine Belastung sein.«

»Sag so etwas nicht«, fuhr Sawyer ihn an. »Für mich bist du verdammt noch mal keine Belastung. Du bist mir wichtig. Ich halte dich für einen großartigen Jungen und ich möchte, dass du bleibst.« Er hielt kurz inne. »Bitte.«

Sawyer entging nicht das freudige Leuchten in Wolfes Augen, als der ihn reden hörte. Endlich hatte er mal etwas richtig gemacht. »Okay.«

Sawyer grinste. Er hatte gewonnen. »Pack deinen Kram

zusammen, das muss bis Sonntag erledigt sein. Und du kommst zur Hochzeit. Wir werden danach essen gehen, und anschließend wollen wir in unser neues Zuhause.«

»Keine Flitterwochen?«

»Nein, zu viel Arbeit. Und? Alles okay?«

Freude regte sich, als Wolfe bedächtig nickte. Verhaltene Erleichterung prägte seine Gesichtszüge. Einen Moment lang verspürte Sawyer den verrückten Wunsch, den Jungen zu umarmen und ihn an sich zu drücken. Aber das verkniff er sich, weil das mehr Gefühle mit sich bringen würde, als sie beide in diesem Moment bewältigen konnten.

»Ja, alles okay.«

»Schön.« Sawyer verließ das Zimmer, zog die Tür hinter sich zu und ließ sich vor Erleichterung gegen die Wand sinken. Wieder mal hatte die Eiskönigin mit ihrer Ansicht richtig gelegen. Er hatte sich nicht mit Wolfe in diese Schlangengrube begeben wollen, aber letztlich hatte es sich bezahlt gemacht. Er wollte ihn auf lange Sicht in seinem Leben haben und wenn Julietta ihn nicht so herausgefordert hätte, wäre der Junge weggegangen, und sie beide hätten sich elend gefühlt.

Er fragte sich, welche Überraschungen seine Zukünftige wohl noch auf Lager hatte.

Der dominante Teil seines Wesens verlangte danach, alle Barrieren aus dem Weg zu räumen und mit ihr ins Bett zu gehen. Wenn sie erst mal seine Finger auf ihrer Haut spürte, gab es für sie sowieso kein Halten mehr und sie würde ihm wieder die Kontrolle überlassen. Aber nach nur zwei Nächten verlangte sein Körper schon nach noch mehr. Eine Frau zu heiraten, die ihn um den Verstand zu bringen drohte, war nicht sehr klug. Wie würde er mit der Intimität umgehen, sie tagtäglich zu sehen? Mit ihr zu essen? Die Abende zu verbringen? Er brauchte Zeit, um sein Gleichgewicht zu finden, und damit war Sex ausgeschlossen. Vorläufig jedenfalls. Er würde ihr Gesellschaft leisten. Sie würden ihre Arbeit tun. Einfache Regeln für einfache Gefühlsregungen.

Solang sie nicht mehr von ihm wollte.

Zwei Jahre. Er musste zwei Jahre lang durchhalten, ehe er das hier hinter sich lassen konnte, um sein Versprechen formal zu erfüllen. Er fragte sich, wie es wohl wäre, für sie ein richtiger Ehemann zu sein, ein Leben mit Kindern und Familie und allem anderen aufzubauen, was dazugehörte. Doch dieser leere Fleck in seinem Inneren war zu kalt, so wie eine endlose Landschaft im arktischen Eis.

Ja, für ihn kam das alles zu spät.

Er akzeptierte diese Tatsache und trottete in sein Schlafzimmer.

13. Kapitel

Julietta betrachtete den Diamantring an ihrem Finger. Drei Karat, Prinzess-Schliff, makellos klar. Eingefasst war er in Platingold ohne irgendeinen anderen Diamanten, der ihm hätte Konkurrenz machen können. Ihr Ehemann kannte ihren Geschmack wirklich gut – schlicht und elegant.

Zu schade, dass er kein echter Ehemann war.

Die Zeremonie lief exakt so ab, wie sie es sich vorgestellt hatte. Glücklicherweise hielten sich Venezia und Dominick aus geschäftlichem Anlass in London auf, denn sie hatte keine weiteren Verwandten dabeihaben wollen, wenn sich vor einem katholischen Priester eine solche Farce abspielte. Sie hatte immer davon geträumt, in der Cappella Colleoni getraut zu werden, die bekannt war für ihre Fensterrose, die zu beiden Seiten von Standbildern von Cäsar und Trajan flankiert wurde. Die komplexen Details und die intime Atmosphäre dieser kleinen Kirche in Bergamo boten die ideale Kulisse.

Ihr elegantes Rivini-Hochzeitskleid war ein Traum – vom wie angegossen sitzenden, trägerlosen Mieder bis hin zum wallenden Chiffon des ausladenden Rocks in sattem Cremeweiß. Die mit Diamanten besetzten Kämme hielten ihre in klassischem Stil frisierten Haare hoch und funkelten vor dem dunklen Hintergrund. Ihre Schuhe waren Maßanfertigungen, die zehn Zentimeter hohen Absätze und die Schuhspitzen waren mit Diamanten versetzt.

Als sie sich durch den Mittelgang dem Altar näherte, schienen die Wandgemälde und die Fresken an den Wänden von farbenfrohen, frommen Bildern förmlich zu explodieren. Ihre Mutter und Wolfe standen neben ihnen. Licht fiel durch das Bleiglasfenster in die Kapelle, und Julietta wartete unwillkürlich ab, ob Gott einen Blitz niederfahren lassen würde, um ihnen ein Zeichen zu geben, dass diese Ehe dem Untergang geweiht war.

Doch es war ein milder Tag, so warm wie mitten im Frühling. Die Sängerin verlieh der Zeremonie eine eindringliche Schönheit, ihre Stimme hallte gemeinsam mit den Akkorden der Orgel bis hinauf zur Kuppeldecke und weckte bei Julietta Gefühlsregungen, von denen sie nichts wissen wollte.

Ihre Mutter strahlte vor Stolz und ließ eine Zufriedenheit erkennen, bei der es Julia das Herz zerriss. Als sie ihr Gelübde sprach, fragte sie sich unwillkürlich, ob der Geist ihres Vaters nun wohl endlich zufrieden war.

Im Gegensatz zu ihren Schwestern hatte sie nur selten davon geträumt zu heiraten, und erst recht hatte sie sich nie vorstellen können, jemals vor den Traualtar zu treten. Als sie jetzt in diese überwältigenden goldenen Augen sah, machte ihr Herz einen Satz, und sie verspürte ein schmerzhaftes, aber wundervolles Verlangen. Eine spöttische Stimme in ihrem Kopf flüsterte ihr die Wahrheit zu.

Sie wollte, dass das hier echt war.

Wie würde es sich wohl anfühlen, die Frau zu sein, die von Sawyer geliebt wurde? Die eine, die in all jene düsteren, verstaubten Winkel seiner Seele vordrang und sie erst einmal gründlich lüftete? Er würde seine Partnerin mit einer Heftigkeit und Urtümlichkeit lieben, mit der es kein anderer Mann aufnehmen konnte. Aber seine Seele besaß auch eine sanfte Seite, von der sie sich angesprochen fühlte. Sie erinnerte sich daran, wie behutsam er sie gebadet hatte, wie leicht er mit den Fingern über ihre Wange gestrichen hatte, wie leidenschaftlich er sie dazu aufgefordert hatte, sich niemals zu erniedrigen.

»Julietta? Ist alles in Ordnung?«

Sie riss sich von ihren Gedanken los und hob den Kopf. Das Objekt ihrer Überlegungen stand in der Tür zu dem Zimmer, das sie zu ihrem Büro erklärt hatte. Nach dem Abendessen hatten sie sich auf den Weg zu ihrem neuen Zuhause gemacht, dort hatte sich jeder von ihnen in seinen eigenen Teil des Anwesens zurückgezogen, um sich seiner Arbeit zu widmen. Wolfe war schon vor Stunden zu Bett gegangen. Die stille, unpersönliche Umgebung wirkte wie ein Spott auf die Tatsache, dass erst vor ein paar Stunden eine Hochzeit stattgefunden hatte. Alles war so wie immer, mit *iPads* und Laptops und SMS an Geschäftspartner. Das Haus bäumte sich brüllend auf, als erwarte es von seinen Bewohnern mehr persönlichen Kontakt.

»Ja, ich habe nur ein paar Kleinigkeiten erledigt.«

Sawyer streckte sich und rieb seinen Nacken. Er trug jetzt eine locker sitzende Kakihose und ein frisches weißes T-Shirt, und er war barfuß. Mit einem Mal wurde ihr bewusst, wie intim es doch sein würde, sich mit ihm ein Haus zu teilen. Sie würde ihn ab jetzt jeden Tag mal mehr, mal weniger bekleidet zu sehen bekommen, ohne dabei das Gefühl zu bekommen, ein Recht darauf zu haben, ihn zu berühren.

Panik flammte in ihr auf. Was, wenn sie nicht in der Lage war, dieses Spiel zu spielen? Das hier war ihre Hochzeitsnacht und sie hatte keine Ahnung, wie sie sich verhalten sollte. Kühl und distanziert? Oder warmherzig und freundlich? Am liebsten hätte sie sich unter ihre Bettdecke verkrochen und sich für den Rest der Nacht dort versteckt, aber würde das nicht ziemlich jämmerlich aussehen? »Ja, ich auch. Morgen muss ich früh raus und zur Baustelle. Bist du fertig?«

»Ja.«

»Lust auf einen Drink vor dem Zubettgehen?«

Ihre Nerven kreischten, ihr Körper erwachte und wollte spielen. Demonstrativ drückte sie die Beine zusammen. »Klar. Ich habe nichts gegen einen Schluck Cognac vor dem Einschlafen einzuwenden. Ich muss morgen auch früh raus.«

Sie folgte ihm nach unten, ihre Finger strichen leicht über das Mahagoni-Dekor, während sie die Bibliothek betraten. Julietta atmete die Luft ein, die besänftigend nach Zitrone, Papier und Leder duftete. Gemeinsam hatten sie die Regale mit Romanen, Biografien, Fachbüchern und Kochbüchern bestückt. Seine breit gefächerten Interessen hatten Julietta fasziniert, und ihr war aufgefallen, dass man sich mit Sawyer über fast jedes Thema unterhalten konnte. Sie nahm im Schneidersitz in einem Sessel nah dem Kamin Platz. Es war ihr wichtig, die Grundlagen für den künftigen Umgang miteinander festzulegen. Sie hatte beschlossen, freundlich, aber distanziert zu sein.

Sawyer reichte ihr einen Cognacschwenker mit einer bernsteinfarbenen Flüssigkeit darin und setzte sich zu ihr. Die Wärme des Kaminfeuers hüllte sie beide ein, und Julietta entspannte sich ein wenig. »Du hast heute wunderschön ausgesehen«, sagte er.

Sie lächelte ihn an. »*Grazie.* Du hast aber auch nicht übel ausgesehen. Und Wolfe war ziemlich ansehnlich. Er hatte sogar auf ein paar seiner Piercings verzichtet.«

Sawyer nickte lachend und trank einen Schluck. »Ja, er kann ganz manierlich erscheinen. Ich habe mich übrigens noch gar nicht bei dir bedankt. Für deinen Ratschlag, was Wolfe angeht, meine ich.« Er sah sie wieder auf seine eindringliche Art an. »Er wollte weggehen und wenn ich ihn nicht gebeten hätte zu bleiben, wären wir zwei jetzt hier allein im Haus. Woher hast du das gewusst?«

Ihre Kehle war mit einem Mal wie zugeschnürt. »Ich habe es daran gemerkt, wie ihr zwei euch anseht. Voller Respekt. Bewunderung. Sorge. Ihr seid euch zwar als völlig Fremde begegnet, aber er ist jetzt ein Teil von dir. So funktioniert Familie. Familie kann einen wahnsinnig machen und einen zur Verzweiflung treiben, aber Familie steht auch zusammen.«

»Ich habe immer nur das Gegenteil davon erlebt.«

»Ich weiß. Aber Familie hat nichts mit Blutsverwandtschaft zu tun. Es geht darum, untereinander loyal zu sein und Opfer zu bringen. Ich wollte nicht, dass Wolfe weggeht, nur weil dein Stolz es dir verbietet, ihn zum Blieben zu bewegen.«

»Und deshalb hast du dich damit einverstanden erklärt, mich zu heiraten, richtig?«

Julietta versteifte sich, da sie fürchtete, er könnte zu viel Wahrheit herausfinden. Ja, sie hatte es für die Familie getan. Für Papa. Und fürs Geschäft. Aber ihre innere Stimme beharrte darauf, dass sie nur jemanden hatte heiraten können, der ihr wichtig war und in dessen Gegenwart sie sich sicher fühlte. Auf Sawyer traf beides zu. »Ja, richtig.«

»Hast du vorher schon mal mit dem Gedanken gespielt zu heiraten?«

Seine Nachhaken wunderte sie, dennoch beschloss sie zu antworten. »Nein. Es gab einen Mann, bei dem es in Richtung Heirat ging. Wir haben zusammengearbeitet. Eine Zeit lang habe ich mich gefragt, wie es wohl wäre, abends nach Hause zu kommen und ihn dort anzutreffen. Mit ihm gemeinsam zu essen ... das Bett zu teilen ... das Leben. Aber schließlich begann ich zu erkennen, dass das zwischen uns zu nichts führen konnte. Auf dem Papier passten wir gut zusammen, aber ihm war nie danach, Zeit mit mir zu verbringen. Ich war wie seine Konferenzen, indem er mich für soundso viel Uhr einplante.« Sie erinnerte sich noch gut an dieses Gefühl ihm nicht gewachsen zu sein, während sie versucht hatte, eine Verbindung zwischen ihnen zu schaffen, bis ihr aufgefallen war, dass er kein Interesse an ihr hatte. Er war der ruhige, rationale Typ gewesen, der genau wusste, was er wollte: eine Ehefrau fürs Geschäft, eine Gefährtin, die ihm Gesellschaft leistete. Ihre Frigidität hatte ihn verärgert, aber er hatte sich auch nie die Zeit genommen, sie zu einer stärkeren Reaktion zu bringen. Das wiederum hatte die Anspannung zwischen ihnen nur noch größer werden lassen, und wenn er sie in den Arm genommen hatte, war sie sich wie betäubt vorgekommen. Schließlich verkümmerte ihre Beziehung so sehr, dass sie eines völlig unauffälligen Todes starb.

»Klingt so, als wäre der Typ ein richtiger Arsch gewesen.«

Ein flüchtiges Lächeln umspielte ihre Lippen, aber durch seine Fragen waren die Geister längst geweckt worden. Ohne es zu wollen, sagte sie: »Nein, er wollte mich bloß nicht so sehr, wie es nötig gewesen wäre. Er war so wie alle anderen Männer auch.«

Plötzlich begann sich seine Aufmerksamkeit zu verlagern. Sein sengender Blick wanderte über ihren Körper, was ihn an jede Stelle erinnerte, an der er sie berührt, geleckt und gebissen hatte, und an jede seiner unzähligen Methoden, mit denen er ihren Körper zur Explosion gebracht hatte. »Ich sag's noch mal: Er war ein Arsch. Und ein Idiot.«

Von ihrem eigenen Geständnis in Verlegenheit gebracht lachte sie nur und setzte sich gerader hin. »Sehe ich auch so. Ich verschwende kaum noch einen Gedanken an ihn, daher war es so auch am besten.« Ihre Lüge war allzu offensichtlich, doch Sawyer sprach sie nicht darauf an. »Und was ist mit dir? Jemals den Wunsch verspürt, vor den Altar zu treten?«

»Nein.«

Seine knappe Antwort veranlasste sie zu einem neugierigen Blick. »Ich weiß, dass du mit vielen Frauen zusammen gewesen bist. Du scheinst also nichts gegen Gesellschaft zu haben. Woran hat es gelegen?«

Seine Miene verfinsterte sich, was seine Narbe stärker zu betonen schien. »An nichts. An allem. Ich kann Spaß haben und Sex mit einer Frau genießen, aber sie wollten alle immer noch etwas mehr haben. Dinge, die ich ihnen nicht geben konnte. Also bin ich weitergezogen.«

»Und jetzt? Was wirst du jetzt machen?«

Ihre Frage schien ihn zu erschrecken. »Ich glaube, ich bin noch nie einer Frau begegnet, die so direkt war, wie du es bist.«

»Ich weiß nicht, ob ich das als Kompliment auffassen soll.«

Er lachte kurz auf. »Das kannst du ruhig. Du schaffst es, mich immer wieder zu überraschen und herauszufordern. Es ist Zeit für unser Gespräch, bei dem wir unser Herz ausschütten?«

Ihre Wut begann sich zu regen, und sie kniff die Augen ein wenig zusammen. »Ich mag es nicht, wenn man sich über mich lustig macht. Warum tun wir nicht einfach das, was für uns beide am besten ist? Gemeinsam arbeiten, dieses Haus teilen und uns gegenseitig respektieren. Wir lassen die grundlegenderen Gefühle aus der Gleichung heraus, damit keiner von uns zu sehr abgelenkt wird. Einverstanden?«

Er musterte sie gnadenlos, doch sie weigerte sich, vor ihm zu kapitulieren. Ihr Verstand schrie ihn an, diesen Kompromiss zu akzeptieren. Ihr Herz schrie, ihre höflich vorgetragene Bitte zu ignorieren und mit ihr ins Bett zu gehen. Schließlich nickte er. »Wie du willst.«

Die Stimmung war dahin, die Luft wirkte abgestanden. Julietta fühlte sich kraftlos. Hastig trank sie ihren Cognac aus. »Freut mich, dass wir einer Meinung sind. So ist es am besten. Wenn du nichts dagegen hast, würde ich jetzt gern zu Bett gehen.«

»Ich habe das Zimmer gleich nebenan, für den Fall, dass Wolfe misstrauisch wird.«

»Ja klar.« Sie stellte ihren Cognacschwenker auf den Tisch und zwang sich zu einem Lächeln. »Gute Nacht, Sawyer.«

»Gute Nacht, Julietta. Schlaf gut.«

Sie verließ den Raum und ging zu ihrem Schlafzimmer, einerseits zutiefst erleichtert, andererseits völlig enttäuscht.

***

Sawyer schenkte sich noch ein Glas ein, als hinter ihm die Tür zugezogen wurde. Er konnte immer noch ihren besonderen Duft nach Mokka und Kokosnuss wahrnehmen, bei dem ihm das Wasser im Mund zusammenlief, als würde ihm jemand einen köstlichen Schokoriegel hinhalten. Nur dass sie noch viel besser schmeckte. Er musste daran denken, wie sie für ihn die Beine gespreizt hatte, damit er den berauschenden Geschmack ihrer Erregung hatte kosten können.

Himmel, er hatte sich ja kaum noch unter Kontrolle!

Sein Schwanz versuchte sich mit Nachdruck aus seiner Hose zu befreien. Wollte sie ihn verrückt machen? Sie wollte einen Gefährten, einen Arbeitskollegen, einen Freund. Wie sollte er sich auf diese Dinge konzentrieren, wenn er sich danach verzehrte, ihr diese höfliche Maske herunterzureißen und die wilde, sinnliche Frau zum Vorschein kommen zu lassen, die er in seinem Bett vorgefunden hatte? Und wie lang würde er sich zurückhalten können? Er konnte sich gut vorstellen, dass er mitten beim Abendessen die Beherrschung verlor und ihr wie im Wahn die Kleider vom Leib riss.

Aber ob ihr das gefallen würde?

Ihre Worte verfolgten ihn. Kein Mann hatte sie je genügend gewollt. Diese harte fähige Frau hatte mit ihren eigenen Dämonen zu kämpfen. Er war sich sicher, dass die wenigen Männer, mit denen sie eine Beziehung einzugehen versucht hatte, dafür gesorgt hatten, dass ihr Selbstbewusstsein ein Scherbenhaufen war. Wie anders sollte es möglich sein, dass eine sexy, intelligente und selbstständige Frau glaubte, für eine Ehe nicht gut genug zu sein?

Vielleicht musste er ihr das zeigen.

Diese Möglichkeit tänzelte am Rand seines Verstands entlang. Er konnte ihre Bedingungen akzeptieren, und dann wären sie in der Lage, nach vorn zu sehen, ohne dass es zwischen ihnen hässlich werden musste. Vermutlich war das die beste Vorgehensweise. Doch als er ihr zugestimmt hatte, war ihrem Mienenspiel anzusehen gewesen, dass die Wahrheit eigentlich ganz anders aussah.

Kein Mann war je stark genug gewesen, um sie herauszufordern. Um sie anzutreiben, um sie zu verführen. Unter seinen Anweisungen war sie förmlich dahingeschmolzen, und ihr Verstand hatte sich ihm geöffnet, um ihn einzulassen, was ihn mit Demut erfüllt und zugleich inspiriert hatte. Er verzehrte sich nach ihr wie nach einer Droge, die man sich in die Blutbahn spritzte. Auch wenn es unberechenbar, chaotisch und planlos war, brauchte er sie dennoch.

Wenn er zuließ, dass sie heute Nacht allein in ihrem kalten Bett schlief, würde sie nur wieder ihre Abwehr aufbauen können. Das einzig Richtige wäre es, sie in Ruhe zu lassen. Er liebte sie nicht. Sie war eine Frau, die das jedoch verdiente. Aber war das der bessere Weg? Ihr Ruhe zu geben und sie dabei weiter in dem Glauben zu lassen, dass sie es für keinen Mann wert war, um sie zu kämpfen? Oder sie in sein Bett zu holen und das Risiko einzugehen, ihr das Herz zu brechen?

Sein Verstand sagte ihm, welche die einzige Entscheidung war, die er treffen konnte. Es war der Weg, dem er seit dem Tag gefolgt war, an dem er herausgefunden hatte, dass er so sehr schuld am Tod seines Pflegebruders war, als hätte er den Abzug betätigt.

Aber heute Nacht hatte sein Schwanz das Denken vollständig an sich gerissen und es gab nur eine Entscheidung, die ihm zur Verfügung stand.

Sawyer stellte sein Glas zur Seite und machte sich auf den Weg zu seiner Ehefrau, um die Ehe zu vollziehen.

***

Julietta drehte sich in der blassblauen Bettwäsche hin und her, ein Bein streckte sie ins Freie, um es etwas zu kühlen. Für ein so altes Haus verbreiteten die Heizkörper eine bemerkenswerte

Hitze, dass ihr Hals und der Rücken nass geschwitzt waren. Ächzend warf sie die Decke zur Seite und starrte in die Dunkelheit. Ihr Körper pulsierte vor Verlangen, das sich heute Nacht nicht unterdrücken lassen würde. Zu schade, dass sie keinen Vibrator besaß. Natürlich war es ihr früher immer viel zu peinlich gewesen, zu solchen Dingen zu greifen, da sie fürchtete, dass nicht mal ein Sexspielzeug in der Lage sein würde, das Eis zu überwinden, das ihr den Weg zum Orgasmus versperrte.

Es war schon erstaunlich, wie Sawyer ganz genau zu spüren schien, wann sie nicht mehr Herr über ihren Körper war. Er wusste genau, was zu tun war, damit ihr Verstand keine Gelegenheit bekam, die Kontrolle an sich zu reißen.

Hör schon auf, an Sawyer zu denken.

Schlafen. Sie musste sich aufs Schlafen konzentrieren. Julietta machte die Augen zu und begann zu zählen. Eins. Zwei. Drei. Hatte sie den Finanzbericht für das aktuelle Quartal abgesegnet? Ja, sie hatte ihr Okay gegeben. Vier. Fünf. Sechs. War der Geburtstag ihrer Sekretärin nicht in dieser Woche? Sie musste morgen sofort ein Geschenk besorgen. Sieben. Acht. Neun ...

Die Tür ging auf.

Sie setzte sich aufrecht hin und sah die Gestalt an, die vor ihrem Bett stand. Er hatte sein T-Shirt ausgezogen, sodass der Mondschein auf seine Brust fiel. Die klar konturierten Bauchmuskeln und der Bizeps schimmerten vor dem Hintergrund aus brutalen Narben und versuchten sich in den Mittelpunkt zu kämpfen. Er stand breitbeinig und barfuß da, die Hände an die Hüften gelegt, die Augen leicht zusammengekniffen. In diesem Moment strömte ein purer Adrenalinstoß durch ihre Adern. Sie schwankte leicht hin und her, während sie trotz ihres wie verrückt schlagenden Herzens zu atmen versuchte. »Was machst du hier?«

»Ich glaube, das weißt du.«

Seine Stimme war wie gesalzener Karamell für ihre Ohren – sanft und rau und dabei höllisch sexy. Sie wollte etwas erwidern, aber mehr als ein jämmerliches Krächzen kam ihr nicht über die Lippen. Er bewegte sich langsam auf sie zu, jede anmutige

Geste in der gezielten Absicht, die sinnliche Anspannung noch weiter zu steigern, die durch den Raum trieb. Sie saß wie erstarrt auf ihrem Bett, wie ein Reh, das einem Raubtier gegenüberstand, das es mit Haut und Haar verschlingen wollte.

Julietta brachte das einzige Wort heraus, das die Macht besaß, um diese Achterbahnfahrt der Gefühle zu verhindern, vor der sie sich fürchtete. »Nein.«

Neben ihrem Bett blieb er stehen. Seine Aura verströmte einen intensiven männlichen Duft, der ihr ein kehliges Stöhnen entlockte. Sawyer beugte sich vor, fasste sie an den Handgelenken und zog sie von der Matratze, damit sie sich vor ihm hinstellte. Ihr blassrosa Nachthemd ließ deutlich erkennen, wo sich ihre Brustspitzen gegen den Stoff drückten, der so dünn war, dass der Umriss ihres Körper darunter gut zu sehen war. Als sie barfuß vor ihm stand, überragte er sie so deutlich, dass kein Zweifel daran bestand, dass er hier das Sagen hatte. In jeder Hinsicht.

»Du bist meine Ehefrau. Das ist unsere Hochzeitsnacht. Ich habe deine Worte gehört und dir zugestimmt, dass es das Klügste für jeden von uns ist, wenn wir Sex aus der Gleichung herausnehmen.« Er verstummte, hob seine Hand, um ihre Wange zu streicheln und eine zerzauste Haarsträhne von ihrer Schulter zu streichen. »Aber das kann ich nicht machen und ich werde es nicht machen. Du gehörst mir.«

»Ich gehöre niemandem.«

Er lachte, als er ihre zittrige Stimme hörte und strich weiter über ihr Gesicht, die Haare, den Hals und die Schultern, als wollte er eine aufgebrachte Katze besänftigen. »Himmel, du bist fantastisch. Du gibst nie auf und du hast vor nichts Angst außer vor dieser Sache hier. Nämlich davor, wie du fühlst, sobald ich dich berühre und dich dazu auffordere, mir jeden Teil deines köstlichen Körpers zu geben.« Ihre Haut begann unter seinen Berührungen zu glühen, ihre Nippel drückten schmerzhaft gegen den weichen Baumwollstoff. »Ich werde nicht Nacht für Nacht mit einer Erektion verbringen, die nicht nachlassen will, weil meine Seele danach verlangt, dich zu bekommen. Du gehörst mir, Julietta. Ich nehme mir deinen Körper, wenn ich das will und heute Nacht will ich es.«

Dann küsste er sie auf den Mund. Sie rechnete mit einem brutalen, rohen Vordringen, doch sie erhielt Sanftheit von einem Mann, der auf einen Sieg aus war. Sie hob die Arme, bereit ihn wegzudrücken und sich gegen ihn zu wehren. Seine Zunge tauchte tief zwischen ihren Lippen ein, forderte sie zum Spiel auf, lockte sie, alle Sicherheit zu vergessen und den Sprung in die düsteren Vergnügungen zu wagen, die er ihr zeigen würde.

Sie packte ihn an den Schultern und ergab sich ihm.

Durch sein zufriedenes Stöhnen wurde ihr noch heißer. Ihre Zungen rangen miteinander, sein Geschmack überspülte sie mit einem köstlichen Brennen aus Alkohol und Gewürzen und einem Hauch von Pfefferminzzahnpasta. Er hielt ihren Kopf fest und drang wieder und wieder in ihren Mund vor, er nahm ihren Mund so, wie er zwischen ihren Schenkeln eindringen wollte – so machtvoll, dass kein Platz mehr blieb für Gedanken oder Entscheidungen oder Einwilligungen.

Langsam dirigierte er sie bis zur gegenüberliegenden Wand, drückte sie dagegen, ohne den Kuss auch nur einmal zu unterbrechen. Ihre Hände glitten besitzergreifend über seine muskulöse Brust, die Schultern, die Arme, über den Streifen aus blonden Haaren, der sich über seinen Bauch erstreckte und unter dem Hosenbund verschwand. Plötzlich löste er sich von ihr und wich ein klein wenig zurück, wobei er sie lüstern angrinste.

Sawyer fasste nach dem Halsausschnitt ihres Nachthemds und riss es mit einem Ruck der Länge nach auf. Die schiere Gewalt dieser Geste ließ sie zwischen den Schenkeln nass werden. Begierig betrachtete er ihren nackten Leib, ihr intimster Punkt pulsierte verlangend. Er berührte einen steifen Nippel, strich mit dem Daumen unter ihrer Brust entlang und bewegte seine Hand über ihren leicht zuckenden Bauch. »Du hast kein Höschen im Bett an? Wieso nicht?«

Seine Frage verlangte die Wahrheit. Ihr kam es vor, als würde ihr ihre Stimme aus der Kehle gerissen. »Weil es zu viel war. Ich musste an dich denken und ich war zu ...«

»Erregt?«

Sie hob den Kopf. Lust strahlte in seinen Tigeraugen, als er sie wieder küsste und sie an seine Brust zog, um sie Stück für Stück zu verschlingen. Hastig knöpfte er seine Hose auf und zog sie aus. Dann drehte er Julietta langsam um. Sie kämpfte dagegen an, weil sie den Kontakt zu seiner Haut nicht verlieren wollte, aber er biss zur Strafe in ihren Nacken und zwang sie dazu, die Hüften kreisen zu lassen.

»Hände an die Wand und dort lassen, Julietta.«

Sie schauderte, legte aber die Hände flach an die Wand. Er drückte ihre Beine weit auseinander, bis kühle Luft zwischen ihren gespreizten Schenkeln hindurchstrich und mit den intimsten Stellen ihres Körpers spielte. »Ich wünschte, ich könnte dich so malen«, erklärte er ehrfürchtig und zeichnete dabei die Linie ihres Rückgrats und den Schwung ihrer Pobacken nach. »Du hast alles, was eine Frau wunderschön, vollkommen und weiblich macht. Anmut, Muskeln, sanfte Kurven und goldene Haut, die mich an eine Göttin erinnert.« Er küsste ihren Rücken, nachdem er die Haare zur Seite über ihre Schulter geschoben hatte. »Ich möchte dich brandmarken, damit jedes kleine bisschen deines Körpers nur noch auf mich reagiert. Dein Geschmack verfolgt mich. Ich sehe dir zu, wie du eine ganz normale geschäftliche Unterhaltung führst und ich will nichts anderes, als deinen Rock hochschieben, um meinen Mund auf deine Pussy zu drücken.«

»Sawyer ...« Sie drehte sich voller Verzweiflung nach ihm um, doch ein rascher Schlag auf ihren Hintern ließ ihren Atem stocken.

»Hände an die Wand. Dir ist so lang kein Orgasmus gestattet, bis ich in dir drin bin. Wenn du trotzdem kommst, wird das Konsequenzen haben.« Er biss ihr leicht in die Schulter. »Und ich werde alles in meiner Macht Stehende tun, um dich zum Ungehorsam zu verleiten, Baby. Auf diese Weise werde ich in der Lage sein, dich zu bestrafen.«

Seine unfassbaren Worte raubten ihr den Verstand und

machten aus ihr eine Kreatur, die von animalischem Verlangen getrieben wurde. Sie wand sich und drückte die Stirn gegen den kühlen Verputz, während sie sich nach mehr sehnte. Sein leises Lachen verriet ihr, dass er jeden düsteren schmutzigen Gedanken kannte, der ihr durch den Kopf ging und dass er vorhatte, jeden davon auch in die Tat umzusetzen.

Er legte die Hände auf ihre Brüste und spielte mit den Nippeln, drehte und reizte sie, bis sie so empfindlich wurden, dass sich die Lust ganz nah am Rand zum Schmerz bewegte.

Seine Zunge wanderte an ihrer Wirbelsäule entlang, bis sie den Ansatz ihres Pos erreicht hatte, dann zog er ihre Pobacken auseinander, dass seine Zungenspitze die feuchte Stelle erreichte und ihr Lust bereiten konnte. Die Berührungen mit Zunge und Zähnen, und die Kraft in seinen Händen, mit denen er sie festhielt, dass er alles mit ihr machen konnte, was er wollte – das alles stürmte auf sie ein und zog sie mit sich zu einem tosenden Höhepunkt, der ihren Körper in seine Gewalt brachte und mit ihr spielte wie eine Flutwelle mit einem Sandkorn. Sie schrie auf; ballte die Fäuste, während sie sich gegen ihn drückte und ihr Körper in lustvolles Zucken verfiel.

Er half ihr, den Höhepunkt bis zum Letzten auszukosten, bis sich ihre verkrampften Muskeln wieder entspannten. Dabei stützte er sie und hielt sie gegen die Wand gedrückt, seine Erektion pulsierte fordernd zwischen ihren Schenkeln.

»Mein Gott, bist du sexy. Du bist ... einfach alles.« Seine sanften Worte ließen sie erneut schaudern. Er hob sie hoch und trug sie zum Bett. »Trotzdem hast du dich meinen Anweisungen widersetzt.«

»Ich habe meine Hände nicht von der Wand genommen.«

Er lachte. »Ja, das stimmt. Ich werde nur die halbe Strafe ausführen, weil du gekommen bist, bevor ich es dir erlaubt hatte. Auf die Knie.«

Sie murmelte einen Fluch, kauerte sich aber auf allen vieren aufs Bett. »Wieso bestimmst du alles?«

»Weil ich es sage. Außerdem ist es für dich lustvoller, wenn du gehorchen musst. Hat dich schon mal jemand gezüchtigt?«

Sie drehte den Kopf zu ihm um und warf ihm einen finsteren Blick zu. »Was glaubst du denn wohl?«

Ihr Sarkasmus verleitete ihn zu einem amüsierten Grinsen. »Ich glaube nicht. Du bekommst von mir zehn Schläge mit der flachen Hand.«

»Ich bin kein Kind. So was ist demütigend, und wenn du so weitermachst, werde ich dafür sorgen, dass du diese Hand verlierst.«

»Oh, ich mag es zu spielen, Baby und ich bin der Meister. Was hältst du davon, von mir stundenlang gequält zu werden, ohne dass ich dich kommen lasse?«

Sie setzte zu einer bissigen Bemerkung an, schluckte diese aber schnell wieder runter. Der Gedanke hatte etwas Verlockendes, doch da war auch noch die Angst, er könnte es ernst meinen. »Hm, kluge Reaktion. Allerdings werde ich das in nächster Zeit vielleicht trotzdem mit dir machen. Immerhin hast du viel zu fasziniert zu mir geblickt. Ich möchte wetten, dass du herausfinden möchtest, ob ich dazu tatsächlich in der Lage bin. Aber jetzt wirst du erst mal gezüchtigt.«

»Was soll mir das bringen? Oder auch dir? Von so etwas habe ich noch nie etwas gehört.«

»Ich schätze, das wirst du mir sagen müssen. Eins.«

Seine flache Hand klatschte auf ihre rechte Pobacke. Ein Stich ließ sie nach Luft schnappen. Ihr Hintern war vermutlich aus Verlegenheit über ihre Haltung und ihre Verwundbarkeit genauso knallrot wie ihr Gesicht.

Drei weitere Schläge rechts, dann wechselte er nach links. Julietta erstarrte vor jedem Schlag in ihrer jeweiligen Haltung und verfluchte diesen Mann, wobei sie sich fragte, wie zum Teufel ihn ein solch idiotisches Spiel erregen konnte.

Bis ihr auf einmal bewusst wurde, dass sie davon klatschnass und überempfindlich geworden war. Es genügte nur eine Berührung und sie würde kommen.

Als hätte Sawyer das gewusst, hielt er abrupt inne und strich über ihre glühende Haut. Diese Massage steigerte ihre Reaktion nur noch weiter. Sie kniff die Augen zu, da ihr klar geworden war, dass das Ganze sie über alle Maßen scharfmachte. Er ließ drei weitere Schläge auf die linke Seite folgen. Anstatt es nur zu erdulden, drückte sie sich ihm völlig unbewusst auch noch entgegen, da sie sich nach mehr von dieser kribbelnden Wärme sehnte, die durch den Blutkreislauf in ihrem ganzen Körper verteilt wurde und die sämtliche Nervenenden über alle Maßen hinaus empfindlich machte.

Sie hielt den Atem an und wartete auf die beiden letzten Schläge.

»Mach die Beine breit.«

Sie spreizte die Beine noch ein wenig mehr und wartete von einer erschreckende Vorfreude erfüllt auf den Schmerz. Er legte die Finger auf ihren Po, massierte ihn leicht und schob seine Hand schließlich zwischen ihre Schenkel.

»Mio Dio!«

Ihre Klit pochte wie verrückt, ihre Nippel standen aufgerichtet, weil sie seinen Mund, seine Zunge, seine Zähne spüren wollte. Gerade als sie fühlte, dass sie jeden Moment kommen musste, zog er seine Finger zurück und gab ihr zwei harte Schläge auf den Hintern.

Ihre Arme zitterten, sie konnten nicht länger ihr Gewicht stemmen. Der Geruch ihrer eigenen Erregung stieg ihr in die Nase, ein tiefes animalisches Stöhnen kam über ihre Lippen und hallte von den Wänden wider.

Er musste seine Beherrschung verloren haben. Von ihm drang ein ähnliches Stöhnen an ihre Ohren, sie hörte, wie eine Plastikverpackung aufgerissen wurde, dann stieg er zu ihr aufs Bett. Er fasste sie an den Hüften und drang mit einem festen Stoß so tief in sie ein, dass er sie vollständig ausfüllte und sie für sich vereinnahmte.

Julietta gab sich ihm hin. Mit Körper, Geist und Seele. Mit ausdauernden tiefen Stößen brachte er sie bis an den Rand des Höhepunkts, hielt sie aber unerbittlich dort, indem er den Rhythmus vorgab und ihr nichts anderes gestattete, als abzuwarten und ihm genau das zu geben, was er haben wollte. So quälte er sie eine gefühlte Ewigkeit, bis sie nicht mehr anders konnte, als ihn anzuflehen.

»Bitte! Oh, bitte!«

Er hielt inne. Tief in sie eingetaucht rührte er sich nicht, während ihre inneren Muskeln um seinen Penis herum zuckten. »Du gehörst mir. Sag es.«

»Ich gehöre dir, Sawyer! Nimm mich!«

Er fasste um sie herum, drückte sanft ihren sensibelsten Punkt und stieß erneut tief in sie vor. Der Orgasmus setzte sofort ein. Sawyers erstickter Aufschrei verriet ihr, dass er ihr nur einen Moment später über den Rand der Klippe gefolgt war. Sie schluchzte erleichtert und ließ los, um ihm alles zu geben, was er wollte. Alles und noch viel mehr.

***

»Ich glaube, ich bin tot.«

Sawyer küsste ihre Wange und zog sie zu sich heran. Sie wühlte sich unter die Laken, ihre seidige Wärme schmiegte sich an ihn. Der Duft nach Sex hing in der Luft. Mondlicht fiel durchs Fenster und warf Schatten auf das Bett. »Dann ist meine Arbeit für heute Nacht getan.« Er strich über ihren nackten Arm und genoss es, ihre Haut zu fühlen. Er konnte sich nicht vorstellen, von ihr jemals genug zu bekommen.

»Willst du mich etwa jede Nacht umbringen?«

»Ja. Ich hoffe, du hast nichts dagegen, sonst müssen wir diese Höhlenmenschen-Szene täglich wiederholen.« Sawyer hielt den Atem an und wartete auf ihre Antwort. Irgendwie war es dieser Frau gelungen, einen Weg in sein Herz zu finden und es sich dort bequem zu machen. Er brauchte das von ihr, er brauchte diese Verbindung zum Sex mit ihr, und er war sich sicher, dass darüber auch letztlich die Spannung zwischen ihnen nachlassen würde. Immerhin waren sie beide jetzt verheiratet.

»Nein, ich will mich nicht länger mit dir streiten oder gegen das hier ankämpfen.«

»Gut.« Minutenlang lagen sie entspannt in einvernehmlichem Schweigen da. Er wollte eben eindösen, da sagte sie seinen

Namen. »Was ist, Liebling?«

Ihr Tonfall war zögerlich, unschlüssig. »Ich weiß, du hast gesagt, du redest nie über deine Vergangenheit. Ich verstehe das auch. Aber ich habe das Gefühl, dass du so viele Dinge über mich weißt, dass es irgendwie unausgewogen ist. Dadurch komme ich mir so ...«

»Was?«

»... so verwundbar vor«, flüsterte sie. »Ich brauche irgendetwas von dir. Du kannst es dir auch aussuchen.« Nach einer kurzen Pause fügte sie ein *Bitte* an.

Erinnerungen stürmten auf ihn ein, doch ihr Geständnis sprach die sanfte Seite seiner Seele an. Sie war so ehrlich, was ihre Bedürfnisse anging, auch wenn sie damit Gefahr lief, von ihm verspottet zu werden. Und Julietta hatte völlig recht. Außer seinem Körper hatte er ihr nichts gegeben. Er tauchte in seine Erinnerungen ein und suchte nach etwas, das er für sie opfern konnte. Die Worte kamen ihm ohne ein Zögern über die Lippen, als hätten sie unter der Oberfläche gelauert und nur darauf gewartet, dass die richtige Person im richtigen Moment daherkam und ihnen zur Flucht verhalf. »Meine Eltern starben, als ich neun war. Ich hatte keine anderen Verwandten, und es waren auch keine Freunde da, die mich bei sich hätten aufnehmen können. Also mussten Pflegefamilien einspringen. Ich war nicht auf das gefasst, was mich erwartete. Niemand will einen Jungen, der kurz davor ist, ein Teenager zu werden. Ich wurde ein paar Mal hin und her gereicht, ehe ich fest vermittelt wurde. Aber es war übel. Und vermutlich war es für mich schlimmer als für jemanden, der nie gute Eltern gekannt hatte. Es war ein Schock für mich. Ich musste meine ganze Denkweise umstellen, wenn ich überleben wollte. Als ich achtzehn war, konnte ich endlich weglaufen. Von da an lebte ich auf der Straße und musste mich irgendwie durchschlagen, was wirklich hart war. In Manhattan hatte ich ein altes Hotel ausgekundschaftet, da schlief ich dann im Keller. Praktisch nebenan vom Hausmeister. Ich wusch mich heimlich, ich stahl Essen und zog mich immer wieder in mein Versteck zurück. Bis Jerry mich fand. Er war einer von den Hausmeistern, er arbeitete schon seit Jahren da. Ich wartete darauf, dass er mich rauswarf oder dass er die Geschäftsleitung oder sogar die Cops verständigte. Aber er tat nichts dergleichen. Ich durfte weiter im Hotel bleiben.«

Als er unterbrach, sagte sie nichts. Er weigerte sich, über seine kriminelle Zeiten und über die Gewalt zu reden, die sein Pflegevater gegen ihn angewandt hatte. Er weigerte sich, weil er ihre Seele nicht auch noch damit beschmutzen wollte. Sie würde es sowieso niemals verstehen. Nach einer Weile fuhr er fort. »Wir redeten nicht allzu viel über das, was geschehen war. Er beschaffte mir einen Satz Hausmeisterkleidung, dann zeigte er mir, was zu seiner Arbeit gehörte. Der Geschäftsleitung erzählte er, ich sei sein Neffe, und er beschaffte mir einen Job. Ich lernte dabei, dass man nur dann wirklich alles lernen kann, wenn man ganz unten anfängt. Man kennt die Angestellten, man hört den Tratsch, man lernt den Code, den die Leute verwenden, wenn sie über andere reden. Man erfährt, welcher Mist sich bei allen Hotels hinter den Kulissen abspielt. Er spornte mich dazu an, mehr aus mir zu machen, und dann bot sich mir endlich eine Gelegenheit im *Waldorf*-Hotel. Ich flog nach Mailand, um ein Praktikum zu absolvieren. Ich blieb dann noch eine Weile in einem anderen Hotel, und schließlich machte ich mich auf den Rückweg nach New York.«

Wieder machte er eine kurze Pause. »Jerry starb an einem Dienstagnachmittag um Viertel vor drei nach einem Herzinfarkt. Zu dem Zeitpunkt hatte ich mein Leben ganz gut im Griff, aber dann erfuhr ich die Wahrheit. Jerry war früher beim Militär gewesen. Für seinen Einsatz im Irak hatte man ihm das Purple Heart verliehen. Er stammte aus einer wohlhabenden Familie, doch nach dem Krieg tauchte er unter und gab sein altes Leben auf. Zwei Anwälte klopften bei mir an, um mir zu erzählen, dass Jerry mir alles vermacht hatte. Mit fünfundzwanzig war ich auf einmal Multimillionär.«

Julietta war so völlig auf ihn konzentriert, dass es schien, als würde sie jedes seiner Worte trinken. Statt großer Neugier schlug ihm von ihr nur Ruhe und Verständnis entgegen, was es ihm erleichterte weiterzureden. »Er hinterließ mir eine Notiz, die er gemacht hatte, als ich zwanzig gewesen war. *Setz ein Zeichen,* lautete seine Nachricht. Ich zog eine Weile durch die Gegend, um einen klaren Kopf zu bekommen. Ich verpulverte eine Menge Geld. Dann beschloss ich, mich genau auf das zu konzentrieren, was er von mir gewollt hatte: beweisen, dass ich Erfolg haben konnte. Wenn *Purity* eröffnet, dann geschieht das für ihn, weil er neben meinen Eltern der Einzige war, der sich wirklich um mich gekümmert hat.«

Er atmete laut aus und wartete. Auf ihre Fragen, auf ihr Nachhaken. Er nahm ihr das gar nicht übel, denn er wusste, dass Frauen immer weiter nachfragen mussten, bis es wehtat und bis es nichts weiter zu erfahren gab. Er wartete auf ihre Fragen, und schließlich rührte sie sich. Sie hob den Kopf, ihre kakaobraunen Augen leuchteten, aber Tränen waren keine zu sehen. Sie beugte sich über ihn und küsste ihn so behutsam, als wäre er ein zerbrechliches Glas, das alle Sorgfalt und Liebe der Welt verdiente. »Danke«, wisperte sie.

Dann legte sie den Kopf auf seine Brust und schob ihr Bein über seines. Nach einem lang gestreckten Seufzer schlief sie allmählich ein.

Er wartete, dass der Schmerz sein Gewissen flutete, dass er sich unrein fühlte, dass er niemals den Ansprüchen des Mannes entsprechen würde, der ihn als sein Mentor gerettet hatte. Aber da war nichts. Es herrschte dort Leere, wo sonst Rohheit gelauert hatte. Eine eigenartige Erleichterung überkam ihn und plötzlich kam er sich wie von einer schweren Last befreit vor.

Es war, als wäre er mit einem Mal mehr mit sich im Reinen.

14. Kapitel

Wie seltsam. Heute stehen mehr Autos als üblich vor Mamas Haus. Ich schätze, sie hat noch irgendjemanden zum Essen eingeladen.«

Sawyer griff nach ihrer Hand und zwinkerte Wolfe zu. »Das ist gut, dann bekommen wir vielleicht sogar noch etwas mehr zu futtern.«

Sie lachte und schüttelte den Kopf. »Ihr zwei seid unglaublich. Ich habe noch nie erwachsene Männer so reinhauen sehen, als hätten sie in ihrem ganzen Leben nichts Vernünftiges zu essen bekommen.«

»Ich helfe dir immerhin beim Spülen«, betonte Wolfe und erntete einen finsteren Blick von Sawyer.

»Verräter. Warte nur, bis wir wieder in meinem Trainingsraum sind, dann werde ich dir einen Tritt in den Hintern verpassen.«

»Meinst du, du bekommst das Bein noch so hoch, alter Mann? Komisch, irgendwie hab ich nichts davon gesehen, dass du einen auf *Rocky Balboa* machst. Als du am Boden warst, bist du auch am Boden geblieben.«

»Wer ist *Rocky Balboa*?«, fragte Julietta.

Die Männer sahen sich schockiert an. »Heilige Scheiße! Du hast noch nie *Rocky I, II, III, IV, V* oder *VI* gesehen?«, fragte Sawyer ungläubig.

»Wenn es davon sechs Teile gibt, verheißt das für mich nichts Gutes«, sagte sie, gerade als sie die Haustür erreichten.

»Marathon, Baby. Heute Abend.«

»Benehmt euch, Jungs, ich höre Stimmen.«

»Überraschung!«, ertönte es aus etlichen Kehlen gleichzeitig, als die Tür aufging. Julietta stand da und wollte ihren Augen nicht trauen. Sie bekam keinen Ton heraus, während ihr Verstand allmählich das Bild verarbeitete, das sich ihr präsentierte. Ihre ganze Familie, dicht gedrängt in einem Zimmer.

Tränen stiegen ihr in die Augen, sie drückte die Finger gegen ihre Lippen. »*Mio Dio*, warum habt ihr nichts davon gesagt, dass ihr herkommt?« Julietta stürmte vor und fühlte sich sofort wie von einem sicheren warmen Kokon umschlossen. Lachend, weinend und johlend drückte sie Carina an sich und versuchte, gleichzeitig auch noch ihren Schwager und Michael zu umarmen.

Carina lachte ebenfalls und erwiderte die Umarmung. »Wir wollten euch überraschen! Wir haben Mama gesagt, dass wir herkommen, aber wir hätten nicht gedacht, dass uns ein so großer Coup gelingen würde.«

Michael hob sie hoch und drehte sich mit ihr um sich selbst, als wäre sie eine Fünfjährige. »Wir mussten uns alle bei *La Dolce Maggie* freinehmen und Gewissheit haben, dass die Zwillinge endlich bereit sind, ihre Tante zu besuchen.«

Zwei identisch aussehende Jungs versteckten sich hinter Maggie und spähten um ihre Beine herum, um neugierig das liebenswerte Chaos zu beobachten. Einer von ihnen hatte die leuchtend grünen Augen ihrer Schwägerin, der andere hatte dunkelbraune Augen, die ihn sofort als den grüblerischen Luke identifizierten, der genau vierzig Sekunden älter war als sein Bruder Ethan.

Sie hockte sich hin und streckte die Hände aus, dabei senkte sie ihre Stimme auf einen besänftigenden Tonfall ab. »Hi, Luke, hi, Ethan. Ich bin eure Tante Julietta. Bekomme ich eine Umarmung?«

Ein sanfter Schubser von Maggie veranlasste die beiden, zu ihr zu kommen. Sie trugen Designer-Jeans, T-Shirts und identische Lederjacken. Robuste Schuhe halfen ihnen, das Gleichgewicht zu wahren, während sie von Juliettas Armen umschlossen wurden. Julietta drückte ihre Lippen auf die seidigen Babylocken und atmete ihren sauberen Duft ein, als wollte sie sich daran berauschen. »Oh, ich bin ja völlig in euch beide vernarrt.« Sie sah den Jungs ins Gesicht und lächelte sie strahlend an. »Und ich liebe eure Outfits.«

»Du musst dir ansehen, was ich von deiner Schwägerin für die beiden alles bekomme. Ich schwöre dir, Nick bekommt jedes Mal einen Herzinfarkt, wenn ich wieder eines von ihren Geschenken auspacke.« Julietta richtete sich wieder auf und lachte amüsiert, als sie zu Alexa und Nick sah. Sie hatte die beiden bis zu diesem Tag noch nie persönlich kennengelernt, aber durch die Geschichten und die Fotos kam es ihr so vor, als würden sie schon lang zur Familie gehören. Alexa war Maggies beste Freundin noch aus der Zeit, als sie Kinder waren und Nick war Maggies Bruder. Mit einem freudigen Kreischen umarmte sie nacheinander das gut aussehende Paar. Korkenzieherlocken hingen Alexa in die Stirn, ihre hinreißenden Kurven erinnerten Julietta an Carina – bodenständig und auf eine Weise sinnlich, nach der sich die meisten Männer sehnten. Nicks blondes Haar wies alle möglichen Schattierungen auf, seine kastanienbraunen Augen blickten amüsiert drein.

»Ja, ich dachte, dein Bruder würde sie bändigen, aber sie ist noch immer genauso unmöglich wie früher. Eines Abends komme ich nach Hause, da tanzt Lily den *Gangnam Style* vor, und Maria trägt ganz stolz ein T-Shirt mit der Aufschrift *Zu cool zum Sabbern.*«

Maggie gab ihrem Bruder einen Schlag auf den Arm und verdrehte die Augen. »Wenn ich dich so machen lassen würde, wie du wolltest, dann würden sie Mozart studieren und wären solche Nerds, dass sogar die Streber auf der High School einen Bogen um sie machen würden.«

»Ruinier du ruhig deine eigenen Kinder, Maggs.«

Alexa seufzte. »Kinder, bitte. Wir sind gerade angekommen, und ihr müsst euch schon streiten!«

Julietta kniff belustigt die Lippen zusammen. »Ich kann es nicht fassen, dass du jemanden gefunden hast, der im Buchladen für dich einspringt. Ich freue mich so sehr, dass du endlich hergekommen bist.«

»Nick hat gerade ein Projekt abgeschlossen und das nächste noch nicht angefangen, und seit Carina für mich arbeitet, ist *BookCrazy* bestens organisiert. Wir konnten tatsächlich eine ganze Woche Urlaub herausholen. Natürlich mussten wir nichts großartig organisieren, weil wir Michaels Jet genommen haben.

Das war total entspannend. Ich hoffe nur, dass wir die arme Mama Conte in dieser Woche nicht überstrapazieren.«

Mama Conte hielt die kleine Maria im Arm, ihre Augen strahlten vor Freude, nur ihr Tonfall hatte etwas Bestimmendes. »Sag so etwas nicht noch einmal. Dieses Haus ist schon viel zu lang verwaist. Es braucht Kinder und fröhliches Gelächter. Ihr könnt bleiben, solang ihr wollt.«

Julietta unterhielt sich weiter angeregt, bis sich auf einmal eine seltsame Stille über den Raum legte. Sie drehte sich um und bemerkte den Blick ihres Ehemanns.

Pures Unbehagen und der dringende Wunsch, die Flucht zu ergreifen, spiegelten sich in ihnen wider. Wolfe trat von einem Fuß auf den anderen und sah aus, als würde ihm jeden Moment übel. Er blieb zu der Gruppe auf möglichst großem Abstand und stand mit dem Rücken gegen die Tür gepresst da. Ihr Herz machte einen Satz, und sie ging zurück ins Foyer, um die beiden an die Hand zu nehmen.

»Leute, das ist Sawyer, mein frischgebackener Ehemann und das ist Wolfe, ein guter Freund, der eigentlich mehr Familie als Freund ist.«

Max trat vor, sein blendendes Aussehen und seine dunklen Haare wetteiferten mit Sawyers blonder Eleganz. Männliches Testosteron ließ die Luft knistern und Julietta wie erstarrt dastehen. »Du bist ein hinterlistiger Drecksack, weißt du das, Sawyer?«, fragte Max, nachdem er sich vor ihm aufgebaut hatte. »Kein Anruf, keine E-Mail, keinerlei Ankündigung, dass du heiraten wirst. Ich schätze, wir beide sind jetzt auf irgendeine seltsame inzestuöse Weise miteinander verwandt.«

Julietta stockte der Atem, und sie wollte Max eben auffordern, sich etwas zurückzuhalten, da sah sie, dass ihr Ehemann zu lächeln begonnen hatte. »So ein Pech aber auch. Wer möchte mit dir schon freiwillig verwandt sein? Du kannst nicht pokern und du bist potthässlich.«

Max beugte sich vor. »Aber ich bin größer als du und ich kann dir den Arsch versohlen.«

»Aber nur, wenn ich das zulasse.« Sein Blick wanderte zu

Carina. »Und du kannst Gott danken, dass ich es letztlich noch gemacht habe.«

Es folgten ein paar Sekunden Schweigen, dann begannen die beiden schallend zu lachen und sich gegenseitig auf die Schulter zu klopfen, während sie sich halb umarmten, wie es für erwachsene Männer üblich war. Da Julietta keine Ahnung hatte, was zwischen den beiden ablief, schüttelte sie nur den Kopf und zog Wolfe hinter sich her zu den anderen.

»Dein Tattoo gefällt mir«, erklärte Maggie, übernahm die Kontrolle über die Situation und stellte sich vor Wolfe. »Eine Schlange. Geht die auch runter bis auf die Brust?«

»Ja.«

»Ist ja scharf. Und deine Frisur finde ich auch gut. Modelst du?«

Er kniff die Augen zusammen, als mache er sich darauf gefasst, verspottet zu werden. »Nein, natürlich nicht.«

Nachdenklich schnaubte sie. »Du wärst perfekt für ein Cover-Shooting. Wie ich sehe, machst du Krafttraining. Toller Bizeps. Schon mal daran gedacht zu modeln?«

Michael fasste nach der Hand seiner Frau und zog sie weg. »*La mia piccola tigre*, lass den armen Jungen bitte in Ruhe. Er will sich ganz sicher nicht vor deiner Kamera bis auf die Unterwäsche ausziehen.«

»Warum nicht? Er würde viel Geld dafür bekommen. Das wären außergewöhnliche Fotos, die ich mit ihm machen könnte.«

»Ist das wirklich dein Ernst? Glaubst du ehrlich, ich könnte so etwas machen?«

»Da haben wir's«, stöhnte Michael auf.

Maggie hüpfte vor Freude auf der Stelle und ignorierte ihren Ehemann. »Ich arbeite mit einem neuen italienischen Designer zusammen, und du bist genau das, wonach er sucht. Er will jemanden mit Ecken und Kanten. Ich rufe ihn gleich morgen früh an und arrangiere für dich ein Vorstellungsgespräch, solang ich hier bin.«

Wolfe drückte die Schultern durch. »Cool. Ich bin bereit.

Danke.«

»Du nimmst mir doch nicht etwa meinen besten Assistenten weg, oder?«, rief Sawyer.

Maggie lächelte ihn honigsüß an. »Erst mal werden wir hören, wie viel Victorio ihm zahlen will. Danach reden wir weiter.«

»*Mi dispiace*, Sawyer. Meine Frau kann sich einfach nicht beherrschen, wenn sie jemanden sieht, den sie fotografieren will.«

Maggie rümpfte die Nase. »Ich werde morgen nichts für dich kochen.«

»Dem Himmel sei Dank!«

Julietta musste lachen, weil sie wusste, dass die beiden sich nur gegenseitig aufzogen. Zudem waren sie von einem regelrechten sexuellen Funkenflug umgeben, der sie jederzeit in Flammen aufgehen lassen konnte – und das wohl auch tun würde, sobald sie für sich waren. Carina verwickelte Wolfe mühelos in eine lässige Unterhaltung, was ganz zu ihrer großherzigen Art passte. Julietta nahm sich einen Moment Zeit, um sich ganz in das verrückte Chaos ihrer Familie zu stürzen. Ihr fehlten noch Venezia und Dominick, dann wären sie tatsächlich vollzählig gewesen, aber Venezia musste eine prominente Kundin für eine Filmpremiere einkleiden und Dominick hatte beschlossen, sie für diese eine Woche nach London zu begleiten. Julietta nahm sich vor, sie anzurufen, damit sie wenigstens skypen konnten.

Die Stunden vergingen, sie leerten einige Flaschen Chianti, spielten mit den Kindern und pendelten zwischen Küche und Wohnzimmer hin und her, um Antipasti zu holen: dick geschnittene Tomaten mit Büffelmozzarella, fruchtigem Olivenöl und frischem Basilikum auf italienischem Brot. Pralle Pilze mit großen Stücken Krabben, saftige Stücke Honigmelone mit salzigem Prosciutto umwickelt. Dabei ließ sie Wolfe nie aus den Augen, der zuerst gar nichts aß, da es ihn sichtlich nervös machte, von so vielen Leuten umgeben zu sein, die er nicht kannte. Aber je weiter der Abend voranschritt, umso lockerer wurde er und sein Appetit stellte sich nach einer Weile ebenfalls ein. Ihr entging nicht, dass Mama Conte darauf achtete, immer etwas zu essen in seiner Nähe zu platzieren. Auch Sawyer wirkte entspannter; er erfreute sich an seiner Unterhaltung mit Max und Carina und es gefiel ihm, endlich Max' Mutter kennenzulernen, die vor Stolz über die Leistungen ihres Sohns und ihrer Schwiegertochter strahlte, die sie so liebte wie eine leibliche Tochter.

Maggie stand an der Tür und winkte Julietta zu sich, die sofort zu ihr ging. »Was ist los?«

Maggies zimtfarbenes Haar glänzte im Schein des Kerzenleuchters, ihre grünen Augen verrieten große Sorge. »Ich werde nie wieder Pasta von Hand herstellen, Julietta. Ich brauche dafür immer eine Ewigkeit, es taugt nichts, und ich habe die Tradition abgeschlossen. Jetzt bist du an der Reihe.«

Julietta biss sich auf die Lippe. »Ich kümmere mich ständig um die Pasta, Maggie. Außerdem ist doch Alexa in der Küche. Die hat das im Griff.«

Daraufhin zischte ihr Maggie leise zu: »Deine Mom findet, ich koche nicht genug, und deshalb soll ich üben. Ich habe schon den Apfelkuchen übernommen. Den kann ich besser als jede Pasta. Alexa ist völlig bescheuert, sie liebt diesen Kram. Sieh es dir nur an.«

Alexa stand da und hörte sich freudestrahlend die Anweisungen an, die Mama Conte ihr gab. Dabei steckte sie bis zu den Ellbogen in einer Teigmasse, die sie unerbittlich durchknetete. »Außerdem sagt Mama, dass du meinen Platz einnehmen kannst, weil du für deinen Mann noch nichts gekocht hast.«

Panik legte sich schlagartig um Juliettas Magen. Es war eine ungeschriebene und unausgesprochene Conte-Tradition und zugleich eine Art intimes Ritual, für einen neuen Ehegatten in der Familie ein komplett selbst gemachtes Essen zuzubereiten. Dem eigenen Ehemann etwas Handgemachtes zu servieren, schuf eine Verbindung, die über alles Körperliche hinausging. Nicht dass Sawyer davon etwas wusste. Er würde völlig ahnungslos sein, wenn sie ihm einen Teller hinstellte, aber

Julietta glaubte nicht, dass sie dazu fähig war. Seit ihrer Hochzeitsnacht waren volle zwei Wochen vergangen, und das zerbrechliche Band zwischen ihnen schien mit jedem Tag etwas mehr aufzublühen. Jede Nacht nahm Sawyer sie mit ins Bett, liebte sie auf jede nur denkbare Weise und hielt sie in seinen Armen, wenn sie schlief. *Purity* machte mit Lichtgeschwindigkeit Fortschritte. Die Bauarbeiten waren abgeschlossen und für die feierliche Eröffnung in drei Monaten waren alle erforderlichen Vorbereitungen getroffen worden. Und ja, sie kochte für ihn und Wolfe, wenn sie keine Überstunden machten, aber es waren Gerichte, die sich schnell zubereiten ließen. Sie hatten ihre eigene Routine als Familie geschaffen, doch keiner von ihnen suchte dabei nach etwas Tiefergehendem.

»Ähm ... ich halte es für keine gute Idee, ich bin besorgt um Wolfe, und ich muss mithelfen auf Lily aufzupassen und ...«

»Das kann ich erledigen, geh du nur da rein.« Mit diesen Worten zog Maggie die Schürze aus, schob Julietta in die Küche und suchte das Weite.

Porca vacca.

»Wo ist Margherita?«

Seufzend band Julietta sich die Schürze um. »Weg. Du weißt, wie raffiniert sie ist, wenn es darum geht, sich vor dem Kochen zu drücken.«

Ihre Mutter lachte amüsiert. »Ich werde sie Apfelkuchen und Biscotti backen lassen. Es wird ihr noch leidtun. Dich brauche ich jetzt, hier ist dein Platz.«

Alexa grinste. »Das ist das Unglaublichste, was ich je gemacht habe. Von jetzt an werde ich zu Hause frische Pasta zubereiten. Aber ich glaube, ich werde mir eine von diesen Maschinen zulegen, Mama Conte. Ich bin das nicht so gewöhnt wie du, meine Finger werden allmählich lahm.«

»Knete weiter. Maschinen können helfen, aber es ist die Kraft und die Eleganz des Körpers, die in das Essen einfließt und für gute Energie sorgt.«

Alexa fasste mit Begeisterung in den Teig und Julietta genoss die positive Energie, die sie alle umgab, während ein wenig von ihrer Anspannung abfiel. Instinktiv führte sie all die Arbeiten aus, mit denen sie von Kindheit an vertraut gemacht worden war: das Bestreuen, das Eierschlagen, das Verteilen des Mehls, das Teigkneten und das Formen, abhängig von den frischen Zutaten und vom grundsätzlichen Talent des Nudelmachers. Die Bewegungen wirkten beruhigend auf sie. Sie verspürte ein sonderbares Verlangen, sich bei dem Essen zu beweisen, das sie ihrem Ehegatten servieren würde. Es war ein uralter Instinkt, der aus der Asche jahrelanger Tradition auferstand. Das Zimmer um sie herum versank in Bedeutungslosigkeit, Julietta verlor sich ganz in ihrer Arbeit, den Teig zu drücken und zu ziehen, bis er eine hauchdünne Schicht bildete, ohne dabei aber Risse zu bekommen. Sie hörte Alexa frustriert vor sich hin murmeln, weil deren Nudeln immer wieder rissen und brachen, aber Julietta ließ sich durch nichts aus der Ruhe bringen. Eine perfekte Nudel nach der anderen brachte sie zustande, die sie zum Trocknen zur Seite legte.

Aus dem Ofen holte sie einen frisch gebackenen Brotlaib und schnitt ihn auf. Carina kam in die Küche geschwebt, und schließlich kehrte auch Maggie zurück.

Sie bereiteten alles vor, deckten den Tisch, lachten, tranken neben der Arbeit Wein, während in massiven Kochtöpfen Soßen zu kochen begannen und der Duft nach Knoblauch und Zitronen die Luft erfüllte. Holzschüsseln wurden an jedem Platz hingestellt, und die Männer kamen herein und gaben begeisterte Laute von sich. Das Geräusch von Stuhlbeinen, die über den Fußboden schabten, drang an Juliettas Ohren. Dampfschwaden zogen durch die Küche, und Julietta achtete ganz genau darauf, dass ihre Pasta auch wirklich *al dente* war. Dabei verschwendete sie keinen Gedanken an die Frage, warum ihr das bloß so wichtig war.

Kinderstühle standen ebenfalls um den Tisch herum verteilt, auf jedem Tablett ein Teller mit Pasta und eine Lerntasse. Die Zwillinge schienen fasziniert zu sein von der Szene, die sich ihnen bot. Lily redete unentwegt mit Maggie und kicherte, wenn ihr Vater liebevoll an ihren Locken zog, die sich in nichts von denen ihrer Mutter unterschieden.

Alexa stellte ihre Schüssel vor Nick hin. »Versuch das mal.«

Er sah sie an. »Hast du das gemacht?«

»Ja. Sag mir, was du davon hältst.«

Er nahm seine Gabel und probierte einen Happen. Sie beobachtete ihn gebannt, dann auf einmal fing er an zu grinsen und schüttelte den Kopf. »Unglaublich. Ich habe in meinem ganzen Leben noch nie so gute Pasta gegessen.« Sie strahlte vor Stolz und Freude, beugte sich vor und gab ihm einen Kuss auf den Mund. »Dafür bekommst du später eine Belohnung.«

Er zog die Augenbrauen hoch. »Passt Maggie auf die Kinder auf?«

Seine Schwester schnaubte prompt. »Träum ruhig weiter. Ihr spielt für uns den Babysitter.«

Carina seufzte. »Könnt ihr zwei einfach mal damit aufhören? Max und ich passen auf die Kinder auf, wenn ihr etwas Zeit für euch haben wollt.«

»Nein, das werden wir nicht«, protestierte Max sofort. »Ich habe mich damit nicht einverstanden erklärt!« Im nächsten Moment stöhnte er vor Schmerz auf, da er unter dem Tisch von ihr offenbar einen Tritt abbekommen hatte.

Julietta stand mit ihrer Schüssel in den Händen da und ermahnte sich dafür, dass sie sich so albern verhielt. Er würde es nicht wissen, niemand würde es wissen. Es war eine alberne Tradition ohne irgendwelche Bedeutung. Sie stellte ihm die Schüssel hin. »Für dich. *Buon appetito.*«

Schlagartig verstummten alle Gespräche am Tisch, die Blicke richteten sich auf Sawyer, der auf seinen Teller sah und dann absolut ratlos die anderen anschaute. Zum Teufel mit ihnen allen. Warum mussten sie jetzt daraus etwas Bedeutungsvolles machen? »Ähm ... stimmt irgendwas nicht?«, fragte Sawyer.

Ihre Mutter warf ihr den Blick zu – den Blick, der sie zum Sprechen aufforderte und der sie über die Jahre hinweg immer wieder gezwungen hatte, Dinge zu tun, die sie nicht hatte tun wollen. Julietta presste die Lippen zusammen, aber Mama Conte kommentierte den Starrsinn ihrer Tochter nur mit einem

Schnauben, dann nahm sie die Sache selbst in die Hand. »Meine Tochter hat dieses Essen für dich vollständig selbst zubereitet. Sie hat es gemacht, damit ihr die Ehre zuteil wird, es dir, ihrem Ehemann, zu servieren, auf dass du dich daran erfreuen kannst.«

Ihre Wangen fingen an zu glühen. Das war eine so überkommene Tradition. Sawyer hätte sich wohl am liebsten unter dem Tisch verkrochen, da sämtliche Blicke auf ihn gerichtet waren und er nicht wusste, wie er reagieren sollte. Ihre Nerven gingen fast mit ihr durch. »Das ist nichts Besonderes«, sagte sie und zwang sich zu einem Lachen. »Iss einfach.«

Sie setzte sich auf den Platz neben ihm und legte die Serviette auf ihren Schoß. Als Sawyer noch immer nichts sagte, hob sie den Kopf weit genug an, um ihm einen Seitenblick zuzuwerfen.

Er starrte noch immer ungläubig auf seinen Teller. Als hätte er irgendetwas aus purem Gold vor sich, ging sein Blick hin und her, wobei er eine ungewohnte Verwundbarkeit erkennen ließ, von der sie sich angezogen fühlte.

»Du hast das für mich gemacht?«, fragte er.

Julietta nickte steif.

Wortlos nahm er die Gabel, stach in die Nudeln und wickelte ein paar von ihnen um die Zinken. Er nahm den Happen mit einer Ehrfurcht in den Mund, dass ihr der Atem stockte und das Herz einen Schlag lang aussetzte. Aufmerksam verfolgte sie jeder seiner Bewegungen, sein Profil war auch mit seiner Narbe ein Porträt von engelsgleicher Anmut. Sawyer schluckte, dann legte er die Gabel auf den Teller. Vor den Augen aller Anwesenden nahm er ihre Hand. Die Wärme seiner Finger beruhigte ihre Nerven und löste eine unverfälschte Freude aus, die bis in jeden Winkel ihres Körpers vordrang.

»Ich möchte dir für dieses Geschenk danken. Es ist schlicht das Beste, was ich in meinem Leben jemals gegessen habe.«

Julietta drückte lächelnd seine Hand. *»Prego«*, flüsterte sie.

Als hätte Lily gemerkt, dass sich alle Anspannung verflüchtigt hatte, platzte sie heraus: »Bitte noch mehr Pasta!«

Nick tippte ihr auf die Nase, und sie bekam den gewünschten

Nachschlag. Die Unterhaltungen setzten wieder ein, Geschichten wurden ausgetauscht, und Julietta begann zu essen. Sie wusste, etwas zwischen ihnen hatte sich verändert. Etwas, das sich nicht mehr rückgängig machen ließ. Etwas, das mit allen Regeln brach.

Aber sie verdrängte diesen Gedanken und konzentrierte sich ganz auf ihre Familie.

***

Sie hatte für ihn gekocht.

Sawyer aß mit systematischer Präzision, während das Geschehen am Tisch für ihn in den Hintergrund trat. Wie eigenartig. Als sie ihm das Essen hingestellt hatte, war ihm aufgefallen, dass irgendetwas anders war als üblich. So als wäre er in eine alternative Realität übergewechselt, wo bestimmte Handlungen für tief reichende Emotionen standen, die wortlos erfahren wurden. Seine Frau hatte ein Gericht zubereitet und dabei ausschließlich an ihn gedacht. Und sie hatte es ihm mit einer Demut serviert, die er nicht verdiente. Dabei hatte sie ihn mit einem verhaltenen Feuer in den Augen angesehen, das ihn so magisch anzog wie eine Brieftaube, die auf dem Weg zu ihrem heimischen Schlag war.

Essen bedeutete Überleben. Als er reich genug war, um aus purer Lust zu essen, war er in Gourmetrestaurants gegangen. Meisterköche hatten für ihn Speisen auf Jachten und in unendlich vielen Hotels zubereitet. Er hatte den Zimmerservice für Frauen bestellt, mit denen er schlief. Und seit der Hochzeitsnacht bereitete Julietta für ihn und Wolfe einfache Gerichte zu, die er zu schätzen wusste. Lammkoteletts, Pasta, Risotto, gegrillter Fisch. Bei ihr hatte es bis heute nicht ein einziges Mal Gemüse aus der Tiefkühltruhe gegeben, und allmählich gewöhnte er sich an die vielen Gläser mit Kräutern, die auf der Fensterbank standen, an die Körbe mit Tomaten, Pflaumen, Trauben und Zitronen, die sie auf den Tresen verteilt hatte.

Aber der heutige Tag war anders. Sie bot ihm etwas von sich

selbst an, etwas, das so wunderschön war wie ihr Körper, den sie ihm Nacht für Nacht hingab. Und auf die Weise, die ihm das Leben beigebracht hatte, nahm er alles an. Er brachte sie zum Orgasmus und schenkte ihr Lust, aber er selbst blieb hinter einer hohen Mauer verborgen, die seit Kurzem Tag für Tag etwas mehr bröckelte.

Verwirrung und Begehren fielen als tödliche Mischung über ihn her. Die Erinnerungen holten ihn ein und zerrten ihn mit sich.

Thanksgiving. Zusammen mit seinem Pflegebruder und seiner Pflegeschwester saß er im Schrank, vor ihnen lag eine Scheibe Truthahn und Brot. Ein halber Becher Milch. »Du wirst Ärger kriegen«, flüsterte Danny ihm zu, der den hungrigen Blick nicht von dem Stück Fleisch abwenden konnte. »Hast du es gestohlen?«

»Ja. Aber das ist mir egal. Heute ist Thanksgiving, und wir sollten feiern.«

»In der Schule haben sie uns davon erzählt. Ich hab das mit den Pilgern und so gelernt. Aber die anderen Kinder haben von Truthähnen und Füllung und Cranberrys geredet. Wie schmeckt Füllung?«

Seine Schwester berührte mit einem Finger das Stück Truthahn, als hätte sie Angst, dass es sich in Luft auflösen könnte. »Wir sollten das zurückbringen«, sagte sie besorgt. »Du wirst deswegen bestimmt verprügelt.«

»Ist mir egal. Er wird davon nichts erfahren. Ich hab besonders gut aufgepasst. Hier, ich schneide für jeden von uns ein Stück ab.« Er achtete darauf, dass die beiden den größten Teil des Fleischs abbekamen, während er für sich nur ein winziges Stück abschnitt. Sie aßen schweigend und genossen jeden Bissen einer Mahlzeit, die tatsächlich Struktur besaß und lecker schmeckte. Essen war eine weitere Methode, mit der der Arsch sie neben den Schlägen und der Isolation kontrollieren konnte.

»Wir sollten sagen, wofür wir dankbar sind.«

Sawyer verkniff sich eine zynische Antwort und versuchte krampfhaft, irgendetwas Erfreuliches zu seinen Geschwistern zu sagen. »Klar. Fang du an, Danny.«

Sein Bruder nahm das sehr ernst und zog die Brauen zusammen, während er angestrengt nachdachte. »Ich bin dankbar dafür, dass du uns das hier zu essen beschafft hast.«

Sawyer lächelte ihn an. »Ich auch. Und was ist mit dir, Molly?«

Die Kleine war noch ernster als Danny, ihre grünen Augen verstärkten den geplagten Ausdruck ihres fahlen Gesichts. »Ich bin dankbar dafür, dass wir Arme und Beine haben. Auf der Straße hab ich einen Mann gesehen, der hatte keine Arme und keine Beine. Ich bin wirklich froh, dass wir das alles haben.«

»Ich auch.«

»Und du, Sawyer? Wofür bist du dankbar?«

Seine Kehle war wie zugeschnürt. Der Weg, der vor ihnen lag, war schier endlos, übersät mit Schmerz und Leere und dem ständigen Kampf, einen Tag nach dem anderen zu überleben. Vor ihm lag die Freiheit wie der Heilige Gral. Achtzehn. Falls er es bis dahin schaffte. Falls er den anderen helfen konnte. Er rang sich zu einem Lächeln durch. »Ich bin dankbar, dass ich euch habe. Ohne euch wär's mir schrecklich langweilig.«

»Und was haben wir hier Schönes?«

Die Schranktür wurde aufgerissen. Sawyer schob seine Geschwister hinter sich, als sich sein Pflegevater wie der Satan persönlich in den Schrank vorbeugte, um ihnen den Weg in den Himmel zu versperren. Sein Blick fiel auf den leeren Teller, auf dem noch ein paar Fleischfasern vom Truthahn lagen, dann packte er mit seiner fleischigen Faust Sawyer und zog ihn nach draußen. »Dachtest wohl, du kannst mich überlisten, wie? Hast dir die Kombination für das Schloss am Kühlschrank beschafft, wie? Hältst dich für richtig schlau, wie?«

Trotz seiner Wut schwieg er, da er wusste, dass Worte alles nur noch schlimmer machen würden.

»Hast du nichts zu sagen? Schon okay. Später wirst du bestimmt noch viel reden, wenn du erst mal anfängst, mich um Verzeihung anzuflehen.«

»Fick dich.«

Er wusste, er hatte sich einen kapitalen Fehler geleistet, als er das zufriedene Leuchten in den Augen des Arschs sah. »Wie nett. Da es dir ja egal zu sein scheint, was aus dir wird, wirst du es dir nächstes Mal vielleicht anders überlegen, wenn du wieder so eine Nummer abziehen willst.« Sawyer wehrte sich, aber der viel größere und stärkere Mann holte mit den Fäusten und seinem Gürtel aus, gleich darauf hatte er ihn an den Bettpfosten gefesselt.

Seine Geschwister wurden aus dem Schrank gezerrt und mussten sich vor ihm hinstellen. Sawyer sah ihm in die Augen, in diese kalte schwarze Leere des Bösen, das sich am Schmerz anderer ergötzen konnte. Ihm wurde klar, dass er einen verheerenden taktischen Fehler begangen hatte, der für sie alle Konsequenzen haben würde. »Wolltest ihnen zu Thanksgiving was Gutes tun, wie? Zu schade, dass sie jetzt für deinen Fehler büßen müssen. Du wirst zusehen, wie ich sie bestrafe, Junge, und du wirst mich so lang anflehen damit aufzuhören, bis du heiser bist.«

Das Entsetzen in den Gesichtern seiner Geschwister machte ihn ohnmächtig vor Wut. Für ihn war es eine weitere Lektion, die ihn lehrte, dass er niemanden retten konnte und dass seine bloße Anwesenheit denjenigen Schmerzen einbrachte, die ihm mehr als alles andere am Herzen lagen.

Er verbrachte Thanksgiving nicht an einem Tisch bei einer Portion Truthahn mit Füllung, sondern mit dem Anblick seiner Geschwister, die von ihrem Pflegevater geschlagen wurden, während er um Gnade schrie.

»Sawyer? Alles in Ordnung?«

Die Stimme schnitt sich durch seine Erinnerungen, doch es war bereits zu spät. Übelkeit zerrte an seinem Magen, Schweiß trat ihm auf die Stirn. Er sah Julietta an, ohne sie richtig zu erkennen. Er wusste, er musste für ein paar Minuten von hier verschwinden.

»Ich will nur kurz zur Toilette. Bin gleich wieder da.«

Halb benommen stand er von seinem Platz auf und eilte durch den Flur. Die Badezimmertür schloss er noch hastig hinter sich ab, dann hing er auch schon über die Toilettenschüssel gebeugt da und versuchte, die Übelkeit zu bezwingen. Gott, auch nach all den Jahren war der Schmerz noch immer genauso schlimm. Er war hier an einem sicheren Ort, umgeben von Menschen, die sich um ihn kümmerten. Er war nicht allein, sondern in Sicherheit.

Er drehte den Hahn auf und spritzte sich kaltes Wasser ins Gesicht. Angestrengt atmete er durch. Was machte er sich eigentlich vor? Er gab ein normales Leben vor, das er niemals haben würde. Jeder, der in seine Nähe kam, wurde am Ende vernichtet – und das drohte auch Julietta. Zu gern hätte er ihr gegeben, was sie brauchte, aber er fühlte sich schon seit so vielen Jahren wie betäubt, dass er nicht wusste, wie er sanftere Gefühle empfinden sollte. Vor allem das Gefühl *Liebe*.

Er musste raus hier, musste für sich sein. Unter irgendeinem Vorwand, dass er sich nicht gut fühlte, würde er sich entschuldigen und nach Hause zurückkehren. Dann konnte er nachdenken, was er tun sollte. Dann konnte er weglaufen, rauskommen, sich verlieren.

Sawyer verließ das Badezimmer.

Wolfe stand vor ihm.

Der Junge trat von einem Fuß auf den anderen und zupfte an seiner Nagelhaut. »Alles in Ordnung, Mann?«

Sawyer kämpfte gegen ein Schaudern an. »Ja, alles bestens. Ich habe nur zu schnell gegessen, weißt du? Mir ist nicht gut. Ich muss hier raus.«

Wachsame blaue Augen durchschauten seine Lügen und entdeckten zu viel Wahrheit. »Schon klar. Das ist ziemlich heftig da drinnen.« Mit dem Daumen deutete er in Richtung Küche. »Ich hätte mich da fast verloren. Ich meine, was ist das hier? Ein italienischer Ableger der *Cosby Show*? So'n Scheiß gibt es doch in Wirklichkeit gar nicht. Das ist nicht echt. Sonntagsessen mit selbst gemachten Sachen. Leute, die nett zueinander sind. Die lachen und ihren Spaß haben.«

Sawyer musste sich beherrschen, um nicht schreiend aus dem Haus zu rennen. »Ja, ich weiß.«

Der Junge presste die Lippen zusammen, ein Schatten legte sich über sein Gesicht. »Ich hing mal mit ein paar Typen rum, die eine richtig gute Methode draufhatten, um sich an einem Sonntagnachmittag die Zeit zu vertreiben. Wir spielten Hau-den-Trottel. Jeder von uns war mal an der Reihe. Wir suchten uns auf der Straße einen Typen aus, den wir dann verfolgten. Jemanden, der nett aussah, der nach Geld aussah, nach einem guten Job. Wir hatten einen Trick drauf, der auch bei den Kinderschändern beliebt ist. Wir baten den Typen um Hilfe mit einem verletzten jungen Hund in einer Gasse. Jeder von denen fiel drauf rein.« Sawyer sah, wie angestrengt er zu schlucken versuchte. »Dann haben wir den Typen zu Brei geschlagen, ihm sein Geld abgenommen, ihm ins Gesicht gespuckt und seine Sachen ins Pfandhaus gebracht. Aber wenn wir dann im Diner oder bei *Mickey D's* saßen und vor uns stand das ganze Essen, dann konnte ich kaum was davon essen. Ich musste immer an das blutüberströmte Gesicht des Typen denken und mich fragen, wem zum Teufel er was getan hatte, um so zugerichtet zu werden. Ja, so lief das Sonntagsessen ab, das ich gekannt habe.«

Der Junge klammerte sich beharrlich an seinen Verstand, um ihn nicht zu verlieren. Wollte er das Wolfe vermitteln? Dass man weglaufen sollte, wenn einem etwas Gutes widerfuhr? Weglaufen und den Leuten misstrauen, die nur nett zu einem waren und behilflich sein wollten?

Wolfe musste wissen, dass es auch noch andere Dinge da draußen gab. Gute, reine Dinge. Dinge, für die es sich zu kämpfen lohnte. Für die es sich zu leben lohnte.

Diese Erkenntnis traf ihn wie ein Schlag in den Nacken. Er hatte eine Wahl. Aber noch wichtiger war, dass er es für sie beide in der Hand hatte. Er sollte sich besser zum Teufel scheren, wenn er noch einmal einen Menschen enttäuschen würde. Er war schon lang nicht mehr dieser Junge. Er war nicht hilflos und er musste keine Angst haben. Und er würde Wolfe nicht wegen einer Handvoll Albträume im Stich lassen.

Tiefe Gelassenheit erfüllte ihn und glättete alle Ecken und Kanten. Sawyer nickte und legte eine Hand auf Wolfes Schulter. Der zuckte erschrocken zurück, weil er in seine eigenen Erinnerungen vertieft gewesen war.

»Ich glaube, es gibt eine bessere Methode, um den Sonntag zu verbringen. Meinst du nicht auch?« Er ließ den Jungen nicht los, weil er das Gefühl hatte, dass diese Berührung notwendig war, um sie beide wieder zur Ruhe kommen zu lassen. »Außerdem glaube ich, dass ich heute mehr als du essen kann. So wie ich mehr Gewichte stemmen kann.«

Der Hauch eines Lächelns umspielte Wolfes Mundwinkel. »Blödsinn. Ich hatte schon zwei Portionen und du hattest erst eine.«

»Dann bekomme ich wohl besser mal den Arsch hoch und strenge mich mehr an.«

Er brachte Wolfe zurück in die Küche und setzte sich ebenfalls wieder an den Tisch. Julietta sah ihn mit einem sorgenvollen Blick an, den er allmählich zu genießen begann. Wie eigenartig, dass da eine Frau war, die sich um ihn und um sein Wohlergehen sorgte.

»Alles in Ordnung?«, fragte sie leise.

»Ja, jetzt wieder.« Er lächelte sie an, und mit einem Mal erwachte der Raum um ihn herum in grellen Neonfarben wieder zum Leben. Es war das Gleiche wie immer, dann wenn seine Frau ein Zimmer betrat.

Er hob seinen leeren Teller und rief: »Bitte noch mehr Pasta!«

Lucy fing an zu kichern.

***

Die meisten von ihnen wanderten für Kaffee und Dessert ins Wohnzimmer ab. Maggie blieb in der Küche und widmete sich mürrisch ihrer Aufgabe, gleich zwei Nachspeisen backen zu müssen. Alexa setzte Lily auf den Tresen, damit sie alles beobachten und gelegentlich mithelfen konnte. Julietta entging nicht das Funkeln in den Augen ihrer Mutter. Mama liebte feurige Frauen und war seit der ersten Begegnung von Maggie sehr angetan, auch wenn sie das genaue Gegenteil von dem zu sein schien, was ihr Bruder von einer Ehefrau erwartet hatte. Alexa wurde ganz ohne Probleme in die Familie aufgenommen, ihr Lachen und ihre freundliche Art passten perfekt zu den Contes.

Die Zwillinge wurden früh ins Bett gebracht, und Julietta wiegte Maria in ihren Armen. Die Kleine hatte mit ihren sechs Monaten genau die richtige Größe für sie, und sie genoss das ordentliche Gewicht eines in eine Windel verpackten Kinderpopos. Julietta ließ sich mit dem schlafenden Kind gegen das Kissen sinken, während im Kamin ein Feuer loderte. »Und? Was hast du dir für diese Woche vorgenommen? Sightseeing?

Oder relaxen? Du weißt, wir müssen alle unsere Cousins zu uns einladen.«

Carina schmiegte sich an Max, dabei fiel ihr auf, dass sich ihre jüngere Schwester nie lang von ihm fernhalten konnte. Beide benahmen sich immer noch so, als hätten sie gerade erst geheiratet, da sie die Finger nicht voneinander lassen konnten. Tränen brannten ihr in den Augen. *Mio Dio*, sie hasste es, wenn sie so sehr wie ein Mädchen reagierte. Aber Carina war zu einer starken und eigenständigen Frau herangewachsen, in der ein Feuer brannte, das Julietta bei ihr zuvor nie bemerkt hatte. Ihre erotische Kunst war in Manhattan hervorragend angekommen, und jetzt war sie mit Shows beschäftigt, half Alexa aber nebenbei noch im Buchladen aus.

Max versprühte immer noch verhaltene sexuelle Energie, doch die galt nur noch seiner Frau. Seine blauen Augen strahlten vor Liebe und sanftem Humor, wenn er sie anschaute. Ihre Familie hatte endlich ihr Glück gefunden.

Sie hob den Kopf. Sawyer beobachtete sie mit einem glühenden Blick, dass ihr der Atem stockte und sie unwillkürlich ihr Gewicht verlagerte. Die Art, wie er seine Macht über sie mit diesem Blick oder auch nur mit einem Nicken ausübte, war ihr ein Rätsel. Wie konnte es sein, dass sie sich von der frigiden Jungfer zur Nymphomanin gewandelt hatte? Es kribbelte ihr in den Fingern, weil sie ihm die Kleidung runterreißen wollte, um sich an seinen nackten Leib zu drücken. Sie wollte über seine Muskeln streichen, die Hand um seine Erektion legen und sie zu ihrer Hitze führen.

Sie bekam einen roten Kopf, und Sawyers Zwinkern verriet ihr, dass er ihren verruchten Gedanken erraten und ihr damit versprochen hatte, diesen Gedanken später Wirklichkeit werden zu lassen. Diesen und andere Gedanken.

Michael nippte an seinem *Sambuca*, streckte die Beine und legte sie auf Mamas Wohnzimmertisch. »Maggie hat diese Woche ein Fotoshooting in Mailand. Meinst du, wir können bei der Gelegenheit bei dir vorbeikommen und einen Blick darauf werfen, wie weit das *Purity* ist? Ich würde mir das gern ansehen,

Sawyer. Ach ja und Hut ab vor einem solchen gewaltigen Schachzug. Eine exklusive Kette aus Luxushotels mit *La Dolce Famiglia* zu kombinieren, das war einfach genial. Ich wusste, meine Schwester würde unseren Namen ins Spiel bringen.«

Julietta lächelte, als sie den Stolz in den Worten ihres Bruders bemerkte. Es war ein langer und mühseliger Weg gewesen, ehe sie ihn dazu gebracht hatte, sie endlich in Ruhe zu lassen und ihr zu vertrauen, dass sie in der Lage war, Mamas Imperium zu führen. Maggie hatte ihn schon in die richtige Richtung gelotst, und jetzt endlich hatte Julietta das Gefühl, nicht länger von ihm beobachtet zu werden und das Geschäft so zu führen, wie sie es für richtig hielt. »*Grazie*, Michael. Das bedeutet mir sehr viel. *Purity* ist einfach fantastisch. Die Visionen, die Pläne, das Marketing. Alles fügt sich nahtlos zusammen. Wir können von Glück reden, dass er uns in seinen Hotels haben wollte.«

Sawyer lachte zwar kurz auf, doch sein Gesicht zeigte Anzeichen von Verlegenheit, weil er so gelobt worden war. »Warum gründen wir nicht einfach einen Club der gegenseitigen Bewunderer.«

Der Blick ihres Bruders wurde etwas ernster. »Ja, zwischen euch hat sich alles sehr schnell entwickelt. Ich wünschte nur, ihr hättet gewartet, damit wir bei eurer Hochzeit hätten dabei sein können.«

Sie räusperte sich. »Ich schätze, da haben wir uns zu sehr Max und Carina zum Vorbild genommen. Durchbrennen erschien uns als die beste Lösung. Wir wollten schnell ein Paar werden, aber an diesem entscheidenden Punkt wollten wir nicht die Arbeit in den Hintergrund verbannen.«

Michael nickte und sah zwischen ihnen beiden hin und her. »Natürlich. Ich vermute, manchmal kann man das Geschäftliche und das Vergnügen miteinander verbinden.«

»Kommt uns in unserem neuen Haus besuchen«, schlug sie ihm vor. »Es wird euch gefallen.«

Carina schnaubte. »Wie kommt es, dass die Frauen immer nur kochen und die Männer immer nur essen? Ich möchte endlich mal irgendwo essen gehen.«

»Ja, ich auch«, ertönte Maggies Stimme aus dem Flur. »Warum führt ihr uns nicht zum Essen aus? Oder seid ihr ein Haufen milliardenschwerer Geizhälse?«

»Finde ich auch!«, rief Alexa.

Max musste lachen. »Wir müssen auch an die Kinder denken. Wer soll denn bitte auf die Kleinen aufpassen? Mom vielleicht?« Er sah zu seiner Mutter, die ihn auf Italienisch tadelte.

»Maximus, meinst du wirklich, du musst mich das erst noch fragen? Es wäre mir ein Vergnügen, auf meine Enkel aufzupassen.«

Daraufhin johlte Carina ausgelassen. »Dann also morgen Abend? Wir treffen uns hier. Sagen wir um fünf? Dann können wir ins *Botinero* gehen. Ich liebe deren Essen.«

Julietta sah zu Sawyer, der zustimmend nickte. »*Sì*, abgemacht.«

Maggies Jubel drang aus dem Flur zu ihnen.

»Wie wär's denn, wenn wir morgen Nachmittag erst noch ins *Purity* kommen?«, fragte Max. »Du kannst uns herumführen, und wir können uns dabei unterhalten.«

»Hört sich gut an«, fand Sawyer. »Michael, kannst du mitkommen?«

»Sì.«

Julietta grinste, als sie Maria schläfrig brummen hörte. »Wir lassen den Nachtisch besser aus und machen uns auf den Weg. Wir haben morgen noch bergeweise Zeug zu erledigen. Ich glaube ... was ist das? *Mio Dio,* ist das Dante?«

Eine riesiges schwarzes Fellknäuel kam ins Zimmer geschlichen. Der Körper erinnerte sie an einen kleinen Hund, der auf der Suche nach dem nächsten Snack war. Mit seinen schmalen grünen Augen betrachtete er die Anwesenden, musterte jedes einzelne Mitglied der Familie und ließ jeden von ihnen, einem Snob gleich, links liegen. Der einstige Streuner hatte seine Scheu verloren und lebte jetzt bei Michael und Maggie, aber er wirkte immer noch so mürrisch wie früher. Julietta musste sich ein Grinsen verkneifen, als Carina von ihrem Platz aufsprang und sich vor dem Kater auf den Boden kauerte. »Hier, Dante, komm zu Tante Carina. Ich habe auch ein Leckerchen für dich.« Sie verfiel in ihr Haustierflüsterer-Mantra und redete in einem so eindringlichen Tonfall weiter, dass jede normale Katze und jeder Hund sich aus Begeisterung vor ihr auf den Boden warf. Dante machte ein paar Schritte auf Carina zu, die über das ganze Gesicht zu strahlen begann.

Die Katze bleckte die Zähne und fauchte drohend, woraufhin Carina die Schultern sinken ließ. »Ich sehe ihn ständig, und er kann mich einfach nicht leiden.« Ihr Tonfall hatte etwas Jämmerliches. »Ich glaube, ich werde erst zufrieden sein, wenn er mich in sein Herz geschlossen hat.«

»Genau darauf legt er es doch an«, meinte Max. »Seien wir doch mal ehrlich, außer Maggie kann hier kein Mensch diesen Kater leiden. Er ist gehässig, hinterhältig und gefräßig. Er lebt dafür, sich von aller Welt bedienen zu lassen.«

»Lass Dante in Ruhe!«, fuhr Maggie ihn an. »So wie er ist, ist er genau richtig.«

Michael schnaubte. »Ich wollte ihn ja zu Hause lassen, aber sie hat sich quergestellt. Wir nehmen ihn überallhin mit. Ich schwöre euch, manchmal gehe ich zu Bett und habe Angst, meine Frau anzufassen, weil er da ist und mich auf seine gefährliche Art ansieht. Und wenn wir ihn aussperren, muss ich anschließend immer nachsehen, ob er nicht in meinen Schuhen eine kleine unerfreuliche Überraschung hinterlassen hat.«

Julietta musste lachen. »Ich bin froh, dass er endlich jemanden gefunden hat, den er lieben kann.«

Nick stand von seinem Platz auf. »Bin gleich wieder da. Ich muss nur jemanden anrufen.«

Plötzlich kam Alexa herein, auf die Hüfte gestützt trug sie die gepuderte Lily. »Nick«, sagte sie mit ernster Miene. »Du hast meine Mutter erst vor ein paar Stunden angerufen. Es geht ihnen gut.«

Ein Gefühl tiefster Beleidigung strahlte von ihm aus. »Ich rufe nicht deine Mutter an, sondern im Büro. Einen Augenblick nur.« Er verließ das Zimmer und Alexa seufzte gedehnt.

»Warum ruft er deine Mom an?«, fragte Julietta. »Fühlt sie

sich nicht gut?«

Alexa verdrehte ihre leuchtend blauen Augen. »Meiner Mom geht es bestens. Sie spielt Babysitterin der besonderen Art, und er entwickelt sich zum nervlichen Wrack.«

»Ich kenne keinen Mann«, warf Carina kichernd ein, »der so sehr an zwei Tieren hängt. Das ist bewundernswert. Nicht mal Max und ich haben uns bislang nach Rocky erkundigt.«

Alexa drehte sich zu ihr um. »Mein Ehemann ist um unsere Hunde Old Yeller und Simba besorgt. Wir haben sie bei meiner Mutter gelassen, weil er sich geweigert hat, sie mit an Bord unserer Maschine zu nehmen. Und jetzt erkundigt er sich alle paar Stunden, wie es den Tieren geht. Ich schwöre dir, ich habe noch nie einen Mann erlebt, der sich vom Tierhasser ins genaue Gegenteil verwandelt hat.«

Die Vorstellung, dass ein Mann seine Familie und auch seine Hunde so innig liebte, ließ bei Julietta ein Gefühl der Leere aufkommen. Mit einem Mal wurde ihr das alles zu viel. Mit jedem neuen Tag fiel es ihr schwerer, die Wahrheit zu ignorieren.

So etwas wollte sie mit Sawyer auch haben.

Sie stand auf und gab Maria an Alexa weiter, hielt aber inne, um sie auf die Stirn zu küssen. »Wir müssen jetzt wirklich gehen«, flüsterte sie.

Alexa betrachtete sie besorgt. »Klar. Danke, dass du auf sie aufgepasst hast.«

»Wolfe, bist du so weit? Ich brauche ...«

Abrupt blieb sie stehen und beobachtete interessiert, was sich da vor ihr abspielte. Dante war dicht vor Wolfe stehen geblieben und musterte ihn, wobei er den Kopf schräg legte, als würde er irgendetwas wahrnehmen, das sich an der Oberfläche nicht wittern ließ. Wolfe hatte die Beine übereinandergeschlagen und sich so in den Sessel geflegelt, wie es Teenager machten. Sie wollte gerade versuchen, Dante zu verscheuchen, weil sie fürchtete, er könnte den armen Wolfe beißen. Aber dann geschah etwas Unfassbares. Mit einem eleganten Sprung landete Dante auf Wolfes Schoß.

Der Kater stapfte weit genug, um am Kinn des Jungen zu schnuppern, dann drehte er sich einmal im Kreis und ließ sich mit seinem ganzen Gewicht auf Wolfes Oberschenkel plumpsen.

»Oh. Mein. Gott.«

Alexa sah Wolfe an und bekam den Mund nicht mehr zu. Maggie musste gespürt haben, dass etwas Bemerkenswertes geschehen war, denn ihre Schritte hallten durch den Flur, bis sie an der Tür zum Wohnzimmer stehen blieb. Sie sah die bösartige Katze, die wie eine Kettensäge schnurrte und es sich so auf Wolfes Schoß bequem gemacht hatte, als wären sie und der Junge schon seit einer Ewigkeit Seelenverwandte.

Wolfe wirkte zunächst etwas zögerlich, aber dann begann er Dantes Rücken zu streicheln. Der Kater wurde noch lauter und gab lustvolle Laute von sich, die ans Orgiastische grenzten.

Julietta drehte sich zu ihrer Schwägerin um, die breit grinste und pure Zufriedenheit ausstrahlte. »Ich hab doch gleich gesagt, dass Dante klüger ist als jedes andere Tier auf der Welt. Er mag nur coole Leute. Willkommen im Club, Wolfe.«

Der sah sie an und lächelte.

Julietta blickte aus dem Fenster. Der Nachthimmel war stockfinster, die schmale Mondsichel verbreitete nur wenig Licht. Knorrige Äste bewegten sich leicht wie unheimliche Schatten, Reif ließ das Gras glitzern. Sie drückte die Wange gegen das kalte Glas und überlegte, was sie tun sollte.

Sie liebte ihren Ehemann.

Diese Erkenntnis stieg in ihr auf und verspottete alles, was sie zu sein geglaubt hatte. Alles, was sie zu wollen geglaubt hatte. Der steinige, mühselige Weg, der zu dieser Einsicht geführt hatte, verblüffte sie völlig. Erst die Arbeit. Dann der Sex. Sie war so dreist gewesen zu glauben, dass sie ihre Gefühle wie eine Geschäftsvereinbarung handhaben konnte. Irgendwie waren aber Gefühle mit dem rein Körperlichen vermischt worden, weshalb ihr jegliche Vernunft abhandengekommen war.

Sawyer war der ideale Mann, um sich eben nicht in ihn zu verlieben. Er bot ihr schockierende körperliche Gelüste, gleichzeitig erklärte er ihr, dass er ihr niemals gehören würde. Er glaubte nicht an die Liebe. Aus Angst war er nicht fähig, dieses Gefühl zu verschenken. Er war ehrlich, was seine Grenzen anging. Und dann erwartete sie von ihm, dass die ersten zwei Wochen ihrer Ehe ihn schon verändern würden?

Sie betrachtete den Mann, der sich hinter den hohen Mauern seiner Vergangenheit versteckte, die er mit niemandem teilen wollte. Julietta musste an die Nacht denken, in der er ihr ein wenig von dieser Vergangenheit offenbart hatte. Sie wusste, wie schwierig es für ihn war, zu diesen Albträumen zurückzukehren. Dieses kostbare Geschenk bedeutete ihr mehr als alles andere. Er hatte ihre gebrochene Verwundbarkeit erkannt und versuchte, ihr etwas zu geben, das eine Linderung bewirken würde. Sawyer besaß die unglaubliche Fähigkeit zu geben, nur war das für ihn mit so vielen schlimmen Dingen verbunden, dass er gelernt hatte, davor wegzulaufen. Ihm die selbst zubereiteten Nudeln zu servieren hatte etwas in ihr verändert. Dieser simple Akt der Dienstbarkeit hatte sie erkennen lassen, wie viel mehr sie von ihm wollte. Wie viel mehr sie ihm geben wollte.

Sie wollte die Frau sein, die ihm Halt geben, mit der er lachen und der er vertrauen konnte. Von ihrer Familie und damit von Beziehungen umgeben zu sein, die echt waren, weckte bei ihr den Wunsch, mehr zu erreichen. Wollte er auch mehr haben? Und wenn sie schließlich den Mut aufbrachte, ihm die Wahrheit zu sagen, würde er sie dann zurückweisen? Solang niemand etwas laut aussprach, konnten sie wie gehabt weitermachen. Er würde ihr weiterhin tagtäglich Gesellschaft leisten und ihr seine Aufmerksamkeit zuteilwerden lassen. Warum sollte sie das alles aufs Spiel setzen, indem sie drei lausige Worte aussprach? Sie war nicht so mutig wie ihre Geschwister. Ihre unerfreulichen Erfahrungen auf dem Gebiet der Beziehungen bestätigten nur ihre Unfähigkeit, eine Verbindung zu einem Mann zu schaffen. Vielleicht hatte ihre Mutter sie ja unter dem Vorwand des Geschäfts zu dieser Ehe gezwungen, weil sie Juliettas innere

Feigheit spürte, sich zur Liebe zu bekennen.

Wie jämmerlich.

Sie hatte seine Schritte nicht bemerkt, als er plötzlich die Hände auf ihre Schultern legte und sie an seine Brust zog. Julietta atmete seinen Duft ein und schlang ihre Hände um seine, damit sie sich an das klammern konnte, was er zu geben fähig war. Seinen Körper. Nacht für Nacht. Ein Teil von ihm würde ihr für immer gehören, so wie sie ihm gehörte. Er ließ sie diese Worte sagen, bevor er in sie eindrang, aber sie sagte diese Worte auch aus freien Stücken, ohne seiner sinnlichen Folter ausgesetzt zu sein.

Sie würde Sawyer Wells ihre Seele geben, sollte er sie von ihr haben wollen. Sexuell knisterte und brodelte es zwischen ihnen. Ihr Körper entspannte sich, und sie öffnete bereitwillig die Beine, um ihm ungehinderten Zugang zu gewähren. Sie spürte seine Nacktheit, seine Erektion drückte sich in ihre Poritze und verlangte nach mehr. Sie wartete darauf, dass die Spiele begannen. Spiele aus einer düsteren verdrehten Welt, nach der sie sich verzehrte. Eine Welt der Dominanz und Unterwerfung, eine Welt von purem Nervenkitzel und nackter Lust. Langsam drehte er sie zu sich um, legte die Hände um ihren Hintern, küsste sie auf den Mund.

Seine Zunge bahnte sich mit gemächlichen Vorstößen ihren Weg. Sie öffnete sich ihm und ließ sich von ihm den Morgenmantel ausziehen. Der Stoff glitt von ihren Schultern und legte sich als seidene Lache um ihre Füße. Er streichelte und liebkoste sie, doch sie brauchte kein Vorspiel. Der ganze Abend, den er in ihrer Nähe gewesen war, hatte seinen ganz eigenen Zauber bewirkt. Seine Finger tauchten in ihre Nässe ein und drangen dabei tief vor. Ohne den Kuss zu unterbrechen, hob Sawyer sie hoch, und nachdem sie die Beine um seine Hüften geschlungen hatte, drang er mit einem einzigen langsamen Stoß tief in sie ein.

Daheim.

Sie hieß ihn willkommen und umklammerte seinen Schaft. Diesmal gab es keine Spielchen, kein Necken und auch keine

Geständnisse. Diesmal waren da nur sein stockender Atem, die Bewegungen seiner Hüften, seine kraftvollen Hände, die Berührungen mit seiner Zunge. Sie zerbrach um ihn herum in tausend Stücke, ohne ihn auch nur einen Moment lang loszulassen. Ohne von einem Kondom aufgehalten zu werden, ergoss er sich tief in ihr Inneres, gleichzeitig biss er ihr auf eine maskuline, besitzergreifende Weise in die Unterlippe.

Er zog sich nicht aus ihr zurück, sondern ging mit ihr zum Bett, wo er sie vorsichtig hinlegte. Auch jetzt unterbrach er nicht den Kontakt zu ihr. Die Wahrheit lag ihr auf der Zungenspitze, doch sie hatte zu viel Angst davor, sie auszusprechen. Das Letzte, woran sie sich später würde erinnern können, war ihr geflüsterter Name. Dann schlief sie fest ein.

15. Kapitel

Sawyer hob sein Bierglas und stieß mit Max an. Das kalte Getränk tat gut, als es seine Kehle hinunterrann. »*Salute*. Ist schon zu lang her, Mann.«

»Ja, seit Vegas. Als du versucht hast, meine Frau zu verführen.«

»Wenn ich dich nicht dazu getrieben hätte, sie anzusprechen, wärst du jetzt noch nicht verheiratet. Du solltest *Amor* zu mir sagen.«

»Ja, aber bei der Sache fühle ich mich noch immer nicht warm und kuschelig.« Sein Freund schob ihm zwei Bier für Nick und Michael hin, die in eine lebhafte Diskussion vertieft waren, ob nun *Gucci* oder *Prada* besser sei. Mit dem Daumen zeigte er auf die beiden. »Die werden noch unseren Ruf als ganze Männer ruinieren. Was ist nur aus Diskussionen über Football und Baseball geworden?«

Sawyer lachte spöttisch. »Bezeichnen wir die zwei doch einfach als metrosexuell. Dann werden sie uns in den Arsch treten wollen.«

»Was soll das sein?«

»Das willst du lieber nicht wissen, Mann.«

Das Brera-Viertel bot eine reichhaltige Auswahl an angesagten Clubs, Bars und Restaurants. Die richtigen Nachtschwärmer waren erst ab zehn Uhr unterwegs, aber um fünf Uhr herum wimmelte es von Angestellten, die nach Feierabend noch auf einen Aperitif herkamen. Sawyer hatte für so etwas kaum Zeit, vor allem nicht in den angesagten Vierteln. Aber nach der Führung durch das *Purity* und nach einem mehrstündigen Vortrag darüber, wie seine Pläne aussahen, tat es einfach mal gut, zu entspannen und mit seinem alten Freund abzuhängen. Max war einer von seinen engsten männlichen Bekannten, und Sawyer sah in ihm eine besondere Ehrlichkeit, die um seinen trockenen Humor ergänzt wurde. Nach einer Prügelei auf einer griechischen Jacht wegen irgendeiner Frau hatte sich zwischen ihnen eine Freundschaft entwickelt, die umso stärker geworden war, seit Max Carina kennengelernt und geheiratet hatte.

»Und wie bekommt dir das Eheleben?«, wollte Max wissen.

Die vielsagende Frage ließ ihn innehalten und nachdenken. »Gut.«

Sein Freund zog eine Braue hoch. »Täusche ich mich, oder läuft hier noch irgendwas anderes ab? Du bist nicht der Typ, der Hals über Kopf heiratet. Immerhin hast du bislang immer Ausschlag bekommen, sobald im Zusammenhang mit einer Frau von Bindung die Rede war. Liebe auf den ersten Blick?«

Er wünschte, er könnte ihm die Wahrheit sagen. Das Ganze war ein einziges Durcheinander. Als er letzte Nacht seine Frau geliebt hatte, war das mit einem Mal mehr gewesen als ihre üblichen Bettspiele. Die Dinge waren im Wandel und der Hang, auf dem er stand, neigte sich immer mehr und wurde rutschiger. Er wusste nicht, wie lang er sich noch halten konnte. »So was in der Art«, erwiderte er, nachdem er noch einen Schluck Bier getrunken hatte.

Sein Freund sah ihn eindringlich an. »Du weißt, dass du mit mir darüber reden kannst, nicht? Ich weiß, Julietta ist Carinas Schwester, aber wenn ich dich für ein Arschloch gehalten hätte, wäre ich mit der nächsten Maschine losgeflogen, um der Sache ein Ende zu setzen. Ich habe euch zwei zusammen gesehen. Sie ist die eine.«

Sawyer hob erschrocken den Kopf. »Wie kannst du so was nach ein paar Stunden sagen?«

Max zuckte mit den Schultern. »Da ist was zwischen euch beiden. Die Art, wie ihr euch anschaut. Außerdem kommst du mir verändert vor. Nicht mehr so ...«

»So ... was?«

»So ... geplagt.«

Sawyer wollte etwas erwidern, doch in dem Moment setzten sich Michael und Nick zu ihnen an den Tisch.

»Worüber reden wir?«, warf Michael ein.

Max verdrehte die Augen. »Frauen, was sonst?«

»Ihr Weicheier«, murmelte Nick. »Apropos Frauen – sind wir

nicht ein bisschen spät dran? Wir sollten sie doch um fünf abholen, oder? Hat jemand eine Uhr?«

Die beiden anderen Männer sahen auf ihre *Zannetti*-Armbanduhren. »Ja, ja, wir trinken erst noch aus und machen uns dann auf den Rückweg«, meinte Michael. »Ich komme überhaupt nicht mehr dazu, so was hier zu unternehmen. Ihr etwa?«

Max und Nick schüttelten gleichzeitig den Kopf. »Nö. Nicht dass ich früher jede Party mitgemacht hätte, aber seit die Kinder da sind, ist es völlig verrückt. Ich kann schon von Glück reden, wenn ich mal ein bisschen Zeit mit Alexa allein verbringen kann.«

»Ist bei mir und Maggie nicht anders. Die Jungs machen unglaublich viel Arbeit, aber es ist jede Minute wert. Und bei dir, Max? Ich wette, du gehst immer noch auf alle wichtigen Partys und genießt das Leben.«

Max schnaubte. »Machst du Witze? Bis nächstes Jahr sind bei uns keine Kinder geplant, und wir sind jetzt schon mit unseren Kräften am Ende. Unser Arbeitstag ist so vollgestopft, dass wir abends um zehn todmüde ins Bett fallen. Ein Trauerspiel!«

Sawyer brummte amüsiert. »Seht euch nur an. Jetzt kommt ihr endlich mal raus, um ein paar Bier zu trinken und dann jammert ihr die ganze Zeit über. Lasst uns das genießen. Ich für meinen Teil freue mich schon auf den *Rocky*-Marathon mit Julietta und Wolfe.«

»Ich liebe *Balboa. The Italian Stallion.* Ein zeitloser Klassiker«, sagte Nick.

»Ach hör auf. Hat einer von euch *Road House* gesehen? Das nenne ich einen guten Film«, hielt Max dagegen.

Sawyer nickte zustimmend und trank sein Bier aus, dann deutete er mit hochgerecktem Finger an, dass er noch eins haben wollte. »Frauen verstehen einfach nicht, was der Film aussagt. Zu schade.«

»Ich bin ja ein Tarantino-Jünger«, gestand Michael ein. »Er ist ein Genie. *Reservoir Dogs. Django.*«

»Alexa macht mir da immer die Hölle heiß, weil sie findet,

dass er zu brutal ist.«

Die anderen stimmten mit wehmütigem Seufzen zu. Dann bestellten sie noch eine Runde.

Als sie schließlich bei Mama Conte eintrafen, spürte Sawyer, dass Ärger in der Luft lag. Zugegeben, sie waren spät dran, aber er nahm an, dass die Frauen flexibel waren. Wie oft kamen ihre Ehemänner denn schon dazu, mal ein wenig unter sich zu sein? Er blinzelte und war ein wenig unsicher auf den Beinen. »Um wie viel haben wir uns eigentlich verspätet?«

Nick lachte. Irgendwie schien er seit einer Weile sehr viel zu lachen, dabei war er gar nicht der alberne Typ. »Eine Stunde. Oder zwei. Nach der dritten Extrarunde habe ich die Übersicht verloren. Diese verdammte Seilbahn sollte ein Warnschild haben. Ich wäre fast gestorben.«

Sawyer nahm einen schnellen Körpercheck vor. Eindeutig nicht hundertprozentig bei der Sache, aber auch nicht volltrunken. Keiner von ihnen war betrunken. Wieso stand Michael einfach nur da? »Alter, willst du die Tür nicht aufmachen?«

Nick drückte sein Ohr an die massive Holztür. »Ich höre überhaupt nichts. Wieso schreien die Kinder nicht?«

Max rieb sich die Stirn. »Ich habe kein gutes Gefühl. Das stinkt für mich nach einer Falle. Meint ihr, sie sind sauer auf uns, weil wir uns verspätet haben?«

Michael stöhnte auf. »Vermutlich hat Maggie sie gegen uns aufgehetzt.«

»Leute, reißt euch zusammen«, meinte Sawyer seufzend. »Wir gehen rein, sagen ihnen, dass wir unser Zeitgefühl verloren haben, und dann gehen wir mit ihnen essen. Habt ihr Angst vor euren eigenen Frauen?«

Ihre Gesichter verrieten, dass jeder von ihnen mit Ja antworten wollte, aber ihr Stolz ließ das nicht zu. Michael machte die Tür auf.

Was sie dann sahen, war gar nicht gut.

Maggie, Carina, Alexa und Julietta saßen im Wohnzimmer, den Blick zum Flur gerichtet, sie trugen jede ihr kleines Schwarzes und dazu Mörderabsätze. Der süßliche Geruch von

Moschus und Gewürzen schlug ihnen entgegen, darunter hatte sich noch ganz leicht ein anderes Aroma gemischt.

Das Aroma wütender Frauen.

Sie alle schauten gleichermaßen vorwurfsvoll drein, jeder Blick war wie ein Treffer aus einer Paintball-Pistole, der daran erinnerte, dass es nichts Schlimmeres gab als den Zorn einer Frau.

Das galt erst recht für eine Frau, die darauf wartete, zum Abendessen ausgeführt zu werden. Sawyer sah seine Begleiter an, die alle im selben Moment begriffen, was für einen kapitalen Fehler sie sich geleistet hatten. Er machte einen Schritt nach vorn, um zu retten, was noch zu retten war, aber Julietta kam ihm bereits entgegen. Beim Anblick ihrer langen bloßen Beine wurde ihm schwindlig. Ihre Haare wogten in einer dunkle Welle über ihren nackten Schultern. Der winzige Fetzen Stoff, der sich um ihre Hüften legte und nicht ganz den halben Oberschenkel bedeckte, war eine faszinierende Kreation aus schwarzer Spitze, die sich mit ihm ein Versteckspiel erlaubte, das er zu gern gewonnen hätte. Der dunkelrote Lippenstift betonte ihre vollen Lippen und glänzte im Schein der Deckenlampe.

»Fang gar nicht erst an«, sagte sie und hob eine Hand. »Wir warten seit drei Stunden auf euch. Max' Mutter ist inzwischen gegangen, und Mama hat die Kinder endlich zum Einschlafen gebracht. Allerdings wachen die Zwillinge immer wieder auf, weil sie sich in einer fremden Umgebung befinden, Lily hat ins Bett gemacht, und wir durften mindestens dreimal unsere Frisuren und unser Make-up auffrischen.«

Alexa sah Nick mit zusammengekniffenen Augen an. »Du bist betrunken.«

»Binichnich.«

Sawyer machte einen Moment lang die Augen zu. Der Mann war es nicht gewöhnt, acht Bier in drei Stunden zu trinken. »Hast du eine Ahnung, wie sehr ich mich darauf gefreut habe, mal einen Abend lang nur von Erwachsenen umgeben zu sein? Wieso seid ihr so spät dran?«, wollte Alexa wissen.

»Sinwirnich«, sagte Nick.

Michael ging dazwischen und wandte sich an seine Frau. »Es tut mir leid, *cara*. Wir sind noch was trinken gegangen, dann sind unsere Uhren stehen geblieben und wir haben unser Zeitgefühl verloren.«

Maggie deutete auf die teure Uhr an seinem Handgelenk. »Diese Armbanduhr da? Die niemals stehen bleibt? Die man beim Tauchen anziehen kann? Die genauso gut ist wie die Uhr von James Bond? Die ich dir zum Geburtstag geschenkt habe, nachdem du mir von Max' Uhr vorgeschwärmt hast? Das Ding kostet ein Vermögen und könnte für einen Geheimagenten zusammengebaut worden sein. Diese Uhr ist stehen geblieben?«

Im ersten Anlauf gescheitert.

Max hob beschwichtigend die Hände, während er nicht den benommenen Blick von Carinas tiefem Ausschnitt nehmen konnte. »Du siehst wunderschön aus, Baby. Es tut mir leid. Jetzt lasst uns gehen, wir machen das auch wieder gut. Seht mal, wir können so losgehen, die Kinder schlafen. Es ist noch früh am Abend.«

Carina schürzte die Lippen. »Wir haben schon gegessen, Max. Uns knurrte der Magen, also hat Mama uns was gekocht. Wir können sie jetzt auch nicht mehr mit den Kindern alleinlassen. Nachdem sie sich den ganzen Tag um ihre Familie gekümmert und auf ihre Enkelkinder aufgepasst hat, ist sie in ihrem Zimmer und erholt sich von den Strapazen. Deshalb werde ich ihr das jetzt nicht antun.«

Im zweiten Anlauf gescheitert.

Nick lachte von Herzen. »Wir sind doch jetzt alle hier. Lasst uns eine Flasche Wein aufmachen. Wir machen das Kaminfeuer an, und dann verbringen wir einen entspannten Abend zu Hause. Das haben wir schon lang nicht mehr gemacht.«

Alexa warf ihm einen finsteren Blick zu. »Das machen wir jeden Freitagabend. Nachdem wir gekocht und gespült und die Kinder ins Bett gebracht haben.«

Im dritten Anlauf gescheitert.

»Was erwartet ihr dann von uns?«, fragte Sawyer.

Die vier Frauen sahen sich untereinander an. Als sie zu

lächeln begannen, nickte er erleichtert. Gut. Der Abend war gerettet, und er würde sich früh mit Julietta zurückziehen können, um ihr zu zeigen, wie vielseitig sich ihr Outfit für Fesselspiele eignete.

Die Frauen standen gleichzeitig auf, zogen ihre Mäntel an und griffen nach ihren Handtaschen.

»Maria bekommt in spätestens einer Stunde ihr Fläschchen, das im Kühlschrank steht«, sagte Alexa. »Sieh zwischendurch nach Lily, sie war ein paarmal auf. Bis dann.«

Maggie grinste. »Die Zwillinge werden sich in ein paar Minuten wieder melden. Viel Glück.«

Carina und Julietta sprachen kein Wort, sahen ihre Männer nur wütend an und gingen an ihnen vorbei zur Haustür.

Verwundert drehte sich Sawyer nach ihnen um. »Augenblick mal, wohin geht ihr?«

Julietta zwinkerte ihm zu. »Weg. Ihr müsst nicht aufbleiben, es könnte spät werden.«

In einer Wolke aus Sinnlichkeit, Rätselhaftigkeit und stinksauren Hormonen zogen sie die Tür hinter sich zu.

Auf ganzer Linie gescheitert.

***

»Von den eigenen Ehemännern sitzen gelassen.« Maggie strich mit dem Finger über den Glasrand und leckte das Salz von der Kuppe. »Wie jämmerlich.«

Alexa seufzte und starrte mürrisch in ihren Schokoladen-Martini. »Ich habe mich extra noch rasiert und gewachst. Bikini-Wax!«

Mitfühlend schnalzte Carina mit der Zunge. »Ihr wisst doch, wie Männer sind, wenn sie zusammenhocken. Wahrscheinlich reden sie nur über dumme brutale Filme und über Sport. Und dann denken sie zurück an die gute alte Zeit, als sie noch jung und frei und sturzbetrunken waren.«

Julietta musterte die drei depressiven Frauen vor ihr und ergriff energisch das Wort. »Das reicht. Okay, wir haben unser romantisches Abendessen nicht gekriegt. Aber wann habt ihr das letzte Mal einen richtigen Mädelsabend gehabt?«

Maggie zuckte mit den Schultern. »Ist schon viel zu lang her.«

»Genau. Also, warum hören wir nicht auf, wegen unserer Männer den Kopf hängen zu lassen, und genießen stattdessen den Abend?«

Alexas Laune besserte sich prompt. »Julietta hat doch völlig recht. Das ist mindestens genauso gut. Bei *Marc Jacobs* einzukaufen und in einem Café etwas zu essen, das ist ein Traum. Versprecht mir, dass ihr euch nicht länger beschwert. Seht euch doch mal hier um!«

Julietta sah sich in dem vertrauten Café um. Sie war schon oft hergekommen, um etwas zu trinken, mitzunehmen oder um Einkäufe zu erledigen, aber als sie jetzt das Ganze aus Alexas Perspektive betrachtete, da wurden ihr zum ersten Mal das elegante Design mit beleuchtetem Glas, die ausladende Bar und die vielen Säulen bewusst, die die Decke trugen. An der Theke herrschte Hochbetrieb, Musik dröhnte aus den Lautsprechern, und von ihrem Tisch aus hatten sie das gesamte Geschehen im Blick.

»Stimmt«, pflichtete Maggie ihr bei. »Aber wir müssen in einem Punkt zusammenhalten. Den Männern gehört eine Lektion erteilt.«

»Auf jeden Fall. Was meinst du, was wir tun sollen?«, wollte Carina wissen.

Ihre Schwägerin grinste sie an. »Ich dachte mehr an etwas, das wir nicht tun werden. Kein Sex heute Nacht.«

Schweigen.

Julietta wusste, wie sie sich alle fühlten. Natürlich war sie sauer auf Sawyer, trotzdem freute sie sich schon darauf, später am Abend mit ihm ins Bett zu gehen.

Alexas Laune verfinsterte sich wieder. »Das war's dann wohl mit meinem Bikini-Wax. Umsonst die Schmerzen.«

Carina schürzte die Lippen. »Könnten wir sie nicht einfach im Bett quälen?«

Energisch schüttelte Maggie den Kopf. »Nein, wir wollen

ihnen eine Lektion erteilen. Nur heute Nacht. Liebe Güte, bis wir zu Hause sind, sind wir sowieso todmüde, und sie schlafen dann längst. Wir werden nicht darunter leiden. Aber wir müssen uns einig sein.«

Julietta dachte angestrengt nach. Für sie würde es noch am leichtesten sein. Außerdem wäre eine getrennte Nacht für sie vielleicht ohnehin das Beste. »Einverstanden.«

Carina und Alexa willigten ebenfalls ein.

Maggie rieb sich erfreut die Hände, ihre grünen Augen funkelten. »Großartig. Die Band fängt bald an, dann können wir tanzen. Da wir keinen Sex haben werden, können wir über Sex reden.« Ihr Blick wanderte von einer zur anderen. »Den Anfang macht Julietta. Erzähl.«

»Ich?« Sie zog den Kopf ein und versuchte, gegen das Erröten anzukämpfen. Hastig trank sie einen Schluck *Kahlúa*. »Ähm, es ist gut. Wirklich.«

»Du wirst rot im Gesicht«, stellte Carina kichernd fest. »Das sagt alles aus.«

Neugier erwachte und sie drehte sich zu ihrer Schwester um. »Hm, da du ja an meiner Stelle sein könntest, sollte ich dich vielleicht was fragen. Hast du vor Max nicht erst Zeit mit Sawyer verbracht?«

Carina verzog den Mund. »Ich habe nicht mit meinem frischgebackenen Schwager rumgemacht, Julietta! Wir haben uns einmal kurz geküsst, und das hatte überhaupt nichts zu bedeuten. Er war eine ganz nette Ablenkung, als ich darauf aus war, Max eifersüchtig zu machen. Aber er hatte diese düstere sexuelle Energie, die für die richtige Frau genau das Passende sein dürfte. Zwischen uns war davon nichts zu spüren.« Ihre dunklen Augen funkelten. »Aber bei dir ist er so anders. Ruhiger. Glücklicher.«

Julietta zuckte zurück. »Ehrlich? Woher weißt du das?«

Die Frauen sahen sich erstaunt an. »Wieso überrascht dich das so?«, fragte Carina ruhig. »Du hast ihn geheiratet. Folglich musst du völlig in ihn vernarrt sein. Oder läuft da noch irgendwas anderes?«

Seltsam. Sie und ihre Schwestern standen sich so nah, aber ihre persönlichen Geheimnisse hatte sie nie mit ihnen geteilt. Venezia war so ganz anders als sie, sie würde es nicht verstehen, und Carina war zu jung gewesen. Die Freundinnen, mit denen sie sich traf, hatten immer etwas mit ihrer Arbeit zu tun, Unterhaltungen mit ihnen gingen nur selten unter die Oberfläche, sodass Träume und Ängste praktisch keine Rolle spielten. Diese, ihr eigene Einsamkeit, war so sehr ein Teil von ihr geworden, das sie sie nie infrage gestellt hatte. Aber seit Sawyer in ihr Leben gestürmt war, da verlangte sie nach mehr.

Auch nach Freundschaft.

Ihr Herz pochte wild, sie wischte die schweißnassen Handflächen an ihrem Kleid ab. »Wir sind nicht durchgebrannt, auch wenn wir das jedem erzählt haben. Wir mussten heiraten.«

Carina schnappte erschrocken nach Luft. »Bist du schwanger?«

»Nein, Mama hat uns gezwungen.«

Einen Moment lang herrschte Schweigen am Tisch. Sie hörte, wie die Band ihre Instrumente stimmte, wie andere Gäste mit ihren Gläsern anstießen, wie sie fröhlich lachten.

Schließlich räusperte sich Maggie. »Ähm, Julietta, ich glaube, du musst uns alles erzählen.«

Das tat sie dann auch. Als sie fertig war, spürte sie eine kribbelnde Erleichterung. Zum ersten Mal fühlte sie sich nicht von allen isoliert. Wie albern es doch von ihr gewesen war, Angst davor zu haben, sich den anderen zu öffnen. Deren ernste Blicke machten ihr klar, wie sehr sie sich um sie sorgten und dass sie diesen Kampf zusammen mit ihr austrugen.

Carina nahm ihre Hand und drückte sie. »Das tut mir so leid, Julietta. Ich hatte keine Ahnung, dass du so etwas durchmachen musstest. Und ich habe den Mädchen noch erzählt, dass wir endlich einen Beweis haben, dass das Buch mit den Liebeszaubern funktioniert hat.«

Vor ihrem geistigen Auge sah sie, wie sie den Liebeszauber aufschrieb und den Zettel anschließend in Flammen aufgehen ließ. Was für ein eigenartiger Zufall. »Tja, ich würde sagen, dass er diesmal nicht gewirkt hat. Jedenfalls nicht so gut wie Mama.«

»Ich muss auch ein Geständnis ablegen«, sagte Carina, nachdem sie tief durchgeatmet hatte. »Mama hat mich gezwungen, Max zu heiraten.«

Julietta schnappte erschrocken nach Luft. »Was redest du denn da? Ihr habt doch in Vegas geheiratet.«

Ihre Schwester nickte. »Ich habe mit ihm geschlafen. Mama kam uns besuchen und hat uns ertappt. Sie hat Max und mir gedroht, und daraufhin sind wir durchgebrannt.«

Maggie trank ihre Margarita in einem Zug aus. »Ihr macht mir langsam Angst. Wenn man euch hört, kann man ja meinen, dass sie ein irrer Mafiaboss ist.«

»Sie hatte sehr gute Gründe, und sie ist sehr streng, was traditionelle Werte angeht. Sie will, dass man das Richtige tut. Aber sie hat mir auch gesagt, sie wusste, dass ich Max liebe, und sie hätte mich niemals gezwungen, jemanden zu heiraten, den ich nicht liebe.«

»Ist ja schräg. Zwei erzwungene Ehen in einer einzigen Familie.« Maggie legte die Stirn in Falten, als würde ihr ein Gedanke durch den Kopf gehen. »Ich bin mir nicht sicher, ob ihr das eigentlich wisst, aber euer Bruder und ich waren eigentlich gar nicht verheiratet, als wir euch besucht hatten. Es sollte nur gespielt sein, um Venezia heiraten zu lassen.«

Julietta riss den Mund auf. »Nein, das ist doch nicht möglich.«

»Doch. Ich wollte das eigentlich nie verraten, aber da wir schon hier sitzen und beichten ...« Sie ließ ein Lachen folgen. »Aber natürlich wurde aus der vorgetäuschten eine echte Ehe, als wir von eurer Mutter überrascht wurden. Vater Richard tauchte wie aus dem Nichts auf, und auf einmal sprach ich das Ehegelübde ...« Sie brach ab. »Oh. Mein. Gott. Glaubt ihr, Mama wusste, dass wir das nur vorgetäuscht hatten? Sie war zu der Zeit krank, und Michael hatte Angst Nein zu sagen.«

Carina presste die Lippen zusammen. »Erinnert ihr euch, wie wir uns gewundert haben, dass sie ein paar Stunden später wieder völlig gesund war? So als wäre nie etwas gewesen! Maggie, ich möchte wetten, sie wusste Bescheid und hat dich gezwungen, Michael zu heiraten!«

Sie verfielen alle in Schweigen und dachten über das Verhalten der Frau nach, von der sie großgezogen worden waren. Maggie stieß einen leisen Pfiff aus. »Verdammt, sie ist sehr wohl ein Mafiaboss. Ein Mafiaboss der Liebe. Ich weiß nicht, ob ich sie anbrüllen oder aus Dankbarkeit küssen soll.«

»Ähm«, meldete sich Alexa zu Wort. »Da ihr jetzt alle gebeichtet habt, bin ich wohl auch noch an der Reihe. Mama Conte hat damit aber nichts zu tun. Allerdings habe ich Nick des Geldes wegen geheiratet, um das Haus meiner Mutter zu retten. Wir vereinbarten, ein Jahr lang verheiratet zu sein. Kein Sex, keine Liebe, kein Garnichts.« Sie musste grinsen. »Natürlich ist das nicht nach Plan verlaufen. Gott sei Dank, möchte ich sagen. Wir verliebten uns und am Ende ist es gut ausgegangen. Aber ist das nicht seltsam, dass jede von uns auf irgendeine Weise zur Heirat gezwungen wurde?«

Maggie nahm ihre Brieftasche und rutschte von ihrem Hocker. »Wartet hier, ich bestelle noch eine Runde für uns. Wir brauchen jetzt was richtig Alkoholisches.«

Carina beugte sich über den Tisch. »Du musst ihm die Wahrheit sagen, Julietta. Er liebt dich. Das sehe ich seinen Augen an, wenn er dich anschaut. Und wie er auf Wolfe aufpasst! Bei Mama hat er die ganze Zeit auf ihn geachtet und dafür gesorgt, dass er sich nie unwohl fühlt. Und er hat versucht, ihn in alle möglichen Unterhaltungen einzubeziehen. Als Dante auf Wolfes Schoß gesprungen ist und er daraufhin strahlend gelächelt hat, da hat Sawyer so unglaublich glücklich gewirkt, als wäre er Wolfes Vater.«

Alexa nickte. »Manchmal musst du einfach dein Glück versuchen. Es mag seinen Anfang genommen haben, weil Mama Conte dich dazu gezwungen hat, und auf dem Papier klingt das auch nach einer guten Vereinbarung, aber er empfindet wirklich etwas für dich. Wahrscheinlich hat er panische Angst, deshalb musst du den Sprung ins kalte Wasser wagen. Was hast du schon zu verlieren?«

Alles.

»Das würde uns verändern«, flüsterte sie. »Solang wir nichts zu erzwingen versuchen, kann alles so bleiben, wie es ist. Wir sind zufrieden, und wir haben einander. Vielleicht kann er sich ja überwinden, wenn mehr Zeit vergangen ist. Sawyer hat mir sehr deutlich zu verstehen gegeben, dass er nicht an die Liebe glaubt.«

Alexa lächelte sie sanft an. »Nick war genauso. Etwas in seinem Inneren war zerbrochen, aber schließlich haben wir es gemeinsam heilen lassen können. Er muss ab und zu immer noch an seine schrecklichen Eltern denken, aber damit kommen wir klar. Er weiß, ich laufe ihm nicht davon. Sawyer muss wissen, dass du für ihn kämpfen wirst. Du verdienst es, glücklich zu sein, Julietta. In einer richtigen Ehe. Vielleicht sogar eines Tages mit Kindern.«

Carina nickte bekräftigend. »Und wenn Sawyer dir das nicht geben kann, dann wirst du womöglich eine Entscheidung treffen müssen. Als Max und ich Schwierigkeiten hatten, wurde mir klar, dass es sich auf einmal mehr um mich drehte. Ich dachte, ich wäre nicht gut genug für ihn. Es hat eine Weile gedauert, ehe ich das begriffen hatte, und dann habe ich ihn zurückbekommen. Irgendetwas sagt mir, dass du aus einem sehr guten Grund einen Bogen um Beziehungen gemacht hast. Wenn du erst mal dahintergekommen bist, musst du nicht länger Angst haben.«

Die Worte ihrer Schwester bahnten sich den Weg bis in ihren Verstand und brachten eine unumstößliche Wahrheit mit sich. Wie viele Jahre wollte sie noch warten, bis sie das Gefühl hatte, gut genug für die Liebe zu sein? Würde sie für den Rest ihres Lebens ununterbrochen arbeiten, auf dem Papier zufrieden sein, aber mit einer leeren Seele?

Maggie stellte das Tablett mit den Gläsern auf den Tisch. »An der Bar hat mich ein Typ anmachen wollen. Gott, war das cool. So, jetzt bringen wir diese Gruppentherapie zum Abschluss und werden dann tanzen. *Salute.*«

Sie stießen untereinander an.

***

Sawyer wälzte sich im Bett hin und her und starrte wieder an die Decke. Zwei Uhr in der Frühe. Er rechnete nicht damit, dass sie heute Nacht zu ihm kam, aber er schien auch nicht einschlafen zu können, solang er nicht wusste, dass sie wohlbehalten heimgekehrt war. Er winkelte das Bein an, um besser liegen zu können. Natürlich ging es ihr gut, sie war mit Leuten unterwegs, die aufeinander aufpassten. Und Maggie konnte jedem einen Tritt in den Hintern verpassen, der ihr dumm kam. Dennoch hatte er sie schon vor einigen Stunden zurückerwartet. Was, wenn sie zu viel trank und ihr wurde übel? Würde Carina ihn dann anrufen?

Zum hundertsten Mal drehte er sich von einer Seite auf die andere und sah auf sein Handy. Vielleicht sollte er sie anrufen. Nur einmal. Vielleicht ...

Plötzlich hörte er das markante Geräusch von hohen Absätzen im Haus.

Erleichterung überkam ihn. Es ging ihr gut. Hervorragend. Zu gern wäre er aufgestanden, um sich davon zu überzeugen, dass wirklich alles in Ordnung war, doch er zwang sich, im Bett zu bleiben. Er konnte jetzt schlafen. Kein Grund mehr zur Sorge.

Die Minuten verstrichen. Er hörte, wie die Tür zum angrenzenden Badezimmer geöffnet wurde. Das Wasser wurde aufgedreht. Er stellte sich vor, wie sie sich die Zähne putzte, ihr Nachthemd überzog und sich dann ins Bett fallen ließ. Wahrscheinlich würde sie nach einem vergnüglichen Abend im nächsten Augenblick tief und fest schlafen, während er sich stundenlang als Babysitter gequält und dann darauf gewartet hatte, dass sie nach Hause kam.

Er schlug mit der Faust auf sein Kissen, drehte sich auf die andere Seite.

Die Tür zu seinem Zimmer ging auf.

Die Flurbeleuchtung warf einen hellen Schein ins Zimmer und ließ ihn erkennen, dass sie völlig nackt in der Tür stand. Sie rührte sich nicht, sodass er einen Moment lang diesen Anblick genießen konnte. Ihre hochsitzenden Brüste, die steil aufgerichteten Spitzen. Ihr Körper, vom Typ Tänzerin, war mit seiner Eleganz und der Symmetrie ihrer Muskeln wundervoll anzusehen, dazu der Schwung ihrer Hüften, die langen schlanken Oberschenkel, dazwischen an ihrem Scheitelpunkt der perfekt kurz geschnittene dunkle Hügel, der ihr Geschlecht bedeckte.

Er setzte sich hin und wartete.

Sie durchquerte mit schwingenden Hüften den Raum, die Haare fielen ihr wie ein Wasserfall aus dunkler Seide bis weit in den Rücken. Ihre Augen waren von einer Zielstrebigkeit erfüllt, die ihm das Herz stocken ließ. Er setzte zu einer Aufforderung an, um sie aufzuhalten, da er sich insgeheim vor ihren Absichten fürchtete. Aber sein Schwanz schwoll zu voller Größe an, und Sawyer wusste, er hätte in diesem Moment sogar seine Seele verkauft, nur um Julietta heute Nacht für sich zu haben.

Auf Händen und Knien kroch sie über das Bett zu ihm und setzte sich rittlings auf seine Oberschenkel. Ein Stöhnen kam ihm über die Lippen, er streckte eine Hand nach ihr aus.

»Nein.« Die samtene dunkle Stimme einer mächtigen Göttin ließ ihn innehalten. »Ich erlaube dir nicht, mich anzufassen. Heute Nacht läuft es nach meinen Spielregeln ab.« Sie schüttelte ihr Haar aus und strich mit den Fingern über seinen Schwanz. »Hände über den Kopf, halt dich am Kopfende vom Bett fest.«

Eine seltsame Panik erwachte in ihm. Er hatte noch nie die devote Seite gespielt, und es bereitete ihm Unbehagen, dass er nicht die Kontrolle hatte. Auf keinen Fall. »Baby, du weißt, wie sehr es dir gefällt, wenn ich das Sagen habe. Lass mich dir zeigen, wie sehr du mir gefehlt hast.«

Er setzte sich auf, um sie neben sich aufs Bett zu ziehen, doch in diesem Moment legte sie ihre sanften Hände um seine Erektion und drückte fest zu. Brutal fest. Er stieß den Atem hastig aus, Erregung stürmte auf ihn ein und hielt ihn in einem Todesgriff umklammert. Seine Eier verkrampften sich angesichts der gelassenen Macht, die von ihr ausging. »Falsche Antwort. Wir spielen nach meinen Regeln, sonst gehe ich wieder.

Das ist mein Ernst, Sawyer. Denk gut nach, bevor du dich entscheidest.«

Heilige Scheiße, ihre Forderung fühlte sich wie Flammen auf seiner Haut an. Er betrachtete ihr Gesicht, sah ihr in die Augen und erkannte, dass hier eigentlich irgendetwas anderes vor sich ging, wovon er nichts wusste und auch lieber nichts wissen wollte. Eigentlich wollte er sagen, dass er das nicht mitmachen würde, doch sie bewegte ihre Hand leicht auf und ab, und er konnte nicht verhindern, dass ihm ein Schauer über den Rücken lief. Praktisch wehrlos nahm er die Hände hoch und hielt sich am Kopfende seines Betts fest.

Sie schnurrte wie eine Katze, ihre seidige Haut verteilte sich auf ihm wie warmer klebriger Honig. Er würde sie eine Weile ihr Spiel spielen lassen und ihr dann die Kontrolle wieder entreißen, sobald sie sich zu weit hineingesteigert hatte. Davon überzeugt, dass sein Plan funktionieren würde, genoss er, wie sie ihr Gewicht verlagerte und mit ihren Beinen seine Oberschenkel umklammerte. Er wartete auf das angenehme Vorspiel, auf das Gefühl ihrer Lippen auf seinen, während ihre Hände über seinen Körper glitten.

Stattdessen jedoch beugte sie sich über ihn und nahm seinen Schaft tief in ihren Mund auf.

Er bäumte sich auf und biss die Zähne zusammen, um sich gegen die Empfindungen zu wehren, die auf ihn einstürmten und ihn zu überwältigen drohten. Jesus, ihre Zunge wirbelte herum und leckte ihn mit einem Geschick ab, das es ihm den Atem raubte. Ihre Haare legten sich auf seinen Bauch und die Oberschenkel, sie strichen über seine Haut, kitzelten ihn und hüllten ihn in einen sinnlichen Kokon. Er war völlig ihrem Zauber verfallen, seine Finger schlossen sich fester um die Holzstäbe am Kopfende des Betts.

Sie machte ihn wahnsinnig. Ihre Zähne schabten an der Unterseite seines Schafts entlang, während ihre Finger seine Hoden massierten. Tiefes Stöhnen aus ihrer Kehle übertrug sich als Schwingung auf seine Erektion und bahnte sich den Weg durch seinen Körper. Sein Schwanz war so angespannt, dass Sawyer glaubte, die Haut dort müsse jeden Moment zerreißen. Er wusste nicht, wie er das noch länger aushalten sollte.

Jede Berührung mit Zunge, Lippen und Zähnen verriet ihm, dass sie sich ihm völlig hingab. Das hier war mehr als Sex, mehr als eine Frau, die Lust empfangen wollte. Mit einem atemberaubenden Tempo trieb sie ihn einem Orgasmus entgegen, der sich seiner Kontrolle zu entziehen schien.

Er ließ das Kopfende los. »Warte, Baby, warte. Lass mich ...«

Sie hob den Kopf. »Nein.« Ihre kakaobraunen Augen sprühten Funken vor Erregung, Lust und einem Verlangen, das ihn jeglicher Rechte beraubte. »Bring mich nicht dazu, dich zu bestrafen.« Sie legte die Hände an ihre Brüste und spielte mit den steifen Nippeln, um ihn zu ärgern. »Sonst darfst du mich überhaupt nicht anfassen.«

Er hatte ein Monster geschaffen, und das übernahm jetzt die Kontrolle. Sein Verstand schaltete sich an, er murmelte einen Fluch und nahm die ursprüngliche Position auf dem Bett wieder ein. Er genoss den Anblick ihres wundervoll geformten Hinterns, den sie in die Höhe gereckt hatte, während sie vor ihm kniete und ihren Kopf im gleichbleibenden Rhythmus auf- und abbewegte.

Er klammerte sich an den letzten Rest von Beherrschung, sein Atem ging angestrengt und sie machte immer weiter und weiter. Sie küsste jedes Fleckchen Haut, an den Beinen, den Hüften, auf dem Bauch. Sie rutschte ein Stück hinauf, um mit seinen Nippeln zu spielen, gleichzeitig massierte sie weiter seine Erektion, damit diese nicht an Härte verlor. Als sie endlich bei seinem Mund angekommen war, verzehrte er sich nach ihrem Geschmack. Sie knabberte an seiner Unterlippe, strich mit der Zunge darüber, bis er stöhnend den Mund aufmachte.

Sic tauchte ein und nahm von ihm Besitz, wie er es Nacht für Nacht mit ihr gemacht hatte. Er wusste ganz genau, dass er ihr völlig ausgeliefert war. Sie schmeckte nach süßer Schokolade, frischer Minze und einem Hauch *Kahlúa*. Der Duft ihrer Erregung stieg ihm in die Nase und machte ihn verrückt. Er klammerte sich so heftig an das Kopfende, dass er fürchtete, die

Gitterstäbe durchzubrechen.

»Du schmeckst so gut, du fühlst dich so gut an«, hauchte sie und drang mit der Zunge tief in seinen Mund ein. »Ich kann von dir nie genug kriegen.«

Es wurde Zeit, das hier zu Ende zu bringen. Er lockerte seinen Griff und machte sich bereit, um sich das zu nehmen, was ihm gehörte.

Aber sie bemerkte seine Reaktion und glitt in einer eleganten, fließenden Bewegung an seinem Körper entlang zurück nach unten. Dabei spreizte sie die Beine und ließ ihn bis zum Anschlag in sie eindringen.

Er keuchte auf, als er spürte, wie ihre seidige nasse Wärme sich um ihn schloss. Sie korrigierte ein wenig ihre Position, dann bewegte sie ihre Hüften langsam auf und ab. Irgendwo tief unter seiner Lust erwachte ein Funken Angst. Sawyer begann nach einem vernünftigen Gedanken zu suchen, gleichzeitig wollte er sich mit Julietta gemeinsam zur Seite drehen, um sie auf den Rücken zu legen.

»Nein!« Ihre Augen funkelten wild, ihre Lippen waren leicht angeschwollen. »Lass mich das machen. Lass mich dich lieben.«

Die Worte wirkten auf ihn wie Wespenstiche. Ihm stockte der Atem. »Nicht.«

Sie bäumte sich auf, lustvolle Schauer jagten über seinen Schwanz.

»Julietta, bitte.«

»Lass mich. Dieses eine Mal.«

Sie wartete nicht seine Reaktion ab, sondern ritt ihn hart und wild. Sein Verlangen zu kommen, sich ihr hinzugeben, überrannte ihn mit solcher Gewalt, dass ihm auch noch der letzte Rest an Beherrschung entrissen wurde. Er konnte sehen, dass sie sich selbst auch dem Gipfel näherte und kurz davor verharrte, während sich ihre Finger in seine Hüften krallten. Ihr Gesicht war in diesem Moment wie ein offenes Buch.

»Sag mir, dass du mir gehörst.«

Ihre Forderung verbrannte seine Nervenenden, Sawyer biss die Zähne zusammen, da der Orgasmus in all seiner Pracht in

Reichweite kam. »Ich gehöre dir.«

»Komm für mich, Sawyer.«

Mit einem Aufschrei ließ er seine Beherrschung fahren. Sein Samen schoss in sie hinein, aber sie unterbrach nicht für einen Augenblick den treibenden Rhythmus, während die Nachwirkungen der Lust ihn am ganzen Leib zucken ließen. Der Orgasmus hielt immer länger an und war so eindringlich, dass er in Schmerz abzugleiten begann. Sawyer ließ es alles geschehen, ihre Schönheit machte ihn demütig, ein Schwall Emotionen brach wie eine Welle mit brutaler Herrlichkeit über ihm zusammen.

Ihr Körper sank auf ihn nieder, ihre Brüste drückten sich an ihn, und er strich ihr feuchtes Haar nach hinten. In der Dunkelheit gab sie ihm ohne zu zögern die Worte, die sie sagen wollte. »Ich liebe dich, Sawyer. Das ist mehr als nur Sex. Mehr als nur Geschäft oder Gesellschaft oder Worte in einem Vertrag. Es ist das, was ich fühle, wenn ich dich ansehe. Das fühle ich, wenn ich sehe, wie du Wolfe beschützt, wie du mich respektierst und wie du mich zu einem besseren Menschen machst. Zu einem erfüllten Menschen. Es geht hier um den Mann, den ich jeden Tag sehe. Ich glaube, er kann mir alles geben, er hat bloß Angst davor, alles zu geben. Ich werde keine Angst mehr haben. Ich werde so mutig sein, das es für uns beide reicht.«

Die unglaublichen Worte durchbrachen all seine Barrieren und fraßen sich in sein Herz. Seine Gedanken wirbelten wie wild durcheinander, er erlebte Verwirrung, Verlangen und Angst in einem noch nie da gewesenen Ausmaß. Unfähig ein Wort zu sagen, unfähig überhaupt irgendetwas anderes zu tun als weiterzuatmen, verharrte er stumm und reglos unter ihr.

Wenig später war sie fest eingeschlafen, ohne darauf zu warten, was er dazu zu sagen hatte.

16. Kapitel

Zwei Tage später saß Sawyer an seinem Schreibtisch und betätigte die Sprechanlage. »Ist Wolfe schon zurück?«

Die Stimme seiner Sekretärin ertönte laut und deutlich aus dem Lautsprecher. »Er ist soeben eingetroffen, Mr Wells. Soll ich ihn reinschicken?«

»Ja, bitte.«

Er stand auf und ging in seinem Büro auf und ab, dann blieb er vor seiner Sammlung erotischer Kunst stehen. Ihm war aufgefallen, dass seine Ehefrau den zwanghaften Drang verspürte, Bilder geradezurücken und Krimskrams in Regalen in einer Linie auszurichten. Vor allem, wenn sie unter Stress stand. Es war ein weiterer Tick, der ihm an ihr gefiel.

Sawyer betrachtete die Gemälde. Für ein Büro waren sie dezent genug gehalten, bewahrten dabei aber diese sinnliche Aura, die ihm so sehr behagte. Die Frau hatte ihren Kopf an die Brust des Mannes gelehnt, ihre Augen waren geschlossen, ihr Gesichtsausdruck strahlte den Frieden und die Befriedigung eines eben erst erlebten Orgasmus aus. Der Mann hielt sie auf eine besitzergreifende Weise fest, die Sawyer von jeher fasziniert hatte. Wenn er mit einer Frau ins Bett gegangen war, hatte er nicht das Verlangen verspürt, sie anschließend in seinen Armen zu halten; genauso wenig war er daran interessiert gewesen, mehr als etwas rein Körperliches von ihr zu wollen. Er besänftigte, tröstete, gab Rückhalt.

Er spendete Lust. Aber niemals war es bei ihm mit Gefühlen verbunden.

Bis er Julietta begegnet war.

Gestern waren sie wieder mit dem Motorrad unterwegs gewesen. Um die ersten Vorboten des Frühlings zu nutzen, hatten sie sich während ihrer Mittagspause aus dem Staub gemacht. Er liebte diese wilde Freiheit, die sie ausstrahlte, wenn sie auf ihrem sexy Bike saß. Er liebte ihr Lachen und die Herausforderung, die von allen Seiten widerhallte, wenn sie in der

Stadt so schnell fuhren wie möglich.

Er hatte noch immer nicht auf ihr Geständnis reagiert, dass sie ihn liebte. Er war auf die gefürchtete Unterhaltung gefasst gewesen, in der er einmal mehr die Grenzen seiner Gefühlswelt darlegen musste. Aber sie hatte kein Wort gesagt, sondern sie verhielt sich weiter so, als wäre das Thema nie zur Sprache gekommen.

Er wusste ja nicht mal, ob er außer sich vor Freude oder stinksauer sein sollte.

Hinter ihm ging die Tür auf, doch er drehte sich nicht um. »Wird auch Zeit, dass du zurückkommst. Sag bitte nicht, dass es auf der Baustelle neue Probleme gibt.«

»Nein. Ich hatte dir doch davon erzählt, dass ich ein paar Stunde frei nehme, um mich mit Maggie zu treffen.«

»Oh, stimmt. Die Modelsache.« Sawyer schüttelte amüsiert den Kopf. »Du willst ja nicht mal die Designerklamotten anziehen, die ich dir gekauft habe, ganz zu schweigen davon, dass du dich nicht vor eine Kamera schleifen lassen willst. Aber ich finde, es war nett von dir, der Form halber auf Maggies Vorschlag einzugehen.« Grinsend drehte er sich zu Wolfe um. »Wie hast du dich denn ... heilige Scheiße!« Er blinzelte ein paar Mal, da er auf den ersten Blick nicht den Jungen wiedererkannte, der vor ihm stand.

Der Junge, der auf einmal mehr nach einem Mann aussah.

Das zu Dornen gestylte Haar war komplett abrasiert worden, was ihm den Look verlieh, der von der Jugend aktuell bevorzugt wurde. Ohne Haare war nichts mehr da, was von den markanten Gesichtszügen, von den eindringlichen blauen Augen und von dem leichten Kinngrübchen hätte ablenken können, das ihm noch nie aufgefallen war, weil es von diversem Gesichtsschmuck verdeckt worden war. Jetzt zierten nur ein paar Bartstoppeln sein Kinn.

Das schlichte Hemd mit Krawatte war einem *Armani*-Anzug gewichen, der aussah wie für ihn maßgeschneidert. Die klaren Linien unterstrichen seine Größe, und durch den Zweireiher mit der roten Krawatte bekam er etwas Schneidiges, das jede

Frau sofort ihr Höschen hätte ausziehen lassen. Verdammt, die Schultern und Oberarme waren so muskulös, dass sich der Stoff über diesen Partien sichtlich spannte. Das Training hatte seinem Praktikanten noch einen Nutzen gebracht.

Er hatte einen Körper bekommen, den jede Frau als heiß bezeichnen würde.

Weiterhin starrte er den Jungen an, ohne dass er einen Ton herausbringen konnte. Wolfe verzog den Mund und schob auf vertraut rebellische Weise das Kinn vor. »Was ist los? Gefällt dir meine Frisur nicht?«

Sawyer rang nach Worte. »Du siehst so ... anders aus.«

»Wie anders? Sehe ich etwa aus wie ein *Nerd*, Alter?«

Fasziniert schüttelte er den Kopf. »Überhaupt nicht. Du siehst fantastisch aus. Wie hat dich Maggie dazu überreden können? Was ist passiert?«

Wolfe verlagerte sein Gewicht. »Ich hatte ein Gespräch mit dem Designer. Das war vielleicht ein Trip, sag ich dir. Mein Look gefiel ihm, aber er sagte, ich sollte nicht ganz so roh und kantig daherkommen. Maggie schlug den rasierten Schädel vor und ich dachte mir, das könnte gut fürs Geschäft sein. Mal ehrlich, ich kann mich mit meinem alten Outfit nicht mehr bei deinen wichtigen Kunden blicken lassen. Das ist dir gegenüber einfach nicht fair.«

Sawyer war sprachlos und kam sich vor, als hätte es ihn in eine Parallelwelt verschlagen. Was dieser wirklich der gleiche Junge, der spottete und der bei jeder Gelegenheit Widerworte gab?

»Also haben wir das so durchgezogen, und nächste Woche bin ich für ein Shooting gebucht. Aber hör zu. Du sollst nicht glauben, dass das von meiner Arbeitszeit für *Purity* abgeht. Der Termin ist an einem Samstag, und ich werde die Stunden nacharbeiten. Ist das für dich okay?«

Sawyer war so gerührt, dass ihm einen Moment lang die Stimme wegblieb. »Das ist völlig okay für mich. Himmel, Wolfe, du siehst großartig aus. So ... erwachsen. Und du kommst auch noch auf die Titelseite? Die Frauen werden dir zu Füßen liegen.«

Wolfe grinste, und einmal mehr konnte Sawyer nur staunen, wie verändert der Junge ihm vorkam. »Ja, ich will's hoffen. Hör zu, ich muss mit Julietta ein paar Dinge besprechen. Brauchst du mich für irgendetwas?«

»Im Moment nicht. Um vier haben wir hier ein Meeting, bei dem musst du dabei sein.«

»Geht klar, Sawyer. Danke noch mal.«

Sawyer sah Wolfe nach, wie er sein Büro verließ und die Tür hinter sich zuzog. Stolz stieg in ihm auf und kribbelte in jeder Ader seines Körpers. Auf irgendeine Weise würde es mit Wolfe schon gut gehen.

Später am Abend lief der Nachspann über den riesigen Bildschirm und Sawyer zog Juliettas Füße auf seinen Schoß, um sie zu massieren.

Sie reagierte mit einem begeisterten Stöhnen. »Mehr ertrage ich nicht«, ächzte sie. »Keinen weiteren Rocky mehr. Ich bin völlig erledigt. Wie schafft er es immer wieder zu gewinnen, wenn er doch so viel kleiner ist als seine Gegner?«

»Warte, bis du den letzten Teil gesehen hast«, meinte Wolfe schnaubend. »Teil fünf taugt nichts, den lassen wir aus. Aber im sechsten dreht er wieder voll auf.«

»Wie alt ist er denn da? Ich dachte, sein Verstand hätte schon im dritten Teil den Geist aufgegeben.«

Sawyer reagierte mit einem geduldigen Seufzer. Frauen. »Er hat sich durchgekämpft. Wolfe hat recht, der fünfte Teil ist ein Trauerspiel. Aber der letzte Teil schließt die gesamte Reihe genau richtig ab. Der arme Kerl.«

»Ja, es ist traurig, wie verloren er ohne Adrian wirkt.«

Julietta hob ruckartig den Kopf. »Was? Adrian stirbt? Das ist schrecklich! Das will ich mir auf keinen Fall ansehen!«

Wolfe stopfte sich eine Handvoll Popcorn in den Mund und zog die Decke zurecht. Er trug eine Flanellhose und ein langärmeliges Shirt, die bloßen Füße hatte er auf die Sesselkante aufgestützt, die Schüssel Popcorn stand auf seinem Schoß. »Komm schon, Julietta. Du bist doch sonst auch nicht so ein Mädchen. Reiß dich zusammen.«

Sie lachte prustend, aber gleich darauf wurde daraus ein genießerisches Stöhnen, als sich Sawyer ihren Zehen widmete. Sie hatte wirklich hübsche Füße, feingliedrig und mit dunkelroten Zehennägeln.

»Okay, aber das ist dann endgültig der Letzte. Wir haben schon fast zwei Uhr. Ich werde garantiert von rechten Haken träumen.«

Sawyer gab ihr einen Kuss auf den Kopf und stand vom Sofa auf, um die letzte DVD einzulegen. Wenn Wolfe von der Arbeit nach Hause kam, wurde er von Julietta immer mit einem Kuss und einer Umarmung begrüßt. Wolfe machte meist einen verlegenen Eindruck und zog den Kopf ein, aber das freudige Leuchten in seinen Augen verriet die Wahrheit. Er hatte sich sehr an Julietta gewöhnt und ließ ihr Dinge durchgehen, die sich sonst kaum jemand bei ihm erlauben durfte – Berührungen, gelegentliches Lächeln und auch schon mal ein von Herzen kommendes Lachen.

Nach dem Essen war Wolfe auf die Idee gekommen, einen Filmabend mit alten Klassikern einzulegen. Da zu seiner Sammlung auch sämtliche Rocky-Filme gehörten, hatten sie Julietta dazu überreden können, sich den ersten Teil anzusehen. Natürlich war es nicht bei diesem einen geblieben, sondern es war fast die gesamte Reihe daraus geworden, weshalb sie sich alle inzwischen fast genauso erschlagen fühlten wie Rocky selbst.

»Pinkelpause«, verkündete Wolfe plötzlich. »Fangt ja nicht ohne mich an.«

Julietta schüttelte amüsiert den Kopf. Ihre unübersehbare Bewunderung für den Jungen bewirkte bei Sawyer, dass ihm richtig warm ums Herz wurde. Schon eigenartig, dass sie sich wie eine Familie benahmen.

Das Unheimlichste an allem für ihn war ... dass er keine Sekunde davon verpassen wollte.

Er sah seine Ehefrau an, die sich unter eine cremefarbene

Afghan-Decke gekuschelt hatte. Der Widerstreit in seinem Inneren wurde heftiger. Sawyer wusste, er tat ihr weh, weil er nicht Manns genug war zuzugeben, dass er ihr Bekenntnis gehört hatte. Einmal mehr machte ihn die Bestätigung fertig, dass er nicht fähig war, mit richtigen Gefühlen umzugehen.

Julietta liebte ihn. Die Wahrheit stand in ihren Augen geschrieben, sobald sie ihn ansah. Seine Eiskönigin war in Wahrheit eine Frau voller Leidenschaft und Güte, die mit offenen Armen einen Mann aufgenommen hatte, der früher im Abfall gelebt und nur Finsternis gekannt hatte. Er musste nur noch ihre Hand nehmen und das Risiko eingehen.

Vielleicht konnte er es ja auch. Vielleicht würde es dieses eine Mal funktionieren.

»Oh, ich habe ganz vergessen dir zu sagen, dass heute Post für dich gekommen ist. Sie liegt auf dem Küchentresen«, sagte Julietta.

»Wahrscheinlich sowieso nur Rechnungen. Ich sehe trotzdem mal nach. Bin gleich wieder da.«

Er ging in die Küche und sah sich die Umschläge an, bis er mitten in der Bewegung erstarrte. Ein Brief mit dem Absender *Justizvollzugsanstalt Fishkill.* Seine Finger wurden taub, Angst bahnte sich den Weg durch seine Adern. Die Vergangenheit stieg aus Dantes Inferno auf und kam auf die Erde.

»Ich muss mal schnell was am Computer nachsehen«, rief er in Richtung Wohnzimmer. »Bin gleich wieder bei euch.«

Er ging in sein Arbeitszimmer, schloss die Tür hinter sich und riss den Umschlag auf. Dann faltete er den Brief auseinander und las, was ihm sein verhasster Pflegevater mitzuteilen hatte.

Lieber Sawyer,

hast du wirklich geglaubt, wenn du deinen Namen änderst und dich nach Italien absetzt, bist du für alle Zeit vor mir sicher? Ich weiß alles, was du gemacht hast, seit du mich in diesem Drecksloch zurückgelassen hast. Du hast dich schon immer für besser als alle anderen gehalten. Ich habe dich zu mir geholt, dir ein Dach über dem Kopf und dir Essen gege-

ben, und so dankst du mir dafür? Du solltest im Gefängnis sitzen, weil du Danny auf dem Gewissen hast. Du warst so ein Feigling, dass du nicht bei deinem kleinen Bruder bleiben konntest. Er hat darauf vertraut, dass du dich um ihn kümmerst. Aber du bist weggegangen, obwohl du genau gewusst hast, was passieren würde. Dich trifft genauso große Schuld. Bereitet dir das schlaflose Nächte? Oder hast du ihn schon vergessen und dich ganz deinem neuen, perfekten Leben gewidmet?

Ich habe meinen Bewährungsantrag. Du hast mich hier reingebracht, und du wirst mir helfen, jetzt hier rauszukommen. Ich brauche ein Empfehlungsschreiben von dir, das mir vor der Kommission helfen wird.

Ich kann hören, wie du jetzt laut lachst und dich fragst, warum du so etwas für mich tun solltest. Aber das kann ich dir beantworten. Wenn du das nicht machst, werde ich von meiner Zelle aus einen Weg finden, deinen Ruf zu zerstören. Wir haben hier viel Zeit, um nachzudenken und Pläne zu schmieden. Ich werde alles zerstören, was du dir aufgebaut hast. Ich werde die Geschichte der Presse zuspielen und deiner reizenden Familie erzählen, was du dir geleistet hast. Wie du deinen Bruder umgebracht hast, weil du nicht länger auf ihn aufpassen wolltest. Oder hast du ihn etwa durch den Jungen ersetzt, der jetzt bei dir lebt?

Ich werde meinen letzten Atemzug dazu benutzen, deine Vergangenheit an die Öffentlichkeit zu bringen. Ich habe nichts mehr zu verlieren. Du etwa auch nicht?

Schick den handgeschriebenen Brief an die Bewährungskommission. Die Adresse findest du weiter unten.

Sawyer steckte den Brief zurück in den Umschlag und warf ihn in die Schublade. Seine automatisch erwachte Angst widerte ihn an. Es war die Angst eines Jungen, aber er war ein erwachsener Mann. Er hielt sich vor Augen, dass es vorbei war. Er würde absolut nichts tun, wodurch der Mistkerl wieder auf freien Fuß kommen und weiter Kindern wehtun konnte.

Die schönste Erinnerung seines ganzen Lebens betraf den Moment, als sein Pflegevater ins Gefängnis gebracht worden wra. Nach Dannys Tod war Sawyer sofort zu den Sozialarbeitern gegangen und hatte enthüllt, was sich über Jahre bei seinem Pflegevater im Haus abgespielt hatte. Innerhalb weniger

Monate wurde dieses Stück Scheiße für lange, lange Zeit hinter Gitter gebracht. Es war die einzige Gerechtigkeit, die ihn nachts ruhig schlafen ließ.

Und jetzt war der Scheißkerl zurück.

Die andere Erinnerung bahnte sich ihren Weg zurück in sein Gehirn und zerriss ihn in rohe, blutige Stücke, von denen er wusste, sie würde nie wieder zusammenwachsen und verheilen. Einem unschuldigen Jungen, der allein auf der Straße lebte, konnte kaum etwas Gutes widerfahren. Danny hatte sich auf die Suche nach Sawyer gemacht, fest davon überzeugt, dass er schon alt genug war, um sich allein durchzuschlagen. Aber dann war er von einer der lokalen Gangs dabei erwischt worden, wie er versucht hatte, deren Essen zu klauen. Auf der Straße musste man dafür bezahlen – und sein Bruder hatte den höchsten Preis bezahlt.

Es war Sawyers Schuld.

Er starrte zu Boden. Sein Herz schlug, es pumpte das Blut durch seine Adern, Luft füllte seinen Lungen. Auch wenn er lebte, herrschte in seinem Inneren Leere. Er war ein seelenloses Wesen mit einer Vergangenheit, die ihn niemals loslassen würde – und das wiederum würde ihn für alle Zeit daran erinnern, dass er ein Nichts war.

Er hob die Hand und strich mit den Fingern über die Narbe auf seiner Wange. Sie erinnerte ihn an etwas, das er fast vergessen hatte. Es war besser, wenn er allein war. Julietta und Wolfe würden nur in dieses Elend mit hineingezogen; wobei es der arme Wolfe überhaupt nicht gebrauchen konnte, in die Öffentlichkeit gezerrt zu werden. Erst recht nicht jetzt, nachdem der Heilungsprozess bei ihm begonnen hatte. Lange dachte er über die Möglichkeiten nach, die ihm zur Verfügung standen, dann erst kehrte er ins Wohnzimmer zurück.

Wolfe saß in seinem Sessel, die Fernbedienung in der Hand. »Fertig?«

»Tut mir leid, Leute, aber ich lege mich ins Bett. Ihr zwei könnt ja noch weitermachen. Mir tut der Kopf weh und ich brauche mal ein bisschen Schlaf«, erwidert er steif.

Julietta sah ihn forschend an und schien in seinem Gesichtsausdruck nach Antworten zu suchen. Er rang sich zu einem Lächeln durch und verließ das Zimmer.

Als sie sich später zu ihm ins Bett legte, stellte sich Sawyer schlafend. Die ganze Nacht hindurch lag er reglos da und fragte sich, was er machen sollte.

***

Julietta saß in ihrem Büro und sah ihre Schwester an. »Irgendetwas stimmt nicht. Irgendetwas Schwerwiegendes.«

Carina stellte die Kaffeetasse hin und sah besorgt drein. »Was ist denn los?«

Eine hartnäckige Rastlosigkeit trieb Julietta dazu, aufzustehen und im Zimmer auf und ab zu gehen. Eine anfängliche Unruhe hatte sich inzwischen zu einer bevorstehenden Panik ausgewachsen. Einige Tage waren seit dem Filmmarathon vergangen, und ihr Ehemann war seitdem wie ausgewechselt. Ein gesichtsloser, namenloser Geist verfolgte ihn auf Schritt und Tritt, was sein gedankenverlorener Blick immer wieder bewies. Wenn er redete, ließ sein Gesicht erkennen, dass er mit den Gedanken Welten entfernt war. Er schob seine Arbeit vor, um nicht daheim zu Abend essen zu müssen. Er wich ihrer Bitte um ein Gespräch unter vier Augen mit allen möglichen Ausreden aus, schloss sich für Stunden in seinem Büro ein oder führte endlose Telefonate.

Er sagte einen Ausflug mit ihrer Familie ab und hielt sich vom Haus ihrer Mutter fern. Wenn er nicht arbeitete, ertappte Julietta ihn dabei, wie er die Wand anstarrte, als sei er im Geiste an einem anderen Ort. Sie versuchte, geduldig und verständnisvoll zu sein. Sie versuchte mit ihm zu reden. Sie versuchte es sogar mit Sex, aber wenn er irgendwann mitten in der Nacht ins Bett kam, war sie längst vor Übermüdung eingeschlafen.

»Ich glaube, er hat Angst bekommen. An dem Abend, als wir Frauen unterwegs waren, habe ich ihm später gesagt, dass ich ihn liebe. Beim Sex.«

Carina riss den Kopf herum. »Hey, in der Nacht sollte es keinen Sex geben. Das haben wir uns gegenseitig versprochen, weißt du noch?«

»Hast du dich auf Max gestürzt, als du an dem Abend nach Hause gekommen bist?«

Ihre Schwester seufzte. »Ja. Du weißt, dass ich das gemacht. Alexa hat ihr Versagen völlig ohne Umschweife zugegeben. Und Maggie war am nächsten Tag verdächtig schweigsam und zurückhaltend. Daher nehme ich an, dass sich Michael angemessen entschuldigt hat. Die beiden haben es garantiert auch getrieben.«

»Siehst du? Betrunkene Frauen werden nun mal geil. Auf jeden Fall habe ich ihn verführt und ihm danach gesagt, was ich für ihn empfinde. Er hat zwar nichts darauf erwidert, aber er verhält sich eindeutig anders als zuvor. Er war viel offener, glücklicher. Wir waren im Begriff, zu einer richtigen Familie zusammenzuwachsen.« Ihre Absätze klackten auf dem Boden, während sie weiter hin und her lief. »Aber ganz plötzlich, nachdem wir bei unserem Rocky-Marathon eine Pause eingelegt hatten, kam er ins Wohnzimmer zurück und verhielt sich eigenartig. Seitdem hat er sich völlig zurückgezogen. Ich mache mir Sorgen um ihn, Carina.«

»Ich liebe diese Rocky-Filme.«

»Können wir beim Thema bleiben?«

»Oh, sorry. Hast du versucht, mit ihm darüber zu reden?«

»Einige Male, aber er sagt absolut nichts. Sogar Wolfe ist besorgt. Sie haben jeden Tag trainiert, aber seitdem ist Sawyer nicht mehr zum Training erschienen.«

»Hast du es mit Sex versucht?«

»Ja, aber er geht mir aus dem Weg.«

»Das ist wirklich ernst.« Carina biss sich auf die Unterlippe. »Vielleicht könnte Max mit ihm reden. Die beiden stehen sich nah. Könnte ja sein, dass es was ist, worüber er mit einem Mann reden würde.«

Julietta rückte die Bilderrahmen mit den Fotos ihrer Nichten und Neffen zurecht, damit sie in einer Reihe standen. Warum konnte die Putzfrau diese Dinge nicht zurück an ihren Platz stellen, wenn sie mit ihrer Arbeit fertig war? Sie verkniff sich ein ungehaltenes Seufzen und konzentrierte sich wieder auf das eigentliche Thema. »Wann reist ihr ab?«

»In zwei Tagen. Ich rede heute Abend mit Max. Versuch Sawyer dazu zu überreden, dass er mitkommt, wenn wir zum Abschiedsessen bei Mama sind. Wir wollen euch beide dort sehen.«

Julietta hielt inne. Zweifel überkamen sie, ihre Gefühle waren so heftig, dass irgendetwas nicht stimmen konnte. Sie wusste nur nicht, wie sie dieses Etwas aus der Welt schaffen sollte. »Was ist, wenn es an mir liegt? Wenn er mich nicht so liebt, wie ich es brauche?«

Ihre Schwester stand auf, ging zu ihr und nahm sie in die Arme. »Er liebt dich. Lass ihm etwas Zeit. Ich vermute, es hat noch nie jemand so an ihn geglaubt, wie du es machst. Und ich glaube, das genaue Gegenteil ist der Fall. Er ist der Ansicht, dass er dich nicht verdient hat.«

Julietta erwiderte die Umarmung. »Danke. Ich habe jetzt ein Meeting. Sehen wir uns heute Abend bei Mama?«

»Ja.« Carina griff nach ihrer Jacke. »Vertrau deinem Instinkt und tu das, was du für das Richtige hältst.«

Nachdem ihre Schwester gegangen war, riss sich Julietta zusammen und machte sich auf den Weg zum Konferenzraum. Sie musste Ruhe und einen kühlen Kopf bewahren. Sie musste ihm Zeit lassen, damit er das auf seine eigene Art in den Griff bekam.

Sie musste geduldig sein.

Sie schaltete ihr Headset ab, griff nach ihren Akten und setzte sich auf ihren Platz. Die Abteilungsleiter trafen nach und nach ein, unterhielten sich und lachten. Sie schlüpfte ohne ein Zögern in ihre Rolle und war wieder ganz auf ihre Arbeit konzentriert. Sie konfrontierte ihre Mitarbeiter mit Fragen, die keine Ausflüchte zuließen, sie drängte auf effizienteres Arbeiten, auf verbesserte Abläufe, auf höhere Umsätze – auf mehr in jeglicher Hinsicht.

Sie hielt ihren Stift umklammert, ihr Blick ging in Richtung des Bildschirms, aber sie nahm nichts wahr. Die PowerPoint-Grafiken jagten in einem nicht enden wollenden Rhythmus an ihr vorbei.

Sie musste mit ihrem Ehemann reden.

Die Stimme in ihrem Kopf flüsterte zunächst, wurde aber umso lauter, je länger das Meeting anhielt. Julietta stand vor ihrem Team und wusste in diesem Augenblick, dass nichts anderes zählte, als das kostbare Geschenk, das ihr durch eine simple Geschäftsfusion zuteil geworden war.

Liebe.

Der Stift fiel ihr aus der Hand, sie hob sich ihr Headset vom Kopf und warf es auf den Tisch. Die abrupte Geste ließ ihre Mitarbeiter zusammenzucken. »Ich muss weg.«

»Wir werden auf Sie warten, wenn Sie telefonieren müssen«, sagte ihre Assistentin Elena. »Marcus kann in der Zwischenzeit die neuen Marketingstatistiken verteilen.«

»Nein, ich muss gehen«, gab sie zurück und schüttelte heftig den Kopf. »Ich muss mit jemandem reden. Das Meeting wird neu angesetzt.«

Dann stürmte sie nach draußen, ohne noch einmal hinter sich zu sehen.

Die Tür glitt lautlos auf, dann betrat sie sein Büro. Er stand mit dem Rücken zu ihr. Sein maßangefertigter schwarzer Anzug war so geschnitten, dass er die harten Linien seines Körpers unterstrich. Die Haare hingen in lockeren blonden Wellen bis auf die Schultern herab. Seine Reglosigkeit ließ ihn wie jemanden wirken, der nichts mit dieser Zivilisation zu tun hatte, so als würde er die Energie der Welt in sich aufnehmen und nicht wieder hergeben.

Ihr ging ein Stich durchs Herz, sie spürte ein Verlangen, das nie wieder nachlassen würde.

»Du musst mit mir reden. Sag mir, was du hast. Ich verdiene es, das zu erfahren.«

Er drehte sich um, seine stechenden Tigeraugen begegneten ihrem Blick und fraßen sich durch die Oberfläche bis tief ins Innere ihrer Seele. Bedächtig nickte er. »Ja, natürlich. Du hast recht. Ich möchte mich dafür entschuldigen, dass ich dich gemieden habe. Ich glaube nur nicht, dass das funktionieren wird.«

Sie schluckte, um ihre Angst zu überwinden und blieb reglos stehen. »Könntest du das etwas genauer formulieren?«

Er redete, als wäre er nicht im gleichen Raum wie sie. Eine Mauer umgab ihn. Seine Art erinnerte sie an eine leere Hülle, die wie ein Mensch aussah und sich wie ein Mensch verhielt, die aber keine Seele besaß. »Ich habe dir von Anfang an gesagt, dass ich darin nicht gut bin. Ich glaube, weil wir so viel Zeit miteinander verbringen und weil wir geheiratet haben, ist diese klare Linie verwischt worden. Ich glaube nicht, dass du mich liebst, Julietta. Wenn wir einen Schritt zurückgehen und uns darauf konzentrieren, warum wir das Ganze gemacht haben, kann es zwischen uns wieder so sein, wie es zu Beginn war. Ich kann nicht *Purity* wegen irgendwelcher Gefühle aufs Spiel setzen, die in Wahrheit nicht da sind.«

Ihr Temperament ging mit ihr durch, sie machte zwei Schritte auf ihn zu, durchbrach die unsichtbare Mauer und packte ihn an den Armen. Er zuckte zusammen, als sie die Finger in seinen Bizeps drückte. »Wage es ja nicht, mir zu erzählen, dass mein Gefühle für dich nicht da sind!«, fauchte sie ihn an. »Glaubst du, ich werfe mit solchen Erklärungen um mich? Ich liebe dich. Das geht nicht weg. Und jetzt hör endlich mit diesem Scheiß auf und sag mir, was wirklich passiert ist. Ist irgendjemand aus deiner Vergangenheit bei dir aufgekreuzt oder was?« Sein überraschter Blick bestätigte ihren Verdacht. »Hab ich's mir doch gedacht. Wenn es der Dreckskerl war, der deinen Rücken so zugerichtet hat, dann werde ich ihn höchstpersönlich umbringen. Was ist passiert? Hat er in der Vergangenheit gewühlt? Hat er dir all die Gründe vor Augen gehalten, weshalb du es nicht verdienst, glücklich zu sein?«

Sie hatte den wunden Punkt genau getroffen. Zorn und

Trauer versuchten sich gegenseitig niederzuringen. Er griff nach ihren Armen und schüttelte sie leicht. »Warum machst du das? Ich bin nicht gut für dich. Mach das zwischen uns nicht kaputt. Lass uns den Schritt zurückgehen und dann konzentrieren wir uns nur darauf, warum wir das überhaupt erst gemacht haben. Um eine Schuld zu begleichen. Um deine Mama glücklich zu machen. Um *La Dolce Famiglia* zu stärken.«

»Scheiß drauf!«, knurrte sie. Er stand genau vor ihr, aber sein Wesen schwebte am Rande des Nichts. Julietta hatte Angst, ihn nicht wieder zurückholen zu können, wenn er erst einmal diesen Rand überwunden hatte. »Mich interessiert weder die Arbeit noch *La Dolce Famiglia* noch sonst etwas, woran ich jemals geglaubt habe. In diesem Moment will ich nur dich. Und jetzt sag mir die Wahrheit.«

»Mein Pflegevater hat sich gemeldet. Aus dem Gefängnis.«

Die Worte flogen ihr förmlich entgegen. Dann ließ er sie los und wich einen Schritt zurück, als sei für ihn der bloße Gedanke unerträglich, sie zu berühren. Er schüttelte den Kopf und rieb sich die Stirn.

»Sag es mir», redete sie leise auf ihn ein. »Ich verdiene es zu erfahren oder findest du nicht?«

»Der Dreckskerl wird einen Bewährungsantrag stellen. Er will von mir ein Empfehlungsschreiben haben, andernfalls wird er der Presse Informationen zuspielen, was geschehen ist und wer ich einmal war.«

Die Luft war so aufgeladen, als würde jeden Moment ein Tornado über sie hereinbrechen. In der Ruhe vor dem Sturm atmete sie einmal tief durch. »Und wer warst du einmal?«

»Als ich neun war, starben meine Eltern. Ich wurde zu Pflegeeltern vermittelte. Ich wurde von ihm und seiner alkoholsüchtigen Frau ausgesucht. Sie nahmen gern die etwas Älteren, die sonst niemand haben wollte. Es kamen und gingen einige andere Kinder, aber ich war ihr Liebling. Es gefiel ihm, mir meinen Stolz auszuprügeln, wie er es immer nannte. Ich lernte schnell, kein Wort darüber zu verlieren, sonst hätten sie den anderen Kindern wehgetan. Es ist schon witzig, wenn man solche Geschichten zu hören bekommt. Die erste Reaktion der Leute ist immer gleich. *Sag es doch dem Sozialarbeiter.* Aber die sind nicht wie die Sozialarbeiter im Film, die immer helfen wollen. Den meisten geht es darum, genügend Kinder zu vermitteln, damit sie ihr Soll erfüllen. Über den einen oder anderen blauen Fleck sieht man schon mal hinweg. Da war noch ein kleinerer Junge namens Danny. Er betete mich förmlich an. Als ich älter wurde, benutzte der Scheißkerl die Jüngeren, um mich folgsam zu machen. Wenn ich nicht das tat, was er wollte, dann verprügelte er nicht mich, sondern die Kleinen. Ich konnte die Schläge erdulden, die anderen aber nicht. Ich zählte die Tage bis zu meinem achtzehnten Geburtstag, weil ich dann ganz legal frei sein würde. Zu der Zeit versprach ich Danny, ich würde ihn da rausholen. Aber erst einmal musste ich einen Job und eine Wohnung finden. Ich sagte ihm, er solle auf mich warten.«

Schmerzhafte Trauer überkam sie, aber sie wahrte einen gleichbleibend ruhigen Tonfall. »Bist du zu der Zeit Jerry begegnet?«

»Nein. Für Achtzehnjährige ohne Schulabschluss gibt es keine Jobs und damit auch kein Geld. Die Obdachlosenunterkünfte waren fast noch schlimmer als meine Pflegefamilie. Aber nur fast. Ich begann, das Gesetz der Straße zu lernen. Ich fand Schlafgelegenheit, Leute, die ich bestehlen konnte, Restaurants, die Essensreste wegwarfen. Ich machte Bekanntschaft mit Gangs, die das Sagen hatten, und ich begriff, wie ich da draußen überleben konnte. Danny wurde allerdings unruhig, er wollte nicht noch länger warten. Ich kam nicht mehr so oft bei ihm vorbei wie in der ersten Zeit und offenbar dachte er, dass ich ihn im Stich gelassen habe.«

Schmerzhafte Stille machte sich breit. »Und weiter?«

»Er machte sich auf die Suche nach mir. Er packte seinen Krempel zusammen und schlich sich eines Nachts weg. Er hatte allerdings keine Ahnung, wo er mich finden konnte. Auf der Straße kursierte mit einem Mal das Gerücht, dass ein Junge versucht hatte, bei einer rivalisierenden Bande Essen zu klauen. Er wurde von ihnen so verprügelt, dass er es nicht überlebte.

Und dann fand ich heraus, dass Danny dieser Junge gewesen war.«

Julietta kniff die Augen zusammen und kämpfte gegen Übelkeit an. »Und daraufhin hat man deinem Pflegevater die Schuld an Dannys Tod gegeben?«

»Oh nein. Er erzählte den Sozialarbeitern, Danny sei weggelaufen und ich hätte ihm die Gang auf den Hals gehetzt. Man fand mich und nahm mich mit, um mich zu befragen. Ihren Gesichtern sah ich die Überzeugung an, dass ich Dannys Tod verursacht hatte, weil ich nicht Wort gehalten hatte. Ich hatte ihm versprochen, ihn da rauszuholen und für seine Sicherheit zu sorgen. Stattdessen habe ich seinen Tod verursacht.«

Die Frau in ihr, die ihn liebte, wollte um ihn weinen und für ihn toben; ihn trösten. Aber diesen schrecklichen Punkt in seinem Leben hatte er bereits hinter sich gelassen, stattdessen steckte er in einem Teufelskreis fest, weil er von der Schuld überzeugt war, die sein Pflegevater ihm damals eingeredet hatte – und er wurde davon immer stärker in die Tiefe gezogen.

Sie schlug einen Tonfall der, der wie ein Peitschenhieb wirken sollte. »Und wie soll das deine Schuld sein, Sawyer? Hast du ihn totgeprügelt? Hast du ihn der Gang ausgeliefert, damit die ihn totprügeln konnte?«

»Nein. Aber wenn ich ihm frühzeitig eine Nachricht hätte zukommen lassen, dann hätte er gewartet.«

»Was für ein Blödsinn! Er wurde tagtäglich von seinem Vater geschlagen. Er wäre so oder so weggelaufen, und ich kann mir nicht vorstellen, dass irgendeine Nachricht von dir ihn davon abgehalten hätte. Er war es leid. Er geriet an die falschen Leute und das hat ihn das Leben gekostet. Aber du hast ihn nicht umgebracht.« Er sah sie an, als wundere es ihn, dass sie immer noch bei ihm war. »Und wie bist du an diese Narbe gekommen?«

Er rieb sich über die Wange, ein flüchtiges Lächeln umspielte seine Lippen. »Ich habe mir die Gang vorgeknöpft. Ich hatte sechs Leute gegen mich, aber drei von ihnen konnte ich krankenhausreif schlagen. Sie gingen mit einem Messer auf mich los.

Es ist nie mehr richtig verheilt.« Alle Kraft verließ ihn, und sie sah nur noch einen Mann, der alle Hoffnung aufgegeben hatte. »Die folgenden zwei Jahre zogen wie in Trance an mir vorbei, bis ich schließlich auf Jerry traf. Da war die kleine Molly, der ich auch helfen wollte. Sie endete auf dem Straßenstrich, weil ihr das noch lieber war, als mit ihm zusammenzuleben. Letztendlich starb sie an einer Überdosis, noch bevor ich mich um sie kümmern konnte. Den Rest der Geschichte kennst du.«

»Und dein Pflegevater? Wie ist er im Gefängnis gelandet?«

»Ich habe ihn mir schließlich vorgenommen. All die Jahre hat er mir weisgemacht, dass mir niemand glauben würde, wenn ich irgendwem die Wahrheit erzähle. Ich war in Sorge um die anderen. Aber nachdem Danny und Molly tot waren, war alles egal. Ich wusste nur, ich durfte nicht zulassen, dass er noch mehr Kindern etwas antat. Ein Sozialarbeiter hörte sich an, was ich zu sagen hatte. Danach habe ich vor Gericht gegen den Mistkerl ausgesagt. Natürlich kam das alles zu spät für die Kinder, die unter ihm gelitten hatten. Aber wenigstens hat man ihn daraufhin für lange Zeit weggesperrt.«

Julietta nahm alle ihre Kraft zusammen und ging zu ihm. Sie legte den Kopf in den Nacken und sah in sein wunderschönes Gesicht.

Er musterte sie verständnislos, da er offenbar nicht begreifen konnte, wieso sie nicht vor ihm davonlief oder zumindest mit Abscheu reagierte. Sie wusste nicht, ob die Wunden auf seiner Seele jemals verheilen würden. Trotzdem weigerte sie sich wegzugehen, bis sie die absolute Gewissheit hatte, dass er tatsächlich nicht in der Lage war, ihr die Liebe zu geben, die er so sehr unter Verschluss hielt – in dem irrtümlichen Glauben, jeden zu verletzen, der ihm etwas bedeutete.

Voller Zärtlichkeit zeichnete sie die Konturen seiner Narbe nach. »Diese Narbe symbolisiert für mich deinen Mut. Sie symbolisiert, dass du ein Mann bist, der die Leute beschützt, die zu ihm gehören. Ein Mann, der für das kämpft, woran er glaubt und was er für das Richtige hält, auch wenn die Chancen gegen ihn stehen. Ein Mann, der alles verdient – Glück, ein Zuhause, mich, Wolfe, eine Familie. Das ist das, was ich mit dir erleben will, Sawyer Wells. Deine kaputte Vergangenheit ist für mich nicht wichtig, sie erinnert mich bloß daran, was du trotz dieser Vergangenheit zustande gebracht hast. Du wirst mich nicht los. Solange du mir nicht in die Augen siehst und mir aus voller Überzeugung erklärst, dass ich dir nichts bedeute, werde ich weiter für uns beide kämpfen.« Sie stellte sich auf Zehenspitzen und küsste ihn auf den Mund. »Ich möchte, dass du heute Abend zu Mama kommst. Meine Familie reist in den nächsten Tagen ab, und sie kocht ein Abschiedsessen. Alle wollen dich heute Abend sehen, weil du jetzt zu uns gehörst. Ich liebe dich. Sieh zu, wie du damit fertig wirst.«

Mit diesen Worten wandte sie sich von ihm ab und ließ ihn allein in seinem Büro zurück.

Er würde nicht kommen.

Julietta starrte zur Tür und verlor allmählich sämtliche Zuversicht. Wolfe hatte es sich neben ihr bequem gemacht und streichelte Dante, der die Geste mit lautem Schnurren kommentierte. Die Kinder saßen auf dem Boden und setzten ein Puzzle zusammen, während sich die Zwillinge unter der Aufsicht von Lily ausgelassen kichernd auf dem Boden wälzten. Alexa half Mama in der Küche beim Aufräumen, Maggie und Michael hatten eine günstige Gelegenheit genutzt und sich für einen Spaziergang zurückgezogen. Es wimmelte im Haus von Cousins und Onkels und anderen Verwandten. Als nach und nach die letzten Gästen aufbrachen, blieben eine erschöpfte Reinigungstruppe und ein lautloses Schwingen zurück, das überall in der Villa widerhallte.

Julietta weigerte sich, ihre Niederlage zu akzeptieren. Ihr Leben lang war sie vor allem in Deckung gegangen, das mit Problemen behaftet war. Es wurde nun ernsthaft Zeit, für ihre Zukunft zu kämpfen, aber Sawyer war dafür womöglich noch nicht bereit. Bei der ersten Prüfung war er schon mal gescheitert und der vor ihr liegende Weg mochte ein aussichtsloser

Kampf sein. Trotzdem würde sie nicht tatenlos zusehen, wie sich der Mann, den sie liebte, von allen Menschen abkapselte, nur weil er Angst hatte, er könnte anderen keine Gefühle schenken.

Zum Teufel damit.

Wolfe beobachtete sie mit großer Sorge, die sie ihm zu gern abgenommen hätte. Mit jedem Schritt, den sich Sawyer weiter zurückzog, litt der Junge umso mehr. Innerhalb kürzester Zeit war zwischen ihnen eine enge Bindung entstanden, und sie spürte Wolfes ständige düstere Vorahnung, dass alles Gute über kurz oder lang doch scheitern musste. Wenn Sawyer tatsächlich wegging, würde sie alles unternehmen, um Wolfe daran zu hindern, sie ebenfalls zu verlassen. Sie würde sich wie eine wachsame Bärenmutter an ihn klammern und bis zum Ende aller Tage beweisen, dass sie sich um einen anderen Menschen kümmern konnte.

Max setzte sich zu ihr. »Seit unserem abendlichen Ausflug habe ich Sawyer gar nicht mehr gesehen. Arbeitet er jetzt schon sogar rund um die Uhr?«

Nach einem Seitenblick zu Wolfe setzte sie ein strahlendes Lächeln auf. »Ja. Die Eröffnung von *Purity* rückt unerbittlich näher. Wir müssen alle Überstunden machen, damit der Termin nicht ins Wanken gerät.«

Wolfe verharrte mitten in der Streichelbewegung. Er sah sie auf eine Weise an, als sei ihm bewusst, dass das eigentliche Problem viel tiefer reichte. Dante bemerkte, dass etwas nicht stimmte, und stieß Wolfes Hand mit dem Kopf an, damit er weitermachte. Wolfe sah die fordernde Katze an und lächelte flüchtig. »Kleine Nervensäge«, murmelte er. »Willst du ein bisschen Milch haben?«

Dante schien jedes Wort verstanden zu haben, da er von Wolfes Schoß sprang und zielstrebig in Richtung Küche schlenderte, ohne auch nur einen prüfenden Blick nach hinten zu werfen, ob der Junge ihm überhaupt folgte.

Sie sah ihm hinterher, dann wandte sie sich ihrem Schwager zu. »Etwas stimmt nicht, Max. Weißt du über seine Vergangenheit Bescheid?«

Er schüttelte den Kopf. »Nein, darüber hat er nie ein Wort verloren und ich habe auch nie nachgefragt.«

Julietta fühlte sich hin und her gerissen zwischen dem Wunsch, helfen zu wollen und der Erkenntnis, dass sie die Privatsphäre ihres Ehemanns nicht verletzen wollte. »Irgendjemand aus seiner Kindheit hat sich bei ihm gemeldet und offenbar schlimme Erinnerungen geweckt. Seitdem geht er zu uns auf immer größeren Abstand.«

»Meinst du, er braucht nur Zeit, um das zu verarbeiten?«

Sie ballte die Fäuste. »Vielleicht ja. Aber mein Gefühl sagt mir, dass er uns umso weiter entgleiten wird, je mehr Freiraum ich ihm lasse. Diese Person versucht ihn zu erpressen.«

»Etwas Übles.«

»Kann man wohl sagen. Es ist eigentlich nicht so, als hätte er etwas Schlimmes verbrochen, aber genau das glaubt er.«

»Sawyer lässt sich von niemandem etwas vorschreiben und auf Drohungen geht er gar nicht erst ein. Ich werde morgen zu ihm gehen.«

»Danke.« Julietta wusste nicht, ob sie vielleicht nur noch schlimmer, wenn sie jetzt auch noch Max vorschickte. Ihr Ehemann könnte die Beherrschung verlieren und sich noch weiter zurückziehen. Aber sie vertraute auf ihren Instinkt, der sie in Geschäftsangelegenheiten noch nie im Stich gelassen hatte. Es wurde Zeit zu testen, ob dieser Instinkt auch bei privaten Angelegenheiten funktionierte.

Max drückte leicht ihre Schulter. »Sawyer ist ein verdammt zäher Mistkerl. Er bekommt das schon in den Griff. Wahrscheinlich haben ihn seine Gefühle für dich völlig aus dem Konzept gebracht. Es muss ihn schwer erwischt haben, immerhin hat er sich zuvor nie enger an eine Frau gebunden, von Heirat ganz zu schweigen.«

Sie zwang sich zu einem Lächeln. »Ich hoffe, du hast recht.«

Geh bitte nicht weg, Sawyer. Wir brauchen dich.

17. Kapitel

Sawyer war auf dem Weg in den Keller und folgte dabei dem lauten Stöhnen und Ächzen. Drei Uhr morgens. Die Zeit, wenn Albträume und Geister ihr Unwesen trieben. Er machte die Tür auf und entdeckte Wolfe, der mitten auf der Matte stand und auf den Punchingball eindrosch wie Rocky, der sich gegen Apollo Creed bis zur letzten Runde auf den Beinen gehalten hatte.

Ein dünner Schweißfilm überzog Wolfes Haut, seine völlige Konzentration verriet Sawyer, dass es hier um mehr ging als um sportliche Betätigung. Ein Stich ging ihm durchs Herz, als ihm klar wurde, wie sehr er in der letzten Zeit auf Abstand zu dem Jungen gegangen war. Er hatte in dieser ganzen letzten Woche das Training ausfallen lassen, weil er nicht bereit gewesen war, Wolfe unter die Augen zu treten, solange er selbst nicht wusste, wie es um seine Ehe bestellt war. Wolfe hatte es nicht verdient, mit diesem Gefühlskonflikt behelligt zu werden. Er verdiente etwas Besseres als das.

Sawyer legte Wasserflasche und Handtuch auf den Boden, dann wartete er, bis Wolfe fertig war.

Wolfe riss sich die Handschuhe runter und schnappte keuchend nach Luft.

»Schöne Gerade. Aber deine Haken taugen noch immer nichts.« Sawyer wartete auf eine bissige Erwiderung, aber der Junge ignorierte ihn einfach, drehte sich weg und griff nach seiner Wasserflasche, um hastig zu trinken. »Anstrengende Nacht?«

Wolfe wischte sich den Mund ab und warf ihm einen zornigen Blick zu. »Wen kümmert's?«

Unwillkürlich zuckte Sawyer zusammen. »Hör mal, es tut mir leid, dass ich ein paar Mal das Training habe ausfallen lassen. Du weißt, dass mich die Arbeit umbringt. *Purity* muss jetzt wirklich an erster Stelle stehen.«

»Damit hab ich kein Problem. Ich mag nur keine Lügen.«

Er runzelte die Stirn. »Ich lüge nicht. Bis zur Eröffnung kann ich mir keine freie Minute leisten und danach wird das erste Jahr weiter alle meine Kräfte beanspruchen. Ich dachte, das wäre dir klar.«

Seine blauen Augen funkelten vor unterdrückter Wut. »Hältst du mich für so blöd, Mann? Meinst du, ich weiß nicht, dass du mit dem Gedanken spielst, dich von hier abzusetzen?« Er lachte bellend. »Ich bin der Großmeister dieser Taktik, also erzähl mir nicht, es hätte was mit *Purity* zu tun. Es geht um Julietta. Und um mich. Um uns zusammen. Das Ganze läuft nicht so, wie du dir das vorgestellt hast und jetzt wirst du auf einmal verdammt nervös. Wenn du weggehen willst, von mir aus. Ist mir scheißegal. Aber sei lieber ein Mann und sag uns das ins Gesicht, anstatt irgendwelchen Scheiß vorzuschieben, dass du so viel Arbeit hast.«

Es kam ihm vor, als wollte sich der Boden unter ihm auftun und ihn mit Haut und Haar verschlingen. Ihm wurde übel. Lieber Gott, Wolfe dachte, er wollte ihn im Stich lassen, so wie es alle anderen vor ihm bereits getan hatten. Nachdrücklich schüttelte er den Kopf und machte einen Schritt auf den Jungen zu. »Hör zu, Wolfe. Du irrst dich. Du irrst dich ganz und gar. Ich habe nicht vor, dich im Stich zu lassen, weder jetzt noch irgendwann später. Wir sind ein Team und als Team machen wir weiter. Ich muss da nur was mit Julietta auf die Reihe bekommen, aber das wird schon klappen.«

Wolfe gab ein tiefes Knurren von sich und wich vor ihm zurück. »Glatt gelogen. Ich sehe doch, wie du mich jetzt gerade ansiehst. Als könntest du es nicht erwarten, die Flucht zu ergreifen. Wir erinnern dich an irgendein Problem, das keiner von uns lösen kann. Es ist doch nur eine Frage der Zeit, wann du dich vom Acker machst. Aber solange werde ich nicht warten. Ich mag Julietta. Sie hat mir mehr Respekt entgegengebracht als jeder andere Mensch – von dir mal abgesehen. Durch sie will ich etwas Besseres leisten. Ich werde nicht rumhängen und zusehen, wie du zuerst dich selbst kaputtmachst und dann das Spielchen bei mir wiederholst. Ich habe das schon mal mitgemacht, Mann. Ich brauche das nicht noch mal.«

Panik überkam ihn, Sawyer musste um seine Balance kämpfen. »Verdammt, du bist mir sehr wichtig. Ich will nicht, dass du weggehst, und ich werde auch nicht weglaufen. Selbst wenn das mit Julietta nicht klappen sollte, werde ich dich nie im Stich lassen. Ich kann nicht nochmal jemanden enttäuschen!«

Im trüben Licht musterte der Junge ihn. Aus den Lautsprechern dröhnten im Hintergrund die Foo Fighters. Im endlosen Blau dieser Augen sah Sawyer eine Wahrheit, die ihn bis ins Mark erschütterte. Verständnis und Enttäuschung waren so sehr ein Teil von Wolfe, dass Sawyer niemals in der Lage sein würde, die Zweifel des Jungen vollständig auszuräumen.

Denn er wusste, der Junge hatte recht.

Er war ein Lügner. Er wollte nicht länger in der Haut stecken, in der er steckte, vor allem dann nicht, wenn all das zum Greifen nah war, was er liebte, wovon er träumte und worauf er hoffte. Eine Ehefrau, die er liebte. Einen Sohn, auf den er aufpassen konnte. Ein Zuhause und eine Familie. All das, woran er nie geglaubt hatte. Deshalb musste er die Flucht ergreifen, bevor diese Träume vor seinen Augen zerplatzten.

Wolfe verzog den Mund und legte sich das Handtuch um den Hals. »Ich verstehe, Mann. Du enttäuscht uns nicht, sondern tust nur das, was wir alle tun. Du findest dich mit den Dingen ab, wie sie sind. Mein Fehler zu glauben, dass mehr in dir stecken könnte. Nicht dein Fehler.« Er ging um ihn herum zur Tür. »Ich mache hier weiter, bis *Purity* eröffnet, danach kehre ich nach New York zurück. Und du ... mach Julietta keine falschen Hoffnungen, wenn du eigentlich längst beschlossen hast sie zu verlassen.« Mit diesen Worten verließ Wolfe den Trainingsraum.

Sawyer setzte sich auf die Bank und ließ sich gegen die Wand sinken. Sein Instinkt brüllte ihn an, hinter Wolfe herzulaufen und den Jungen zu widerlegen. Und dann Julietta aus dem Bett zu holen und zuzugeben, dass er ein Feigling war. Ihr zu sagen, dass er für sie und Wolfe kämpfen würde. Aber er nur immer wieder die höhnischen Worte seines Pflegevaters, der ihm unentwegt vor Augen hielt, dass er Julietta nie genügen würde. Der Klatsch und Tratsch würde blühen, vor allem da er seit Kurzem wegen der neuen Hotelkette im Rampenlicht stand. Seit Jahren hatten die Journalisten versucht, ihm Affären anzudichten. Jede Meldung, die ihn in ein negatives Licht rücken sollte, würde Julietta und damit auch *La Dolce Famiglia* betreffen. Und was war mit Wolfe? Was, wenn sie herausfanden, dass der Junge bei ihnen lebte, und sie in seiner Vergangenheit zu wühlen begannen? Das Risiko konnte er nicht eingehen.

Sich von ihnen zu trennen war vermutlich das beste Geschenk, das er ihnen machen konnte.

Sie verdienten nur das Beste.

Sawyer stand auf und ging zu den Gewichten. Er würde diesen Raum erst verlassen, wenn sein Körper völlig kraftlos war und vor Erschöpfung zitterte. Vielleicht würde er dann ein klein wenig Seelenfrieden finden.

Er ging über die Baustelle und nahm das Fortschreiten der Arbeiten mit einem Hauch von Stolz zur Kenntnis. Seine Vision näherte sich ihrer Vollendung. Die Details fügten sich zu einem Gesamtbild von exotischer Üppigkeit zusammen, gepaart mit einer Umgebung, in der sich Reisende wie zu Hause fühlen sollten. Dazu gehörten alle modernen Annehmlichkeiten, die Geschäftsleute brauchten, wenn sie über Skype Online-Meetings abhalten wollten, ebenso wie Spas, Swimmingpools, Whirlpools und Saunen, die das Wohlgefühl abrundeten. Die erhabenen Strukturen des polierten Marmors, funkelnde Kristalle, weicher Samt und elegantes Mahagoni beschworen die Alte und die Neue Welt. Er hatte sich bei seiner privaten Kunstsammlung bedient, um sicherzustellen, dass die wichtigsten Zimmer seinen Gästen etwas Inspirierendes boten, so wie der Besuch einer hochkarätigen Kunstgalerie.

Einen Moment lang machte Sawyer die Augen zu und stellte sich ein ausgebuchtes Hotel vor, das die endgültige Erfüllung seines Traums darstellen würde. Gleichzeitig fragte er sich, warum sich diese Annäherung an sein großes Ziel wie ein Loch in seinem Herzen anfühlte.

Leer, absolut leer. Und tot.

»Hey, das sieht ja richtig gut aus, Mann.«

Sawyer drehte sich um und sah, wie Max zu ihm kam. Sein schlechtes Gewissen erwachte. Nicht zum Familienessen zu erscheinen, war für Julietta, wie für alle anderen, ein eindeutiger Schlag ins Gesicht gewesen. Während er sich wünschte, er hätte eine andere Lösung für diese Situation gefunden, setzte er ein Lächeln auf und schüttelte die Hand, die Max ihm entgegenstreckte. »Danke. Hör zu, es tut mir wirklich leid, dass ich gestern Abend nicht zum Essen kommen konnte. Aber ich wurde noch endlos lange im Büro festgehalten. Ich hoffe, du kannst das verstehen.«

»Klar kann ich das verstehen. So was haben wir doch alle schon mal mitgemacht, vor allem bei einer Neueröffnung. Sag mal, kann ich dich mal für zwei Minuten sprechen?«

Seine Nervenenden sträubten sich bei dieser Frage. »Tut mir, ich muss zu einem Meeting. Später vielleicht.«

»Nur zwei Minuten, okay?«

Kälte strömte durch seine Adern. »Okay.« Er führte Max die Treppe hinauf in einen Raum, der später sein persönliches Büro beherbergen würde. Es gab weder Stühle noch anderes Mobiliar, womit Sawyer unterstrich, dass er nur für ein kurzes Gespräch zur Verfügung stand. »Was gibt es denn?«

»Julietta hat mir gesagt, was los ist. Erpressung. Keine Details, nur die Tatsache, dass du von irgendeinem Arschloch bedroht wirst. Ich wollte nachfragen, ob du Hilfe brauchst.«

»Ich weiß das Angebot zu schätzen, aber ich habe alles im Griff. Danke.«

Er ging zurück zur Tür, doch Max blieb stehen. Sawyers Herz begann in einem ungleichmäßigen Rhythmus zu schlagen. »Ich bin noch nicht fertig», sagte Max, und Sawyer versteifte sich in Erwartung dessen, was nun kommen würde. »Weißt du, ich glaube nicht, dass du alles im Griff hast. Ich schätze, du glaubst, dass du das ganz allein durchstehen und etwas aus der

Welt schaffen musst, das dir vor vielen Jahren widerfahren ist und über das du nie irgendeine Kontrolle hattest. Das Problem ist, dass du jetzt mit Julietta verheiratet bist. Du hast jetzt die ganze Familie am Hals, und wir lassen niemanden aus unserer Familie im Stich, wenn er in der Scheiße steckt. Du kennst vermutlich genauso viele Leute wie ich, nur sind deine Leute von einem anderen Schlag. Ich habe da einen Typen an der Hand. Es läuft so ab, dass du mir den Namen nennst, und danach wirst du von diesem Kerl nie wieder etwas hören. *Capisce?*«

Diese Unterhaltung, die geradewegs in der Twilight Zone hätte stattfinden können, veranlasste Sawyer zu einem schiefen Grinsen. »Hast du das wirklich gerade gesagt? *Ich habe da einen Typen an der Hand?* Bin ich in einer schlechten Episode von Mobsters gelandet?«

Max verzog keine Miene. »Ich verarsche dich nicht, Sawyer.»

Ihm wurde bewusst, dass sein Freund es todernst meinte. »Danke für das Angebot, aber ich kümmere mich selbst darum.«

»Indem du dich von deiner Frau zurückziehst? Und von Wolfe? Indem du dich mit Dingen quälst, die du sowieso nicht ändern kannst?«

»Wie viel hat sie dir erzählt?«

Max zuckte mit den Schultern. »Wirklich nicht viel. Aber ich kenne dich schon seit Langem und seit einer ganzen Weile sind wir Freunde. Auch wenn wir noch nie über deine Vergangenheit gesprochen haben, bin ich kein Idiot. Ich weiß, dir ist irgendetwas Schlimmes passiert. Aber ich weiß, wer du heute bist und welcher Mann aus dir geworden ist. Nur das zählt.«

Die Wahrheit traf ihn wie ein Schlag ins Gesicht. »Himmel, ich hatte nicht damit gerechnet, dass ich mein Herz ausschütten muss.« Mit einem Mal überkam ihn das Bedürfnis sich mitzuteilen und Max zu vertrauen. »Du irrst dich, Max«, fuhr er leise fort. »Ich bin nicht gut genug. Julietta braucht jemanden, der sie glücklich machen kann. Der sie so liebt, wie sie es verdient. Der für ihre Sicherheit sorgt. Dieser Jemand bin nicht ich.«

»Doch, der bist du. Aber du musst auch daran glauben, bevor es geschehen kann.« Max lehnte sich gegen die kahle Wand. »Als Carina und ich endlich zusammengefunden hatten, da lag eine Menge Arbeit vor uns. Ich dachte auch, ich könnte niemals gut genug für sie sein. Sie war eine Frau, die für Familie, Ehe und eine Bindung geschaffen war. Aber sie gab solange nicht auf, bis ich endlich einlenkte. Als wir heiraten, wurde mir klar, dass es nichts damit zu tun hat, ob man gut genug ist oder nicht. Es geht nur darum, jemanden so zu lieben, dass man für ihn gut genug sein möchte. Jeder von uns verdient diese Chance. Du ganz besonders. Bis ich mich endlich im Griff hatte, war Carina dem gleichen Mist ausgesetzt gewesen. Sie glaubte nicht an sich selbst und daran, wer sie war. Es dauerte eine Weile, aber sie schaffte es, und ich wartete geduldig auf sie. Weißt du, Alter, es gibt für Julietta keinen perfekten Mann. Du bist ihr schon auf den Leim gegangen. Sie liebt dich und wenn sich eine von den Conte-Schwestern verliebt, dann gibt es kein Entkommen. Du kannst so schnell und so weit rennen, wie du willst, und trotzdem wette ich, dass sie schon eine ganze Weile auf dich wartet, wenn du am Ziel angekommen bist.« Max schüttelte den Kopf. »Wenn sich diese Frauen ihren Mann ausgesucht haben, können sie verdammt unheimlich werden.«

Diese Worte drangen tief in Sawyer vor und setzten sich dort fest. Ein verrückter Hoffnungsfunke blitzte auf. »Ich weiß nicht.«

»Dachte ich mir schon. Hör zu, wir fahren heute Abend zum Flughafen. Wäre schön, wenn du da sein könntest. Ich weiß, dass Michael und Nick hinkommen werden, um sich zu verabschieden. Die Maschine geht um sechs. Komm nur auf einen Sprung vorbei, wenn du etwas Zeit hattest, um darüber nachzudenken. Wir helfen uns gegenseitig, aber ohne anschließende Verpflichtung. Ob du unsere Hilfe haben willst oder nicht, Sawyer, du kriegst sie. Und ich habe da nicht nur *einen Typen an der Hand*, ich habe auch ein paar hervorragende Anwälte. Ich hoffe, ich sehe dich heute Abend.«

Max ging auf ihn zu und umarmte ihn kurz.

Sawyer sah ihm nach, wie er wegging, jegliche Erwiderung kam ihm wie ihn seiner Kehle festgefroren vor. Angst und Verlangen vermischten sich zu einer Flutwelle, die ihn untergehen ließ.

Max hatte ihm einen Rettungsring zugeworfen.

Jetzt musste er nur noch entscheiden, ob er nach diesem Rettungsring greifen sollte oder nicht.

***

Julia wartete weiter geduldig, während sich ihre Schwester mit jener Heftigkeit an Mama klammerte, die das Baby der Familie immer erfuhr. Carina musste sich ein paar Tränen verkneifen, als sie sich schließlich von ihrer Mutter löste. »Ich will dich noch nicht loslassen«, flüsterte sie ihr zu und hielt ihre Hand fest.

Mama Conte drückte sie noch einmal an sich. »Ich weiß, mein liebes Mädchen. Aber dein Leben spielt sich in New York ab und es wird Zeit, dorthin zurückzukehren. Würdest du mir eines von deinen neuesten Gemälden schicken? Eines ohne Nacktheit?«

Carina schniefte. »Ja, das verspreche ich dir. Michael arbeitet gerade daran, dass du uns bald wieder in den Staaten besuchen kommst.«

»Das klingt sehr schön.«

Julietta sah mit an, wie Maggie und Alexa umarmt wurden und dann nach draußen zum Wagen gingen. »Kommst du mit zum Flughafen?«, erkundigte sich Maggie.

»Ja. Ich fühle mich für den Abschied noch nicht bereit. Ich fahre euch hinterher, dann mache ich mich auf den Heimweg.«

»Ich fahre mit dir.«

Sie drehte sich zu Wolfe um und lächelte ihn an. »Danke. Ich weiß, dass dich Dante noch ein letztes Mal anschnurren will, bevor er abreist.« Sie sah mit an, wie der Junge die Katze in ihrer Box streichelte.

Carina hakte sich bei Julietta unter und zog sie ein Stück mit sich. »Sag Sawyer von uns auf Wiedersehen. Schade, dass er nicht kommen konnte.«

Traurigkeit erfasste sie und schnürte ihr fast die Kehle zu. »Ich weiß, dass Max mit ihm geredet hat. Ich gebe ihn nicht auf. Mein Leben lang habe ich auf einen Mann wie ihn gewartet, ich werde genauso beharrlich kämpfen wie damals, als Luigis Bäckerei versucht hat, unsere Rezepte zu stehlen und uns die Kunden wegzunehmen.«

Carina lachte auf. »Gegen dich hatten die keine Chance. Und Sawyer hat auch keine Chance. Vergiss nicht, mich auf dem Laufenden zu halten, okay?«

»Aber nur, solange du nicht mit neuen Liebeszaubern ankommst, okay?«

»Ich weiß nicht, was passiert ist«, sagte sie seufzend. »Das ist so seltsam, weil es bei uns dreien so gut geklappt hat.«

»Nur ein weiterer Beweis, dass ich die Ausnahme von der Regel bin.«

Ihre Schwester verpasste ihr einen leichten Schlag auf den Arm. »Das ist nicht wahr. Dein Weg zur Liebe führt nur eben über ein paar scharfe Kurven. Ich hab dich lieb.«

»Ich dich auch. Jetzt müssen wir aber los.«

Sie stiegen in die Wagen ein und fuhren ab.

***

Sawyer starrte auf die Tür. Wahrscheinlich waren sie schon weg. Trotzdem hatte er es versucht. Max' Worte waren ihm den ganzen Tag über wie ein Mantra durch den Kopf gegangen. Er hatte mit sich gerungen, diesen einen Schritt zu wagen und herzukommen, trotzdem hatte er noch immer nicht das Gefühl, dass er zu dieser Gruppe gehören sollte.

Er drehte sich um und beschloss, nach Hause zu fahren. Es war besser, seinem ursprünglichen Instinkt zu folgen und sich von den anderen fernzuhalten. Das war für sie alle einfacher.

In dem Moment machte Mama Conte die Tür auf. »Du hast sie knapp verpasst. Sie sind eben zum Flughafen gefahren.«

Wie ein Kind, das sich Ärger eingehandelt hatte, trat er von einem Bein aufs andere. »Tut mir leid, Mama Conte. Dann werde ich Julietta zu Hause antreffen.«

Sie öffnete die Tür etwas weiter. »Noch nicht. Komm kurz rein.«

»Ähm ... ich ...«

»Jetzt.«

Er trat ein. Das Haus war mucksmäuschenstill und makellos sauber. Sie führte ihn in die Küche, wo er sich auf seinen üblichen Platz am Tisch setzte. Schweigend brühte sie ihm einen Espresso auf, stellte ihm die Tasse hin und setzte sich auf einen Stuhl. Sawyer nippte am Espresso und hoffte inständig, dass sie ihm jetzt nicht den Kopf waschen wollte. Er konnte einfach nicht noch mehr ertragen.

»Weißt du, warum ich dich dazu gedrängt habe, meine Tochter zu heiraten?«

Er hob den Kopf. »Wegen *La Dolce Famiglia*.«

Sie machte eine wegwerfende Geste. »Die Bäckerei kümmert mich kein bisschen. Ja, zugegeben, sie ist wichtig, aber das Glück meiner Kinder ist mir wichtiger. Nein, Sawyer Wells. Ich habe das gemacht, weil ich wusste, du bist derjenige, den sie liebt. Ich wusste auch, dass keiner von euch diesen Gedanken in Erwägung gezogen hätte, wenn ich euch nicht dazu veranlasst hätte, darüber nachzudenken. Ihr seid beide Starrköpfe und Workaholics, ihr glaubt beide, dass Liebe eine Illusion und die Ehe etwas völlig Unmögliches ist.«

Alle seine Zweifel regten sich wieder, er antwortete energisch und abgehackt. »Du hast dich geirrt. Ich habe dir schon gesagt, dass du dich irrst, als du das erste Mal auf diesen verrückten Plan zu sprechen gekommen bist. Ich habe üble Dinge getan. Ich habe Leute enttäuscht. Ich bin nicht der, für den du mich hältst, und Julietta und Wolfe verdienen etwas Besseres als mich.«

»Blödsinn!«, warf sie ihm aufgebracht an den Kopf. »Jeder von uns hat seine Vergangenheit, für manche war sie schwieriger als für andere. Wir haben alle Narben davongetragen, manche äußerlich und damit für jeden sichtbar, manche seelisch. Erinnerst du dich an diesen Abend in der Bar, als ich dir vom Karma erzählt hatte? Du hattest in dieser Nacht eine Entscheidung zu treffen. Dein Leben hätte auch in eine andere Richtung verlaufen können. Du hättest argumentieren können, dass du wegen deiner Vergangenheit gezwungen warst, den falschen Weg zu wählen, weil du dachtest, du würdest nichts Besseres verdienen. Aber in dem Moment hast du versucht, mehr zu erreichen. Damit hatte niemand außer dir etwas zu tun, nur dein eigener Glaube hätte dich davon abhalten können. Heute stehst du vor der gleichen Entscheidung. Du kannst für meine Tochter kämpfen, die Frau, die du liebst. Du kannst für Wolfe kämpfen und mitansehen, wie er erwachsen wird. Oder du entscheidest dich für den anderen Weg und redest davon, was für dich wegen deiner Vergangenheit angeblich vorbestimmt ist.«

Ihre Worte trafen genau ins Schwarze und sprengten die Überreste der eingestürzten Mauer rund um sein Herz. Die Mauer, die von Julietta zum größten Teil niedergerissen worden war, der die Worte seines Freundes nahezu den Rest gegeben hatten, für den jetzt Mama Conte sorgte. Zurück blieb eine Flut von widersprüchlichen Gefühlen, die sich gegenseitig zu verdrängen versuchten und ihn verwundbar und hilflos machten. Seine Stimme versagte, er ließ den Kopf sinken. »Ich weiß nicht, ob ich das kann.«

Sie stand auf und kam zu ihm, dann legte sie die Arme um ihn, starke Arme, die keine Entschuldigung und kein Zögern benötigten. Sie strich ihm über die Haare, wie es nur eine Mutter konnte und beschwichtigte ihn mit ihrer Wärme, ihrer Sicherheit und ihren Ansichten. »Mein lieber Junge, du kannst es. Es ist dein eigenes Leben. Du warst noch ein Kind und konntest nicht diejenigen beschützen, die du geliebt hast. Keiner von uns kann so etwas. Deshalb versuchen wir, anderen so viel wie möglich von unserer Liebe zu geben. Das muss genügen.«

Sie gab ihm einen Kuss auf den Kopf. Tränen standen ihm in den Augen, als er ihre Umarmung erwiderte. »Meine Tochter trifft nie die falsche Entscheidung. Du bist derjenige, den sie will und sie wird dich nicht so einfach wieder aus ihrem Leben gehen lassen. Wenn sie dich auswählt, dann weißt du, dass du ihr genügst.«

Die Sekunden verstrichen, Schorf überzog die Wunden, und von der Magengegend strahlte ein seltsamer Frieden in seinen ganzen Körper aus. Wieder stand er im Flur vor diesem Hotelzimmer, in den Händen hielt er eine Videokamera. Eine Wahl. *Seine* Wahl.

»Wo ist sie?«

Mama Conte entließ ihn aus ihrer Umarmung und lächelte. »Sie ist zum Flughafen gefahren, um sich von den anderen zu verabschieden. Noch kannst du sie einholen.«

»Danke.«

»*Prego*. Und jetzt geh.«

Er erhob sich von seinem Platz, umarmte Mama Conte noch einmal. Gleich darauf rannte er aus dem Haus.

***

Michaels Jet war vollgetankt und startbereit. Schweren Herzens musste Julietta ihre Familie abreisen lassen. Sie stand mit allen zusammen im Hauptfoyer vor der Sicherheitsüberprüfung und verabschiedete sich von ihnen. Michael packte sie und hob sie ein Stück weit hoch. »Bleib tapfer«, flüsterte er ihr ins Ohr. Sie ging davon aus, dass Max ihn auf den aktuellen Stand der Dinge gebracht hatte. Seine Kraft und seine Unterstützung machten es ihr tatsächlich ein wenig leichter.

»Das werde ich machen. Pass gut auf meine Neffen auf.«

»*Si*.«

Alexa wechselte Maria in den anderen Arm, die während der Fahrt zum Flughafen fest eingeschlafen war. »Danke für deine Gastfreundschaft, Julietta. Ich kann es kaum erwarten, endlich wieder daheim zu sein, um die vielen neuen Rezepte auszuprobieren.«

»Vielleicht erlaube ich mir mal einen Flug nach New York,

um mir euer Zuhause anzusehen. Mal sehen, wie ich das in meinen Terminplan einbauen kann.«

»Das würde mich sehr freuen.«

Maggie und Carina nahmen sie noch einmal in den Arm. »Mach's gut, Schwester. Wir haben dich lieb.«

»Ich habe euch auch lieb.«

»Ruf an, wenn du uns brauchst. Egal wofür.«

»Werde ich machen.«

Als Gruppe bewegten sie sich auf die Sicherheitskontrolle zu.

»Wartet!«

Alle blieben gleichzeitig stehen. Sawyer bahnte sich seinen Weg zwischen den Massen hindurch und musste immer wieder Gepäckwagen und Rollkoffern ausweichen. Schlitternd kam er dicht vor ihnen zu stehen, völlig außer Atem. Sein Cashmere-Mantel und die leuchtendlila Krawatte wirkten wie Symbole eines stilvollen Anstands, aber sein Gesicht war das genaue Gegenteil – ein Meer aus blanken Emotionen, in dem die Narbe wegen der grellen Beleuchtung tiefe Schatten warf.

Julietta wäre vor Freude fast geplatzt. »Da bist du ja!«

Ihre Familie kam zu ihm, aber er streckte abwehrend die Hände aus. »Wartet. Ich habe etwas zu sagen.«

Julietta wurde ganz still, Wolfe gleich neben ihr schien zu erstarren. Inmitten der betriebsamen Hektik des Flughafens legte sich eine Blase der Stille um die Gruppe, wobei die meisten von ihnen sich vor dem fürchteten, was jeden Moment laut ausgesprochen werden sollte. Juliettas Herz erhöhte sich zu einem so rasenden Rhythmus, dass es ihr den Atem verschlug. Sie kämpfte gegen ihre Ängste an und konnte nur hoffen, dass nicht alles nur noch schlimmer geworden war, weil sie Max auf ihn angesetzt hatte.

In seinen wunderschönen Tigeraugen blitzte Unsicherheit auf. Sein Blick wanderte einmal über die ganze Gruppe und blieb schließlich an ihr hängen.

»Es geht so nicht weiter. Ich kann das meiner Frau nicht länger antun, ebenso Wolfe und euch allen.«

»Nein.» Sie räusperte sich und wollte, dass er aufhörte zu

reden. »Bitte nicht.«

»Es geht nicht anders. Ich muss das jetzt machen.« Er holte tief Luft und fuhr fort. »Ich bin ein völliges Arschloch. Ich habe dich über deine Grenzen hinaus angetrieben und dir versprochen, für dich da zu sein, um dir zu helfen. Aber ich war nicht da. Beim ersten Anzeichen von echter intimer Nähe, von Ehrlichkeit habe ich die Flucht ergriffen, wie ich es mein ganzes Leben lang gemacht habe. Nur, dass du mich nicht davonlaufen lassen wolltest. Irgendwie hast du den Durchblick bekommen und mich trotz allem weiterhin geliebt. Du hast mich fertiggemacht, Julietta. Du hast mich Stück für Stück zerrissen und mich dann wieder zusammengesetzt. Ich liebe dich. Auch wenn ich nicht glaube, dass ich es jemals verdienen werde, will ich es versuchen. Ich entscheide mich für dich. Für euch alle. Sofern ihr mich immer noch haben wollt.«

Ein Schluchzer kam Julietta über die Lippen. Sie verstand, wie viel Überwindung es ihn gekostet haben musste, ihr vor der versammelten Familie seine Gefühle zu gestehen. Es war eine erniedrigende Enthüllung, die für ihn mit den schlimmsten Ängsten verbunden war. Sie machte einen kleinen Schritt auf ihn zu, aber er war im nächsten Moment bei ihr.

Er schloss sie in die Arme und drückte sie gegen seine breite Brust. Von seinem Aroma und seiner Umarmung wie berauscht klammerte sie sich an ihn, während sie fürchtete, das alles nur geträumt zu haben und jeden Moment aufzuwachen.

»Ich liebe dich. Ich liebe alles an dir. Und du hast dich schwer geirrt, dass du geglaubt hast, ich könnte dir erlauben, mich zu verlassen. Du gehörst zu mir. Zu uns allen. Ich werde jeden Tag dafür sorgen, dass du mir das auch glaubst.«

Alexa schniefte. »Oh mein Gott, er hat ihr die Flughafen-Szene gegeben! So wie in allen Büchern, die ich gelesen habe! Und wie im Kino! Er fährt ihr zum Flughafen hinterher und gesteht ihr seine Liebe, kurz bevor sie in den Flieger einsteigt!«

»Sweetheart«, warf Nick lachend ein. »Julietta hat aber nicht gar nicht vor, in einen Flieger einzusteigen.«

»Egal, es kommt den Szenen aber nahe genug.«

Maggie seufzte. »Verdammt, war das gut. Fast so gut wie deine Aktion, als du die Mets-Mütze mit Old Yeller im Book Crazy getragen hast.«

Nick verzog den Mund. »Ähm, könnten wir darüber bitte schweigen?«

»Hm, die Geschichte kenne ich ja noch gar nicht«, meinte Max grinsend. »Gut, ich kann während des Flugs ein bisschen Unterhaltung gebrauchen.«

»Vergiss es bloß.«

Michael sah sich amüsiert. »Sollten wir nicht besser gehen, damit sie ihre Szene unter vier Augen zum Abschluss bringen können?«

»Auf gar keinen Fall«, widersprach ihm Maggie schnaubend. »Ich bin vielmehr für eine Gruppenumarmung. Wie Sawyer ganz richtig bemerkt hat, hat er uns alle am Hals.«

Im nächsten Moment war Julietta von ihrer Familie umgeben. Die Frauen lachten und schnieften, die Männer versuchten, so gelassen wie möglich zu bleiben.

Als sie sich schließlich wieder voneinander lösten, stand Wolfe daneben und lächelte schief. »Ihr seid alle völlig verrückt.«

»Und du gehörst mit dazu. Mit zu uns«, sagte Julietta.

Sawyer ging zu dem Jungen, fasste ihn an den Schultern und sah ihm in die Augen. »Du hattest recht, Wolfe. Ich wollte davonlaufen, weil es die einzige Lösung war, die ich noch sah. Aber jetzt nicht mehr. Und du läufst auch nicht mehr davon. Wenn man etwas Gutes und Richtiges gefunden hat, dann hält man daran fest. Klar?«

»Alles klar«, erwiderte Wolfe.

Sawyer zog ihn an sich und umarmte ihn kurz und fest.

Diesmal erwiderte Wolfe die Umarmung.

***

Sawyers Hand strich über ihren Bauch und legte sich um ihre Brust. Ein spielerisches Zupfen an ihrem Nippel ließ sie prompt reagieren, und sie stöhnte auf. »Ich brauche eine Pause.

Zu viele Orgasmen.«

Er lachte leise und knabberte an der empfindlichen Stelle am Halsansatz. »Weichei.«

»Du willst mich damit nur provozieren.«

»Das will ich doch hoffen.« Mit der Zunge wanderte er zu ihrem Ohr, sein heißer Atem bereitete ihr eine wohlige Gänsehaut. »Ich habe noch einiges nachzuholen.«

Sie drehte den Kopf zu ihm um und küsste ihn lange und zärtlich. »Das hast du schon.«

»Glaubst du, Wolfe wird mir verzeihen?«

»Ja, du bist schließlich nicht weggegangen, sondern hast dich für ihn entschieden. Das ist das, was ihm im Gedächtnis bleiben wird.«

»Ich überlege, ob ihn nach New York zurückschicken soll. Natürlich erst nach der Eröffnung von *Purity* und nachdem er sich an alles gewöhnt hat. Ich möchte, dass er aufs College geht. Er ist so intelligent, er sollte einen Abschluss vorweisen können. Er sollte sehen, wie es normalen Teenagern ergeht.«

»Wolfe wird nie normal sein. Das gefällt mir an ihm. Aber ich muss dir zustimmen. Außerdem können Michael, Nick und Max auf ihn aufpassen. Bloß bin ich noch nicht bereit, ihn weggehen zu lassen.«

»Ich auch nicht. Wir werden sehen, was kommt.«

»Und dein Pflegevater?«

Sawyer strich über ihre langen Haare, die sich auf ihren nackten Körpern ausgebreitet hatten. »Er bekommt von mir überhaupt nichts. Der Brief beweist, dass er mich erpressen wollte und damit hat sich sein Bewährungsantrag von selbst erledigt. Was Enthüllungen angeht, gibt es nichts mehr, wovor ich mich fürchten müsste. Außerdem hat Max einen Typen an der Hand und er hat gute Anwälte.«

»Ich liebe meine gnadenlosen Italiener.« Sie küsste ihn auf den Mund. »Und was ist mit uns?«

Er grinste nur und zog sie auf sich, bis sie auf ihm saß und er tief in sie eindringen konnte. Er bewegte seine Hüften, bis in ihren kakaobraunen Augen wieder das Licht der Lust aufflammte. »Wir leben glücklich und zufrieden bis ans Ende unserer Tage. Und zwar einen Tag nach dem anderen.«

Sie ritt ihn hart, bis der Orgasmus sie beide mit sich riss. Sawyer betrachtete sie dabei, während ihre Haare bis weit in den Rücken fielen. Ihr Gesicht war von Lust und Liebe und Großzügigkeit geprägt. Sawyer dankte dem Schicksal dafür, dass es ihm endlich die Frau gebracht hatte, die ihn so sehr liebte, dass sie die Finsternis bekämpfen und ihn retten konnte.

Epilog

»Was für ein Durcheinander.« Julietta ging in ihrer Wohnung umher, beschriftete Kartons und packte noch die letzte Reste ein. Endlich hatten sie einen Käufer gefunden, und nun waren sie fast das ganze Wochenende damit beschäftigt gewesen, ihre verbliebenen Habseligkeiten zu verstauen. Ein Glück, dass sie Wolfe hatten. Er war seit Tagen jeden Abend hergekommen, um die Dinge zusammenzupacken, die ins neue Haus sollten, und um das zur Seite zu legen, was sie für einen guten Zweck spenden wollte.

Sie betrat ihr altes Schlafzimmer, wo vom Bett nur noch das Kopfende vorhanden war. Nach einem gründlichen Blick in alle Ecken, damit auch nichts vergessen wurde, drehte sie sich um und bemerkte auf dem Boden etwas Weißes.

Sie bückte sich und hob das zusammengefaltete Stück Papier. Stirnrunzelnd faltete sie es auseinander.

Die Liste.

Der Liebeszauber.

Julietta schüttelte den Kopf. Wie peinlich, wenn Wolfe das entdeckt hätte. Ihr fiel ein, dass sie einen Zettel verbrannt und die Kopie unter die Matratze gelegt hatte. Gerade wollte sie den Zettel zusammenknüllen und wegwerfen, da hielt sie einen Moment inne, um sich noch einmal anzusehen, was sie aufgeschrieben hatte.

Die Ziffern schienen zu leuchten.

1. Ein Mann, der mich zum Orgasmus bringt.
2. Ein Mann, der meine Karriere respektiert und mir Mut macht.
3. Ein Mann, der stark genug ist, um für mich zu kämpfen.
4. Ein Mann, der meine Seele versteht.
5. Ein Mann, der im Leben seinen eigenen Weg geht.
6. Ein Mann, der mir alles von sich gibt.

Sie ballte die Faust und machte die Augen zu. Das Zimmer schien leicht zu schwanken. Wie war das möglich? Mama hatte Sawyer zu ihr gebracht, nicht irgendeine verrückte Liste.

Richtig?

Aber wieso traf jeder einzelne Punkt auf den Mann zu, den sie geheiratet hatte?

Noch einmal las sie die Zeilen und fand nur bestätigt, dass wirklich jede dieser Eigenschaften ganz genau auf ihren Ehemann zutraf. Fast, als wäre er speziell für sie geschaffen worden. Sie lief zurück ins Wohnzimmer und sah zu den leergeräumten Bücherregalen. Wo war das Buch? Schritte auf der Treppe unterbrachen ihren Gedanken.

»Was ist los? Du guckst ja, als hättest du einen Geist gesehen.«

Julietta starrte Wolfe an. »Hast du alle meine Bücher eingepackt und nach Hause bringen lassen?«

»Nein, du hast mir gesagt, ich soll die Regale ausräumen und alles in Antiquariate bringen. Ich habe sie an verschiedene Adressen geschickt. Ich will nur nicht hoffen, dass es ein wichtiges Buch war. Es wäre nämlich Irrsinn, dieses eine Buch jetzt noch ausfindig zu machen.«

Sollte das möglich sein? Sie hatten all den Zauber genutzt und ihren Seelenverwandten gefunden. War es bloß ein Zufall? Immerhin gab es Liebeszauber überhaupt nicht. Jedenfalls keine, die auch funktionierten. Sie sah wieder auf das Papier, dann zerknüllte sie es schnell. »Ncin, nicht so wichtig. Wahrscheinlich ist es sogar besser, das auf sich beruhen zu lassen.«

»Cool. Die Möbelpacker sind die restlichen Sachen hierher unterwegs. Bist du soweit?«

Sie sah sich ein letztes Mal um, dann nahm sie Wolfes Hand. Er gewöhnte sich allmählich immer besser daran, von anderen berührt zu werden. »Ja. Lass uns nach Hause fahren.«

Gemeinsam verließen sie das Zimmer.

***

Mama Conte zog das Tuch enger um ihre Schultern. Sie saß in ihrem Lieblingsschaukelstuhl, ein Buch in der Hand, eine Tasse Espresso auf dem Tisch rechts von ihr. Ihr Blick war auf die weitläufige Landschaft gerichtet, die sich vor ihrem Haus erstreckte. Obwohl der Frühling nahte, waren die Temperaturen gesunken und hatten für Raureif auf dem Gras gesorgt. Die Kälte draußen ging ihr bis in die Knochen, ein heftiger Wind ließ die kahlen Äste der Bäume schwanken. Aber sie saß hier im Warmen und musste für den Rest des Tages nicht mehr vor die Tür gehen.

Sie streckte ihre knorrigen Finger und überlegte, wo all die Jahre geblieben waren. Erst gestern hatte sie ihre Familie gegründet und ihre Firma aufgebaut. Und heute übernahm schon die nächste Generation ihr Vermächtnis. Ihre Enkel würden älter werden und aufblühen – ein paar von ihnen hier in Italien, die anderen in Amerika –, und der Name Conte würde niemals in Vergessenheit geraten.

Lächelnd dachte sie an ihren verstorbenen Ehemann. Wie gern hätte er seine Kinder dabei beobachtet, wie sie älter wurden und ihre ganz individuelle Persönlichkeit entwickelten. Er hatte sie mit einer Leidenschaft geliebt, die nur jemand verstehen konnte, der selbst Kinder hatte. Um Julietta war er dabei stets etwas mehr besorgt gewesen als um die anderen Kinder. Sie war ihm so ähnlich, so selbständig und von einem Geschäftssinn beseelt, der über alle persönlichen Beziehungen gegangen war. Und jetzt endlich hatte ihre Tochter einen Mann gefunden, der ihre Seele ergänzte.

So oft hatte sie befürchtet, es übertrieben oder Fehler gemacht zu haben. Aber sie hatte immer auf ihren Instinkt gehört, um ihre Kinder zur Liebe zu führen, und sie hatte nicht ein einziges Mal ihre Entscheidung bereut. Auch jetzt nicht.

Tiefe Zufriedenheit erfüllte sie. Sie konnte ihren Ehemann neben sich spüren. Erst Venezia. Michael. Carina. Und jetzt Julietta. Sie alle hatten die Liebe gefunden, sie alle hatten den passenden Partner bekommen.

Zeit für ein neues Kapitel, eines, in dem sie nicht mehr vorkommen würde. Sie hoffte, dass der Weg für die anderen nicht zu schwierig werden würde, aber sie wusste schon jetzt, dass nur Schmerz zu wirklich großer Lebensfreude führen konnte –

Lebensfreude, die unter diesen Voraussetzungen geschätzt und genossen werden konnte.

Sie lächelte und erfreute sich an der schweigsamen Gegenwart des Mannes, der ihre Seele ergänzt hatte.

Ihre Arbeit war fast getan.

Mama Conte lächelte, schaukelte gemächlich vor und zurück und genoss den Augenblick.

Danksagung der Autorin

Ich glaube, ich könnte ein ganzes Buch schreiben, um mich bei all den Menschen zu bedanken, die mir dabei geholfen haben, diesen Punkt in meiner Karriere zu erreichen. Aber leider wäre das für meine Leser/Innen nicht sehr unterhaltsam, darum beschränke ich mich auf ein kurzes Lob auf all die wunderbaren Menschen in meinem Leben.

Ein Lob auf meine spitzenmäßige Redakteurin Lauren McKenna, die ich nur bewundern kann. Du holst einfach das Beste aus meiner Arbeit heraus, und dafür bin ich dir für immer dankbar.

Ein Lob auf meine Agentin Kevan Lyons, die mir auf dem Weg in die Zukunft hilft.

Ein Lob auf die erstaunliche Probst Posse und meine treuen Leser/Innen, die keine Ruhe gegeben haben, bis auch Julietta ihr Happy End bekommen würde.

Ihr alle seid für mich eine große Inspiration. Ein besonderer Dank geht an Elena von Bookish Temptations, die mir meine Fragen über Mailand beantworten konnte.

Autoren brauchen Menschen, von denen sie unterstützt werden. Menschen, denen sie vertrauen können. Und Autoren müssen auch mal etwas zum Lachen haben. Darum ein Lob auf die Autoren und Autorinnen in meinem Leben, vor allem Wendy S. Marcus, Aimee Carson, Abbi Wilder, Jen Talty, Bob Mayer, Alice Clayton, Elisabeth Barrett.

Ich danke euch allen.

THE ESCORTS: JACE

von Isabel Lucero

ISBN-Paperback: 978-3-902972-45-3
ISBN-EPUB: 978-3-902972-61-3

Jace Jamison ist die fleischgewordene Fantasie jeder Frau: Er ist der mysteriöse Geschäftsmann, der lustvolle Spielchen treibt, der tätowierte Bad Boy, der im Schlafzimmer zum Tier wird und der verständnisvolle Liebhaber, der seinem weiblichen Gegenüber jeden Wunsch von den Augen abliest. Jace ist alles, was er für die Frau in seinen Armen sein sollte – denn er gehört zur Elite der Escorts in Las Vegas. Wer Jace wirklich ist, weiß jedoch niemand und daran soll sich auch nichts ändern. Erst als er auf die attraktive Eventmanagerin Adrienne trifft, die völlig immun gegen seinen Charme zu sein scheint und ihm die kalte Schulter zeigt, wird sein Interesse an mehr als nur Sex mit einer Frau geweckt. Jace setzt alles daran, Adrienne für sich zu gewinnen, bis die Sünden seines bisherigen Lebens ihn einholen und alles zu zerstören drohen …

CORDIA CREEK: Nur mit Dir
von Sonya Devlin

ISBN-Paperback: 978-3-902972-47-7
ISBN-EPUB: 978-3-902972-60-6

Anneke van de Veldes Karriere in der schillernden Modemetropole New York findet ein jähes Ende, als sie einen folgenschweren Fehler begeht. Mittellos und voller Reue kehrt sie nach Cordia Creek zurück, wo sie prompt auf den Grund ihrer Flucht aus der Provinzstadt trifft: Ihren Ex-Verlobten Jonas Olsen, der sie mit ihrer ehemals besten Freundin betrogen hat. Obwohl sie sich fest vorgenommen hat, Jonas keine Chance zu geben, ihr Leben ein weiteres Mal auf den Kopf zu stellen, verliert sie erneut ihr Herz an ihn – doch diesmal steht mehr auf dem Spiel als nur ihre Liebe …